Zur Autorin:

B. E. Fischer studierte in Indien und Deutschland Medizin. Vor dem Studium und während des Studiums war sie als Krankenschwester im OP tätig. Famulatur in Damaskus/Syrien. Sie bereiste Länder wie Bali, Vietnam, Thailand, Kambodscha, Mauritius, USA, Senegal, Gambia, Nordafrika sowie nahezu alle Länder des Vorderen Orients. Seit der Ehe mit dem Richter K.G. Fischer – jetzt Rechtsanwalt – wohnt sie in Kettwig, dem mit einem historischen Ortsbild und vielen landschaftlichen Reizen gesegneten „etwas anderen" Stadtteil im Essener Süden. Der aus dem Tierheim geholte Mittelspitz Gino hat sehr zu ihrer Einbindung in den Kettwiger Lebensraum beigetragen. Über die Hundehaltung hat sich die Autorin den Themen wie Tierhaltung und Tierzucht in Zoos und Zoohandlungen genähert, was schließlich zu einer intensiven inhaltlichen Auseinandersetzung geführt hat.

© 2021 Hummelshain Verlag, Essen

2. überarbeitete Auflage Frühjahr 2021

ISBN: 978-3-943322-19-4

Umschlag- und Portraitfoto: Reiner Worm (Hund Ziwa)

www.hummelshain.eu

B.E. Fischer

Dogwalker

Kriminalroman

Hummelshain Verlag

FSC
www.fsc.org

MIX

Papier aus ver-
antwortungsvollen
Quellen
Paper from
responsible sources

FSC® C105338

Der Septembernachmittag war kalt und ungemütlich, so ein Tag, an dem man keinen Hund auf die Straße schickt und schon gar nicht in den Wald. Im Kettwiger Stadtwald waren dennoch besorgte und aufgeregte Stimmen zu hören.

„Verdammt, wo stecken die Hunde!", schimpfte Maurits DeWitt. Er war der älteste der vier Hundebesitzer, die sich hier getroffen hatten. Starker Regen mit heftigen Sturmböen machte den Waldrundgang zu einem gefährlichen Abenteuer. Bei diesem Hundewetter traf man keinen vernünftigen Menschen ohne Hund, aber auch selten unvernünftige mit Hund.

„*Wat een kloteweer*. Und ausgerechnet heute müssen die verdammten Köter ausbüxen", murmelte DeWitt vor sich hin. Das letzte, was er von den Hunden gesehen hatte, war das weiße Hinterteil von Flöckchen, seinem vierjährigen Westie. Es war so, als hätte eine nur für Hunde hörbare Stimme die Tiere zu sich gerufen. Noch konnten die Hundebesitzer nicht ahnen, dass dieser eklige ungemütliche Tag für sie einen noch ekligeren ungemütlicheren Ausklang finden würde.

„Wir müssen im Tagesbruch nachsehen", schlug Beate Funke vor. Sie war eine Frau im „besten" Alter, klein, schlank, mit einer lustigen rotblonden Strubbelfrisur. Zu ihr gehörte Einstein, ein kleiner, sechsjähriger, dackelähnlicher Mischling aus Spanien. Einstein hatte seinen Namen erhalten, als er in seiner Heimat von deutschen Tierschützern aufgegriffen worden war und sie mit großen Augen klug angesehen hatte. Beate hatte den Namen beibehalten.

„Quatsch, die waren noch nie im Tagesbruch. Der ist doch abgezäunt", beruhigte ihr Mann Robert uncharmant. Er hatte dunkelblonde Haare mit Igelschnitt, war groß und recht sportlich. Sein Drei-Tage-Bart glänzte vor Nässe.

„Gino kann sich locker unter dem Zaun durchbuddeln, hat er schon mal gemacht, am Friedhof." Cora Faßbender war die jüngste der vier

Hundebesitzer, etwas größer als Beate, auch schlank, mit einem fröhlichen leicht gebräunten Gesicht und blonden Strähnchen im mittellangen Haar. Ihr Hund, ein weißer fünfjährige Mittelspitz, hörte auf den Namen Gino. Aber nur, wenn er wollte. Coras Freundin Beate nannte ihn „unseren Grubenhund", weil er wie ein Weltmeister buddeln konnte. Dabei wurde sein weißes Fell nach jeder Erdarbeit durch ein kurzes Schütteln wieder strahlend sauber. Es war selbstreinigend.

„Lasst uns *een beetje* nachsehen. Ist doch kein Thema. *Dat is voor mij geen punt*", sagte Maurits mit holländischem Akzent. Er lebte aber schon seit 30 Jahren in Deutschland. Seinen Akzent behielt er bei, als Markenzeichen. Ebenso seine Redewendung: „Kein Thema".

Mit leicht abgewinkelten Beinen lief er in Richtung Tagesbruch. Die anderen folgten ihm. Noch immer war der Wald nach dem verheerenden Sturm in diesem Jahr nicht vollkommen genesen. Überall lagen umgestürzte Bäume und herabgefallene Äste. Die Bäume, die dem Sturm widerstehen konnten, hatten teilweise groteske und bizarre Formen angenommen. Einige Bäume waren entlaubt und entastet. Die astlosen Stämme ragten traurig in den Himmel. Der ganze Wald wirkte gespenstisch und unwirklich. Nach unendlich langen Behördenstreitereien und Protesten der Kettwiger hatte die Stadt dann doch das Geld locker gemacht und zumindest die Wege freigeräumt. Aber leider nur die Wege. Von denen abzukommen war immer noch lebensgefährlich. Für die Hunde waren die umgefallenen Bäume außerhalb der Wege aber ein Riesenspaß. Sie konnten drüber springen oder darauf balancieren oder auch nur einfach die Beinchen dagegen heben. Doch auch für sie war der Wald gefährlich geworden. Die Hundebesitzer mussten auf sie aufpassen wie auf kleine Kinder.

„Ich kann sie hören. Sie sind sehr aufgeregt", rief Cora und war selber sehr aufgeregt. Ihre Schritte wurden schneller.

„Sie sind im Tagesbruch", sagte Beate dumpf. Es klang so, als hätte sie ihren Hund schon aufgegeben.

Und der Himmel öffnete sich, um noch mehr Wasser auf die armen durchnässten Menschen, Tiere und Bäume zu kippen.

Nur Minuten später blickten die vier Hundebesitzer gebannt in den Abgrund wie in einen dunklen Sarg, aus dem jedoch die lebendigen hellen Stimmen der Hunde um Hilfe riefen.

„Sie leben noch", hauchte Beate.

„Was redest du für einen Quatsch, natürlich leben sie noch", sagte Robert ungehalten.

Der Maschendrahtzaun, der den Weg zum Bruch bisher versperrt hatte, war an einer Stelle gewaltsam durchtrennt worden. Auch im gutbürgerlichen Kettwig konnte es passieren, dass gelangweilte Jugendliche Abwechslung suchten und so für Unordnung und Schlagzeilen im Kettwiger Stadtspiegel sorgten. Die Hunde kläfften weiter von der anderen Seite des Zaunes, auf dem ein Hinweisschild mit großen Buchstaben befestigt war.

TAGESBRUCH. BETRETEN VERBOTEN.

LEBENSGEFAHR.

Der Oberstadtdirektor

Die Tiere kannten das Schild schon, wussten aber nicht, was ihnen der Oberstadtdirektor da mitteilen wollte. Unterhalb der Schmachtenbergschule fällt der Stadtwald steil ab, an einigen Stellen bricht der nackte Fels hervor, durch den sich immer noch bescheidene Schichten der alten Kohlenflöze hindurchziehen. Ganz früher, so Mitte des 18. Jahrhunderts, wurde hier ein unbedeutender Bergbau betrieben, zu besten Zeiten mit 29 Mann. Zeche Kanzel nannte sich der Betrieb. Zur Kanzel heißt die Straße nebenan. Einen intensiven Bergbau gab es in Kettwig nie. Keiner der feinen Leute oben auf dem Schmachtenberg muss Angst haben, dass in seinem Luxusgarten ein Stollen aufreißt. Aber drüben am Bilstein mitten zwischen den Bäumen gibt es ein Stollenmundloch, das jetzt zubetoniert und überwachsen ist von alten Eichen. Und daneben fällt immer wieder die Erde zu tiefen Trichtern zusammen, wenn der Stollen das Gewicht des Steins über ihm nicht mehr halten kann.

Als die Hunde die Stimmen ihrer Besitzer vernahmen, bellten sie noch lauter. Einstein kam bis vor den Zaun gelaufen, sah auffordernd in die Menschenrunde und verschwand wieder im Bruch.

„Einstein! Gino! Flöckchen! Leckerli!", rief Beate. Aber die sonst so verfressenen Hunde ließen sich nicht locken.

„Sie haben etwas gefunden", sagte Cora und stierte in den Bruch.

„Vielleicht ein Fuchsloch. Ich geh' mal nachsehen." Der sportliche Robert bückte sich und hob den beschädigten Zaun so hoch, dass er bequem darunter her kriechen konnte. Maurits folgte ihm mit wackeligen Beinen, aber dafür mit umso festerer Stimme. „Wir Männer gehen alleine. Ist doch kein Thema. Wir wollen uns mal umsehen. Vielleicht liegt da unten ein Tierkadaver."

„Und ihr Frauen werdet so leicht hysterisch", grinste Robert und richtete sich hinter dem Zaun wieder auf. Cora hatte den Eindruck, als sei es auch ihm etwas mulmig.

Beate und Cora suchten unter einer ausladenden Tanne Schutz vor dem stärker gewordenen Regen.

„Seid vorsichtig!", warnte Cora halbherzig. Sie wusste, dass die Männer sowieso nicht auf sie hören würden.

„Ich habe ein ungutes Gefühl", sagte Beate mit dunkler Stimme.

„Ich auch." Cora griff nach Beates Hand. Sie war feucht.

„Die werden etwas Schreckliches finden", orakelte Beate mit Grabesstimme.

Maurits DeWitt, einem ehemaligen Kriminalkommissar, war es schwergefallen aus dem Dienst auszuscheiden. Seine Frau war kurz vor seiner Pensionierung gestorben. Wäre sein ehemaliger Westie Windy nicht gewesen, wer weiß, was aus ihm geworden wäre. Windy zwang ihn, sein Leben auch weiterhin in halbwegs geordneten Bahnen zu führen. Das hieß: morgens raus, spazieren gehen, mittags raus, spazieren gehen und abends. Er hatte genügend Zeit gehabt sich den anderen „Dogwalkern" anzuschließen und sie zu seinen Freunden zu machen. Nachdem dann Windy friedlich eingeschlafen war, holte er sich nach einer angemessenen Trauerzeit von 5 Monaten einen neuen Westie, und das alte Leben fing von vorne an. Regelmäßig trafen sich die vier Hundebesitzer im Kettwiger Wald, lachten miteinander, zankten sich freundschaftlich und teilten ihre Sorgen, Ärzte und Handwerker. Maurits wurde wieder zu einem fast lebensfrohen Menschen, der sich nur *een beetje* hängen ließ und *een beetje* selber bemitleidete. Manchmal vermisste er doch seine Arbeit. Dann wurde die Langeweile für ihn unerträglich, und er wurde selber unerträglich. Die Zeit zwischen den Spaziergängen konnte auch ganz schön lang werden. Seine Frau vermisste er nicht mehr täglich. Die Wunden heilten langsam, und der alte DeWitt kam wieder zum Vorschein: ein wenig introvertiert und schweigsam, ein wenig extrovertiert und gesellig, dann konnte er auch schon mal Witze erzählen, besonders solche, die gegen Frauen gerichtet waren. Maurits lachte dann sehr laut über seine eigenen Witze. Cora und Beate lachten in der Regel nicht mit. Und Robert auch nicht. Er fürchtete sich vor seiner Frau Beate. Maurits war da unabhängiger. Und frei. DeWitts einziges Kind, seine Tochter, war nach Madrid gezogen, wo ihr Mann in einer Bank arbeitete. Er traf sie nur unregelmäßig.

Die Hunde hatten sich, so wie die Frauen von oben vermuteten, unten im Bruch versammelt, sie kläfften wütend einen knorrigen weißen Ast an. Der Ast besaß die Form einer Hand.

„Mein Gott, was ist denn das?" Roberts Stimme kippte in eine hohe Tonlage. Er starrte immer noch auf den Gegenstand in der Grube.

„Das ist eine menschliche Hand, die offensichtlich zu einem Toten gehört. Ist doch kein Thema." Maurits blieb ruhig. Nur seine Stimme vibrierte ein wenig. Er war erregt, nicht geschockt, oder vielleicht im positiven Sinne geschockt. Man konnte ihm trotz der Sachlichkeit die Zufriedenheit anmerken, endlich einmal wieder etwas Aufregung und Abwechslung in sein eintöniges Leben zu bekommen.

Maurits DeWitts Puls war in Sekundenschnelle um das Doppelte gestiegen. Er merkte selber wie sein Gesicht rot anlief. Sein Adrenalinspiegel hatte sich verdreifacht. Er war im alten Arbeitsmodus. Und der hatte ihn gelehrt, dass er jegliche Empathie zurückzustellen hatte. Bei der Mordkommission war er ständig mit Gewaltopfern und Gewalttätern konfrontiert gewesen. Er hatte gelernt, dass es im Sinne des Opfers war, wenn er Emotionen zurückstellte und seine Aufklärungsarbeit sachlich, systematisch und professionell durchführte. Damals – da hatte er auch noch einen psychisch unbelasteten Rückzugsraum gehabt – hatte er sich in einer gefestigten privaten Umgebung befunden, stand ihm Susanne an der Seite. Diese Kaltschnäuzigkeit, die er damals erworben hatte, hatte er noch nicht verloren. Es fehlte aber das Gespräch mit Susanne, wenn er nach Hause kam.

Een vos verliest wel zijn haren, maar niet zijn streken. Die Katze lässt das Mausen nicht. DeWitt hatte Witterung aufgenommen. Selbst Flöckchen – die nun wirklich kein Jagdhund war – wäre nicht mehr zurückzurufen gewesen, wenn sie erst mal eine Wildspur in der Nase hatte. Und für DeWitt kamen viele Faktoren zusammmen. Die immer präsente Erinnerung an den alten Beruf, das Verlangen, den Kollegen mal die Hacken zu zeigen, und die Mischung aus Neugier, Nervenkitzel und Gerechtigkeitsverlangen, die jeder Mordfall mit sich brachte.

Und jetzt auf einmal bot sich ihm ein Opfer förmlich an. Und er durfte – nein –, leider musste er seine Ex-Kollegen rufen. Und verdammt noch mal, man würde ihn anhören und dann nach Hause schicken. Zu Tatenlosigkeit verurteilen. Noch nicht einmal zusehen würde er dürfen. Er stöhnte und setzte sich zu dem Toten.

„Maurits, Robert!", hörte er die Frauen rufen.

9

Ja, die mussten auch informiert werden. Robert war nicht mehr zu gebrauchen. Er saß immer noch auf dem nassen Boden und starrte die Hand an.

„Soll ich helfen?", wollte Cora wissen. Sie hatte mal Medizin studiert.

„Nicht mehr nötig. Schon zu spät!", rief Maurits nach oben. „Ist doch kein Thema."

„Sollen wir runterkommen?" Beate sah in den Abgrund.

„Lieber nicht", warnte Robert mit leiser Stimme.

„Ihr bleibt da oben! Was ihr hier seht, ist *helemaal niet* für Frauen", bestimmte Maurits.

Das war für die Frauen das Stichwort. Sie sahen sich nur kurz und entschlossen an. Einerseits hatten sie große Angst vor dem, was sie zu sehen bekommen würden, andererseits waren sie auch echte Frauen und daher etwas neugierig. Auf keinen Fall aber wollten sie hier alleine unter dem Baum stehen bleiben. Sie stolperten und rutschten in den Bruch hinein. Die Gummistiefel und die Regenmäntel schützten sie vor größeren Verletzungen. Die sportliche Cora kam schneller unten an. Und Beate schneller auf die Beine. Beide starrten auf den Gegenstand, den Maurits aus dem Steingeröll herauszuziehen versuchte.

„Gino! Einstein! Flöckchen! Weg da! Bei Fuß!", rief Cora.

Beate bekam ihren Einstein und Flöckchen von Maurits an den Geschirren zu fassen. Die Hunde wehrten sich heftig. Beate schaffte es mit einiger Kraftanstrengung, sie von dem Ort ihrer Aufregung wegzuziehen und an einem Baum anzubinden. Cora leinte Gino ebenfalls an. Die Hunde knurrten aus Enttäuschung über ihr entgangenes Abenteuer. Beate wirkte auffallend blass.

„Ist das ein Mensch?", flüsterte Beate.

„Das war mal einer", korrigierte Maurits ohne seinen Blick von einem blauen halb verbuddelten Industriesack zu wenden.

Er bemühte sich die darüber liegende Erde mit seinen Händen wegzuwischen. Robert sah ihm dabei tatenlos zu.

„Du darfst die Spuren nicht verwischen", erklärte Cora.

„Bist du Polizistin oder war ich Polizist?", fragte Maurits ein wenig zu scharf.

„Ja eben - war, dann müsstest gerade du doch wissen, dass man am Tatort nichts verändern darf", mischte sich nun Beate in das Gespräch ein.

Cora war als Medizinerin etwas kaltblütiger. Nach dem ersten Schock konnte sie nun die Hand, die aus dem Sack herausragte, mit rein medizinischem Interesse betrachten. Reflexartig war sie versucht die Hand in ihre zu nehmen, um den Puls zu fühlen. Aber im selben Moment war ihr klar, der Mensch, zu dem die Hand gehörte, war schon länger tot. Sie hatte, im Gegensatz zu Beate schon viel mit Toten und Sterbenden zu tun gehabt. Im Krankenhaus. Im dritten Semester, im Präpkurs, hatte sie ihre ersten Erfahrungen mit einer Leiche gemacht. Sie musste eine Frau sezieren, ohne Handschuhe, damit das Gespür für die feinen Gefäße und die Muskulatur nicht verloren ging. Aber was für ein Unterschied zu diesem Fall, in dem die Friedfertigkeit des natürlichen Todes fehlte. Und mit Leichen, über die so offensichtlich das Brandmal der Gewalt stand, musste sich selbst Cora erst einmal auseinandersetzen.

Beate hatte sich auch wieder einigermaßen gefasst. Sie konnte aber ihren Blick nicht von der knorrigen Männerhand abwenden. Sie wirkte wie hypnotisiert. Außer Maurits war niemand darauf erpicht, noch den Rest des Verstorbenen zu sehen. Robert suchte in seinem Regenmantel nach dem Handy. Beate war schneller. Sie wählte die Nummer der Polizei und erklärte in kurzen knappen Worten, was sie im Wald vorgefunden hatten. Es tat ihr gut, auf der anderen Seite eine sachliche Stimme zu hören, die geradezu bürokratisch penibel nach Fundort, Finder und Adressen fragte. Schwerfällig ließ sich der Beamte den Weg zum Tagesbruch beschreiben. Am Bilstein hoch, den Forstweg weiter rauf bis zu einer Ansammlung aufgeregter Menschen.

Maurits ließ sich nicht beeindrucken. Er untersuchte den Industriesack sorgfältig, kontrollierte die Nähte und Außenseiten auf eine Beschriftung und überprüfte die Stelle, wo der Sack aufgerissen war, sodass der Arm herauskommen konnte.

„Wenn ihr mich fragt, haben wir richtig Glück gehabt, dass die Füchse den Sack entdeckt haben", rief er aus der Grube. „Sie haben den Sack ausgebuddelt. Ich glaube hier an dieser Stelle haben sie ihn mit ihren Zähnen zernagt. Ich sehe die Spuren von scharfen Zähnen, die in den Sack hineingebissen haben. Die Tiere haben den Arm hinausgezerrt und ihre Mahlzeit gehalten. So, ich werde den Arm jetzt anheben."

„Das tust du nicht", schrien Beate und Cora in seinen Rücken hinein.

DeWitt missbrauchte den Ruf, schwerhörig zu sein und kümmerte sich nicht um die Proteste der Frauen. Er holte ein Taschentuch aus der Hosentasche und legte es um die Hand des toten Menschen. Dann hob er sie etwas hoch. Jetzt wurde es sogar Cora schlecht. Sie kämpfte gegen den Würgereiz. Beate kämpfte erst gar nicht. Diskret erbrach sie sich hinter dem Baum. Robert wurde noch blasser um die Nase herum.

Maurits hielt einen abgetrennten Unterarm in seiner Hand. Am Handgelenk befand sich eine blutverschmierte Armbanduhr mit zerbrochenem Display. Zwei spitze Knochen stachen durch die roten, blutgetrockneten Muskeln.

Maurits wollte die Uhr mit seinem Taschentuch abwischen, aber Cora fauchte ihn an.

„Lass das! Steck sofort den Arm wieder zurück!"

Maurits reagierte nicht. Cora erkannte, dass er noch einen Blick auf die goldene Armbanduhr geworfen hatte.

„Wie gesagt, haben sich hier wohl einige Tiere satt gefressen. Wahrscheinlich Füchse, wie ich schon sagte. Ich habe einige hier im Wald gesehen", sagte Maurits.

„Hoffentlich nicht unsere Hunde." Beate kam hinter dem Baum vor, wischte sich mit dem nassen Ärmel über den Mund und sah die Hunde angewidert an.

„Glaube ich nicht", sagte Cora. „Man sagt ja: Hunde, die bellen, beißen nicht, und unsere Hunde haben die ganze Zeit gebellt. Die hatten überhaupt keine Zeit zu knabbern."

Maurits DeWitt legte den abgetrennten Arm auf den Boden und versuchte den Sack mit dem leblosen Körper weiter aus dem Dreck zu ziehen. „Wir müssen erst einmal den ganzen Körper in Augenschein nehmen."

Beate, Cora und Robert reagierten nicht.

„Mensch könnt ihr mir denn nicht mal helfen", raunzte Maurits seine Freunde an, ohne sich umzudrehen.

„Wir fassen hier nichts an. Ich möchte meine Fingerabdrücke nicht hinterlassen", erklärte Beate.

„Der Regen wischt die Spuren schon ab. Und ich kann mit einem Taschentuch nachhelfen." DeWitt war von seiner fixen Idee nicht abzubringen.

„Und ich will keinen Blick in den Sack werfen. Mir reicht schon, was ich von draußen gesehen habe." Roberts Stimme war immer noch schwach wie die eines Schwerkranken.

Der Sturm hatte etwas nachgelassen, auch der Regen hatte für eine Weile ausgesetzt. Ein kleiner Lichtstrahl drang durch die Bäume und legte sich auf die leblose Hand. Sie sah jetzt so aus, als wäre sie aus

Alabaster.

„Müssen wir denn warten, bis die Polizei hier ist?", wollte Cora wissen.

„Ich meine auch, es reicht, wenn Maurits die Stellung hält ... Hey, du darfst den Sack nicht weiter öffnen! Das ist Sache der Polizei." Robert stellte sich hinter den in der Matsche knieenden Maurits und versuchte ihn an der Regenjacke vom Fundstück wegzuziehen.

„Schon gut, bin ja gleich fertig. Das läuft alles noch unter dem Stichwort Tatortsicherung." Maurits war einfach nicht mehr zu bremsen.

Die anderen verstanden. Der alte Kommissar war wieder in ihm wach geworden. Er hatte Blut geleckt.

„Ich möchte weg. Mir ist alles zu unheimlich. In unserem schönen Wald. Ein Mord. Ich kann gar nicht daran denken. Nie wieder werde ich so unbefangen durch den Wald gehen können", sagte Cora traurig.

„Hier im Wald ist er nicht ermordet worden. Du kannst ruhig unbefangen weiter hier herumlaufen. Der Tote ist nur im Tagesbruch entsorgt worden. Hätten die Hunde ihn nicht erschnüffelt, wäre er wahrscheinlich nie gefunden worden. Ist doch kein Thema." Maurits hatte mittlerweile den Anfang des Reißverschlusses mit einem Taschentuch umwickelt.

Ohne Vorwarnung riss er den ganzen Sack auf. Ein unangenehmer Gestank stieg auf.

Beate hatte sich in der Zwischenzeit etwas nützlich gemacht. Noch, ehe sie zusammenbrechen würde, und ehe Maurits den ganzen Tatort verändern und alle Spuren beseitigen konnte, hatte sie mit dem Handy einige Fotos geschossen. Dabei hielt sie ihre Augen fest geschlossen. Sie wollte den Toten auf keinen Fall sehen.

„Beate, leih mir mal dein Handy. Ich will auch ein paar Fotos aus der Nähe machen." Maurits schubste Robert ein wenig unsanft zur Seite. Der klebte immer noch mit geröteten Händen und weißen Handknöcheln an Maurits Regenmantel. Maurits versuchte aus der Hocke heraus an Beates Handy zu gelangen.

„Du hast doch selber ein Handy. Ich will keine ekligen Nahaufnahmen von der Leiche auf meinem Handy haben." Beate sprang aus dem Gefahrenbereich.

Maurits würgte schnaubend sein eigenes Handy aus der Hosentasche. Umständlich stellte er es auf „Kamera" um.

„Ich fürchte, hier hat ein wildes Tier ganze Arbeit geleistet", sagte er ungerührt.

Beate und Robert hatten ihre Köpfe abgewandt. Cora merkte, wie beide verzweifelt versuchten ja keinen Blick auf den Leichnam zu werfen. Beate würgte erneut, und Robert erhob sich, um seine Frau zu stützen. Cora sah an Maurits Schulter vorbei auf ein blutverschmiertes Haarbüschel und eine skelettierte Wirbelsäule. Das Gesicht des Toten war etwas zur Seite gedreht, das Auge war herausgerissen, und aus der zerfleischten Wange bleckten die Zähne blutig und weiß heraus. Sie beobachtete, wie DeWitt etwas von dem Toten abzupfte und in einem Hundekotbeutel versorgte, den er in seine Manteltasche zurücksteckte. DeWitt zeigte die Andeutung von Erbarmen und zog den Sack wieder zu. „Den Rest können meine Kollegen erledigen."

Erschöpft, aber nicht unzufrieden, ließ sich Maurits auf einen umgestürzten Baumstamm fallen. Er kramte einen Kugelschreiber heraus und kritzelte etwas auf einen Kassenbeleg.

„Ich warte mit dir." Robert ließ seine Frau los, die sich wieder einigermaßen gefangen hatte. Er setzte sich zu Maurits und massierte seine klammen Hände.

„Wir können doch jetzt nicht alleine nach Hause gehen. Habt ihr vielleicht mal daran gedacht, dass sich der Mörder doch noch hier irgendwo in der Nähe befindet", sagte Beate übertrieben hysterisch.

„Das ist unwahrscheinlich. So, wie der Industriesack verschüttet war, muss er schon mindestens eine gewisse Zeit hier gelegen haben."

„Man sagt doch, die meisten Mörder zieht es zum Tatort zurück. Und wenn das gerade jetzt der Fall ist." Cora sah sich um, aber von oben war nichts zu hören und zu sehen. Irgendwo in der Ferne bellte ein größerer Hund.

„Wir sollten hochgehen und auf dem Weg da oben warten. Da haben wir die größere Übersicht und können euch warnen, wenn jemand kommen sollte. Außerdem können wir die Polizei hierher winken", schlug Cora vor. Sie wollte auf keinen Fall bei der Leiche sitzen bleiben. Und alleine nach Hause gehen wollte sie auch auf keinen Fall.

„He, sie kommen." Robert sprang auf.

Die Sirenen von Polizeifahrzeugen zogen unten auf der Ruhrtalstraße am Fuß des Abhanges ihre Klangspur. Die Frauen atmeten erleichtert auf. Beate wollte zum Fußweg hinaufstürmen, aber der Schlamm und die aufgeweichte Erde ließen sie wieder zurückrutschen.

„Sollen wir vielleicht nicht doch noch die Feuerwehr hinzurufen, damit die dich hier rausholt?", grinste Maurits. „Warum musstet ihr auch hier runter? Ja, ja, nur nix verpassen. Das Restleben ist ja nur noch kurz."

Maurits war auch kein charmanter Mann.

„Arschloch", sagte Beate ebenso uncharmant.

Maurits grinste Beate fröhlich an.

„Komm du nur mal erst die Böschung hoch mit deinen krummen Beinen. Dann werde ich vor Lachen gleich wieder runter purzeln."

Beate keuchte beim Aufstieg vor lauter Anstrengung, aber für eine spitze Bemerkung hatte sie immer noch genügend Puste.

„Der Maurits lässt sich von Flöckchen an der Leine hochziehen", frotzelte jetzt auch Cora. Zu etwas Galgenhumor reichte es noch.

„Ihr seid mir vielleicht eine Gesellschaft. Hier ist ein Mensch ermordet worden, und ihr tut so, als sei nur ein Baum umgekippt." Robert war wirklich böse. Er war ein realistischer und nicht ganz so humorvoller Mensch.

Es begann wieder zu regnen. Maurits und Robert blieben auf ihrem nassen Stamm sitzen. So konnten sie vielleicht die Polizei davon überzeugen, dass sie nicht schuld an ihrem nassen Po waren. Bei Robert war sich Beate da nicht so sicher.

Das Bellen der Hunde und die Sirenen der Polizeiwagen zeigten die näherkommende Verstärkung an. Ein junger Mann in dunkelblauer Uniform gab Beate die Hand und zog sie zu sich hoch. Gerade, als sie es auch selbst ohne Hilfe geschafft hätte.

Um den Toten herum wimmelte es plötzlich voller Leben. Polizisten und ganz in Weiß gehüllte Personen von der Spurensicherung und der Gerichtsmedizin rutschten und torkelten geschäftig im Steinbruch umher. Aus den weißen Männern wurden durch Regen und Matsch bald kleine graue Mäuse. Sie knieten im Dreck neben der Leiche. Der Fundort war großräumig mit Flatterband abgesperrt. Ein Generator begann zu lärmen, und helle Scheinwerfer tauchten den Tagesbruch in gleißendes Licht.

Die vier Hundebesitzer beobachteten von oben fasziniert die eifrigen Tätigkeiten. Keiner, außer Maurits, hatte bisher live eine Spurensicherung und Tatortbegehung gesehen.

„Es ist genauso wie in den Krimis", flüsterte Beate andächtig.

„Krimis sehe ich gerne. Das hier hätte ich mir lieber erspart", sagte Robert.

„Dann frag mal den Maurits, ob er das auch so sieht." Cora sah zu Maurits rüber, der nur noch Augen für das Geschehen da unten hatte. Alle waren bis auf die Unterwäsche durchnässt. Und alle, außer Maurits, wollten nur noch weg. DeWitt schien schon öfter eine nasse Unterhose angehabt zu haben. Es störte ihn offensichtlich nicht. Ihn drängte es nur nach unten. Robert musste Maurits gewaltsam zurückhalten, sonst hätte er sich unter seine ehemaligen Kollegen gemischt. Cora spürte förmlich, wie er litt, weil er nicht dabei sein durfte, und weil ihn keiner nach seiner Meinung fragte.

Cora beobachtete, wie ein Polizist ein kleines Stückchen Plastik in der Hand hielt, den Kopf schüttelte und es in einen Asservatenbeutel steckte. Die Polizisten diskutierten jetzt etwas leiser, was DeWitt aufhorchen ließ.

Endlich löste sich einer der Polizisten aus dem Pulk und kam zu den Hundebesitzern. Er war noch jung, kaum älter als 20. Die Kollegen hatten ihn wohl hochgeschickt, weil er der Sportlichste war. Seine Stimme zitterte ein wenig, als er die Personalien aufnahm. Dann ließ er sich alles kurz von Maurits erzählen.

Von unten rief einer der älteren Polizisten ungeduldig: „Leute, könnt ihr uns den Gefallen tun, erstmal nichts von der Sache weitererzählen. Es muss niemand erfahren, was ihr hier gefunden habt."

„Und warum?", wollte Maurits wissen.

Der Polizist von unten schwieg und wandte sich wieder seiner Arbeit zu.

„Wir haben unsere Gründe." Der Polizist von oben drehte sich um und stolperte zu seinen Kollegen zurück.

Die vier sahen sich an.

„Gründe? Der macht sich nur wichtig", meinte Robert.

„Oder sie haben ihre Gründe", sagte Maurits.

„Irgendetwas durften wir nicht mitbekommen. Einer der Polizisten hat etwas bei dem Toten gefunden, was ich nicht erkennen konnte", sagte Cora.

„Vielleicht einen Ausweis?" Maurits sah Cora an.

„Kann sein, war zu dunkel."

„Verdammt, und ich war so nah dran. Warum habt ihr mich nicht *nog een minuut* suchen lassen?", jammerte Maurits DeWitt.

„Weil das vielleicht verboten ist?", sagte Beate.

„Wir gehen nach Hause", entschied Robert.

Die Hunde schüttelten sich noch einmal und warfen einen letzten traurigen Blick in den Steinbruch.

Coras Kleidung war durchfeuchtet und mit Schlamm verkrustet. Sie warf die Sachen in die Waschmaschine und stellte sich unter die Dusche. Sie hatte den Eindruck, als hätte sie den widerlichen Geruch aus dem geöffneten Industriesack mit in die Wohnung getragen. Sie drehte das heiße Wasser so weit auf, wie sie es gerade noch ertragen konnte. Erst jetzt merkte sie, wie durchgefroren sie wirklich war und wie die Wärme allmählich wieder zurückkehrte. Die Wärme vertrieb auch ihre Betroffenheit und ihre Bestürzung. Nein, sie vertrieb sie nicht, machte sie aber erträglicher. Sie hüllte sich in ihren Bademantel und ging in die Küche, um sich einen Tee aufzugießen. Als sie den Tee in die Tasse eingoss zitterten ihre Hände. Im Wohnzimmer stellte sie über Bluetooth ihren Lieblingssong ein. Dann kuschelte sie sich in den Sessel. Sie zog die Beine in den Morgenmantel und schlürfte an dem heißen Getränk. Gino wollte sich an sie heranschmiegen. Sie wehrte ihn ab, weil sie erst jetzt merkte, wie verschlammt er noch war.

Dann stand auf einmal ihre Tochter Anna in der Tür, am Rahmen angelehnt. „Was ist passiert?", fragte sie.

Cora schaute sie an und überlegte. „Eigentlich darf ich es keinem erzählen", sagte sie. „Hat uns wenigstens die Kriminalpolizei gesagt. Aber ich glaube, du solltest wissen, dass es im Stadtwald einen Mord gegeben hat."

Anna setzte sich auf den gegenüberstehenden Sessel. „Erzähl mal."

Eine Viertelstunde später ließ Anna ihr Smartphone heiß laufen.

In der Nacht schlief Cora unruhig. Sie träumte von Gino, der immer weiterwuchs und langsam zu einem großen wilden weißen Bären mutierte. Er sah schrecklich bedrohlich aus. Aus seinem leisen schrillen, etwas zu hellen Bellen, wurde ein lautes dunkles unheimliches Brüllen. Schweißnass wachte Cora auf und saß aufrecht im Bett. Gino stand aufrecht vor dem Bett – und leckte ihre Hand.

2

Cora war die Jüngste im Kreis der leicht alternden Dogwalker. Was die Lebenserfahrung anging, holte sie ihre älteren Freunde locker ein. Vor 17 Jahren hatte sie den nach ihrer Meinung größten Fehler ihres Lebens begangen. Sie studierte Medizin im letzten Semester. Dann verliebte sie sich in einen Kommilitonen, in Christian, und wurde prompt schwanger. Ihre Lebensplanung hatte sich auf einen Schlag verändert, Christians Lebensplanung dagegen nicht. Als das Praktische Jahr kam, war Anna da, und Cora stellte ihr Studium vorläufig ein. Vorläufig. Das war ein Wort, an das sich Cora in der ersten Zeit noch klammerte. Christians Mutter und auch Coras Eltern leisteten einen spärlichen finanziellen Beitrag. Cora hatte zwar das Angebot, mit dem Kind zu den Eltern zurückzukehren. Zu diesem Zeitpunkt war Cora aber nicht bereit, aus der kleinen Wohnung, die sie mit Christian teilte, auszuziehen. Es kam hinzu, dass Christian seine Anna in der Nähe haben wollte.

Es kam eine schlimme Zeit, in der Cora entdecken musste, dass Christian eine „standesgemäße" Partnerin suchte und dass sie – Cora – diesen Vorstellungen nicht mehr entsprach. Als er schließlich ein gut situierter Chirurg war, hatte er Cora und das Kind längst verlassen. Er heiratete Karin, eine gut situierte Anästhesistin. Anna war damals 6 Jahre alt.

Cora hatte das Praktische Jahr nicht zu Ende gebracht. Nachträglich sah sie es als Fehler an, dass sie mit schlecht bezahlten Studentenjobs eifrig zum Lebensunterhalt der kleinen Familie beigesteuert hatte. Christian hatte der „ungelernten" Kraft später großspurig eine Arbeit besorgt – durch „Beziehungen". Als Anna drei Jahre alt war und in den Kindergarten gehen konnte, durfte Cora in einem Krankenhaus in Werden als Nachtwache arbeiten. Den Nachtdienst versah Cora auch jetzt noch in demselben Krankenhaus. Christian hatte im Hummelshagen ein Bruchsteinhaus geerbt. Um seine Unterhaltszahlungen zu verkürzen und um keine Steuerschulden entstehen zu lassen, hatte er das Haus in einem Akt geheuchelter Großzügigkeit auf Cora übertragen. Das Haus war zwar altersschwach, überzeugte aber durch eine unwirkliche Romantik. Hinter dem Haus ein bewaldeter Hang, vor dem Haus ein großer Vorgarten, durch den der Brederbach verlief. Seitdem er oben am Stadtwald gestaut wurde, kam er als gezähmtes braves Bächlein daher, das nie über sein Ufer heraustrat und nie an Coras Wohnungstür anklopfte.

Anna war zwischenzeitlich 16 Jahre. Christian hatte versucht, sich bei Anna mit etwas Lebendigem freizukaufen. Dabei entwickelte er die gleiche Art, die er schon vorher erfolgreich angewandt hatte, um Punkte bei seiner Tochter zu sammeln. Er ließ sich von Anna feiern, weil er ihr einen jungen Hund schenkte, der aussah wie ein geschrumpfter Eisbär und schwarze Augen hatte wie ein schmachtender italienischer Liebhaber. Die Pflege und das Gassigehen überließ er dagegen in bewährter Weise Annas Mutter. Cora hätte das drollige Geschenk am liebsten sofort ans Tierheim zurückgegeben, hätte sich dann aber die Liebe ihrer Tochter verscherzt.

Gino hatte etwas von dem frühen Harry Potter an sich. Er hatte in einem kleinen Verschlag gehaust, hatte keine Freunde und war vor der Tür aufgelesen worden. Er war etwas mehr als 1 Jahr alt, als Christian ihn praktisch auf der Türschwelle von Annas Wohnung ablegte. Er war kein gewöhnlicher Hund. Man sagte, dass er aus einem Wanderzirkus ausgerissen sei. Er konnte auf den Hinterbeinen laufen, nach dem vorgehaltenen Futter hüpfen und beim Pinkeln sein Beinchen so hochreißen, dass man um den angepinkelten Baum fürchten musste. Sein größtes Kunststück aber war, dass er Dinge verschwinden lassen konnte. Einen Lederpantoffel oder ein Stück Wurst, das unter den Tisch gefallen war. Manchmal auch ein Stückchen Käse, wenn es auf dem niedrigen Couchtischchchen lag.

Als Cora den Hund in den Haushalt aufnahm, hatte er noch den Namen „Lumpi", den ihm irgendein einfallsloser Tierpfleger im Tierheim verpasst hatte. Wie konnte man einen Spitz nur Lumpi nennen? Cora hätte ihn am liebsten auf Harry Potter umgetauft. Es gab ja genug Parallelen. Selbst das Hundezubehör hatten sie in einem Geschäft gekauft, das nur ein paar Straßenzüge von der Winkelstraße entfernt war, der Winkelstraße in der Margarethenhöhe. Sie einigte sich mit Anna auf den Namen Gino. Ein Vorname, der dem weißen Mittelspitz mit den glühend schwarzen Augen eine italienische Herkunft unterstellte.

Cora konnte ihrer Tochter nicht böse sein, dass ihre Begeisterung für den Familienzuwachs nur so ein, zwei Tage anhielt. Dann merkte sie, dass die täglichen Pflichten, die sie gegenüber dem Tier eingegangen war, überhandnahmen. Nachdem sie den Hund allen ihren Freundinnen und Freunden vorgestellt hatte, widmete sie sich wieder ihrem Tennis. Ihre Freizeit war knapp bemessen. Gino war nur noch ein Streichelkandidat neben dem alten zerfransten Teddybären und der einarmigen Stoffpuppe.

Die ersten beiden Begegnungen mit Maurits DeWitt und seinem Westie waren ungewöhnlich. Gerade mal einen Tag nach der Aufnahme des Tieres in den Haushalt hatte Cora die Haustür etwas zu weit geöffnet, um nach der Post zu sehen, und der Hund hatte die Chance genutzt, sich an ihren Beinen vorbeizudrücken und zu verschwinden. Cora hatte sich mit einem Fernrohr bewaffnet und auf die Suche nach ihrem kleinen Spitz gemacht. Sie war damals vollkommen aufgelöst gewesen. Der Hund hatte weder Halsband noch eine Tierversicherung. Mit hochrotem Kopf, wirren Haaren und einer stark verschmutzten Hose war sie durch nasse Felder und über klebrige Wege gelaufen. Der Stadtwald hat Höhen und Senken. Sie lernte sie alle kennen. Irgendwann auf ihrer Suche wurde sie von einem älteren Mann angesprochen, ziemlich groß gewachsen, mit schütterem Haar, einer knittrigen Jack Wolfskin und einem dezenten holländischen Akzent.

„Suchst du deinen Hund?"

„Ja, Gino. Er ist mir schon am ersten Tag entlaufen."

„Hat er immer schon Gino geheißen?"

„Im Tierheim hieß er Lumpi."

„Dann solltest du nach Lumpi rufen und nicht nach Gino", sagte der Holländer und drehte sich um. „Komm, Flöckchen."

Als Cora nach Hause zurückgekehrt war, klingelte das Telefon. Der Hund war im Tierheim abgegeben worden.

Die zweite Begegnung war derart, dass Cora sie lange Zeit nicht richtig deuten konnte. Als Gino bereits ohne Leine seinen Dogwalk machen konnte und seinen Ruf als Streuner abgelegt hatte, war Cora eines Abends noch spät mit ihm unterwegs. An der Stelle im Stadtwald, wo der Weg abwärts in Richtung Reiterhof verläuft und wo der Hang steil wie eine Klippe in das Ruhrtal abfällt, kam ihr aus dem Dunkel ein weißer Fleck entgegen. Es war der Westie des Holländers, der Cora aufgeregt anbellte. Gino kläffte erstaunlicherweise nicht zurück, sondern kam schwanzwedelnd auf ihn zu und beschnupperte ihn freundlich. Der Westie beruhigte sich etwas und jaulte unzufrieden auf.

„Wo ist denn dein Herrchen?" Die Nacht war klar und der Weg einigermaßen mondbeschienen. Kurz darauf entdeckte sie Maurits, der auf der Begrenzungsmauer zur Klippe saß, sodass seine Beine in die Tiefe ragten. Der breite gebeugte Rücken zeichnete sich dunkel gegen die Lichtglocke der Stadt ab. DeWitt schien sie nicht zu bemerken.

„Alles gut?", fragte sie vorsichtig und senkte ihre Stimme so, dass er sich nicht erschrecken konnte.

„Was soll gut sein, Meisje?", sagte Maurits. Er wandte seinen Kopf nur so weit um, dass er Cora aus den Augenwinkeln sehen konnte. Er hatte eine ziemlich tiefe Stimme. Cora hörte Trauer und Bedauern heraus. „Willst du dich neben mich setzen?"

„Tut mir leid", sagte Cora. „Ich habe Höhenangst."

„Wenn du ins Tal runtersiehst, kannst du die Ruhr sehen, wie sie allmählich in absolute Schwärze eintaucht. Verstehst du? Keine Konturen mehr, keine komplizierten Linien, keine Ablenkung durch Farben und Schattierungen. Nichts, was den Gedanken aufhält. Die Schwärze ist klarer und präziser als meine Gedanken."

Cora wusste nicht so richtig, was sie mit DeWitts Worten anfangen sollte. Sie wusste auch nicht, ob DeWitt da soeben seinen Selbstmord ankündigte. Ihr war nicht klar, ob sie das Richtige tat, wenn sie sich auf DeWitts Gedankengänge einließ. „Oh, die Schwärze wird am Schluss alle Gedanken aufsaugen", sagte sie.

DeWitt nickte. „Hier oben hast du ein Gefühl von Freiheit", setzte er neu an. „Wenn du dir vorstellst, dass da unten so eine Art animierter Raum ist, den du mit deinen Gedanken und deinem Leben ausfüllen kannst. Verstehst du mich?"

„Nein", sagte Cora einfach. „Was ich verstehe ist, dass hier hinter Ihnen ein irritierter Hund herumläuft, der nicht weiß, wie es weiter geht."

DeWitt blieb lange Zeit auf seiner Mauer sitzen, bewegte sich nicht. Cora schwieg.

„Okay", sagte DeWitt schließlich und kletterte umständlich auf die richtige Seite der Mauer. „Flöckchen, komm. Bei Fuß."

Am Donnerstag hatten Maurits und der Hundetrupp auf dem Polizeipräsidium zu erscheinen. Zimmer 224, um 14 Uhr. Das war nur einen Tag nach dem grauenhaften Fund. Die Frauen waren noch nie auch nur in der Nähe des Präsidiums gewesen, obwohl die Hundewiese gegenüber legendär war. Kein Leinenzwang. Dagegen ein Schild, dass

Hunde auf der Spielwiese willkommen waren. Maurits kannte sich aus – auf der Wiese und auf dem Polizeipräsidium. Kurzer Gruß an der Pforte. Der Türöffner summte. Es bereitete ihm sichtbare Genugtuung, dass er von dem Diensthabenden sofort wiedererkannt wurde und dass sein bloßer Auftritt genügte, damit auch die drei anderen ohne Rückfrage in das Gebäude gelassen wurden. Wie ein Reiseführer geleitete er seine kleine Hundegruppe, diesmal ohne Hunde, durch den imposanten Eingang des pseudoklassizistischen Gebäudes und zu dem Aufzug. In der zweiten Etage gingen sie über einen breiten mit Vinyl ausgelegten Flur. Cora und Beate hatten DeWitt zwischen sich genommen. Robert schlich hinter ihnen her. Mit leichtem Kopfnicken nach rechts und links erklärte der ehemalige Polizist seinen „Gästen", wer wo in welchem Raum residierte und welche Eigenarten und Macken der jeweilige Insasse hatte. Cora bewunderte das enorme Erinnerungsvermögen des in die Jahre gekommenen Mannes. Nur an einer Tür hastete Maurits besonders schnell vorbei. Cora warf rasch einen Blick auf das Büroschild aus Acrylglas. „Kostelitz – Kriminalhauptkommissar", stand darauf. Schien für DeWitt mit schlechter Erinnerung verbunden zu sein.

„War mein Arbeitszimmer", knurrte er, bevor Cora ihn fragen konnte, warum er zu diesem Bewohner keine langschweifende Erklärung abgeben wollte.

Aha, sein Nachfolger, dachte Cora.

Beate hatte ein anderes Problem. „Werden wir hier noch einmal mit der Leiche konfrontiert?", fragte sie vorsichtig.

„Welche Kriminalromane liest du denn?", ging Cora dazwischen.

DeWitt grinste. „Die Rechtsmedizin befindet sich da, wo Mediziner hingehören. Im Gebäude der Universitätsklinik direkt hinter uns. Ist doch kein Thema. Da sind Geburt und Tod dichter zusammen, als ihr denkt. Die forensische Medizin kümmert sich nicht nur um die Aufklärung von Todesursachen, sondern macht zumindest hier in Essen auch die Abstammungsgutachten. Wir haben da nichts zu suchen."

DeWitt kotzte mehr Wissen aus, als benötigt wurde. Er wollte Kompetenz vermitteln. Und Kompetenz bedeutete Anerkennung durch die Dogwalker.

„Der Pathologe wird hier wahrscheinlich Überstunden machen müssen", meinte Robert.

„Richtig und falsch", sagte DeWitt. „Richtig wird sein, dass die Rechtsmediziner hier gefordert sind. Sie müssen klären, wer der Tote ist. Vor allem müssen sie zu der ungewöhnlichen Todesart ihr State-

23

ment abgeben. Falsch ist, wenn du von den Pathologen sprichst. In jedem zweiten Kriminalroman heißen die Leute so. Pathologen sind aber die Mediziner, die sich damit beschäftigen, welche Krankheit bei dem Verstorbenen zum Tode geführt hat."

DeWitt blieb abrupt stehen. „Zimmer 224. Wir sind da. Aha, mein Kollege Schrader sitzt noch hier. Ist immer noch nicht befördert worden, der arme Kerl." DeWitt guckte scheinheilig bedauernd und gleichzeitig zufrieden auf das Namensschild neben der Tür. Er klopfte pflichtgemäß an und öffnete gleichzeitig die Tür. Die anderen schoben sich nach ihm ins Zimmer. Hinter einem schweren schlichten Schreibtisch war ein kleiner rundlicher Mann um die 50 aufgesprungen. Sein Gesicht und seine Halbglatze waren knallrot. Dann zeigte sich ein Erkennen auf seinem Gesicht, und die Farbe wechselte von knallrot in kreideweiß. Er wackelte auf die Gruppe zu und umarmte Maurits umständlich.

„Mensch, Maurits. Wusste ich doch, dass du hinter dem Namen DeWitt steckst. Musst du immer noch herumschnüffeln? Kannst mit deinem Hintern nicht im Sessel sitzenbleiben?"

Maurits löste sich aus seiner Umarmung. „Ich schnüffle doch nicht. Das erledigen unsere Hunde für uns, nicht wahr?"

„Ach ja, stimmt." Endlich nahm der Dicke wahr, dass Maurits nicht der einzige Zeuge war. Er stellte sich artig vor.

Die kleine Hundetruppe hatte sich richtig in Schale geschmissen, und fast sah es so aus, als wenn DeWitt seine Dogwalker mit einigem Stolz präsentierte. Robert trug seinen grauen Anzug mit Krawatte, seine Frau ein kurzes hellblaues Kostüm und gleichfarbige Pumps. Beate konnte es sich erlauben. Cora hatte keine Zeit zum Suchen gehabt. Hauptsache, ihre Jeans waren sauber. Bei Hundebesitzern schon eine Seltenheit. Die weiße Bluse verbesserte den Gesamteindruck. Beide Frauen hatten sich dezent geschminkt.

„Nehmen Sie doch bitte Platz!", forderte Schrader die vier Hundebesitzer auf und wies auf den einzigen freien Stuhl vor dem Schreibtisch. Er selbst setzte sich in seinen dicken Sessel hinter dem Schreibtisch. Maurits ließ sich auf den Stuhl fallen, während die anderen ihm finstere Blicke zuwarfen. Maurits sah unbeteiligt und unschuldig zu seinem ehemaligen Kollegen.

„In seinem Alter muss er schon sitzen, sonst kollabiert er uns noch", flüsterte Cora gewollt laut Beate zu.

Schrader zeigte auf ein Serviertablett und bot Kaffee an, was alle außer DeWitt, der gemütlich auf seinem Stuhl saß, ablehnten.

„Eigentlich müsste ich Sie getrennt vernehmen, aber ich denke, dass es wohl keine Abweichungen in Ihren Aussagen geben wird, zumal mein ehrenwerter holländischer Kollege wahrscheinlich gleich das Wort führen wird, wie ich ihn kenne. Sie sind also gestern im Wald spazieren gegangen? Bei diesem Wetter." Der Kommissar gab ein Stichwort und hoffte, dass es von der Gruppe aufgenommen wurde.

Wie erwartet, ergriff DeWitt das Wort. „Ja, wir waren auf dem üblichen Dogwalk. Wer geht denn sonst noch bei so einem *klotenweer* nach draußen."

Er berichtete lang und gestenreich, wie „er" den armen Mann entdeckt hatte. Er war aufgestanden und schritt im Zimmer auf und ab. Das schien seine Erinnerung zu beleben und seiner Konzentration zu helfen. Manchmal kehrte er zum Schreibtisch zurück, um an seinem Kaffee zu nippen. Die anderen konnten nur ab und zu ein bestimmtes „Ja!" oder ein unbestimmtes „Nein!" dazwischenwerfen.

Als er geendet hatte, waren alle sichtlich erschöpft.

Schrader nickte. „Du hast bestimmt einige Bilder vom Tatort? Ich denke, ihr hattet Zeit genug für einige Fotos, bevor die Kollegen eingetroffen sind." Man sah Schrader an, dass er die Frage ungern stellte.

„Nein", sagte Maurits.

„Ja." Das war Beate.

„Was denn nun?"

„Ich habe mit dem Handy fotografiert", sagte Beate. Sie war manchmal von geradezu naiver Ehrlichkeit und kümmerte sich nicht um die Schwingungen, die da in der Luft lagen. „Ich stelle Ihnen die Bilder gerne zur Verfügung."

„Das ist selbstverständlich. Ich bitte darum. Bitte kommen Sie mal mit Ihrem Handy zu mir herüber."

Beate sah verwundert auf. Nur Maurits blieb gelassen. Er wusste, was kam. Beate ging um den Tisch herum.

„So, jetzt möchte ich, dass Sie die Bilder in meinem Dabeisein löschen." Beate blieb zögernd stehen, während die anderen Dogwalker den Kommissar fragend ansahen.

Schrader blickte in die Runde. „Vielleicht ist es Ihnen allen gar nicht bewusst geworden. Aber wir haben seit einiger Zeit einen Straftatbestand, der die Bildaufnahme hilfloser Personen unter Strafe stellt. Ich weiß ja, dass Sie in der gestrigen Schocksituation gar nicht so weit gedacht haben."

Während Beate brav ihre Bilder löschte, mischte sich DeWitt ein.

„Hör mal, Otto. Tu doch nicht so scheinheilig. Du arbeitest im Morddezernat. Du bist doch überhaupt nicht daran interessiert, dass eine harmlose junge Frau unverfängliche Bilder an einem Tatort gemacht hat. *Je hebt er geen interesse in.* Du willst, dass dieser Fall nicht an die Öffentlichkeit gelangt, und bist gerade dabei, Spuren zu verwischen."

Schrader grinste: „Sieh an, sieh an. Kaum ist der holländische Kollege ausgeschieden, zweifelt er bereits an der Seriosität seiner ehemaligen Kollegen."

Er räusperte sich und trommelte nervös mit seinen plumpen Fingern auf dem Tisch. „Aber zugegeben. Wir möchten auf keinen Fall, dass über diesen Fall irgendetwas nach draußen getragen wird, erst recht nicht an die Presse. Und falls doch, dann hätten wir auf jeden Fall … Dann hätten wir auf jeden Fall ein großes Problem. Haben Sie das verstanden?"

Beate nickte. Cora wusste, dass Beate sowieso die schrecklichen Bilder loswerden und nicht auf ihrem Handy gespeichert lassen wollte. Beate würde unter dem ganzen Vorfall gerne einen Schlussstrich ziehen. Und außerdem hatte Robert die schrecklichen Bilder schon längst auf seinen Computer rüber geholt und dort gespeichert. Und Maurits Bilder auch.

„Wir tun dir den Gefallen", grinste Maurits. „Du wirst deine Gründe haben."

„Habt ihr mit jemandem über den Fund gesprochen?", wollte Schrader dann wissen.

„Mensch Otto, gerade mal gestern haben wir eine Leiche unter ganz mysteriösen Umständen gefunden. Du glaubst doch wohl nicht im Ernst, dass ganz stinknormale Menschen, wie meine Freunde, mit niemandem darüber reden würden. Aber keine Sorge, der Kollege im Wald hat uns schon gebeten, diskret zu sein. Und du kennst mich doch."

„Ja, ja das tue ich." Schrader sah noch besorgter drein als vorher. „Es wird sowieso nicht in der Zeitung stehen. Sie haben keine Fotos. Und damit keine Beweise. Ich kann Sie nur bitten, wenigstens vorläufig Stillschweigen zu bewahren. Wir haben unsere Gründe."

„Du schuldest uns etwas, Schrader", sagte DeWitt und stützte sich auf dem Schreibtisch ab. „Da ist offensichtlich ein *elephant in the room.* Ihr habt ein echtes Problem, und wollt damit nicht raus. Ich gebe euch noch ein paar Tage. Dann möchte ich, dass ihr die Karten auf den Tisch legt."

„Du kannst mich mal", antwortete Schrader verärgert. „Was zu besprechen ist, wird intern besprochen. Und da gibt es keine Probleme, die nicht ausdrücklich angesprochen werden."

„Vielleicht können Sie wenigstens folgende Frage beantworten", hakte Cora nach. „Müssen wir jetzt in Kettwig Angst haben? Ich meine, hier könnte ja eine Bestie frei herumlaufen oder ein Mörder."

„Was soll ich sagen? Ich kann doch keine Entwarnung geben, solange der Fall nicht aufgeklärt ist." Schrader sackte müde in seinem Sessel zusammen.

Draußen atmete die kleine Gruppe erst einmal tief durch.

„So blöd ist der Schrader aber nicht. Wahrscheinlich vermutet er schon, dass wir noch Fotos haben. Aber er weiß auch, dass ich vernünftig bin. Und die Ermittlungen nicht gefährde", sagte Maurits.

„Was wohl der Grund ist, warum wir nicht darüber reden dürfen?", überlegte Cora.

„Vielleicht darf der Mörder einfach nicht wissen, dass die Leiche gefunden wurde. Er soll sich noch in Sicherheit wiegen", meinte Robert.

„Was haltet ihr davon? Wir bringen den Wagen nach Hause, holen die Hunde, und treffen uns im Schmachtenbergshof. Da können wir bei einem Bierchen und einem leckeren Essen weiterspekulieren", schlug Beate vor.

„Prima", freute sich Cora. „Dann können wir mit den Hunden darunter laufen. Keiner muss mehr fahren."

Im kleinen Weiler Pierburg steht eine hübsche romantische Wallfahrtskapelle mit einer runden Kuppel, die Maria im Maien. Bruchsteingemauert wie viele alte Häuser im Hummelshagen und in Vor der Brücke. Mit Kupferdach und Kupfertürmchen. Efeuumrankt. Gedrungen und bodenständig. Mit einer uralten Madonnenfigur, einer Spende der Familie Thyssen. Sporadisch noch für Hochzeiten und im Mai für die Marienandachten geöffnet. An Hochzeiten ist die schmale Straße zugeparkt, es gibt kaum noch ein Durchkommen. Cora wollte eigentlich in dieser Kapelle ihren Christian heiraten. Eigentlich.

Einen Steinwurf entfernt befindet sich ein anderer Kettwiger Wallfahrtsort, der Schmachtenbergshof. Der Altbau hat eine fast 300-jährige Geschichte als Bauernhof, die Gaststätte hat mit ihren etwa 70 Jahren ungefähr das Alter des Kommissars erreicht. Cora kannte einen der

Betreiber von den Hundespaziergängen her.

Gegen 17 Uhr saßen die vier mit ihren drei Hunden in der gemütlichen Gaststube des Schmachtenbergshofs. Einer der beiden Inhaberbrüder Kaiser kochte selbst, gut und typisch. Lecker und bodenständig. Sonst trafen sie sich gerne im eingewachsenen Biergarten, jetzt nach dem großen Sturm undenkbar.

Die Hundebesitzer trugen noch dieselben eleganten Klamotten wie im Polizeipräsidium, obwohl sie ihre Hunde schon kurz ausgeführt hatten. Alle sahen noch sauber und ordentlich aus bis auf Maurits, der ein paar spektakuläre Schlammspritzer auf seinen Hosenbeinen hatte.

Mit einem Glas Pils prosteten sich die Freunde zu.

„Auf dass wir den Fall lösen!" Maurits nahm einen großen Schluck.

„Bist du verrückt? Was redest du da? Was haben wir damit zu tun? Wir sind keine Polizisten." Beate sah DeWitt erschrocken an.

„Eh, kommt, gebt zu, das könnte euch doch auch reizen. Ich trau diesem Schrader nicht zu, dass er den Fall zu Ende bekommt. Ist doch kein Thema."

Robert wurde böse. „Siehst du, Maurits. Das ist das Problem mit dir. Du kannst nicht loslassen. Du willst dem Schrader nur beweisen, dass du auch nach deiner Pensionierung um Längen besser bist als er. Das wäre doch dein gewaltiger Alt-Herren-Traum, wenn du später sagen könntest, dass ein alter Ex-Kommissar, der nur noch mit einer dicken Schicht Voltaren-Salbe auf den Knien aufrecht laufen kann, mehr erreicht hat als der ganze hoch technisierte Polizeiapparat."

DeWitt schwieg betroffen. Cora beobachtete ihn besorgt. Robert schien die Sache auf den Punkt gebracht zu haben. Sie konnte sich vorstellen, dass der alte Ehrgeiz bei Maurits wieder durchgebrochen war. Und dass es von seiner Seite einen stillen Konkurrenzkampf mit dem Kollegen aus dem Kommissariat gab. Sie dachte aber auch an die Nacht, in der sie DeWitt auf der Mauer über dem Ruhrtal sitzen gesehen hatte. DeWitt hatte keine Familie mehr, und er hatte immer noch Schwierigkeiten, sich an seine Beschäftigungslosigkeit zu gewöhnen. „Sie haben mich aus Altersgründen rausgeschmissen", hatte er mal gesagt, und sie hatte den Eindruck, dass das gar nicht so humorig von ihm gemeint war.

„Okay, Robert", sagte sie. „Wir können nicht mit der Polizei konkurrieren. Und wir sollten auch persönliche Eitelkeiten aus dem Spiel lassen. Aber ich selbst möchte schon wegen Anna, dass der Fall so schnell wie möglich aufgeklärt wird. Wenn ich etwas dazu beitragen könnte …"

„Und was können wir machen?", fragte Robert etwas zu heftig und stellte sein Glas auf den Tisch zurück, ohne es anzutrinken. „Selbst wenn wir aus Spaß ein bisschen Detektiv spielen würden, haben wir keinen Anhaltspunkt, wo und wen wir suchen sollten. Wir wissen ja noch nicht einmal, wer der Tote ist. Uns steht kein Polizeiapparat zur Verfügung. Außerdem ist es zu gefährlich."

„Ich glaube auch, dass wir uns nicht in die Polizeiarbeit einmischen sollten", meinte Beate.

„Ihr vergesst, ich war die Polizei." Maurits sah betrübt in sein Bierglas.

„Wobei die Betonung auf WAR liegt. Du hast dir bestimmt auch deine Gedanken darüber gemacht, warum der Mord geheim bleiben soll. Vielleicht soll irgendetwas vertuscht werden", sagte Beate.

„Kann sein", stimmte DeWitt zu. „Wir sollten doch erst einmal die Fragen zusammenstellen, die wir haben. Und dann einen Plan entwickeln, wie wir sie beantworten können."

Er hatte die Dogwalker sehr vorsichtig an das Thema heran manövriert und schien jetzt Sorge zu haben, dass sie sein Manöver durchschauten. „Erste Frage: Wer ist der Tote? Zweite Frage: Wie genau ist er zu Tode gekommen? Dritte Frage: Was wissen meine Kollegen, was wir nicht wissen, und warum wollen sie verhindern, dass der Todesfall an die Öffentlichkeit kommt?"

Cora machte DeWitts Spielchen mit und ging auf seinen Vorschlag ein. „Ja, jetzt ist es eigentlich doch schade, dass wir nicht nach dem Personalausweis bei der Leiche gesucht haben. Aber vielleicht führte der Tote ja gar keine Papiere mit. Es muss aber schon am Tatort irgendetwas passiert sein, weshalb uns sofort verboten wurde, von dem Vorfall weiterzuerzählen, und weshalb wir dann auch alle Bilder löschen sollten."

„War der Mann vielleicht ein Prominenter? Ein Politiker oder ein Schauspieler?" Beate hatte angebissen.

„Nee, ich habe mir alle Bilder auf dem Handy angeguckt. Ich kenne den Mann nicht. Natürlich ist er *een beetje* entstellt. Aber eigentlich hätte man ihn doch erkennen müssen."

„Aber warum hat die Polizei sofort reagiert? Die müssen ihn gekannt haben", überlegte Robert.

„Seht ihr, da haben wir schon ein kleines Profil von dem Toten. Ein

Mann, geschätzt 50 Jahre alt, eher leger gekleidet, der Polizei bekannt, aber kein Prominenter, zu Tode gekommen durch den Biss eines großen Tieres", fasste Maurits zusammen.

„Der Polizei bekannt? Also ein Krimineller?", fragte Robert.

„Ich kenne den Herrn zumindest nicht", stellte Maurits klar. „Aber es sind ja schon ein paar *Druppels Water* die Ruhr runtergeflossen, seitdem ich pensioniert bin."

„Vielleicht haben deine ehemaligen Kollegen ganz anders gedacht", gab Cora zu bedenken. „Vielleicht besteht Seuchengefahr, und die Bevölkerung darf nicht beunruhigt werden. Das Tier könnte Tollwut gehabt haben. Oder die Polizei geht von einer besonders großen Gefährlichkeit des Tieres aus."

„Unsinn, bei jeder normalen Seuche müsste die Bevölkerung aufgeklärt werden. Dafür gibt es doch die Meldepflicht. Wir haben ein Recht informiert zu werden, wenn wir in Gefahr sind." Robert reagierte etwas heftig. Die Dogwalker kannten seine Art, wenn er sich in Rage redete.

„Und wenn ein gefährliches Tier hier sein Unwesen treibt, erwarte ich, dass die Bevölkerung im Radio und durch Polizeilautsprecher gewarnt wird."

„Womit wir also mitten im Fall wären. Seid doch mal ehrlich zu euch selbst, ihr habt doch auch ein klein *beetje* Lust, den Mord aufzuklären! Ist doch kein Thema." Maurits sah aufmunternd in die Runde.

„Zweimal Filettopf Alt Kettwig und einmal Schnitzel-Burger mit Salat und Pommes. Und einmal nur Salat." Der freundliche Kellner stand mit zwei Händen voller Teller neben dem Tisch.

Cora bekam ihren „Nur Salat". Sie hielt immer noch eisern ihre Diät durch. Der Salat war aber eine Sünde wert und enthielt alles, was eine ordentliche Salatbar nur aufweisen konnte. Und ein Bierchen trank sie doch mit. Diät für die Figur, das Bierchen zur Gesellschaft. Und drei Kilo würde sie bis zu Annas Abschlussball morgen Abend eh nicht mehr abnehmen.

„Wir müssen leiser reden, sonst kennt bald ganz Kettwig unsere Geschichte", warnte Beate und hielt die Hand vor den Mund.

„Du sprichst doch selber immer am lautesten", murmelte Robert.

„Guten Appetit!", sagte Maurits und stopfte sich ein mächtiges Stück Schnitzel in den Mund. „Die Frage ist, wie unser polizeibekanntes Opfer mit dem Tier zusammengetroffen ist. Ist es ausgebrochen? Ist es auf den Menschen gehetzt worden? Nach den Verletzungen zu urteilen …"

Maurits konnte nicht weiterreden, weil Beate protestierte: „Ich esse gerade."

„In der Nähe von Oberhausen ist ein Wolf gesehen worden. Er soll schon mehrere Schafe gerissen haben. Könnte das nicht passen? Oberhausen ist nicht so weit", sagte Cora. Sie hatte es im Radio gehört.

„Und nach seiner Bluttat hat er die Leiche von Oberhausen nach Kettwig in einem Plastiksack geschleppt", machte sich Robert lustig. „Wenn da ein wildes Tier gewesen ist, das den armen Teufel angefallen hat, muss es auch einen Besitzer geben, der die Leiche hier bei uns versteckt hat."

„Zurück zum Thema", forderte Maurits auf. „Ihr seht, es gibt eine Menge Fragen zu der Leichensache. Und einige respektable Lösungsansätze. *Het zou jammer zijn*, wenn wir an dieser Stelle nicht weiter machen würden. Wir könnten so eine kriminalistische Gesellschaft gründen. Mit meiner Hilfe, und meinem Wissen und meinen Beziehungen könnten wir den Fall lösen", meinte Maurits selbstbewusst.

„Aber wir wissen buchstäblich weniger, als die Polizei erlaubt", dämpfte Cora seinen Enthusiasmus. „Wenn die uns verbieten, über den Fall nach draußen zu sprechen, dann sind die uns in ihrem Wissen weit voraus."

Auch Beate erhob Bedenken. „Wir haben doch alle unser tägliches Päckchen. Du weißt doch, dass wir vorhatten eine Rentner-Community zu gründen. Robert und ich sind noch auf der Suche nach einem geeigneten Objekt. Das wäre doch prima, wir alle auf einem großen Gut oder auf einem großen Bauernhof. Mit all unseren Tieren. Und vielleicht noch ein paar Tieren mehr. Jeder hilft jedem. Wir unterstützen uns gegenseitig." Beate geriet ins Schwärmen.

„Das hindert uns doch nicht daran, ungeklärte Morde zu lösen. Ist doch kein Thema", sagte Maurits noch kauend.

„Wie du willst. Du, Maurits, klärst in der Community ungeklärte Morde auf. Ich koche den ganzen Tag. Robert sitzt in der Zeit am Computer. Und Cora wird die Pflege übernehmen, wenn ihr nicht mehr könnt", schlug Beate vor.

Cora wusste, dass die Funkes ziemlich vermögend waren. Robert hatte mal eine Firma in der Schweiz gegründet, die Sicherheitssoftware für Schließsysteme entwickelt hatte. Vor einiger Zeit hatte er sein Unternehmen verkauft und bei dem Verkauf eine glückliche Hand besessen. Was Cora anging, die ständig Kranke pflegen musste, kam ihr der Gedanke, mit den Hundefreunden in einer Gemeinschaft zu leben, nicht besonders verlockend vor. Klar, jeder für sich war ausgesprochen nett. Im Moment waren alle auch noch fit. Beate war vielleicht mit ihrem ständigen Tennisspielen sogar noch fitter als sie selbst, aber sie, Cora, war nun mal diejenige mit der medizinischen Ausbildung und dem deutlichen Altersunterschied zu den anderen. An ihr würde die Pflege hängen bleiben. Cora konnte und wollte sich einfach nicht vorstellen, dass diese nette Truppe einmal auf sie angewiesen sein sollte. Aber vielleicht würde sie ja selber eher die Hilfe der anderen benötigen. Unprofessionell vielleicht, aber dafür umso herzlicher. Eines hatte ihr die kleine Gemeinschaft auf jeden Fall gegeben. Sie hatte Freunde gefunden, die ihr zuhörten, wenn sie sich einsam und überflüssig vorkam. Ihre Freunde halfen ihr, die Hundeausgänge mit sinnvollen und weniger sinnvollen Gesprächen auszufüllen. Cora konnte nicht nur nehmen wollen. Sie musste auch geben wollen.

Und wenn Maurits diese Aufgabe brauchte, um noch mitten im Leben zu stehen, dann sollte er sie haben.

„Ich hätte schon Lust, Maurits bei der Mördersuche zu helfen", stellte Cora unvermittelt fest.

Die anderen sahen sie erstaunt an.

„Ich könnte ja mal im Internet so ein bisschen rumrecherchieren. Vielleicht finde ich ähnliche Fälle", sagte Robert.

„Ja seid ihr plötzlich alle verrückt geworden?!", schimpfte Beate. Und etwas kleinlaut fügte sie hinzu: „Welche Aufgabe kann ich denn übernehmen?"

„Du bist die Kontaktfreudigste. Du wirst dich in den Wäldern der Umgebung umhören. Die Hundebesitzer wissen manchmal mehr, als sie ahnen." Maurits hatte vor lauter Eifer und Glück noch ein paar Spuren mehr auf seinem Hemd hinterlassen. Die Spurensicherung hätte ihre helle Freude an dem Hemd gehabt. Und die Hunde unter dem Tisch hatten auch etwas, worüber sie sich freuen konnten.

Man hatte den Eindruck, dass etwas ins Rollen kam, abenteuerlich und gefährlich, dessen Ende keiner abschätzen konnte. Keiner, bis auf DeWitt vielleicht. Für sie war es noch ein Spiel, geheimnisvoll und unheimlich. Noch. Und keiner glaubte so recht an den Erfolg des Unternehmens. Aber es bot sich eine unverhoffte Gemeinsamkeit an, und das polizeilich ausgesprochene Verbot, mit dem Erlebten nach draußen zu gehen, machte die vier Hundebesitzer zu einer verschwörerischen Gemeinschaft.

„Wir nennen uns Hot Dogs. Unter diesem Namen werden wir uns treffen", sagte Robert cool.

„Hast du auch einen Schlachtruf für uns?!", fragte Beate etwas spöttisch. „Ich könnte ja eine Fahne nähen."

Darauf antwortete lieber keiner.

3

„Meinst du, ich müsste so einen Cocktail Bolero überziehen?" Anna stand vor dem Spiegel im Schlafzimmer und beäugte sich kritisch. Sie war sportlich, hatte eine durchtrainierte Figur, und in dem langen blauen Tüllabendkleid mit den weißen Strassperlen sah sie aus wie von einem anderen Stern. Das Kleid saß wie maßgeschneidert und betonte ihre schmale Taille. Ihre blonden Haare hatte sie zu einem Zopf geflochten.

„Es ist alles perfekt bei dir. Bist du fertig? Wir müssen los."

Die Vorbereitungen für Annas Abschlussball, zu dem sie sich mit Christian und seiner Frau treffen würden, waren beendet. Cora warf nur einen kurzen Kontrollblick in den Spiegel, um zu sehen, ob bei ihr alles in Ordnung war, ob ihr BH nicht verrutscht und die Schminke nicht verlaufen war. Und der Spiegel machte ihr Mut. Sie war immer noch schlank. Ihr schwarzes langes eng geschnittenes Kleid formte eine gut proportionierte Figur. Die blonden Haare saßen luftig und locker. Das Kleid hatte zwar einige Jährchen auf dem Buckel, aber es war, wie sie selber, gut erhalten. Fast wie neu. All ihre Ersparnisse waren für Annas Kleid drauf gegangen. Aber das war es ihr wert.

„Und wie sehe ich aus?", wagte Cora ihre Tochter zu fragen.

Anna warf einen kurzen Blick im Spiegel auf sich selber, dann einen Blick auf die hinter ihre stehende Mutter. Cora wusste sofort, dass sie ihre Frage besser unterlassen hätte.

„In Ordnung."

Immerhin. Für Anna waren alle Frauen, deren Alter mit einer 2 begann, schon kurz vor Koma und Tod. So gesehen, also ein tolles Kompliment. Besser wäre es aber gewesen, wenn sie die Frage an Gino gerichtet hätte. Er hätte „Wau" gesagt.

Der Abend versprach langweilig zu werden. Christian, Coras Exfreund und Vater ihrer einzigen Tochter, wirkte im Smoking total overdressed. Karin, seine Frau, trug ein atemberaubendes enges knallrotes

Designerkleid. Cora war sich sicher, dass sie ihre blonden Haare künstlich hatte verlängern lassen. Vor ein paar Tagen noch hatte sie die Anästhesistin auf der Straße mit kurzem Haar getroffen. So gesehen – und natürlich ganz objektiv –, wirkte ihre Löwenmähne irgendwie billig. Cora schielte verächtlich und gleichzeitig neidisch zur gertenschlanken Frau, die ihr gegenüber am Tisch saß. Karin nahm ihr Weinglas und prostete ihrer Vorgängerin zu. Sie lächelte dabei. Leicht triumphierend. Cora lächelte zurück, aber sie ließ ihr Glas unberührt. Christian schien erfreut zu sein, dass sich die beiden Frauen so gut verstanden. Wenn der wüsste! Noch heute, nach mehr als zehn Jahren, würde sie ihrer Ex Rivalin am liebsten den Hals umdrehen oder ihr eine Überdosis Haloperidol geben.

Anna stand auf, um mit einem Klassenkameraden zu tanzen. Beim Aufstehen flüsterte sie Cora zu: „Sie hat ein Kleid von Alexander McQueen an."

Cora wusste nicht einmal, ob McQueen ein Modedesigner war, oder ob es der Typ war, der ihr das Kleid geschenkt hatte.

„Stimmt es, dass eure Hunde eine Leiche aufgespürt haben?", wollte Christian wissen. Cora dachte nur: Er hat noch immer diese angenehme dunkle Stimme. Sein Haar ist zwar etwas grauer geworden, aber es ist noch voll. Er sieht verdammt gut aus. Vielleicht hatte Anna doch seine guten Gene geerbt.

„Jetzt fang doch nicht damit an. Anna hat zu viel Fantasie. Sie lebt in einer anderen Welt", sagte die Ärztin.

„Kann schon sein. Sie hätte einen Vater gebraucht." Cora war noch immer geistesabwesend.

„Warum erzählt sie so etwas? Will sie Aufmerksamkeit? Die bekommt sie doch. Hat Anna den Ausflug nach Monaco mit dir schon besprochen? Ich hoffe, das passt in deine Pläne."

„Ich wollte eigentlich mit ihr nach Kauai. Aber ich bin gerne bereit, meine Pläne für eure Fahrt nach Monaco zurückzustellen", sagte Cora bitter.

Sie sprang plötzlich auf, ging um den Tisch herum und zog Christian an der Hand auf die Tanzfläche. Bei dem langsamen Walzer fühlte sie sich in die Zeit zurückversetzt, als sie noch gemeinsam den Tanzkurs besuchten.

„Du siehst toll aus. Hast du abgenommen?" Christian schob Cora ein wenig von sich und betrachtete sie ungeniert.

„Dafür hast du zugelegt. Kann Karin denn so gut kochen?" Cora klopfte auf das kleine Bäuchlein unter dem Smoking-Hemd.

„Ach, hör auf! Wir leben nach wie vor aus der Kühltruhe oder essen in der Krankenhauskantine. Karin arbeitet genauso viel wie ich. Manchmal wünschte ich mir, wir hätten ein Kind."

„Du hast ein Kind, das solltest du nicht vergessen. Du solltest dich mal etwas mehr darum kümmern. Und Karin, wird sie dann auch so eine banale Hausfrau wie ich? Ich glaube, bei ihr hättest du kein Glück. Sie würde trotz Kind weiterarbeiten." Cora sah zu Karin hinüber. Anna beugte sich gerade zu ihr hinüber und nickte kräftig. Anna hatte sich von Anfang an sehr gut mit Karin verstanden. Klar, die musste sie ja auch nicht erziehen. Mit ihr fühlte sich Anna seelenverwandt. Cora wurde auf einmal traurig. Ihr Leben verlief gerade ungerade, und die Zukunft war eine Sackgasse.

„Jetzt sag mal, was ist denn dran an der Geschichte mit dem Toten? Ein besonders fantasiebegabtes Kind war Anna eigentlich nie", kam Christian auf das Thema zurück. „Ich halte sie für sehr realistisch und bodenständig."

Cora nickte. „Stimmt. Sie ist dir sehr ähnlich. Sie hätte mehr in deinen Haushalt gepasst."

„Du weißt, dass ich Anna nicht übernehmen kann. Zwei berufstätige Elternteile, das geht so nicht." Er war Cora auf den rechten Fuß getreten.

„Du bist noch immer derselbe Tollpatsch", sagte Cora leise und ließ es offen, ob sie seinen Fehltritt meinte oder seine saudämliche Einstellung zu seiner Vaterrolle.

Anna stand plötzlich hinter Christian.

„Darf ich mit meinem Papa tanzen?" Sie klopfte Christian auf die Schulter. Als Christian sie in den Arm nahm, drehte sie den Kopf um und sagte strahlend über die Schulter zu der Tanzschülerin neben ihr: „Das ist nämlich mein Vater." Okay, keine Erklärungen zur Mutter. Ging sie davon aus, dass sowieso jeder die Mutter kennen würde? Cora wollte das einfach mal so stehen lassen.

Cora kehrte zu ihrem Platz zurück und winkte mit einer schnellen Bewegung den Kellner herbei.

„Ich möchte gerne für mich bezahlen. Die Getränke meiner Tochter übernimmt der Mann, der gerade mit ihr tanzt." Sie deutete mit dem Kopf auf das herumalbernde Paar auf der Tanzfläche.

Im Auto hatte Cora das Gefühl, als müsste sie entweder gegen die nächste Straßenlaterne fahren oder in irgendein dunkles Loch steuern und sich direkt am Lenkrad ausheulen. Natürlich würde sie nichts von beidem zu tun. Sie beschloss, den Hund über Nacht bei Maurits zu lassen und sich mit einem Glas Rotwein in ihr Bett zurückzuziehen. Beim Ball hatte sie nichts trinken können, weil sie ja für die Rückfahrt zuständig war. Stunden später hörte sie im Halbschlaf, wie ihre Tochter in der Nacht in der Wohnung herumpolterte. Sie sah auf den Wecker. Kurz nach 3 Uhr morgens. Es interessierte sie nicht mehr.

„Wie war dein Ball?", wollte Beate am nächsten Morgen wissen. Sie war immer aufmerksam, und dazu kam eine gehörige Portion Neugier für die Angelegenheiten ihrer Mitmenschen.

„Frag nicht. Anna vergöttert Christian und seine Frau. Ich gehörte nicht dazu. Wir waren zu viert, aber ich war nur das fünfte Rad am Wagen. War praktisch gar nicht da", beklagte sich Cora.

„Du bist selber schuld. Du lässt deiner Tochter zu viel Freiraum. Du solltest sie an der kurzen Leine halten."

„Ja, ja, so wie du Einstein an der kurzen Leine hältst", giftete Cora. Vorwürfe waren das Letzte, was sie jetzt ertragen konnte. Und sie wusste, dass sie Beate damit verletzte. Beate und Robert hätten selber gerne ein Kind gehabt. Aber sie hatten ihren Einstein, den sie verwöhnen konnten. Er war schon fast mehr als ein Kindersatz und überaus anspruchsvoll.

„Wir haben schon einiges herausgefunden, wenn es euch interessiert", wechselte Maurits von einem unangenehmen Thema zum anderen. Es stellte sich heraus, dass es Robert war, der offensichtlich eine halbe Nacht am Computer gesessen hatte, um die Recherchen der Dogwalker voranzutreiben.

„Also, mein Ausgangspunkt ist der Industriesack, in dem sich die Leiche befunden hat. Maße 1900 mm x 700 mm, keine Beschriftung, Reißverschluss, Typ 70. Also ein starker Abfallsack für den harten Einsatz in Industrie, Betrieb, Außenbereichen, Gastronomie."

„Gastronomie", betonte DeWitt.

„Richtig", sagte Robert. „Es ist gar nicht mal ungewöhnlich, dass solche Säcke unbeschriftet sind. Der Besteller lässt sie dann mit eigenem Logo und eigener Aufschrift bedrucken. Wir können also davon ausgehen, dass es von diesen Säcken noch eine ganze Menge mehr bei dem Verwender gibt."

„Er muss einen solchen Sack gerade passend dabeigehabt haben, als unser bedauernswertes Opfer zu Tode kam", fügte Maurits hinzu.

„In Ordnung", erklärte Robert. „Und jetzt müssen wir anfangen zu spekulieren. Der Industriesack könnte in der Gastronomie verwendet werden. Das Opfer wird von einem Raubtier getötet worden sein."

„Entsetzlich", stöhnte Cora. „Das Raubtier müsste danach in der Gastronomie gelandet sein. Ich will mir das nicht vorstellen."

„Wilde Tiere. Exotische Tiere vielleicht", meinte Robert.

„Flöckchen, Fuß, verdammt noch mal." Flöckchen war, wie es ihre Art war, schon wieder einige Meter zurückgeblieben. Jetzt stellte sie ihre Ohren auf Durchzug und kümmerte sich nicht weiter um den Befehl ihres Herrchens. Im Wald waren all die leckeren Pheromone versammelt, die eine Hundenase beglücken konnten, getragen von Urin, Kot und Analdrüsensekret. Da gab es Hunde, die begeistert von Markierung zu Markierung eilten. Und da gab es Flöckchen, die an der Markierungskette langsam und genussvoll vorbeipromenierte, kennerhaft inhalierte und gedankenvoll nachschmeckte.

„Es gibt einen immensen Handel mit Tieren. Exotischen Tieren. Ihr müsstet mal ins Internet gehen. Aber das ist nichts für eure zarten Gemüter. Die Tiere werden verkauft an private Händler, Zoos, kleinere Tierparks, größere Exporteure, an Zirkusse und an Restaurants", erklärte Robert.

„Restaurants", wiederholte Cora resigniert. Robert nickte.

„Der Robert hat gestern die ganze Nacht am Computer gesessen. Manchmal hat er mich gerufen, um mir eklige Bilder zu zeigen. Ich bin jetzt nur noch einen Bissen vom Vegetarier entfernt." Beate schüttelte sich.

„Solche Bilder möchte ich auch nicht sehen. Aber wie soll es jetzt weitergehen? Hat das Tier vielleicht seinen Besitzer angefallen? Was ist passiert?"

„Vielleicht ist es vor Hunger ganz wahnsinnig gewesen."

„Das Tier ist ganz bestimmt nicht hungrig gewesen", meldete sich De Witt. „Ich habe die Verletzungen gesehen. Da wurde dem Opfer nicht in maßloser Gier Fleisch herausgerissen. Es ist dem Mann in den Nacken gesprungen, hat ihn auf jeden Fall mit einem Nackenbiss getötet. Vielleicht wurde das Tier darauf dressiert, sein Opfer anzufallen. Praktisch auf den Menschen gehetzt. Schwer zu sagen. Aber leider muss ich gestehen, in meiner ganzen Laufbahn hatten wir nicht einen derartigen Fall. Vielleicht sollte ich mich einmal bei einem Zoodirektor erkundigen. Der kennt sich eventuell mit Bissverletzungen von Raubtieren aus", sagte DeWitt.

„Kann das nicht sein, dass das Tier in die Enge getrieben wurde und sich nur gewehrt hat?", wollte Beate wissen.

„Indem es dem Opfer in den Rücken gesprungen ist und seine Wirbelsäule zernagt hat."

„Du meinst, vielleicht war der Tote selber schuld an seinem Tod?" Cora kam konsequent auf das Thema zurück.

„Klar, darum hat er sich danach auch in einen Sack gesteckt", knurrte Robert.

Beate blickte ihren Mann erstaunt an. „Mein Mann besitzt ja so etwas wie Humor", strahlte sie.

„Das war Ironie", stellte Robert klar.

Die anderen grinsten etwas verlegen.

„Robert hat mir auch die Bilder rübergeschickt, die Beate vom Tatort gemacht hat." Maurits war wieder bei seinem Leitgedanken.

„Sind denn deine Fotos, die du im Sack gemacht hast, überhaupt etwas geworden?", fragte Cora.

„Klar, soll ich sie dir schicken?", grinste Maurits.

„Igitt. Und dann findet Anna die auch noch und bekommt den Schock ihres Lebens." Den Schock ihres Lebens? Das nahm Cora allerdings insgeheim wieder zurück. Sie kannte da ihre Tochter besser. Mit Sicherheit würde sie Kopien ziehen und ins Internet stellen. Mit einem Smiley. Wahrscheinlich würden die Seiten auch ein paar tausend Mal angeklickt und mit einem Daumen hoch versehen: „Gefällt mir".

„Mama, hier im Internet steht, dass aus dem Zoo in Castrop-Rauxel ein Bär ausgebrochen ist. Wie kann das denn passieren?" Anna saß, wie eigentlich immer, wenn sie nicht gerade im Bett oder in der Schule war, mit angezogenen Beinen auf der Couch. Ihr Laptop war mit ihrem Bauch zusammengewachsen. Wie gut, dass ihr Vater Chirurg war.

„Keine Ahnung, wie so was passieren kann. Aber interessant. Wann ist der Bär denn ausgebrochen?" Cora legte ihren Kettwiger Stadtspiegel zur Seite. Sie war wirklich interessiert.

„Das ist schon ein paar Tage her. Aber keine Angst. Die Polizei hat ihn schon wieder eingefangen. Er hat sich irgendwo in einem Bochumer Vorort herumgetrieben. Er hat ein paar Mülltonnen untersucht und näheren Kontakt mit den Hühnern in einem heimischen Hühnerstall gepflegt, sehr zum Missfallen der Hühner."

Cora nahm ihre Zeitung wieder hoch. Der Bär konnte den Mann im

Tagesbruch nicht auf dem Gewissen haben. Das passte nicht. Örtlich nicht und zeitlich. Aber vielleicht kannte der Bär einen geheimen Fluchtweg und war danach noch einmal ausgebrochen. Er hatte dann den Mann getötet und war wieder zurück in sein Quartier geflohen. Der Tierpfleger hat die übel zugerichtete Leiche gefunden, sie in einen Industriebeutel getan und im Kettwiger Wald versteckt. Cora sprach ihre Gedanken lieber nicht laut aus.

4.

Es war nicht mehr wie früher, als sie wieder zu viert einen ihrer endlosen gleichförmigen Gänge durch den Kettwiger Wald machten. Sie vermieden den Gang zum Tagesbruch, obwohl er nur ein wenig weiter in Richtung Bilstein einen der schönsten Ausblicke auf die Ruhr und die Ruhrhöhen mit dem Golfplatz von Schloss Oefte ermöglichte. Sie gingen nur um den Pudding, das große Feld, das sich in den Stadtwald hineingefressen hatte und das von den meisten Dogwalkern als kleinste Einheit angesehen wurde, auf deren Umrundung die Vierbeiner ein Recht hatten. Cora stellte sich vor, dass sie am Tagesbruch immer noch die Flatterbänder von der Absperrung und die im abtrocknenden Morast eingegrabenen Spuren der Einsatzmannschaft und Einsatzfahrzeuge sehen würde. Sie berichtete von dem Zeitungsartikel mit dem ausgebrochenen Bären. Und obwohl sie sich vorgenommen hatte, ihre Theorie zum Bärenausbruch nicht preiszugeben, fing sie doch damit an, mit den anderen darüber zu diskutieren, ob der Ausbruch des Tieres mit dem schrecklichen Vorfall zusammenhängen könnte.

„*Wat raar, dacht om de hoek. Etwas strange.* Ziemlich um die Ecke gedacht." Maurits knetete konzentriert seine Hundeleine. Die Adern in seinem Gesicht waren leicht hervorgetreten. Er dachte nach.

„Quatsch, der Bär ist doch kein Häftling im offenen Vollzug, der kann nicht im Zoo ein und aus gehen. Wenn der einmal ein Schlupfloch gefunden hat, haben die im Zoo das danach bestimmt wieder verschlossen", unterbrach Robert uncharmant.

„Kann doch sein, dass der Pfleger den Ausbruch bemerkt hat und den Bären auf frischer Tat ertappt hat. Er hat dann zuerst den Bären zurückgebracht und danach die Leiche versteckt. Er liebt den Bären und möchte nicht, dass er eingeschläfert wird." Beate stand ihrer Freundin Cora zur Seite.

„Wir wollen die Idee mal im Gedächtnis behalten", sagte Maurits versöhnlich. Er hätte am liebsten allen seinen Freunden recht gegeben. Er war ein harmoniebedürftiger Mensch. Meistens jedenfalls.

„Lasst uns doch einfach mal nach Castrop-Rauxel fahren", schlug Maurits dann vor.

„Da werden wir aber bestimmt mit offenen Armen empfangen, wenn wir mit vier Mann dort auftauchen. Und das so kurz, nachdem der Bär los war." Robert hatte für seine Verhältnisse ungewöhnlich viel gesagt. Er war offensichtlich mit Feuereifer bei der Sache.

„Warum sollten wir nicht mit dem Direktor reden? So ganz unverbindlich. Ich werde ihm mal vorsichtig auf den Zahn fühlen. Als Polizist natürlich."

„Expolizist!!!", kam es gleichzeitig aus drei vollen Kehlen.

„Wir Frauen sehen uns in der Zeit in Ruhe einmal den Zoo an. Ich war schon so lange nicht mehr in einem richtigen Tiergarten. So mit Hund darf man nicht. Und ohne Kind macht ein Zoobesuch auch keinen richtigen Spaß mehr", sagte Cora.

„In den Zoo in Castrop-Rauxel darf man mit Hund. Du musst allerdings Eintritt für den Hund bezahlen", wusste Beate.

„Ihr könnt euch ja mal umsehen, ob es Merkwürdigkeiten in den Gehegen gibt, irgendetwas Verdächtiges, Außergewöhnliches", sagte Robert.

„Wie auch immer. Wir Frauen gehen getrennt. Der Direktor muss ja nicht merken, dass wir zu euch gehören." Beate stieß ihre Freundin in die Rippen und flüsterte ihr zu: „Ich will mich ja nicht blamieren. Lass die Männer ruhig Polizei spielen."

„Ich glaube, wir Männer sollten alleine gehen, ihr seid viel zu albern." Robert sah seine bessere Hälfte tadelnd an.

DeWitt stimmte zu: „Meine Damen, ihr müsst die Sache schon ernst nehmen. *Dat is doch ein Sterfgeval*."

Drei Augenpaare schauten Maurits fragend an.

„Nun, ein Todesfall. Wir haben keine Ahnung, was passiert ist. Ein Unfall, vielleicht. Aber da könnte auch jemand eine – tierisch schlimme Nummer abgezogen haben."

Cora blickte ihn interessiert an. „Der Hund vom Baskerville, meinst du sowas?"

„Zum Beispiel. Jedenfalls kann die Sache für uns alle enorm gefährlich werden."

Robert gab ihm Unterstützung: „Warum will die Polizei denn wohl, dass wir uns da raushalten. Da kann was ganz Großes passiert sein. Vielleicht laufen jetzt irgendwo im BKA oder im LKA die Glasfaserkabel heiß."

„Der Hund von Baskerville, keine schlechte Idee. Eine auf den Menschen dressierte Bestie. Wie kommen wir eigentlich immer nur auf einen Bären? Woher wissen wir denn überhaupt von welchem Tier der Mann getötet wurde? Jedes Raubtier kommt in Betracht", sagte Beate.

„Also auch ein großer Hund. So ein riesiger Kampfhund. Der …", sagte Cora.

„Quatsch, auch Kampfunde sind harmlos", fiel ihr Robert in den noch nicht vollendeten Satz.

„Hast du eine Ahnung. Gino ist schon mal von so einem Riesenvieh angefallen worden, als er ganz brav an der Leine lief." Cora erinnerte sich nur sehr ungern an diesen gefährlichen Moment.

„Und? Ist ihm was passiert? Nein! Das war auch nur eine Sache von Hund zu Hund", sagte Robert.

„Okay, Leute, ich werde den Direktor vom Castrop-Rauxeler Zoo bitten mich etwas über das Raubtierverhalten aufzuklären. Wird schwierig, wenn wir ihm nicht erzählen dürfen, was wir erlebt haben", schloss DeWitt die Debatte.

Es nieselte, als die vier Hundebesitzer leicht eingeengt in Beates neuem Twingo saßen. Nicht gerade das geeignete Wetter für einen Zoobesuch. Beate hatte sich großzügig bereit erklärt Robert fahren zu lassen. Coras Auto war in der Werkstatt, und Maurits hatte noch nie ein Auto besessen, auch keinen Führerschein. Robert lenkte den Wagen durch den dichten Verkehr auf der Autobahn Richtung Castrop-Rauxel. Die endlosen Baustellen und die damit verbundenen Staus ließen bei ihm keine gute Laune aufkommen. Die Hunde zeigten sich unbeeindruckt. Einstein hatte es sich auf Beates Schoß gemütlich gemacht. Fröhlich sah er durch die Frontscheibe jedem rechts und links überholenden Wagen nach. Es sah so aus, als würde er die Autos zählen. Flöckchen lag eingerollt auf DeWitts Schoß und schlief. Sie interessierte sich nicht für die vorbeifahrenden Fahrzeuge. Autofahren war auch für sie das Schönste. So nah bei Herrchen zu sein. Gino lag im Fußraum auf dem Rücken und ließ sich von Cora den Bauch kraulen. Gino war ein ganz braver Hund. Für ihn waren Sessel, Stühle, Betten usw. tabu. Er hatte ein viel besseres Benehmen als seine hündischen Kollegen. Cora wusste, dass das nicht so ganz stimmte. Er war vielleicht ein bisschen feige, oder er hatte Höhenangst. Cora war das recht so. Ihre alte weiße Ledercouch hätte seine kleinen Kratzpfoten auch nicht lange überlebt.

„Wir hätten die Hunde lieber zu Hause lassen sollen", überlegte

Cora. Ihre Füße waren eingeschlafen von Ginos schwerem Gewicht, und der Rücken tat ihr vom ständigen Vorbeugen und Streicheln weh.

„Warum? Unsere Tiere können sich besser benehmen als mancher Zeitgenosse", sagte Beate. „Stimmt doch, Maurits, oder?"

Der Mann nickte ganz arglos.

„Bin mal gespannt, wenn Gino seinen ersten Elefanten sieht", grinste Cora. Sie war genauso angespannt wie die ganze Gesellschaft und versuchte, sich mit halb gelungenen Witzchen etwas zu entspannen. „Ich glaube, er versucht, ihn zu verbuddeln."

„Oder er bekommt Minderwertigkeitskomplexe", meinte Maurits fröhlich.

„Quatsch, Einstein kann vor dem Berner Sennenhund von Frau Gärtner stehen und glaubt immer noch, er sei der Größte", sagte Robert.

Von den beiden Kassenhäuschen war nur das rechte besetzt. Man wollte Personal sparen. An einem gewöhnlichen Wochentag, und dann noch dazu bei schlechtem Wetter, zog es höchstens ein paar Rentner ins Freie. Welcher normale Mensch will schon Tiere in freier Wildbahn sehen, die sich vor dem Regen in ihre Gehäuse zurückgezogen haben?

Als sich die kleine Gruppe auf die Kasse zubewegte, sah Cora das leichte Aufleuchten in den Augen der jungen Angestellten, das aber sofort einem enttäuschtem Gesichtsausdruck Platz machte, als DeWitt seinen alten ungültigen Dienstausweis aus der Tasche holte. Er fummelte damit kurz vor den Augen der Frau herum.

„Wir hätten gerne den Zoodirektor gesprochen, den Herrn …"

„Dr. Mailänder", half Robert aus. Er hatte seinen Namen aus dem Internet.

„Ohne Eintrittskarte kann ich Sie leider nicht auf das Gelände lassen. Sie müssen außen rumgehen. Wollen Sie nicht doch in den Zoo?", fragte die junge Frau und zeigte Cora die gebündelten Eintrittskarten. „Ab 60 Jahre kostet der Eintritt die Hälfte."

„Später kommen wir vielleicht auf Ihr Angebot zurück. Bitte zeigen Sie uns jetzt den Weg", drängte DeWitt.

Mailänders Büro war in einem grauen Zechenhaus untergebracht, das von der Straße in das Zoogelände hineingebaut war.

Eine ältere Dame in Wickelrock und Leggins öffnete ihnen die Tür, beschnüffelte sie wie ein Raptosaurus und ließ sie dann widerwillig ein.

Kurze Zeit später saßen die Hundebesitzer im Büro des Direktors.

Das Büro war vermodert, überaltert und ungepflegt. Plakate früherer Veranstaltungen hingen hinter dem Schreibtisch, der vergilbte Schädel eines undefinierbaren Tieres stand auf einer Pappsäule neben dem Fenster. Mailänder war im mittleren Alter, wirkte aber durch seine auf Hochglanz polierte Vollglatze um einige Jahre älter. Der außergewöhnlich elegante blaue, vielleicht sogar maßgeschneiderte Anzug passte so gar nicht zum Ambiente des schäbigen Raumes.

„Wie kann ich Ihnen helfen?", wollte Herr Mailänder hinter seinem kleinen Pult wissen. Er blickte über seine Lesebrille hinweg herablassend in die kleine Runde.

Cora konnte sich nicht erklären, warum sie diesen Mann höchst unsympathisch fand. Seine stechenden blauen Augen waren zu klein und standen viel zu dicht zusammen. Seine Nase war viel zu lang und zu schmal, aber passte hervorragend zu seinem schmalen Mund.

Man kann den Kerl ganz einfach malen, als Strich-Männeken, dachte sie.

Der Mund des Mannes wirkte selbst beim Sprechen zusammengekniffen und verschlossen. So gab sich auch sein Besitzer. Vielleicht arbeitete der Kerl auch nebenbei in einem Zirkus. Als Bauchredner. Cora gefiel diese Vorstellung. Sie lachte ein wenig, was alle irritierte. Gleich würde sie ihrer Freundin die Vermutung mitteilen. Die lachte auch so gerne. Cora entschuldigte sich.

„Ich kann den Kerl nicht leiden", flüsterte Beate im gleichen Augenblick ihrer Freundin zu.

Cora wurde rot. Beate flüsterte nämlich immer ziemlich laut.

Unwillkürlich holte Beate ihren Einstein auf den Schoß und drückte ihn an sich. Auch Cora zog Gino an der Leine enger an ihren Körper. Nur DeWitt ließ Flöckchen an Mailänders Hosenbein schnuppern.

DeWitt zeigte kurz seinen abgelaufenen Polizeiausweis. Der Direktor zuckte nur mit der Schulter.

„Und ein alter Polizist braucht eine ganze Eskorte nebst Polizeihunden, um einen anständigen Zoodirektor zu befragen?" Er lachte laut und übertrieben jovial.

Robert schämte sich ein wenig. Cora wäre am liebsten im Boden versunken.

DeWitt zeigte sich aber der Sache gewachsen. Er hatte den alten Kommissar immer noch drauf.

„Die Herrschaften sind Zeugen eines Vorfalls, der zu polizeilichen Ermittlungen geführt hat. Es ist meine Aufgabe, Feststellungen zu treffen, inwiefern dieser Vorfall im Zusammenhang mit dem Geschehen hier im Zoo steht."

„Mein Gott, schon wieder einer, der nach unserem Bären fragt!" Der Direktor stöhnte.

„Und hoffentlich Antworten erhält", sagte DeWitt sehr bestimmt. Es war auffällig, was für ein akzentfreies Hochdeutsch er sprechen konnte, wenn es amtlich wurde.

„Was meinen Sie wohl wie viele Menschen schon hier waren, Polizei, SpuSi, Veterinäramt, Tierschutzbund und eine ganze Menge Idioten, die auf einmal alle unsere Tierhaltung beanstanden. Wir sind ein alter, traditionsbewusster Zoo mit behördlich überwachter Tierhaltung. Lassen Sie sich doch die Unterlagen von Ihren Kollegen geben! Ich bin nicht mehr bereit, alles noch einmal mit Ihnen durchzukauen." Dr. Mailänder stand auf.

DeWitt nahm die Aufbruchsstimmung nicht zur Kenntnis. Ungerührt fuhr er fort. „Welches Gefahrenpotential geht von einem solchen Tier aus, wenn es in Freiheit ist?"

„Wollen Sie dem armen Tier unterstellen, dass es Menschen angegriffen hat? Es ist vollkommen harmlos und an Menschen gewöhnt. Und jetzt möchte ich sofort wissen, an welchem Fall Sie arbeiten. Sie deuten hier Ungeheuerliches an und kommen nicht zur Sache." Mailänder schien auf einmal sehr entschieden.

„Ich bin im ersten Stadium meiner Ermittlungen und wollte zunächst nur Hintergrundinformationen sammeln. Es ist noch zu früh, um den Fall für die Öffentlichkeit auf den Tisch zu legen." DeWitt lieferte eine hanebüchene Erklärung ab.

„Dann kommen Sie bitte wieder, wenn Sie konkrete Angaben machen. Ihre Geheimnistuerei kommt mir sehr seltsam vor."

DeWitt ließ sich nicht beeindrucken. „Steht schon fest, welchen Wanderweg Ihr Bär genommen hat? Von Castrop-Rauxel nach Bochum ist es ein weiter Fußweg."

Mailänder lachte. „Unser Bär ist ein Herr in den besten Jahren. Er sollte in das Tiergehege nach Bochum überführt werden. Dort wartete eine attraktive Bärin auf ihn. In Bochum ist er aus dem Transportfahrzeug ausgebrochen, und in Bochum wurde er wieder eingefangen."

„Ist es also auszuschließen, dass das Tier bis in das südliche Stadtgebiet von Essen vorgedrungen ist?"

„Definitiv ja. Statt meine Zeit zu beanspruchen, hätten Sie sich besser einmal mit Ihren Kollegen in Bochum austauschen sollen, Herr

Kommissar."

„Gibt es Gründe, weshalb Sie den Bären abgeben? Das Tier hätte ja nach dem Paarungsakt zu Ihnen in den Zoo zurückkehren können."

„Ihre Frage ist unverschämt. Sie unterstellen mir, dass wir mit dem Bären nicht fertig geworden sind und ihn deshalb einem anderen Zoo überlassen haben. Nehmen Sie zur Kenntnis, dass wir im ständigen Austausch mit anderen Zoos in Deutschland und auch in Europa stehen. Der Castroper Zoo ist flächenmäßig begrenzt, von eingeschränkten städtischen Mitteln gar nicht erst zu sprechen. Wir können hier keine Tiere halten, die ein ausgeprägtes Laufbedürfnis haben. Unser Zoo ist dabei, einige solcher Tiere abzugeben, z. B. Eisbären und Bären. Es kommt hinzu, dass wir heute ein anderes Verständnis von der Tierhaltung im Zoo haben. Sie werden noch nicht vom geschützten Kontakt gehört haben."

„Jetzt keine blöden Witze", flüsterte Cora dem Kommissar zu.

„Die Tiere bleiben bei dieser Methode unter sich", fuhr Mailänder fort. „Die Tierwärter füttern und pflegen sie aus einem geschützten Bereich heraus. Die Dominanz des Tierwärters wird vermieden. Wir hier in Castrop müssten für diese Art der Tierhaltung so viele bauliche Veränderungen vornehmen, dass wir sie uns nicht leisten können."

„Ergebnis?"

„Ergebnis ist, dass wir auf Dauer keine großen exotischen Tiere mehr halten können, was natürlich unseren Zoo für das Publikum weniger spektakulär macht. Unsere beiden Tigergeschwister zum Beispiel sind zwar eine Attraktion, aber letztlich für die Zucht untauglich. Auf Dauer können sie nicht bei uns bleiben. Aber warum erzähle ich Ihnen das?"

Mailänder wurde einsilbig, irgendwie schien es ihm leidzutun, dass er da gerade ein neues Thema angesprochen hatte.

DeWitt hakte nach. „Für die Zucht untauglich?"

„Das hat doch mit Ihrem Fall sicherlich nichts mehr zu tun. Ja, jeder Zoo, jeder Tierpark, der auf sich hält, ist dem Europäischen Zooverband EAZA angeschlossen, der wiederum für gefährdete Tierarten spezifische Zuchtprogramme entwickelt hat. Die Programme für die sibirischen Tiger werden vom London Zoo geleitet. Nach diesen Programmen kommen unsere beiden Tiger zur Zucht nicht in Betracht. Der Stammbaum der Tiere ist nicht gesichert."

„Aber dann müssen Sie die Tiere doch nicht abgeben", mischte sich Cora ein.

Maurits überhörte ihren Einwand einfach: „Eine letzte Frage. An den Experten, wenn Sie so wollen. Wie fällt der Bär seine Beute an? Ich brauch die Hilfe eines Fachmannes. Wie tötet ein Bär? Überfällt er sein Opfer von hinten?"

Mailänder sah ihn nachdenklich an. „Also daher weht der Wind. Gehen Sie ins Internet, da finden sie alles, was Sie brauchen. Meine Tiere sind harmlos oder sicher eingesperrt."

„Eine kurze Antwort wäre schön."

„Bären vermeiden grundsätzlich den Kontakt zum Menschen. In der Wildnis von Kanada hat es allerdings in der Vergangenheit einige bedauerliche Todesfälle gegeben. Graubären, auch als Grizzlys bekannt, haben campende Touristen attackiert. Es heißt, die Opfer sind mit einem einzigen Prankenschlag getötet und dann von dem Bären verschleppt worden. Der von uns gehaltene europäische Braunbär ist nicht durch aggressives Verhalten bekannt."

„Gibt es andere Raubtiere in einem Zoo, Zirkus oder in einer sonstigen nicht artgerechten Haltung, denen ein mörderisches Verhalten zugerechnet werden kann?"

Mailänder schoss aus seinem Stuhl heraus. „Wenn Sie meinem Zoo unterstellen, dass die Raubtiere nicht artgerecht gehalten werden, sollte unser Gespräch jetzt wirklich beendet sein."

DeWitt ließ sich nicht aus der Ruhe bringen. „Ihren Zoo nehme ich selbstverständlich aus meiner Frage ausdrücklich aus. Ist es zutreffend, dass vor allem Löwen und Tiger in Betracht kämen?"

Mailänder beäugte DeWitt mit größtem Misstrauen. „Alle Angehörigen der Familie Felidae. Löwen, Tiger, Jaguare, Panther. Sie alle greifen zumeist von hinten an, strecken das Beutetier mit einem Prankenschlag zu Boden, zerbeißen den Nacken oder zerfleischen die Kehle, um die Beute zu ersticken. Aber meine Tiere hatten keine Gelegenheit einen Menschen zu töten. Wie gesagt, bis auf den Bären ist noch nie ein Tier ausgebrochen. Und wenn, dann würde es ja wohl in der Zeitung stehen."

Cora fasste sich unwillkürlich an die Kehle. „Und welche Raubtiere werden hier im Zoo gehalten?", fragte sie.

„Was soll das? Unsere Tiere fallen niemanden an, weder von vorne, noch von hinten. Sie werden von uns gefüttert", empörte sich Mailänder.

„Womit Ihre Tiere noch mehr Langeweile haben, weil gefüttert werden nicht artgerecht ist. Ist doch kein Thema." DeWitt schüttelte traurig den Kopf.

„Sollen wir jetzt anfangen unsere Wildtiere auf kleine Zebras zu hetzten. Das wäre noch grausamer, die Beutetiere haben keine Chance zu flüchten wie in der freien Wildbahn." Der Direktor sah die Dogwalker kritisch an.

„Und womit werden Ihre Wildtiere gefüttert?", fragte Beate lauernd.

„Wir haben eigene Lieferanten für Rindfleisch. Mit Metzgereiabfällen begnügen sich die Beutejäger eher nicht. Jede Futterumstellung wird sensibel aufgenommen. Wir füttern aber auch mit den Tieren dazu, die überschüssig sind, mit Tieren, die für die Zucht nicht zu verwenden sind. Und, um Ihrer Frage zuvorzukommen: Rein rechtlich ist die Tötung zur Verfütterung ein „vernünftiger Grund" im Sinne des Tierschutzgesetzes. Aber warum erkläre ich Ihnen das? Das Leben ist kein Zuckerschlecken. Und die Tiere sind nicht nur niedlich wie in den Kinderfilmen." Mailänder machte eine Geste zur Tür hin, um anzudeuten, dass er das Gespräch als beendet ansah.

„Wenn Sie im Zoo eigentlich nur die Natur nachbilden wollen, warum brauchen wir dann überhaupt noch Zoos?" Cora war inzwischen ziemlich ratlos geworden.

„Bildungsaufgabe und Naturschutz", murmelte Mailänder.

Cora war sichtlich verärgert. „Um Ihrer Bildungsaufgabe nachzukommen, übernehmen die Zoos und Tierparks die Aufgaben der Beutejäger. Sie züchten, um zu schlachten."

Bevor Mailänder explodierte, mischte sich Beate ein: „Ich weiß, worauf Frau Faßbender hinauswill. Es geht um den Direktor des Kopenhagener Zoos. Er hat vor den Augen der Kinder eine junge Giraffe, man hatte ihr sogar den Taufnamen Marius gegeben, an einen Löwen verfüttert. Das finden wir alle schrecklich."

Beate kannte auch die sehr alte traurige Geschichte, die die Herzen der Tierliebhaber auf der ganzen Welt erregte. Unzählige Morddrohungen hatte der Kopenhagener Direktor daraufhin bekommen.

„Ach, Beate, damit hat der Dr. Mailänder doch nichts zu tun. In Deutschland passiert so etwas doch nicht", verteidigte Robert den Direktor.

„Das passiert in Deutschland auch und überall auf der Welt. Sollen denn die Tiere mit Dosenfutter ernährt werden, nur damit kein Kind sieht, was die Tiere fressen. Das ist die Natur", erklärte Mailänder unwillig.

„Aber warum so ein junges Tier?", rief Beate aufgebracht.

„Weil das junge Tier nicht für die Zucht geeignet war. Soviel ich weiß, war es mit anderen Giraffen in den Zoos Europas verwandt, deshalb nicht zuchttauglich und darüber hinaus aggressiv. Man hatte keine andere Verwendung für die Giraffe. Und seien Sie bitte nicht so scheinheilig. Wir sprechen hier von Karnivoren, Fleischfressern. Wer in unsere Zoos kommt, weiß ja, dass wir unsere Tiere nicht mit Haferschleim füttern. Den Gipfel der Scheinheiligkeit sehe ich bei den Besuchern des Zoos in Kerkrade. Dort werden Hausschweine gezeigt, die nach einem begrenzten Leben in den Bratpfannen der Cafeteria landen. Was du vor einigen Monaten im Zoo besichtigt hast, kannst du dann beim nächsten Zoobesuch im Zoorestaurant verzehren. Die Holländer haben eben einen besonderen Sinn für Humor."

Mailänder machte eine Pause. Während Robert und die beiden Frauen den Zoodirektor mit einem Kopfnicken bestätigten, schaute der einzige Holländer unter ihnen den Direktor indigniert an. Mailänder sprang auf und zeigte den Dogwalkern sehr bestimmt den Ausgang.

„Wir haben uns hier in einem wertlosen Smalltalk verloren. So viel ich verstanden habe, suchen Sie einen Mörder. Hierbei viel Glück! Halten Sie mich gelegentlich auf dem Laufenden!" Er blätterte demonstrativ in einem Schriftstück auf dem Schreibtisch, leicht von ihnen abgewandt, um ihnen zu zeigen, dass er sich bereits mit anderen Angelegenheiten zu beschäftigen hatte.

Die Erleichterung stand allen deutlich im Gesicht geschrieben, als sie das Büro des Zoodirektors verlassen hatten.

„Du meine Güte", sagte Beate. „Wenn alles, was nicht mehr zuchttauglich und was dann auch noch aggressiv ist, geschlachtet werden müsste …"

„Ich mag deinen Humor nicht", sagte ihr Mann.

„Was machen wir jetzt?", fragte Beate auf dem Weg zum geparkten Auto. Sie hielt Einstein noch immer auf dem Arm, als wolle sie ihn beschützen.

„Wenn wir schon hier sind, verschaffen wir uns mal hier *ter plaatse* – vor Ort – einen Eindruck. Gehen wir mal durch den Zoo. Ist doch kein Thema. *Een beetje* gucken, was bei den Raubtieren los. Und das Bärengehege mal ansehen", meinte DeWitt.

„Was bringt uns das noch? Ich will keine eingesperrten Tiere mehr sehen." Sie befanden sich vor dem Eingang des Zoos, und Beate drehte ab.

Es waren die drei Hunde, die sich auf die Seite von DeWitt stellten. Sie wollten alle nicht nach Hause. Sie waren noch nicht Gassi gegangen, und hier roch es total spannend. Beates Einstein zog an seiner Leine. Gino hatte sich solidarisch auf seinen Po gesetzt und machte Männchen. Mit einem Pfötchen drückte er auf die Leine. Das bedeutete „Lass mich noch ein wenig hierbleiben." Damit konnte er sein Frauchen meistens bestechen.

„Ich dachte, ihr wollt mal sehen, wie eure Hunde auf die großen Tiere reagieren", versuchte DeWitt zu locken.

„Ihr habt es gut. Ihr zahlt alle nur die Hälfte, und ich mal wieder den vollen Betrag", stöhnte Cora.

Vor dem Gehege mit den Hyänen rümpfte Beate auf einmal die Nase. „Hier stinkt es."

„Oh, `tschuldigung. Bin Tierpfleger. Da duftet man nicht so gut." Mit einer Stimme hinter ihrem Rücken hatten die Dogwalker nicht gerechnet. Sie drehten sich um. Gino knurrte. Ein alter Mann in grüner Schürze und kotverschmierten Gummistiefeln stand in stark gekrümmter Haltung hinter ihnen. Sein Gesicht war mit Bartstoppeln übersät. Wahrscheinlich kam kein Rasierer mehr in die dicken Furchen. Das schüttere graue Haar hing ihm feucht ins Gesicht.

„Das ist ja spannend." Maurits war aufrichtig interessiert. „Um was für Tiere kümmerst du dich denn?" Er hatte das vertraulichere Du gewählt. Zusammen mit seinem holländischen Akzent, den er jetzt wieder stark betonte, kam das gut an.

Der Mann freute sich über die Aufmerksamkeit. „So ziemlich um alles hier, aber besonders die großen Tiere. Bären, Löwen, Tiger. Gibt aber fast keine großen Tiere mehr. Oft nur noch leere Käfige." Der krumme Mann zeigte in eine Richtung. Dann erschrak er und zuckte zusammen. Die Hundegruppe konnte aber nur den Direktor erkennen, der sie aus der Entfernung beobachtet haben musste.

„Ich kann nix mehr sagen. Ich muss arbeiten." Damit wandte sich der Mann ab und wollte weg. Maurits hielt ihn am Ärmel fest.

„Ich will mit dir *kort praten*, kurz reden. Ich bin von der Polizei. Kann ich dich nach Feierabend hier abholen?"

Der Mann sah sich noch mal ängstlich um. „Ich habe heute um 18 Uhr frei. Aber holen Sie mich nicht am Ausgang ab. Ich bin am Abend meistens im „Püttchen". Gleich um die Ecke. Fragen Sie nach Jiri."

Dann war er genauso schnell weg, wie er aufgetaucht war.

„Ja toll, Maurits. Dann kannst du dich ja heute Abend auf ein Bierchen mit dem Kerl treffen." Cora war sauer. Wollte DeWitt wirklich von ihnen verlangen, dass sie die ganze Strecke noch einmal fahren mussten.

Er wollte.

Die kleine Truppe musste erkennen, dass viele Käfige und Unterschlüpfe verwittert waren und leer standen, und auch in den Freigehegen waren nur vereinzelt Wildtiere zu sehen. Alles wirkte ein wenig trostlos.

„Vielleicht haben die armen Tiere in ihren Behausungen Unterschlupf gesucht", meinte Cora.

„Das glaube ich nicht. Es regnet *geen druppeltje* mehr."

„Ihr habt ja gehört, was Jiri gesagt hat. Es sind nicht mehr so viele Tiere da. Wer weiß, wo sie geblieben sind. Vielleicht hat der Mailänder sie an andere Tiere verfüttert. Soll ja auch in Deutschland so sein, wird aber nicht an die große Glocke gehängt", überlegte Robert.

„Das will ich gar nicht hören", sagte Beate traurig. „Vielleicht sind die Tiere einfach nur gestohlen worden."

„Wie naiv ist das denn?" Cora schüttelte den Kopf.

„Frag mal den Robert, der hat im Internet gelesen, dass es einfacher ist, Tiere aus dem Zoo zu stehlen, als sie aus dem Dschungel zu holen", erklärte Beate.

„Ja, das stimmt. In England zum Beispiel sind aus 60 Tiergärten um die 200 Tiere entwendet worden. Da werden sie gehandelt wie seltene Kunstgegenstände oder Antiquitäten. Überlegt mal, wie viele wertvolle Tiere in einem Zoo zusammenkommen. Wenn ich mal zynisch sein darf, ist das eine ungeheure Menge an wertvollster Biomasse", sagte Robert.

„Und wie stellen die das an? Ist doch sicher schwierig exotische Tiere – vielleicht sogar Raubkatzen – aus dem Zoo mitgehen zu lassen."

„Die Diebe lassen sich einfach nachts im Zoo einsperren. Was in Kaufhäusern geht, geht in einem großen Zoo erst recht. Draußen warten dann die Komplizen mit den Transportern. Keine Ahnung, wie sie die Tiere in die Transporter bringen. Ich bin ja auch kein Dieb", spekulierte Beate.

Maurits hatte die Freunde unauffällig zum Raubkatzengehege geführt. Das Gehege war groß und relativ weitläufig. Ein etwa 3 m hoher Zaun verhinderte das Ein- und Ausbrechen von Menschen und Tieren.

Aber wer hätte schon den Mut sich auf dieses gefährliche Terrain zu trauen.

Vor dem Gehege befand sich das Steinhaus der Tiger mit kräftigen Gitterstäben davor. Ein riesiger Tiger lag ruhig und scheinbar schlummernd hinter den Gittern des Tigerhauses. Nur ab und zu öffnete sich ein Auge ganz leicht, müde und ohne Aggression. Dieses Tier war Menschen gewohnt.

„Dem möchte ich nicht auf der Straße begegnen", sagte Beate andächtig. „Wo ist denn der zweite Tiger? Mailänder hat doch von einem Pärchen gesprochen."

DeWitt war ganz dicht an den Käfig getreten. „Maurits, geh lieber nicht so nah ran. Ich habe mal gehört, dass wilde Tiere die Menschen mit Kot beschmeißen können", warnte Cora.

„Das machen die Affen", klärte Robert auf.

„Will mir nur mal den Kiefer des Tieres aus der Nähe ansehen." Der Tiger war aufgestanden und gähnte leicht. Sein Gebiss mit den herausragenden Fangzähnen und den messerscharfen Schneidezähnen blitzte weiß und gefährlich auf. „Kann mir schon vorstellen, dass so ein Vieh gewaltige Löcher reißen kann."

„Mein Gott, bist du makaber", sagte Cora.

Der Tiger hatte sich langsam und gelangweilt aufgerichtet. Die Menschen interessierten ihn nicht besonders. Er hatte nichts von ihnen zu erwarten. Weder Gutes, noch Böses. Er kehrte ihnen den Hintern zu.

Und dann passierte es. Es gab eine riesige Explosion. Mit einem Urknall schoss eine gelbe Fontäne aus seinem Hinterteil, ohne Vorwarnung, ohne Aggressionen, ganz einfach so, ohne Ansage.

„Verdammt, jetzt hat mich das Vieh durchs Gitter angepinkelt." DeWitt sprang angewidert zurück und auf Beates Fuß. Er versuchte, die Hosenbeine so weit wie möglich von seinen Knien wegzuhalten.

„Verdammte Scheiße."

„Nein, Pipi. Und du sollst nicht fluchen", sagte Cora.

Die Frauen und sogar Robert prusteten entspannt los. Nur Maurits konnte irgendwie nicht mitlachen. Er fühlte sich etwas angepisst.

„Ich wusste gar nicht, dass Tigerpisse nach Popcorn stinkt", sagte Robert.

„Jetzt weißt du es", knurrte Maurits.

„Ich werde in meinem ganzen Leben kein Popcorn mehr essen", versprach Cora und blickte amüsiert auf Maurits durchfeuchtete Hose.

Maurits zog sich immer mehr in sich selber zurück. Er sagte kein Wort. Er war einfach nur stinkig.

Es kam kein ordentliches Gespräch mehr zustande. Alle wirkten nur froh, endlich von Maurits in Ruhe gelassen zu werden.

„Ich druck dir den Fahrplan nach Castrop aus", sagte Robert versöhnlich, als sie vor Maurits Haustür angelangt waren.

„Kann ich selber", knurrte DeWitt und watschelte zur Haustür.

„Scheiße, warum hat der Kerl auch kein Auto", schimpfte Robert.

Am Abend stieg DeWitt, clean, geduscht und umgezogen, wie selbstverständlich in Coras Auto ein. Sie hatte es noch schnell aus der Werkstatt geholt und eine dicke Rechnung bekommen. Die Funkes saßen schon im Wagen. DeWitt hatte keinen Moment daran gezweifelt, dass ihn jemand erneut nach Castrop-Rauxel bringen würde. Und dass das natürlich kostenfrei geschehen würde. Für die Tankrechnung und Reparaturen war ausschließlich derjenige zuständig, dem das Auto gehörte.

DeWitt war in seiner Prägung immer noch ein Niederländer alten Schlages. Früher einmal, als sie mit Christian Urlaub in Cannes gemacht hatte, saß eine Holländerin neben ihr an der Hotelbar. Sie rechnete ihr Getränk auf den Cent genau mit dem Barkeeper ab. Als sie Coras erstaunten Blick sah, lachte sie. „Du musst wissen, wir Niederländer sind, auch wenn wir längst aus der Kirche ausgetreten sind, durch und durch calvinistisch. Weiß du, was ein Calvinist ist? Er sieht wirtschaftlichen Erfolg als sichtbares Zeichen dafür an, dass er zu den Erwählten gehört. Wer sein Geld verschwendet, vielleicht sogar Trinkgeld gibt, gefährdet seinen wirtschaftlichen Erfolg und stellt seinen Glauben in Frage. Das will doch keiner, oder?"

Maurits hatte zu Hause in der Küchenschublade ein seltsames Gerät, das Cora noch nie zuvor gesehen hatte.

„*Dat is een flessentrekker*", hatte er Cora erklärt.

„Und was macht man damit?"

„Eine super Erfindung. Du kriegst damit den letzten Rest aus deiner Ketchupflasche heraus."

Ein Volk, das den „*flessentrekker*" erfunden hat, kann so spendabel nicht sein.

Was die Holländer und ihren Campingwagen anging, hatte Cora dagegen eine andere Theorie. Zu behaupten, dass die Holländer geizig seien, ist ungerecht. Die Niederländer sind eine Outdoor-Nation. Sie sitzen frierend auf der Terrasse vor dem Restaurant und lassen sich durch keinen Regen vertreiben, selbst wenn der Kamin im Lokal noch so romantisch knistert. Sie riskieren lieber eine hohe Stromrechnung, als dass sie die geliebten Heizstrahler und Heizpilze ausstellen und ins Warme gehen.

Das Püttchen war eine schmierige kleine Kneipe und zu der Abendstunde, als die Dogwalker eintraten, kaum besucht. Trotz des allgemeinen Rauchverbotes war die Gaststätte in einen weißen Nebel gehüllt. Der Zigarettenqualm waberte um die Eintretenden und machte aus der Zechenkneipe das Wirtshaus in Dartmoor. Jiri war schon feuchtfröhlich, als die vier Detektive eintraten. Er saß an der Theke und bestellte gerade „noch ein kühles Blondes", das auch sofort zu ihm rüberkam. Fast hätte Cora ihn nicht wiedererkannt. Er trug Privatsachen, eine alte Jeans und ein blaues Holzfällerhemd. Nur sein krummer, über der Theke gebeugter Rücken machte ihn unverwechselbar. Der Kneipenbesitzer im mittleren Alter widmete sich intensiv seinem Zapfhahn. Er war offensichtlich ein Südländer, ein ziemlich blasser Südländer. Er sah so aus, als hätte er die meiste Zeit seines Lebens nicht in der Sonne an der Adria gelebt, sondern im Dunkeln unter Tage in Deutschland. Der Dreck unter seinen Fingernägeln war ein weiteres Indiz dafür, dass er nicht nur im Püttchen, sondern auch im Pütt sein Geld verdient hatte.

„Ah, da sind meine Kumpels", sagte Jiri überlaut, nachdem ihm Maurits auf die Schulter getippt hatte. Er war stolz darauf, dem Wirt seine gehobene Bekanntschaft vorstellen zu können.

Der Kneipier nickte kurz in Richtung der neuen Gäste.

Maurits stellte seinerseits seine „Kumpels" noch einmal ordentlich dem Tierpfleger vor. Sie nahmen den angeschlagenen Mann mit zu einem runden Tisch in der Ecke des Raumes. Das Glas in seiner rechten Hand deutete einen leichten Tsunami an. Die Finger seiner linken Hand hielten seine Zigarettenkippe umschlossen.

Jiri hatte sein Glas schon geleert, bevor die anderen überhaupt etwas bestellen konnten. Mit leicht verschwommenem Blick stierte er seine neue Bekanntschaft an. Cora bedauerte es, ihr schönes teures Benzin und ihre nicht weniger teure Freizeit sinnlos verplempert zu haben. Es war ihr vorletzter freier Tag. Ab übermorgen würde sie wieder eine ganze Woche lang Nachtdienst machen müssen.

Die beiden männlichen Hundebesitzer waren schlecht gelaunt. Maurits beeilte sich zur Sache zu kommen, bevor der alte Mann ganz dicht machte.

„Jetzt mach mal langsam, Jiri! Wir wollen uns doch noch unterhalten."

„Unterhalten?", sagte Jiri mit schwerfälliger Zunge. „Klar. Unterhalten wir uns. Bin topfit."

„Dann erzähl mal, warum stehen so viele Käfige bei euch im Zoo leer? Soll der Zoo aufgelöst werden?"

„Wäre auch besser so", warf Beate ein.

„Unsere Tiere werden immer jut versorgt. Ich liebe jedet einselne Tier. Jedet einselne", sagte Jiri mit etwas langgezogener Stimme. „Besonners Freddy. Freddy hatte nen besonderen Charakter. Konnte richtig beleidigt sein. Zog sich dann inne hinnerste Ecke zurück. Und son ausdrucksvolles Gesicht hatte er." Er saugte noch einmal an seiner Zigarettenkippe und warf sie dann in das leere Bierglas. „Manchmal, wo ich nach Hause bin, hab ich mich tatsächlich gefragt, ob er nich gesprochen hatte mit mir. So intelligent guckte er."

„Wer ist denn Freddy?", wollte Cora wissen.

„Wer *war* denn Freddy, junge Frau, um dat mal klarzustellen. Freddy is nich mehr. Glaub ich wennichstens."

„Also, wer war denn, Freddy?", wiederholte Cora ihre Frage mit leichter Korrektur.

„Freddy, unser Braunbär. Hab ihn sehr jeliebt. Is jezz weck. Und nich mehr da. Bin sehr traurich." Jiri wischte sich mit dem Knöchel des Zeigefingers etwas Feuchtigkeit aus den Augen.

„Hey, Aldo jib mir noch en Bier!"

„Nein Aldo, kein Bier mehr für Jiri! Wir müssen erst *een beetje* mit ihm reden. Aber mir können Sie ein großes Bier bringen", rief Maurits dem Kellner zu.

Aldo kam an den Tisch. Seine Augen wanderten beunruhigt von einem Dogwalker zum anderen. „Hört mal, Leute, Jiri ist ein guter harmloser Typ. Ihr fallt mit vier Mann über ihn her. Ich möchte nicht, dass ihr ihn ausfragt. Geht morgen zu ihm, wenn er ein paar Bierchen weniger drin hat."

„Alles gut, Aldo", sagte DeWitt. „Jiri hat uns hierhin gerufen. Wollte mit uns sprechen. Und das mit dem Vorsprung, den Jiri im Trinken uns voraushat, können wir schnell regeln. Bring uns allen mal *een heerlijk biertje*."

Aldo sah die Runde etwas verwirrt an. „Watt will der?"

„Ein lecker Bierchen für uns alle", erklärten Beate und Robert.

„Aber der anderen Dame bringst du eine Cola light", sagte Maurits und sah Cora fröhlich an.

Cora musste die anderen noch sicher nach Hause kutschieren.

Insgeheim schimpfte sie auf Maurits, der nie fahren musste. Auf Robert, der sie sanft dazu überredet hatte, doch noch mitzukommen. Und auf Beate, die sie nicht davon abgehalten hatte, ihren Wagen zur Verfügung zu stellen. Zum Glück waren alle Hunde zu Hause geblieben. Anna kümmerte sich um Gino. Flöckchen und Einstein konnten am Abend gut alleine in ihrer eigenen Wohnung bleiben.

Cora beobachtete, wie Robert verstohlen unter dem Tisch mit seinem Smartphone hantierte. Das Handy war mit einem extra großen Display ausgestattet. Damit konnte er unter dem Tisch alles gut erkennen und ins Internet gehen, sogar in dieser verräucherten Kneipe.

„Wo ist denn Freddy jetzt?", nahm Beate das unterbrochene Gespräch wieder auf.

„Wenn ich dat man wüsste. Der Mailänder hat jesagt, der kommt innen annern Zoo. In Bochum. Ich hab ihm dat jeglaubt. Aber dann bin ich hin. Nach Bochum. Wollte gucken, wie et mein Bärchen jeht. Wollte gucken, ob er schon jeheiratet hat. Hätte wundervolle kleine Bärchen jegeben. Hey Aldo, noch ein Bärchen, noch ein Bierchen!"

DeWitt wollte die Bestellung verhindern, aber Cora griff ein. „Lass den Mann doch trinken! Du trinkst doch auch, so viel du willst. Alle trinken." Und fast beleidigt fügte sie hinzu, „Nur ich nicht."

Ja, alle tranken. Die Stimmung wurde bei den Bier trinkenden Hundebesitzern immer lockerer. Aldo stellte Jiri ungebeten eine Tasse Kaffee auf den Platz, um ihn wieder ansprechbar zu machen. Nach der ersten Enttäuschung und dem ersten Schluck Kaffee erzählte Jiri von der großen Armut des Zoos.

„Aber der Direktor sieht alles andere als arm aus. Der fährt bestimmt einen dicken Schlitten", sagte Cora.

„Is richtich. Dat wunnert mich auch. Dabei hatter eben noch mein Jehalt jekürst." Jiri stierte auf seine Tasse Kaffee und schien den Faden verloren zu haben.

„Wir haben dich vorhin unterbrochen. Du wolltest doch erzählen, dass dein Bärchen nicht im Bochumer Zoo war. Wo war es dann?" Cora ging automatisch zum „Du" über. Das verschaffte eine persönliche Atmosphäre, aber der angetrunkene Mann merkte es eh nicht mehr.

„War ja nich da anjekommen. War nie dajewesen. Einfach weck, mein Bärchen." Jiri wischte sich seine Augen mit dem Handrücken.

Die Hundeclique blickte sich leicht betroffen an. Waren sie dem Mörder schon auf der Spur? Irgendwie passte alles nicht. Freddy war angeblich nie durch den Essener Süden gekommen. Andererseits war das auch gar nicht erforderlich. Denn da musste jemand gewesen sein, der die Leiche verpackt, abtransportiert und in dem Erdtrichter eines Tagesbruchs versteckt hat. Wies der zerschundene Männerkörper überhaupt auf einen Braunbären hin? Ein katzenähnliches Tier, Löwe oder Tiger, hätte eher solche tödlichen Verletzungen verursacht. Auch Mailänder meinte, es könnte eher ein Tiger gewesen sein. Aber wenn er etwas mit dem Mord zu tun hatte, wollte er sie vielleicht nur auf die falsche Spur führen.

„War dein Freddy vielleicht der ausgebüxte Bär, von dem wir in der Zeitung gelesen haben?", wollte Cora wissen.

„War wohl. Sollte verkauft werden. Der is abjehaun, alsser aussem Transporter sollte." Jiris Augen glänzten feucht. Die Nase tropfte inzwischen eklig.

„Bist du sicher, dass der Bär wirklich nach Bochum gegangen ist?" Beate kamen Zweifel.

„Warum sollte der Direktor einen falschen Ort genannt haben? Da steckt etwas ganz anderes dahinter." Robert fuhr seiner Ehefrau unhöflich über den Mund. Dann verschwand sein Blick wieder unter dem Tisch.

„Du kannst ruhig dein Handy auf dem Tisch lassen und uns informieren, wenn ein Tor gefallen ist", meinte Maurits gnädig.

„Nein, was soll das? Das geht gar nicht. Wir wollen uns ungestört unterhalten", schimpfte Beate.

„Auch annere Tiere warn weck. Immer wieda sind Tiere weck. Mailänder jibt ja kaum ne Antwort. Is halt dat Geschäft, hat er jesagt." Es schien so, als wenn sich der Tierpfleger mehr mit seiner Tasse Kaffee unterhalten würde als mit den Dogwalkern.

„Aber man kann Zootiere doch nicht so einfach verkaufen", empörte sich Cora.

„Ich lese euch mal vor, was ich gerade im Internet gegoogelt habe", sagte Robert und zog sein Smartphone unter dem Tisch hervor.

„Ich denk, du guckst Schalke", sagte Beate im besten Ruhrgebietsdeutsch.

„Jetzt nicht mehr", stöhnte Robert. „Im Jahre 1952 hat eine Tierhandelsfirma namens L. Becker den Castrop-Rauxeler Tiergarten gepachtet. Sie hat mehrere Tierfangstationen in Afrika und Südamerika unterhalten. Viele Tiere haben im Castrop-Rauxeler Zoo nur eine vorübergehende Bleibe gehabt, bis sie dann endgültig an andere Zoos und Tierparks in ganz Europa, seltener auch an private Interessenten verkauft wurden. Die Firma Becker profitierte von dem Zoo in Castrop-Rauxel, weil sie ihre Tiere kostengünstig vorhalten und präsentieren konnte. Und das Publikum aus dem Ruhrgebiet profitierte davon, weil es für kleines Geld mitten im Wohnzimmer von Urwald, Savanne und Pampas stand. Es konnte Bären, Schlangen, Affen, Zebras, Kamele, Krokodile, Löwen und Elefanten sehen. Becker baute später sein Imperium aus, errichtete überall in Europa Zoos und Safariparks und verkaufte sie meistens wieder schnell."

„Aber die Firma Becker gibt es doch wohl gar nicht mehr."

„Richtig, das Artenschutzabkommen und strengere Tiergesetze verschärften das Fangen und die Einfuhr wilder Tiere schon seit Mitte der 70er. Viel Papierkram und wenig Geld, das war das Aus für den Tierfänger."

„Und wie klappt das heute mit dem Zoo in Castrop-Rauxel?"

„Heute ist er städtisch."

„Aber das bedeutet doch, dass es keine Veränderung mehr im Tierbestand geben kann, wenn der Tierhandel beendet worden ist." Cora sah Robert sehr konzentriert an. „Stellst du jetzt gerade die Theorie auf, dass Mailänder so eine Art Heuschrecke ist? Auch Zoos sind eine Art Unternehmen. Und Mailänder verhökert das Betriebsvermögen."

„Ich stell überhaupt keine Theorie auf", wehrte sich Robert. „Vielleicht hat er sich auf das Auswildern von Tieren spezialisiert. Vielleicht nimmt er auch nur am Austauschprogramm von Zuchttieren teil."

DeWitt stieß Jiri an, dessen Kopf immer wieder zur Tischplatte sank. „Ist das richtig, dass Mailänder den Zoo umstrukturieren wollte? Mehr heimische Tiere, weniger teure Exoten?"

Jiri riss die Augen auf und versuchte zu verstehen, was gefragt wurde. „Davon hatter nix erzählt. Spricht ja auch nicht viel mit mir. Gibt seine Befehle und erklärt mir nix."

„Vielleicht besorgt er sich ein Taschengeld, indem er Zootiere an private Händler oder an spezielle Restaurants verkauft", sprang Cora ein.

„Das ist doch nicht wahr!" Beate war entsetzt. „Wer sollte denn die ollen Zootiere essen wollen?"

„Alte Tiere nicht unbedingt, aber ich habe im Internet gelesen, dass die Menschen immer exotischer werden. Unsere einheimische Küche bietet den verwöhnten Gourmets nicht mehr genug. Ihr glaubt gar nicht, was heute alles auf den Tisch kommt. Ihr kennt doch z. B. selber die Vorliebe der Franzosen für Froschschenkel. Und das ist ja schon lange nichts Besonderes mehr. Was kommt danach? Auch bei uns? Affenfleisch ist doch schon bekannt, Krokodilfleisch, Bärenfleisch?" Robert hatte sich in Rage geredet.

„Hör auf!", schrie Beate ihren Mann an.

„Robert hat recht. Die Menschen werden immer perverser. Wenn es auf der einen Seite die Kultur der Veganer gibt, die auf jedes tierische Produkt verzichten, dann existiert auf der anderen Seite eine Kultur der Lustmolche, die alles Exotische mit Genuss vertilgen."

„Vielleicht kommt der Mailänder den Dieben zuvor. Kann doch sein, dass der Kerl sich sagt, in vielen Zoos werden die Tiere gestohlen, da verkaufe ich sie lieber für viel Geld und …", überlegte Cora.

„… melde die Tiere als gestohlen. Damit kassiert er doppelt. Von der Versicherung und von den illegalen Tierhändlern", setzte Robert ihre Überlegung fort.

„Aber dann hätte er dem Jiri doch nicht erzählt, er hätte die Tiere verkauft. Er hätte ihm sagen können, die seien gestohlen worden. Hey Jiri, der Mailänder hat dir doch gesagt, die Tiere sind verkauft worden." Maurits stupste den alten Mann an.

„Hat er", rülpste Jiri.

Ein Bär, ein Zebra, ein Tiger und noch einige exotische Vögel waren verkauft worden. Und der Zoo war schon lange nicht mehr versichert, weil er die Prämien nicht mehr bezahlen konnte.

Beim Abschied zog Jiri den alten Kommissar noch einmal ganz nah zu sich heran und raunte ihm zu: „Noch en Tipp von mir. Wenn Ihr ma inne Stadt Jelsenkirchen seid, da jibt es en Restaurant, Miracle. Kann sein, datt mein Bärchen dahin jekommen is. Der Besitzer is mit mein Chef auf Du un Du."

Er schleppte seinen wackeligen schwankenden Körper irgendwie in Richtung nach Hause irgendwo. Cora hatte sich nicht angeboten ihn dorthin zu fahren. Sie wollte ihren Wagen nicht vollgekotzt haben.

„Der arme Kerl. Ob man alle Tiere aus dem Zoo an ein Restaurant verkauft hat?", grübelte Cora ihm hinterher.

„Vielleicht haben manche auch Glück gehabt und sind für viel Geld zu privaten Leuten gekommen", überlegte Beate.

„Ob man das Glück nennen kann?", sagte Robert, „Als Schlange oder Krokodil in einer kleinen Badewanne oder in einem engen Terrarium zu leben."

„Wir haben ein Tierschutzgesetz mit vielen Verordnungen. Aber das ist leider das Problem, dass die Tiere ihre Rechte nicht selbst einklagen können." Maurits sah wütend aus dem Fenster. „Wir werden uns den Direktor und den ganzen Zoo noch einmal genauer unter die Lupe nehmen. Vielleicht hole ich mir eine Dauerkarte."

„Und wer fährt dich dann dauernd dahin?" Cora und Beate stellten diese Frage gleichzeitig.

„Wo ist das Problem? Wir haben doch zwei Autos und drei Fahrer. Ist doch kein Thema." Maurits konnte die dumme Frage der Frauen nicht verstehen. „Als nächstes werden wir uns einmal ein ausgezeichnetes Gourmetessen schmecken lassen. Im Miracle."

Gino, der in Coras Abwesenheit von Anna betreut wurde, begrüßte Cora, als sie zurückkam, nur kurz an der Tür, fast gnädig, und verzog sich sofort wieder in sein Körbchen. Anna war in ihrem Zimmer und hörte Musik. Cora wollte sie nicht stören.

Sie blickte noch einmal auf den gelangweilten Hund im Körbchen, beneidete ihre Hundekollegen, die wesentlich anhänglichere Hunde hatten. Selbst sie, Cora, wurde von Flöckchen und Einstein viel herzlicher willkommen geheißen als von ihrem eigenen Mistköter. Aber wehe, Cora verließ das Haus ohne Gino. Dann wurde aber lautstark protestiert.

„Und, habt Ihr was rausgekriegt?", fragte Anna. Sie war nach oben gekommen, legte sich auf die Couch und zog ihren Laptop auf den Schoß. Sofort hämmerte sie eifrig auf den unschuldigen Apparat ein.

„Wir haben uns mit dem Pfleger unterhalten, er vermisst einige Tiere aus dem Zoo." Cora zog sich die Jacke aus.

„Oje, wer stiehlt denn Tiere aus einem Zoo? Das ist ja schrecklich." Anna zeigte sich ehrlich betroffen. Dann war sie wieder abgelenkt. „Mama, der Elias meldet sich gerade. Er will noch mit mir zum Italiener."

Anna hatte seit einer Woche einen „festen" Freund.

Cora warf ihre Schuhe in der Diele auf den Boden, dann ging sie in die Küche, um sich eine Flasche Bier zu holen.

„Bier macht dick", sagte Anna. Sie schrieb dabei eifrig weiter. Wahrscheinlich teilte sie ihrem Elias gerade mit, dass sie ihre Mutter noch weichklopfen musste. „Aber du kannst es dir erlauben."

„Der Pfleger meinte, die Tiere könnten in einem Restaurant auf dem Teller gelandet sein." Cora suchte im Gesicht ihrer Tochter nach einer menschlichen Regung.

„Ach nein, die armen Tiere. Wie gut, dass ich Vegetarierin bin."

Anna verzog angewidert ihren Mund.

Cora hatte nichts gegen Annas Freund. Er war 2 Jahre älter und machte einen soliden Eindruck. Aber sie kannte ihn noch nicht so richtig. Wie sollte das auch möglich sein? Sie hatte ihn bisher nur einmal an der Tür gesehen und „Hallo" gesagt. Cora sah auf die Uhr. Es war schon fast Mitternacht. Sie, als Nachtwache, war es gewohnt nachts ohne Schlaf durchhalten zu müssen, und Anna war auf dem besten Wege auch ein Nachtmensch zu werden.

„Mama, komm, sag schon was! Morgen ist doch Samstag. Ich kann ausschlafen. Außerdem hast du schon was in der Kneipe gegessen und ich noch gar nichts. Sag schon ja!", drängte Anna.

„Ich habe in der Kneipe gar nichts gegessen. Aber ich kann uns was zu essen machen", schlug Cora halbherzig vor. Sie war müde und der Gedanke noch ein Stündchen alleine auf dem Sofa zu verbringen, reizte sie. Und sie hatte immer noch keinen Appetit.

Sie suchte ihre Handtasche und kramte ihr Kleingeld zusammen.

„Mama …!"

„Ja, geh schon. Hoffentlich haben die noch offen." Sie schob Anna ihr Kleingeld hin, nachdem sie es gezählt hatte „Nicht ganz zwanzig Euro. Es fehlen noch ein paar Cent."

„Egal. Passt schon." Anna tippte noch etwas auf ihren Laptop, dann klappte sie den Deckel zu und schob sich an Cora vorbei.

„Tschüss, bis dann!"

Kurze Zeit später hörte Cora eine Autotür. Elias schien schon draußen gewartet zu haben. Cora war etwas besorgt, dass Anna mit ihm fuhr. Sein Führerschein war neu und der Wagen alt.

Anna hatte durch die Schule schnell Freunde gefunden und sich gut eingelebt, wie man so schön sagt. Cora hatte dagegen große Schwierigkeiten. Sie arbeitete immer noch in demselben Krankenhaus in Werden. Während sie früher vom Norden aus anfahren musste, kam sie jetzt aus dem etwas schöneren Süden. Werdens Innenstadt ist rund 10 km vom Kettwiger Rathaus entfernt. Cora hatte in dem Krankenhaus keine Freunde. Sie war die Exgeliebte des beliebten chirurgischen Oberarztes. Es war ihr grundsätzlich egal; wie man zu ihr stand. Sie hatte auf der chirurgischen Station genügend Arbeit und keine Zeit für längere Gespräche.

Cora war nicht der Typ für Vereine, dabei ist fast jeder Kettwiger gleich in mehreren Vereinen engagiert. Als die allerersten Fachwerkhäuser hochgezogen wurden, müssen die Frauen nebenan schon gleich die erste Kuchentheke eingerichtet haben. In Kettwig wird Charity großgeschrieben, du spendest für jeden denkbaren Zweck, wahrscheinlich auch für die notleidend gewordenen Spender. Aber die alteingesessenen Kettwiger lassen nur schwer einen Fremden an sich heran. Wer in Kettwig neu zugezogen ist, muss bis zur ersten Kontaktnahme so viel Salz mit seinen Nachbarn essen, dass man ein Nierenversagen befürchten muss. Wenn man kleine Kinder hat, bekommt man vielleicht als Mutter eher Kontakt, über den Kindergarten, über die Grundschule, den Turnverein. Aber Anna war schon aus dem Alter heraus, wo sie noch begleitet werden musste.

Vielleicht wäre Cora bei diesem tristen Leben vor die Hunde gegangen, wenn nicht ein Hund ihrem Leben ein Ende gesetzt hätte. Ihrem eintönigen Leben. Und auf einmal wurde sie von wildfremden Menschen wahrgenommen.

„Ach ein Spitz. Gibt es den auch noch?"

„Ach wie süß, ein Spitz. Darf ich den mal streicheln?"

„Wir hatten in unserer Kindheit auch einen Spitz. Der hat mich mal gebissen."

„Gehen Sie weg mit Ihrem dreckigen Köter! Weg da du Mistviech!"

„Duck mal, Mama, ein Wauwauteddy."

Cora wurde in Kettwig zu einer Persönlichkeit. Man kannte sie, die Frau mit dem Spitz. „Da kommt die Witwe Bolte."

Sie freute sich über Kommentare, wenn sie abwechslungsreich waren. Nur dieses verschwörerisch gemurmelte „Spitz pass auf!" konnte sie nicht mehr hören.

Gino war Gott sei Dank ein Mittelspitz, wie er im Buche stand, jedoch ohne die lästigen Eigenschaften dieser Tierrasse. Der Jagdtrieb war schon vor Hunderten von Jahren aus der Rasse herausgezüchtet worden. Der Spitz ist ein Wach- und Familienhund. Er nimmt in der Wohnung die strategisch wichtigste Stelle ein und hat von dort alle Türen und Fenster im Blick. Ihm entgeht nichts, auch nicht, wenn Frauchen in die Keksdose langt und sich eine Süßigkeit herausholt. Wenn Cora in der Küche mit Cellophan-Verpackung und Papiertüten raschelte, war Gino sofort zur Stelle. Nur nichts verpassen. Dass Fremde die Wohnung betraten, war eher selten. Dann aber zeigte Gino sein volles Misstrauen und verbellte den unwillkommenen Eindringling. Im Wald dagegen war er still und mit dem Schnüffeln viel zu beschäftigt, um gegenüber Passanten Laut zu geben. Er grub mit Begeisterung Löcher in die weiche Erde zwischen den Baumwurzeln des Stadtwaldes oder im Rasen der Funkes, wobei Beate ihn erstaunlicherweise auch noch anfeuerte.

Cora liebte die Abende, wenn sie in ihrem Sessel saß und las, sich dabei ein Glas Rotwein genehmigte. Gino lag an seinem bewährten Platz, erhob sich, reckte sich und streckte beim Gähnen seine überlange rote Zunge aus dem Maul. Dann patrouillierte er wie beiläufig durch das Zimmer und blieb, ohne Cora anzusehen, neben ihrem Sessel stehen. Es war rein zufällig, dass er dort stehen geblieben war, schien er ausdrücken zu wollen. Er hätte auch an jedem anderen Eckchen des Zimmers seinen Platz gefunden haben können. Er stand dort so lange, dass Cora glauben konnte, sie hätte ein Steiff-Tier in der Wohnung, dem lediglich der Knopf im Ohr fehlte. Dann endlich griff Cora in das weiche Fell des Hundes, spürte die kuschelige Unterwolle und den warmen Körper des Hundes. Sie kraulte dem Tier hinter den Ohren und strich ihm langsam über den Rücken. Gino schaute weiter desinteressiert und gelangweilt, während er sich keinen Zentimeter bewegte. Cora konnte seine festen Flanken und seine kräftigen Hinterläufe ertasten, die manchmal leicht zitterten, wenn sie eine kitzelige Stelle erwischt hatte. Wenn Cora zu streicheln aufhörte, blieb der Hund stehen. Es war nicht ihre Entscheidung, wann das Streicheln aufzuhören hatte.

5

Jeder Straßenzug, jedes Stadtviertel, jeder Wald weist eine von der Öffentlichkeit kaum bemerkte Parallelgesellschaft auf. Ihre Mitglieder arbeiten mit verdeckten Namen. „Das ist dem Gino sein Frauchen." Manchmal erreicht die Namensbildung sogar eine ungeahnte Kompliziertheit. „Das ist dem Gino sein Frauchen ihre Tochter." Kaum einer kennt den wirklichen Hausnamen. Die Eintrittskarte zu dieser Parallelgesellschaft wird an der Hundeleine geführt. Die Gesellschaft ist klassenlos und hat keine sozialen Schranken. Der Arzt läuft neben dem Schreiner, der Vorstand eines an der Börse notierten Großunternehmens tummelt sich im Kreis von fröhlich gackernden Hausfrauen. Die Halbwüchsige, die jeden Nachmittag mit dem Hund ihre Runden dreht, nimmt ihre Kopfhörer ab, wenn sie der älteren Dame mit dem großen Sennenhund begegnet, und tauscht lächelnd ein paar Worte mit ihr aus. Wie durch ein geheimes Zeichen strömen Hunde und Hundehalter zu etwa gleichen Zeiten aus den Häusern. Niemand muss durch eine Gassi-Geh-Verordnung des Landwirtschaftsministeriums dazu angehalten werden, zweimal am Tage mindestens eine halbe Stunde mit dem Hund Gassi zu gehen. Die Hunde kennen ihre Rechte und haben die Leine schon in der Schnauze, wenn es Gassi-Geh-Zeit ist. Da gibt es aber schon mal einen faulen Hund, der am liebsten eine Petition beim Ministerium einreichen würde, wenn Frauchen ihn auch bei Regen durch den Wald nötigt. Zumindest in den Kernzeiten trifft man sich. Nur wenige gehen der Gesellschaft aus dem Weg, wählen andere Zeiten und andere Wege. Das sind die, deren Hunde nicht gesellschaftsfähig sind. Die Hunde beißen. Oder sie sind läufig. Manchmal, aber ganz selten, ist auch der Hundehalter nicht gesellschaftsfähig.

Man grüßt sich, sieht sich verpflichtet, einige Worte zu wechseln. Die Themen sind festgelegt. Kommt ein Neuer in den Kreis, dann hat sich der Hund vorzustellen. „Wie alt ist er denn?" Die zweite Frage gilt der Rasse. „Was ist denn das für einer?" Manchmal kommt auch die Frage: „Hatter Stammbaum?" „Ja, dahinten rechts die große Eiche." Wer sich auf den Stammbaum beruft, gerät ins Abseits. Keiner möchte seinen Hund im Stadtwald „Parzival vom Ebersberge" rufen. Eine weitere Frage beschäftigt sich mit der Sicherheit. „Muss ich ihn an die Leine nehmen?" Im Stadtwald dürfen die Hunde auf den Wegen ohne Leine laufen. Wichtig ist das Wetter, obwohl es überhaupt kein Thema sein sollte. Denn der echte Hundebesitzer geht bei jedem Wetter vor die Tür, die Hunde nicht unbedingt. Es gibt kein schlechtes Wetter, nur schlechte Kleidung – und schlechte Laune. Ein wichtiges Thema ist auch das Verhalten anderer Waldnutzer, die sich aus der Gesellschaft ausgeschlossen haben, weil sie keinen Hund halten. BMX-Fahrer, die zwischen die Hunde fahren. Nordic Walker, die mit ihren Stöcken die Hunde verängstigen. Oder die Spaziergänger, die einen weiten Bogen um die Hundekindergärten machen. Im Kettwiger Stadtwald ist der Schotter auf den Wegen ein ständiges Thema. Die Hundepfötchen lieben ihn nicht. Manchmal bleiben die Tiere erschreckt stehen, wenn sie auf einen spitzen Stein getreten sind. Sie könnten den Weg vermeiden, wenn sie über das Feld oder durch die Büsche liefen. Aber es ist ja Hundepflicht, beim Frauchen zu bleiben.

Die Parallelgesellschaft teilt sich gern in Untergruppen auf. Sie richtet sich nach Eigenschaft und Fähigkeit der Hunde. Da gibt es große starke und bewegungsfreudige Hunde wie den ungarischen Vorstehhund und den Weimaraner. Solche Hunde wollen laufen. Kein Mensch weiß, warum ausgerechnet die Paarung kleiner, schmächtiger Mensch und großer, lauffreudiger Hund so oft vertreten ist. Da schießt plötzlich ein großer dunkler Hund an einer Hundegruppe vorbei, und hinterher rast an der Leine ein kleines Männchen, Kopf im Nacken, das gerade noch Zeit zum Grüßen hat, bevor es hinter der nächsten Biegung verschwindet. Die Besitzer mit den kleinen gemütlichen Hunden bleiben unter sich. Sie hören andächtig zu, wie die Halter von Jagdhunden durch das knackende Gebüsch laufen und ihren Beagle, Dackel oder Münsterländer vergeblich beim Namen rufen. Sie halten die streunenden Hunde am Halsband fest, wenn sich die Besitzer meilenweit hinter ihnen rufend melden. Sie sind der Kern der Gesellschaft, mit dem sich jeder im Vorbeigehen schnell einmal austauscht. „Haben Sie Jerry nicht gesehen?" „Nein, aber seine Freundin ist vor 10 Minuten bei uns vorbeigekommen. Er wird sie besuchen."

Durch ihren Hund hatte Cora Freunde gefunden. Sie waren eine kleine Truppe geworden. Cora hatte auf einmal Kontakte. Immer war jemand da, den sie mal anrufen konnte. Manchmal gesellten sich auch andere Hundebesitzer zu ihnen. Man kannte sich. Man gab Tipps, wo es gerade Sonderangebote gab, brachte selbstgebackene Plätzchen für Hund und Hundehalter mit, manchmal auch ein paar Piccolos, wenn es Geburtstage oder Beförderungen zu feiern gab. Man kondolierte, und man achtete darauf, wenn jemand plötzlich nicht mehr kam. Jeder sprang mal für den anderen ein, wenn er einen Hundesitter brauchte. Oder ansonsten irgendeine Hilfe benötigte. Sie verabredeten kleine Ausflüge und wechselten in die Standorte anderer Parallelgesellschaften. „Heute treffen wir uns mal in Vor der Brücke auf der Hundewiese direkt an der Ruhr. Die Herkulesstauden sind jetzt endlich geschnitten." Die Hunde ließen nicht erkennen, ob sie ihr kleines Rudel toll fanden. Sie beschnupperten sich kurz bei der Begrüßung und gingen dann ihres Weges. Beim Schnüffeln an den stark markierten Stellen trafen sie sich wieder. „Sie lesen gemeinsam die Zeitung", sagte DeWitt. Als er das zum ersten Mal sagte, war es noch witzig.

„Haben Sie den Holländer gesehen?", wollte Beate von den zwei Männern wissen, die ihnen mit ihren Hunden im Wald entgegenkamen. Die vier hatten sich eigentlich verabredet. Die älteren Männer schüttelten den Kopf.

„Wir kennen keinen Holländer. Oder trägt er vielleicht ein Schild um den Hals, auf dem steht, dass er ein Holländer ist", grinste einer von ihnen.

„Tut mir leid, aber ich dachte, den DeWitt kennt hier jeder im Wald. Man erkennt ihn aber auch an seinem holländischen Akzent", sagte Beate. Sie verabschiedeten sich.

Dann tauchte Maurits auf. Er kam ihnen entgegen.

„Bist du schon fertig? Wir haben am Feld auf dich gewartet", schimpfte Beate.

„Und die Leute nach dem Holländer gefragt", fügte Cora hinzu.

„Aber die kannten dich nicht", sagte Robert.

„Habe ich denn vielleicht ein Schild um den Hals, auf dem Holländer steht?", fragte DeWitt.

„Aber einen Holländer erkennt man doch an seiner Meeresbrise im Gesicht", spielte Beate auf sein immer feuchtes Gesicht an.

Das stimmte, bei Kälte liefen DeWitt nicht nur die Tränen an seinem Gesicht hinunter. Und bei Hitze war es schweißgetränkt. Sein Gesicht war eigentlich immer nass. DeWitt war nicht beleidigt. Er zog ein Taschentuch hervor und trocknete sich ab.

„Flöckchen wollte heute schon etwas früher raus. Sie hat ihr Spielzeug auf meinen Bauch gelegt, ist dann nachgesprungen und hat *een beetje* damit gequietscht."

„Mit deinem Bauch?", wollte Beate wissen.

„Quatsch, mit dem Spielzeug", mischte sich der humorlose Robert ein und schüttelte missbilligend den Kopf.

„Hast du heute Abend schon was vor?" Maurits ging neben Cora. Das Wetter war wieder besser geworden. Es sah so aus, als würde sich der Spätsommer noch einmal freundlich von diesem Jahr verabschieden. Cora mochte diese Jahreszeit. Sie mochte es, wenn das Chlorophyll in die Wurzeln und Stämme der Laubbäume zurückwanderte und die Farbpigmente der Blätter in grellem Orange, Rot oder Gelb aufleuchten ließ. Wenn sich das aufstrahlende Grün der Nadelhölzer jetzt bei dem Laubfall vehement in das Farbenspiel hineindrängte. Und sich ein leichter Nebel über die Kettwiger Höhen und über die Ruhr legte, die man vom Aussichtspunkt am Bilstein in geschmeidiger Schleife dahinfließen sah. Die pure Romantik, die sie sonst empfand, war jetzt allerdings durch die Schäden, die der Wald vor ein paar Wochen erlitten hatte, stark gestört. Entlaubte und zerstörte Bäume, zerborstene Stämme und schwarze Äste zogen eine Schneise durch die spätsommerliche Farbenvielfalt. Für Beate war der beginnende Herbst immer ein unliebsamer Abschied gewesen. Ein Abschied vom Sommer. Beate hasste Abschiednehmen. Dann kam der Winter. Wieder ein Abschied. Vom ganzen Jahr. Die Zeit verging zu schnell. Und mit ihr rauschten die Jahre des Lebens davon. Man wurde älter und schließlich alt. Aber soweit würde es noch lange nicht bei ihr sein. Maurits dagegen freute sich auf den Winter. Er konnte das warme Wetter nicht so gut vertragen. Robert war die Jahreszeit egal. Er liebte jedes Wetter. Beate sagte manchmal zu Cora, dass er sowieso von draußen nicht sehr viel mitbekommen würde. Vor dem Computer war es immer hell und freundlich. Gut, dass die beiden einen Hund hatten, der auch sein Herrchen zwang, sich regelmäßig dem Wetter oder Unwetter auszusetzen.

„Hast du heute Abend schon etwas vor?", wiederholte DeWitt seine Frage.

„Ne, was soll ich schon vorhaben? Ich geh doch erst morgen in den Nachtdienst."

„Beate und Robert habe ich auch gefragt. Wir gehen exklusiv essen.

Kommst du mit?"

Wie lange war sie nicht mehr exklusiv essen gewesen? Hatte sie außer dem Ballkleid eigentlich noch ordentliche Klamotten? Irgendwas aus der Zeit „Vor dem Hund" würde ihr wohl noch passen.

„Wohin geht es?", wollte Cora wissen.

„Wir besuchen Jiris Geheimtipp, das Miracle, das ist ein Nobelrestaurant. In Gelsenkirchen. *Het is heel dichtbij*, ist doch ganz nah."

„Willst du wirklich essen gehen oder nur den Fall lösen?"

„Wohl beides", sagte Maurits ehrlich. Dabei sah er echt zufrieden aus. „Obwohl ich nicht so richtig glauben kann, dass die ausgemusterten Tiere da landen."

„Wenn ich in meinem Essen ein Stück von einer Hundeleine finde, kannst du was erleben", flüsterte Robert seinem Freund ins Ohr.

Maurits lächelte nur vor sich hin. „Eine neue Aufgabe für unsere kriminalistische Vereinigung. Wir können unseren Fall sozusagen gustatorisch weiterverfolgen."

„Was hat er gesagt?", wollte Beate wissen.

„Er hat gesagt, dass wir es herausschmecken sollen, ob uns was aus dem Tierpark zwischen die Zähne kommt. Da esse ich lieber vorher zu Hause mit Anna. Eigentlich schade. Wenn wir schon einmal ausgehen, sollten wir uns mal richtig etwas gönnen."

Cora hatte große Lust, noch eine Weile alleine über das naheliegende Feld zu laufen. Sie wollte sich etwas entspannen. Die anderen verstanden sie und verabschiedeten sich bis zum Abend. Endlich mal den eigenen Gedanken nachhängen. Heute war ihr letzter freier Tag. Aber sie konnte ihn nicht richtig genießen, erst recht konnte sie sich nicht entspannen. Ihre Gedanken wanderten immer wieder zu der Leiche im Kettwiger Wald. Würde sie das Opfer jemals wieder aus ihrem Kopf verbannen können? Sie beschloss doch nach Hause zu gehen und sich eine Frischkur bei ihrer Tochter zu holen. Sie brauchte jetzt junge und unbeschwerte Menschen um sich.

6

Die Dogwalker hatten es nicht über das Herz gebracht, ihre Tiere für längere Zeit alleine zu Hause zu lassen. Jetzt standen sie mit ihren kläffenden Hunden an der kurzen Leine vor dem exotischen Restaurant. Am Eingang wurden sie von einer jungen chinesischen Frau im bunten Cheongsam unterwürfig empfangen. In ihren Augen flackerte die Angst vor solchen Hunden, die noch lebten und noch nicht tischfertig zubereitet waren. Vermutete Cora.

Ein kräftiger blonder Kellner im weißen Muskelshirt stand hinter dem Tresen. Er nickte den Gästen flüchtig zu, einen Ellenbogen hatte er auf die Theke gelegt, mit der anderen Hand polierte er den blanken Edelstahl des Tresens auf Hochglanz. Dabei ließ er die Oberarmmuskeln mit seinen aggressiven dunklen Tattoos spielen. Die vier wirkten beeindruckt. Nur die Hunde standen weniger auf tätowierte Arme. Tätowierte nackte Waden wären ihnen sicher lieber gewesen. Cora zog Gino noch enger an sich. Die Chinesin geleitete sie zu einem Tisch in einer gemütlichen Ecke.

„Was für ein Restaurant ist das denn? Die Frau ist Chinesin, die Einrichtung mehr thailändisch und der Name französisch oder englisch", stellte Cora fest.

„Eben sehr exklusiv", sagte Maurits so andächtig, als würde er einen Kirchenraum betreten.

„Robert hat im Internet recherchiert. Ein harmloser Thailänder", beruhigte Beate ihre Freundin.

„Die roten Loungestühle sind viel zu schade für uns." Cora blickte dabei den armen Maurits an, der sein obligates Schlabberhemd trug mit den nicht rauszukriegenden Flecken längst vergangener Mahlzeiten.

„Vielleicht will sich Maurits unauffällig ein paar Essensreste auf dem Hemd rausschmuggeln, um es dann kriminologisch, DNA-technisch, auf geschmuggelte Tiere untersuchen zu lassen", raunte Beate ihrer Nebenfrau zu.

Cora saß neben Beate, schräg gegenüber von Maurits. Maurits protestierte nicht, er war etwas schwerhörig.

Beate nahm ihren Einstein noch mal kurz auf den Arm, gab ihm einen flüchtigen Kuss auf die Schnauze und verstaute ihn dann unter dem Tisch. Die anderen Hunde hatten ihren Platz da unten schon eingenommen. Sie bellten nicht mehr. So ab und zu würden sie noch ihre Besitzer anstupsen, um etwas Leckeres von oben zu ergattern, aber ansonsten würden sie Ruhe geben. Hoffentlich.

Ein bulliger Kellner im Smoking brachte vier in rotem Samt eingefasste Speisekarten.

„Was darf ich den Herrschaften zu trinken bringen?", seine Stimme hatte den harten Akzent eines Osteuropäers.

„Ein großes Bierchen. Und dann habe ich eine Frage, haben Sie so etwas richtig Exotisches? Sie wissen schon. So etwas, was es nicht überall zu essen gibt." DeWitt war beim Bestellen immer der Erste. Alter ging bekanntlich vor.

„Wir haben Straußenfleisch im Angebot."

„In Kettwig gibt es schon eine Straußenfarm. Das ist ja schon fast langweilig. Ich meine so etwas ganz Spezielles." Maurits kniff dem Kellner ein Auge zu.

Der blickte leicht irritiert, grinste dann aber. „Wir haben das Menu Surprise. Wenn Sie bereit sind, sich unserer Küche anzuvertrauen?"

„Können Sie uns nicht doch verraten, welches Fleisch Sie verarbeitet haben?", fragte Cora. „Dann können wir anderen das auch bestellen."

„Pardon, aber es ist eine Surprise. Ihr Gaumen sollte sich überraschen lassen", sagte der Kellner leicht affektiert. Weil er sah, dass sich die beiden Frauen weiter durch die Speisekarte kämpften, entfernte er sich wieder.

„Guck mal Beate, hier gibt es auch Frühlingsröllchen Poh Pia Peng und Wan Tan, wie bei unserem Chinesen. Und Satay-Spieße. Hab ich schon öfter gegessen. Ist mit Hühnerfleisch. Lecker." Cora war erleichtert. Alles vertraute und unverdächtige Sachen.

„Und Muak ist wohl Tintenfisch mit Gaeng. Curry. Ich nehme vielleicht eine Suppe, Khao Tom mit Gaeng und Gai, Hühnerfleisch, hört sich doch gut an. Und du, Beate, mit Talea, Meeresfrüchten?" Cora sah ihre Freundin herausfordernd an.

„Könnt ihr euch nicht entscheiden? Darf ich daran erinnern, dass wir uns nicht die Bäuche vollschlagen wollen, sondern auf Recherche sind?", mischte sich Maurits ein.

Auch beim schnellen Durchsehen konnte Cora nichts entdecken, was nicht auf einer üblichen exotischen Speisekarte zu erwarten war. Und nichts, was mit illegalem Tierhandel in Verbindung gebracht werden konnte. Allerdings hätte sie auch nicht erwarten dürfen, dass ihr der Kellner ungefragt eine Speisekarte vorlegte, in der die Fleischspeisen sorgfältig nach Kragenbären, Pinguin und Anakonda geordnet waren. Vielleicht gab es sowas in irgendeinem Hinterzimmer auf spezielle Bestellung von speziellen Leuten, die hierfür enorm bezahlten.

„Ich denke, ich werde ein ganz normales Nueah, Rindfleisch mit Kokosmilch und Gemüse bestellen", sagte Cora und legte ihre Karte zur Seite.

„Wenn dat man so stimmt." Beate konnte auch nicht einmal die Klappe halten. Dann entdeckte sie eine ganze Seite mit einer merkwürdigen Überschrift. „Was ist das denn: Entomophagische Snacks?"

Keiner hatte eine Ahnung. „Die moderne Küche ist ja heute mehr Labor als Kochtopf", stöhnte DeWitt. „Wer soll das alles noch verstehen? Makrobiotisch. Entomophagisch. Molekularküche. Aber Hauptsache, es schmeckt."

„Herzhafte Zophobas", las Beate vor. „Weiß der Himmel, was das ist."

„Und hier: Kleiner Hüpfer mit Salat", zitierte Cora. „Meint ihr, das hat etwas mit Kängurufleisch zu tun? Vielleicht ist es aber auch nur Kaninchen."

Die beiden Männer waren mutig. Sie nahmen das „Menu surprise."

Auch sie durften sich vor der Hauptmahlzeit am Salatbuffet bedienen. Maurits war der erste am Buffet. Unwillkürlich trat er einen Schritt zurück auf Coras Fuß.

„Aua, warum gehst du nicht weiter?", schimpfte sie.

Dann bemerkte sie, dass sich vor ihr auf Platten, Schüsseln und Tellern eine Insektensammlung auftat, die größer war als die Ausstellung des Naturkundemuseums in Berlin. Auf Tabletts, hübsch, mit Orchideen geschmückt, waren halbierte Eier mit Remoulade und Maden gefüllt. Auf kleinen Tomaten- und Paprikascheiben lagen dicke Käfer auf dem Rücken. In einer Glasschüssel waren Hunderte von Maden oder Würmern gestapelt. Daneben, auf kleinen Tellern, gab es exotisches Obst und exotisches Fleisch, Fisch und irgendwelche kleinen Sechsfüßler, Achtfüßler und Ohnefüßler.

„Iiiih, was soll das denn sein?" Cora hielt ihren Teller so fest an den Bauch gedrückt, als hätte sie Angst, ein Krabbeltier könnte lebendig werden und ihr auf den Teller hüpfen.

„Das eine sind Heuschrecken, das andere kenne ich nicht. Vielleicht Maden oder so etwas. Könnte man ja mal probieren. Soll im Salat besonders gut schmecken. Hat auch viel Eiweiß", erklärte Robert. Er nahm sich etwas von dem grünen Salat.

„Wenn du davon nimmst, werde ich dich in meinem ganzen Leben nicht mehr küssen", zischte Beate.

„Nimm es als Chance oder lass es!", flüsterte Cora.

Trotz des verlockenden Angebotes auf dem Riesentisch beherrschte sich Robert. Er blieb bei dem, was er kannte. Auch Beate und Cora waren vorsichtig bei der Auswahl ihres Salates.

„Wir müssen davon kosten. Dafür sind wir doch schließlich hier. Die Kakerlaken scheinen frittiert zu sein", sagte Maurits ungerührt. Er erlaubte sich eine Heuschrecke in seinem bunten Salat. Keiner protestierte. Ihn wollte eh keiner küssen.

„Hat viel Eisen, Eiweiß und Vitamine", dozierte er.

„Eigentlich wollten wir ja einen illegalen Zootierhandel aufklären. Vielleicht gegen irgendwelche Großwildjäger vorgehen. Jetzt sind wir beim Kammerjäger", schmollte Beate.

„Meine Güte, stellt euch nicht so an", sagte Robert. „Das ist doch alles Zeugs, das man schon beim Discounter bekommen kann."

Maurits rief den Kellner herbei. *„Excuseer me alsjeblieff?* Was macht man mit den Beinen der Heuschrecke? Isst man die mit?"

Der junge Mann sah den Alten mit undurchdringlicher Miene an.

„Ich würde Ihnen sehr raten, die Beinchen herauszureißen. Besonders dann, wenn Sie das Tierchen an Ihren Hund verfüttern wollen. Hunde schlingen meist, und die Beinchen könnten im Rachen hängen bleiben."

Von dem Überraschungsmenü war danach keiner so richtig überrascht. Auf einer silbernen Platte drängten sich Blumenkohl, Brokkoli, Kartöffelchen, Reis und verschiedene helle und dunkle handtellergroße Fleischsorten.

„Sieht genauso aus wie bei unserem Griechen", sagte Cora, während Robert anfing, auf seine Fleischstücke Unmengen von Gewürzen zu häufen. Er war sich nicht sicher, ob er das essen wollte, was vor ihm auf dem Teller lag.

„Aber wir wissen hier nicht, um welches Fleisch es sich handelt. Es sieht zwar so aus wie …". Maurits hob mit seiner Gabel prüfend jedes einzelne Stück Fleisch hoch und schnupperte daran. „Hähnchenfleisch, Schweinefleisch, Rindergeschnetzeltes. Ich werde es mal probieren."

Er spießte ein helles Stückchen Fleisch auf. „Das könnte als Hühnchen durchgehen. Ich habe aber gelesen, dass Schlangenfleisch einen ähnlichen Geschmack hat. Manche sagen, dass Krokodilfleisch wie Hühnchen schmeckt, das in einen Fischbottich gefallen ist. Eigentlich ganz normal."

„Ich verstehe nicht, wie Menschen so pervers sein können und unbedingt exotisches Fleisch essen wollen." Cora schüttelte ihren Kopf.

„Alles nur im Interesse unserer Ermittlungen, *Meisje.*"

„Wenn du deine Beweisstücke aufisst, kommst du mit deinen Ermittlungen aber nicht viel weiter."

„Abwarten!", schmatzte Maurits.

„Hört doch auf euch aufzuregen!", mischte sich Robert ein. „Das Essen hier ist ganz normal. Maurits macht doch nur auf Show, und ihr Frauen fallt darauf rein. Da ist nichts auf meinem Teller, was ihr nicht auch im Schmachtenbergshof bekommt. Ist wirklich nur gängiges Fleisch. Schwein, Rind und Huhn."

Nach dem Kao Liang Schnaps, den Beate und Cora stehen ließen, stand DeWitt plötzlich mit etwas steifen Gelenken auf. „Entschuldigt mich bitte", krächzte Maurits. „Könnt ihr mal auf Flöckchen aufpassen?" Er schüttelte seine Beine leicht aus und stöhnte. „Man wird doch alt."

Er torkelte leicht, als er mit wackeligen Schritten in Richtung Toilette verschwand.

„Maurits wird wirklich alt. Hoffentlich verwechselt er nicht die Türen", sagte Cora ohne jedes Mitgefühl.

„Er wird schon merken, wenn er in der Küche landet", sagte Robert. Er bestellte sich noch ein Bier. Die Chinesin brachte es ihm. Der Kellner war nicht zu sehen.

Das Lokal hatte sich langsam geleert. Die wenigen Gäste plauderten und lachten. Keiner schien sich vor irgendetwas zu ekeln. Es sind ganz normale Menschen mit einem ganz normalen Geschmack, dachte Cora. Aber haben die auch Heuschrecken und Spinnen gegessen? Es muss doch eine große Nachfrage geben, sonst wäre nicht so viel davon auf dem Salatbuffet. Robert schien aber recht zu haben. Nichts hier wirkte anders als in den Restaurants, die sie gewöhnlich besuchte. Aber vielleicht haben die normalen Gäste gar keine Ekelschwelle?

„Wo bleibt denn Maurits? Der kommt ja gar nicht mehr zurück", stellte Beate sachlich fest.

„Wäre nicht das erste Mal, dass er uns mit der Rechnung hat sitzen lassen", sagte Cora.

Robert hatte den Frauen nicht zugehört. Er sah auf die Uhr. „Mensch, schon nach zehn. Ich schau mal nach. Ich will nach Hause."

Kurze Zeit später kam er aufgeregt zum Tisch zurück.

„Der Maurits ist nicht auf der Toilette. Wo steckt der Kerl?" Leise flüsterte er den Frauen zu. „Der sieht sich wohl wirklich hier um, der Idiot."

Der Kellner kam zum Tisch gelaufen. „Möchten die Herrschaften bezahlen?" Sein Gesicht war leicht gerötet und das Hemd ein wenig verrutscht.

„Wir warten nur noch auf den anderen Herrn. Wir bezahlen nämlich getrennt", erklärte Beate.

„Ach, der ältere Herr. Der wartet draußen auf Sie. Der ist ein wenig indisponiert. Er sagte, Sie sollen schon mal für ihn mitbezahlen."

„Sieht ihm ähnlich, dem Holländer", schimpfte Beate. Sie überlegte. „Machen Sie uns eine Rechnung für alle! Und Robert, du gehst schon mal mit Cora vor!"

Robert und Cora nickten. Gino raste voraus, weil er das gewohnte Futterritual vor der Tür erwartete, Flöckchen setzte sich einfach auf ihre Hinterbeine und ließ sich von Robert über den ganzen Boden schleifen. Sie wartete auf ihr Herrchen.

Für alle Hunde fiel die zusätzliche Belohnung aus. Vor der Tür schlug Flöckchen an und zerrte aufgeregt an der Leine. Neben der Eingangstreppe, direkt vor dem Kellerfenster lag, leicht versteckt, eine zusammengekrümmte kräftige Gestalt. Das Licht aus den Gasträumen leuchtete die Ecke nicht aus, sodass nur die Umrisse zu erkennen waren. Die Beine waren leicht froscharticg angewinkelt, der Oberkörper lag verdreht, der Kopf nach unten.

„Der ist doch total besoffen", war die Stimme von einem älteren Passanten zu hören, der gerade vorbeikam.

„Sie haben da bestimmt Erfahrung!", kam Beates Stimme von oben aus der Restauranttür. Sie hatte die Situation sofort erfasst. „Aber wenn Sie nicht helfen wollen, dann haben Sie hier gar nichts zu kommentieren."

Robert warf dem Passanten einen bösen Blick zu und ließ die Leine fallen. Er war als Erster bei dem leblosen Menschen. Beate schnappte sich Flöckchens Leine und hielt den aufgeregten Hund zurück. Cora kniete sich zu dem liegenden Mann auf den Boden. Vorsichtig drehte sie ihn mit Roberts Hilfe auf den Rücken.

„Ich ruf einen Krankenwagen", rief Beate. Sie hatte Schwierigkeiten ihr Handy aus der Jackentasche zu holen. Sie musste die drei Hunde bändigen. Alle zerrten in andere Richtungen.

„Nicht nötig", röchelte Maurits. Er hatte das Bewusstsein wiedererlangt. „Ich bin schon in Ordnung." Er sah sich um und versuchte sich zu orientieren. Cora blickte in ein Gesicht, das so bunt leuchtete wie Annas erste Malversuche mit Wasserfarbe. Trotzdem konnte man die Kaltschweißigkeit und die leichte Blässe darunter erkennen.

„Du siehst ja schrecklich aus. Du brauchst einen Arzt", bestimmte Beate. „Und natürlich rufe ich die Polizei."

„Ich brauche keinen Arzt. Cora macht das schon. Und wenn die Polizei kommt krieg ich nur Ärger." Maurits saß schon wieder aufrecht, nur von Robert gestützt.

„Robert", bellte Beate, „du gehst jetzt sofort in das Lokal rein und stellst die Herrschaften zur Rede! Das darf doch nicht wahr sein."

„Nein, Robert, lass das mal!", stöhnte DeWitt. „Das habe ich mir selbst eingebrockt."

Cora holte ein Taschentuch hervor und tupfte vorsichtig Maurits' Gesicht ab. Sie musste unwillkürlich lachen. Die meiste bunte Farbe blieb im Tuch hängen. Wo Maurits wohl jetzt schon wieder sein Gesicht reingehängt hatte? Nur die Farbe am rechten Auge konnte Cora trotz des eifrigen Rubbelns nicht abbekommen. Die leichte Blauverfärbung blieb. Und die Lippe war aufgeplatzt. Sie blutete ein wenig.

„Alles in Ordnung?", wollte Cora wissen.

„Schon gut. Ist doch kein Thema. Hilf mir nur beim Aufstehen." Maurits ließ sich von Robert und Cora hochziehen. Er grinste mit einem schiefen Gesicht. „Schnell weg hier."

Im Auto wirkte Maurits dann wie neu und total aufgekratzt. Robert saß am Steuer, obwohl eigentlich Beate fahren wollte. Robert war durch den Schreck nüchtern geworden. Und Beate durch den Schreck fahruntüchtig. Maurits war wieder einmal mit sich selbst ganz zufrieden. Wer seine teure Rechnung bezahlt hatte, interessierte ihn offensichtlich nicht. Es gab Wichtigeres für ihn.

„Und dann hab' ich mich in die Küche geschlichen. Ich wollte euch da raushalten. Ich wollte einmal im Kühlraum nachsehen, was die da an Fleisch so herumhängen und -liegen haben. Und ein Blick in den Müllcontainer wäre auch ganz schön gewesen. Die Küche ist ganz normal. Sehr sauber. Nix zu sehen von Überresten exotischer Tiere. Eine

Küche, wie in allen anderen Restaurants auch. Zwei Männer mit weißen Schürzen standen mit dem Rücken zu mir und waren mit einem überdimensionalen Kochtopf beschäftigt, den sie saubermachten. Ganz hinten war eine beschlagene Glastür, vermutlich der Kühlraum. Zuerst haben sie mich nicht bemerkt. War vielleicht ein Fehler, dass ich versucht habe, die Tür zum Vorratsraum leise zu öffnen. Die machte so ein lautes schmatzendes Geräusch. Da haben sie ihre Köpfe zu mir umgedreht. Und ich habe gesehen, dass die beiden Tamilen sind. Sie haben mir irgendetwas zugerufen, aber ich habe nix verstanden."

„Du hast vielleicht Nerven. Die haben doch geahnt, dass du geschnüffelt hast", meinte Beate.

„Warum sollten sie? Ich hatte mich doch nur verlaufen. Mensch Flöckchen, lass mich doch in Ruhe." Flöckchen auf seinem Schoß hatte versucht an sein Gesicht zu kommen, um die restliche Farbe abzulecken. Sie war so glücklich, dass ihr Herrchen wieder da war, aber die blaue und rote Farbe in seinem Gesicht schien sie doch zu stören.

„Und warum haben die Tamilen dann die Schläger gerufen?", fragte Robert.

„Weiß nicht. Ich habe mich auf Englisch entschuldigt und wollte raus, aber dann standen die beiden Typen schon in der Tür."

„Warum ziehst du solche Dinge auch alleine durch? Du hättest mich mitnehmen sollen", sagte Robert vorwurfsvoll.

„Zwei Schnüffler fallen eher auf. Ich alleine konnte noch auf alt und senil machen."

„Mit anderen Worten, du musstest dich nicht verstellen." Beate warf ihre typische Bosheit ein.

Maurits ging nicht darauf ein. „Robert, hättest du dich wirklich mit den beiden Schlägern einlassen wollen? Bist du verrückt? Wir beide hätten keine Chance gehabt."

„Ja, aber du alleine hattest eine Chance", meinte Beate ernst.

„Ich hatte die Chance, alleine nicht entdeckt zu werden. Die Küche hätte ja auch leer sein können. Schließlich hatten schon alle Gäste gegessen. Es wurde nicht mehr gekocht."

„Und die beiden haben dich trotzdem sofort verprügelt?", unterbrach Cora.

„Nein, nicht sofort. Auch noch nicht, als ich ihnen erklärte, dass ich die Toilette suchte und mich verlaufen hatte. Da haben sie nur gelacht und gefragt, was ich wirklich in der Küche wolle. Das mit der Toilette hatten sie mir leider nicht abgenommen, nachdem ich den Kühlraum geöffnet hatte."

„Da bin ich aber gespannt, wie das weitergeht", sagte Beate.

„Ich habe gesagt, okay, ich möchte mich persönlich beim Koch beschweren, weil das Essen nicht gut war. Das Fleisch war nicht exotisch, sondern nur zäh." Maurits warf einen Blick auf die Mädels, als wenn er Lob erwartete.

„Da hatten die beiden recht, dir eine reinzuhauen. Das Fleisch war zwar vielleicht nicht exotisch, aber du hattest selber gesagt, dass es in Ordnung war, und lecker, echt lecker", sagte Beate. Sie saß direkt hinter Maurits und hatte sich zu ihm vorgebeugt, um ihn besser verstehen zu können.

„Da hast du buchstäblich eine dicke Lippe riskiert", grinste Cora.

Seine Lippe war mittlerweile ziemlich stark geschwollen und seine Aussprache wurde noch undeutlicher.

„Nein, die beiden Männer wurden nur *een beetje* unfreundlicher. Sie haben mir leicht den Arm umgedreht und mir meine Brieftasche abgenommen."

„Das glaub ich nicht. Die können dir doch kein Geld klauen. Das können die sich gar nicht erlauben", empörte sich Robert.

„Natürlich nicht, die wollten nur mal in meine Papiere gucken. Und dazu haben sie etwas Gewalt gebraucht. Ich habe mich auch gewehrt. Vielleicht hat mich mein Polizeiausweis noch vor Schlimmerem bewahrt." Maurits sah nicht einmal unzufrieden aus.

„Dann hast du also dein ganzes Geld noch", stellte Cora erleichtert fest.

„Aber nicht mehr lange", lachte Beate. „Du schuldest uns noch 79 Euro. Mit Trinkgeld 85 Euro." Maurits hatte wohl nicht verstanden. Vielleicht hatte er auch einen zu harten Schlag auf die Ohren bekommen.

„Nachdem mein Kopf, von den Ganoven sanft gelenkt, *son beetje* durch die Essensreste gewandert ist, ist er auf etwas ganz Interessantes gestoßen. Auf *een Stuk* tiefgekühltes Fleisch. Die haben mich buchstäblich mit dem Kopf darauf gestoßen."

„Na und, in den meisten Restaurants kommt das Fleisch nicht direkt frisch von der Metzgerei, sondern wird kurz vorher aufgetaut. Das ist doch ganz normal", sagte Robert enttäuscht.

„Wart mal ab. Auf der Folie stand ein Firmenlogo von Nordrhein Nahrung und Genussmittel. Und diese Firma ist ganz bei uns in der Nähe. In Velbert", triumphierte Maurits.

„Wäre schön, wenn du uns jetzt sagen könntest, dass das Fleisch von einem Nashorn stammt. Ich verstehe nicht, was daran so interessant ist. Stand wenigstens darauf, um welches Fleisch es sich in der Verpackung handelt?", fragte Robert müde. Er war ein wenig genervt.

„Eben nicht. Das Fleisch war nicht ordentlich beschriftet. Immerhin haben wir das Logo. Und da können wir ansetzen. Morgen könntest du mir ja helfen, während ich mich mal in Velbert umsehe."

„Morgen sehen wir uns etwas ganz anderes an. Wir haben ein tolles Haus für unsere Rentner-Community gefunden. Ein altes Burghotel. Ich zeige euch einmal die Exposés", sagte Beate.

„Morgen fängt mein Nachtdienst an. Ich habe keine Lust mir vorher auch nur irgendetwas anzusehen. Du gibst aber nie auf", stöhnte Cora.

„Warum sollte ich? Du kannst die Leitung übernehmen", sagte Beate.

„Ich gebe auch nie auf. Endlich haben wir einen Anhaltspunkt. Ist doch kein Thema", sagte Maurits und meinte seine Verbrecherjagd.

7

Cora lag im Bett und bemühte sich einzuschlafen. Sie sah auf die Uhr. Kurz nach zwei. Es war Montagmorgen. Cora hatte vor dem Nachtdienstbeginn immer Schwierigkeiten mit dem Nachtschlaf. Es war der innere Zwang, vorschlafen zu müssen, ausgeruht zu sein. Das machte sie ganz fertig. Und sie machte sich auch Sorgen um ihre Tochter, um Gino und um ihr Haus. Sie hatte schon mehrfach von einer lieben aufmerksamen Nachbarin erfahren müssen, dass Anna während ihrer Abwesenheit kleinere Partys geschmissen hatte. Und der arme Hund hatte angeblich die ganze Nacht gebellt. Cora wusste natürlich, dass die Frau maßlos übertrieb, aber ein bisschen blieb bei ihr doch hängen. Und dann auch noch die kleine Unruhe wie vor jedem Nachtdienst. Die dunkelste aller Wolken, die sich in ihren Gedankenhimmel schob, war aber, dass sich etwas in ihrem geliebten Stadtwald tat, was ihr nicht gefiel. Ein Tier, das Menschen anfiel. Vielleicht ein Man-Killer. Und sie war nachts nicht zu Hause, um ihre Lieben zu beschützen. Maurits vermutete, dass Tatort und Fundort auseinanderfielen. Ein schwacher Trost. Wer immer die Leiche im Tagebruch abgelegt hatte, musste Ortskenntnis haben und vielleicht aus dem Ort sein.

Leise schlich sich Cora nach unten. Gino schlich hinterher. Im Wohnzimmer brannte noch Licht. Sie musste vergessen haben, das Licht auszuschalten. Am Kühlschrank traf sie auf Anna.

„Kannst du auch nicht schlafen?", fragte Anna. Sie war noch vollständig angezogen, alte verwaschene Jeans mit neuen Löchern und grauer Gammel-Pulli. In der Hand hielt sie eine kleine Flasche Cola.

„Hast du heute keine Schule?" Es war schon heute.

„Doch, aber erst zur dritten Stunde. Die Rademacher ist krank. Zum Glück."

Gino war etwas unsicher und verstand nicht, was er um diese Zeit hier unten sollte. Obwohl er vom Treppenlaufen schon wach sein musste, wiederholte er sein übliches Aufwachritual noch einmal ausgiebig. Er gähnte laut, wobei jeder in sein aufgerissenes Maul mit der langen leicht gerollten Zunge blicken konnte. Seine Vorderpfoten lagen dabei platt auf dem Boden, während sein Hinterteil steil in die Höhe ragte. Er streckte sich und blickte sehnsüchtig auf sein kleines Bettchen vor dem Kachelofen. Aber zuerst stupste er Anna an. Vermutlich meinte er, eine Mahlzeit verpasst zu haben. Ein Nachmitternachtsmahl. Als Anna nicht reagierte, schüttelte er sich so heftig, dass sein Köpfchen zeitgleich viermal zu sehen war. Er kletterte in sein Körbchen, drehte sich einige Male um sich selbst, kratzte mit seinen Vorderpfötchen in sein Kissen, das schon leicht lädiert war. Erst jetzt ließ er sich heftig fallen. Cora konnte ihrem Hund stundenlang bei den immer wiederkehrenden Ritualen beobachten. Zu Hause, wenn er mit den Vorderpfötchen kratzte und arbeitete, im Wald, wenn er mit den Vorderpfötchen unter den Wurzeln der großen Buchen wühlte oder wenn er nach seinem Geschäft mit den Hinterpfötchen Erde hinter sich hochschleuderte. Immer waren seine kleinen Pfoten im Einsatz.

„Warum bist du unten?", wiederholte Anna ihre Frage.

Cora blickte ihre Tochter erstaunt an. Ja, warum war sie unten?

„Ich denke oft an den Toten im Wald", vertraute sie Anna an.

„Die Polizei wird den Fall schon bestimmt aufklären können. Ihr solltet euch nicht den Kopf der Polizei zerbrechen. Und weil alles so topsecret ist, werden die euch auch nicht mitteilen, wie weit sie schon sind."

„Maurits hat immer noch so seine Beziehungen zur Polizei. Er hätte wohl erfahren, wenn die Polizei in der Sache weitergekommen wäre."

„Aber das ist doch nicht euer Problem. Der Herr DeWitt spielt sich immer so auf. Der kommt sich so wichtig vor."

„Du hast recht. Jeder Mensch will aber auch noch richtig wichtig sein und gebraucht werden. Träume sind keine Frage des Alters. Die Funkes zum Beispiel träumen von einem großen Haus, in dem ältere Menschen gemeinsam mit ihren Tieren leben können. Sie haben gerade ein altes Burghotel gefunden. In Holland gibt es das Modell schon länger. Da haben die Menschen ihren eigenen Streichelzoo. Und sie versorgen die Tiere auch selbst. Das ist gut für die Psyche, fördert die Aktivität und die Gemeinschaft. Was ich bisher mit dem Dogwalk mache, ist doch auch nichts anderes als Gemeinschaft. Hunde sind die Bindeglieder, sonst sind es ja die Verwandtschaftsbande. Hundebande, das ist ja schon fast doppeldeutig. Und DeWitt und ich sollen mit einziehen."

„Ach Mama, so alt bist du auch noch nicht." Sie gab ihrer Mutter einen flüchtigen Kuss auf die Wange. „Diese Heime gibt es aber auch schon lange in Deutschland, mit Streichelzoo, eigenen Tieren und so weiter."

„Ja, ich weiß, aber die Burg wäre schon etwas Besonderes", überlegte Cora. Wie die Burg wohl aussehen würde, sie hatte sie ja noch nicht gesehen.

„Kannst du nicht wenigstens so lange hier im Haus bleiben, bis ich mit meinem Medizinstudium anfange und eh das Haus verlasse", sagte Anna, dann sprang sie plötzlich auf, so als hätte sie die beste Idee des Tages. „Ich könnte dann ja später eure medizinische Versorgung übernehmen."

Cora war auf einmal so richtig müde. Eigentlich hatte sie eine warme Milch trinken wollen, aber sie wollte sich vor Anna nicht lächerlich machen, die jetzt die Cola-Flasche an ihren Mund geführt hatte. „Keine Angst vor der Hygiene, Mama, ich trinke die Flasche schon leer."

„Ich würde die Leitung des Hauses übernehmen", unternahm Cora noch einen schwachen Versuch, ihre wichtige Rolle im Altersheim zu verteidigen.

Am nächsten Vormittag fuhren die vier mit ihren Hunden in das Gewerbegebiet in Velbert. DeWitt hatte sein angeschlagenes Auge und seine Lippe, die bereits abschwoll, mit einer dünnen Schicht Salbe eingecremt. Cora war wieder einmal mit dem Fahren dran. Robert lenkte sie zielsicher mit seinem Handy-Navi durch den schwachen Verkehr. Der Weg führte sie über Isenbügel oben auf der Ruhrhöhe an der Abtsküche vorbei. Der ehemalige Mühlenteich an der Abtskücher Straße ist schon seit langem aufgestaut und mit einem rundum laufenden Promenadenweg ausgestattet. Bisamratten haben sich die von Menschenhand geschaffenen Böschungen nutzbar gemacht und unterhöhlt. Hinter Hetterscheidt führt die B 227 ins Gewerbegebiet. Robert leitete Cora über ein paar Seitenstraßen.

Der verzinkte Torflügel vor ihnen war verstaubt und von Vogelkot beschmutzt. „NNG" stand über einer lang gestreckten Lagerhalle, die auf zwei Seiten von einem hochgewachsenen Maisfeld umgeben war. Hinten an der Halle waren ein Transporter und ein kleiner LKW abgestellt. Kein Pkw, den jemand bis zum Gebäude vorgefahren hatte. Kein geöffnetes oder erleuchtetes Fenster. Nichts deutete darauf hin, dass sich auf dem Gelände Personen aufhielten oder in der Lagerhalle irgendjemand seiner Arbeit nachging. Am Torflügel vor ihnen waren weder Schild noch Klingel angebracht. Ein etwa 2 m hoher Drahtzaun verhinderte das Eindringen Unbefugter. Robert versuchte, den Torflügel ein Stück weit beiseitezuschieben. Der kräftige Stahl bewegte sich keinen Millimeter. Die vier Hundebesitzer schlenderten am Zaun entlang. Sie hatten ihre Hunde vorsichtshalber abgeleint, bevor die Tiere gegen den Zaun pinkelten. Der Schnüffel- und Pinkeltest am Zaun verlief negativ, kein Strom auf dem Zaundraht. Die Dogwalker mussten nicht befürchten, in der Nähe des Zauns angesprochen zu werden. Beim Hundespaziergang entscheidet das Tier, wo es hingeht. Und das Tier entscheidet sich für die dunkelste und miefigste Ecke. Reiseführer ist der Uringeruch anderer Hunde. Es ist die verdammte Pflicht eines jeden Hundes, seine eigene Marke darüber zu setzen. Cora erinnerte sich daran, dass sie im Norden, abseits vom Tourismus, mit Gino in einer absoluten Traumlage am Meer spazieren gegangen war und der Hund ihr freudlos und mit hängendem Schwanz folgte. Es gab keinen einzigen anderen Hund und keine einzige Stelle, die von einem anderen Hund markiert war.

„Ich finde kein Schlupfloch. Wir kommen da nie rein", sagte Robert resigniert.

„Dann müssen wir eben rüber klettern. Ist doch kein Thema", stellte Maurits klar. Aber seiner Stimme war doch eine leichte Unsicherheit anzuhören.

„Bist du verrückt." Cora hielt inne. „Seid mal still! Da scheinen Hunde im Container zu sein." Sie hatte von irgendwoher ein Jaulen gehört.

„Es hört sich nach nur einem einzigen Hund an. Und der ist bestimmt eingesperrt. Cora, du hast doch immer ein paar Leckerli dabei. Kannst du die mir mal borgen?", fragte Maurits, der alte Schnorrer.

Cora suchte in ihrer Regenjacke nach der mitgenommenen Tüte mit den Rinderwürstchen. Die drei Hunde wurden auf einmal so richtig anhänglich. Gino und Einstein saßen wie eine Eins vor Cora und warteten geduldig auf das, was aus der Tasche hervorgezaubert werden würde. Flöckchen war da etwas dezenter. Sie tat desinteressiert, ließ aber Coras Tasche nicht aus den Augen. Cora hätte die Leckereien lieber unter ihren eigenen Hunden verteilt. Seufzend überreichte sie dem alten Kommissar seine „Lebensversicherung". Die drei eigenen Hunde seufzten ebenfalls enttäuscht.

Maurits und Robert hatten sich einen geeigneten Platz zum Überqueren des Zauns gesucht. Oben war der Draht ein wenig eingedrückt.

Es sah so aus, als wären schon andere an dieser Stelle herübergekommen.

Beate half Robert mit einer Räuberleiter. Schwungvoll kletterte Robert über den Zaun. Bei Maurits klappte es nicht so gut. Die Frauen drückten und schoben den unbeholfenen Mann von der Außenseite, und Robert zog ihn von der Innenseite auf das verbotene Gewerbegebiet. Als DeWitt endlich mit wackeligen Füßen auf der anderen Seite des Zaunes stand, sondierte er vorsichtig das Gelände. Es war ein Zustand tiefster Stille wie vor einem Tsunami.

„Still, hörst du? Da hechelt ein Hund", flüsterte Beate.

Die Stille wurde unterbrochen vom Gebell der drei eigenen kleinen Hunde, das auf einmal im Chor einsetzte.

Dann schlug ein schwarzer Blitz ein. Ein großer Dobermann schoss hinter dem Container um die Ecke. Ein paar Meter vor dem Kommissar bremste er so stark ab, dass die Steine hochspritzten. Er fixierte DeWitt aus geringer Entfernung und zeigte seine gefährlich drohenden Zähne. Der Hund verbellte den alten Kommissar nicht, sondern duckte sich sprungbereit, begleitet von einem kehligen Knurren.

„Oh, oh, Hunde, die beißen, bellen nicht", dachte Cora auf der anderen Seite des Zauns. „Jetzt nur nicht zu schnell reagieren. Und auf keinen Fall weglaufen. Dann wird sein Jagdinstinkt geweckt."

Maurits schüttelte seine Knie aus und ging langsam auf den Wachhund zu. Der schien zu überlegen, was denn der Unsinn sollte, dass da einer direkt auf ihn zukam. Robert hatte sich vorsichtshalber schon einmal hinter einem alten Autowrack in Sicherheit gebracht.

„Greif langsam in die Tasche! Hol die Leckerlis heraus! Knistere ganz leicht mit der Tüte! Lass sie ihn riechen, halte sie in der offenen Hand!", murmelte Cora. Sie wusste, dass Maurits sie nicht hören konnte.

Ganz langsam griff Maurits in seine Hosentasche. Er kannte sich mit Hunden aus, wusste Cora. Flöckchen war nicht sein erster Hund.

„Nur nicht in die Augen sehen!", flüsterte Cora. „Dann fühlt er sich bedroht. Halte ihm die Hand so tief hin, dass er herunterschauen kann!"

Die Plastiktüte knisterte in Maurits' Hand. Das Knistern schien der Hund zu kennen. Neugierig legte er seinen Kopf auf die Seite. Die gefährlichen Zähne waren in seinem Maul verschwunden. Er kam näher. Jetzt knurrte er nicht mehr. Er hechelte leicht aufgeregt. Vorsichtig, ganz vorsichtig ging er auf den Mann zu. Maurits ging ihm entgegen, ebenfalls vorsichtig. Er hatte ein Stückchen Wurst in seine flache, ausgestreckte Hand gelegt.

„Na komm schon, Kleiner. Hier ist ein Leckerli für dich. Brav. Du bist ein ganz lieber Hund." Maurits lobte und lockte den Hund mit schmeichelnden Worten.

Noch etwas misstrauisch zog der Hund das Stückchen Wurst aus DeWitts Hand. Dann schlang er es so hastig runter, als habe er Angst, seine Artgenossen hinter dem Zaun könnten es ihm noch aus der Schnauze klauen. Beate hatte währenddessen die eigenen Hunde ebenfalls mit Leckerlis besänftigt. Sie konnte es nicht ertragen, dass ihre kleinen Herzchen bluteten.

Maurits verfütterte auch den Rest der Wurst. Zufrieden und dankbar leckte der Hund dafür Maurits' „freigiebige" Hand. Danach ließ er sich sogar von dem Mann kraulen.

„*Ik weet iets van honden.* Ich verstehe eine Kleinigkeit von Hunden", raunte Maurits dem staunenden Robert zu. „Ist doch kein Thema für mich."

Cora war erleichtert und ziemlich froh, durch einen Drahtzaun gesichert zu sein. Es war doch ein Unterschied, ob man einem Dobermann an kurzer Leine mit dem Herrchen im Stadtwald begegnete oder auf einem Grundstück, auf das man gerade rechtswidrig eingedrungen war.

„Viel Glück! Passt auf eure Handys auf. Wir rufen euch an, wenn hier jemand auftaucht. Wir laufen mit den Hunden noch ein wenig am Zaun entlang", rief Beate den Männern rüber.

Robert kam aus seinem Versteck hervor und ging mit großen Schritten zu einer der Lagerhallen. Maurits folgte ihm. Der Hund wollte gar nicht mehr von DeWitts Seite weichen. Immer wieder musste er sich bücken, um die harmlose Bestie liebevoll zu streicheln.

„Die Tür ist verschlossen", stellte Robert fest. Die Tür war alt und aus Holz. Es gab nur ein primitives Vorhängeschloss.

„Nicht gut. Wir müssen die Tür nicht beschädigen", meinte Maurits. Er wühlte in seiner Hosentasche. Der Hund wurde wieder ganz aufgeregt und wollte seine Schnauze ebenfalls in die Hosentasche stecken.

„Nichts für dich. Ah, ein Leckerli habe ich doch noch gefunden." Maurits zog eine kleine Kneifzange und ein Leckerli aus der Tasche. Der Hund war kurzfristig beschäftigt.

Mit der Zange war das Schloss schnell geknackt. Der Flur war fensterlos und düster, die Taschenlampen leuchteten nur so weit in die Finsternis hinein, dass links und rechts zwei weitere Türen zu erkennen waren, deren Schlösser aufgebrochen werden mussten. Maurits erledigte auch das routiniert. Hinter der linken Tür befand sich ein schmaler Vorraum, der durch eine dicke Stahltür mit einem langen Griff zur anderen Seite versperrt wurde. Robert drückte den Griff zur Seite und stemmte sich gegen die schwere Tür. Sie war nicht verschlossen. Dann betraten die beiden Männer den Raum. Ein widerlicher Gestank kam ihnen entgegen. Es roch nach Verwesung und Müll. Der Strahl der Taschenlampe wanderte von der weiß gefliesten Decke hinunter auf die Regale, die in Reihe an einer gefliesten Wand standen. Von hier aus kam der bestialische Gestank. Die Kühlanlage musste ausgefallen sein. Stark verwestes Fleisch, teilweise noch in Folien eingeschweißt, lag in den einzelnen Regalen und faulte vor sich hin.

„Hier war schon mehrere Tage kein Mensch mehr", sagte Robert, der ein Taschentuch vor die Nase gepresst hatte.

„Aber was machte der Hund dann noch hier?" Maurits blickte das arme Tier voller Mitleid an.

Eine dicke Ratte huschte lautlos an ihnen vorbei und stürzte sich auf eine angefressene Tüte mit grünlichem Aas. Der Dobermann war Maurits auf dem Fuß gefolgt und knurrte auf, als er den fetten Nager sah. Mit einer blitzschnellen Bewegung fasste er die Ratte am Genick. Achtlos warf er das leblose Tier zu Boden und ließ sich vor dem vergammelten Stück Fleisch nieder. Das war zu viel für Robert. Er verließ fluchtartig den widerlichen Raum, um draußen frische Luft zu schnappen.

Maurits gab dem Hund einen Schubs und beförderte ihn ebenfalls ins Freie. Der Dobermann jaulte auf und schnappte nach Maurits' Bein. Kurz bevor er zubeißen konnte, besann er sich anders und wurde demütig. Er wollte seine Futterquelle nicht vergraulen.

„Später, mein Junge. Ich werde mich schon um dich kümmern. Armer Hund. Hast wohl schon lange nichts Ordentliches zu fressen gekriegt." Maurits nahm die kleine Angriffsattacke nicht so persönlich.

Er hatte die unempfindlichere Nase und durchsuchte das Gebäude weiter. Er warf einen Blick in den gegenüberliegenden Raum und staunte. Ein halbwegs ordentliches Büro mit allen erdenklichen Aktenordnern, Schreibtisch, Personal-Computer und einer Unmenge von Papieren war über ein Außenfenster in ein leichtes Licht getaucht. So ganz verlassen schienen diese Lagerhallen doch nicht zu sein.

Vor dem Sektor fand Maurits einen erschöpften, blassen Robert vor. Robert hatte sich an die Wand gelehnt und wischte sich den kalten Schweiß ab. Maurits sah diskret über die kleine erbrochene Pfütze hinweg, die nicht weit von seinen Füßen entfernt glänzte. Der Hund war nicht so diskret, Maurits verscheuchte das hungrige Tier erneut.

„Wie geht es dir jetzt?", wollte DeWitt wissen. Es war nicht so ein echtes Mitgefühl. Es wirkte so, als wenn DeWitt sich erkundigen wollte, ob sein Computerfachmann noch einsatzfähig war.

„Alles in Ordnung. Meinst du, das Fleisch da drin ist von exotischen Tieren? Dann sind die armen Viecher vollkommen umsonst gestorben."

„Das sind sie sowieso. Aber ich habe etwas Interessantes gesehen. In dem anderen Raum nebenan ist ein Büro mit einem Computer. Meinst du, dass du dich mal in den Computer einhacken und sehen kannst, was da so gespeichert ist?"

„Du glaubst doch nicht im Ernst, dass diese Verbrecher wirklich wichtige Daten auf der Festplatte hinterlassen haben?"

„Sieh einfach mal nach! Wenn wir nichts finden, sind wir vielleicht auf der falschen Spur. Auch das würde uns ja weiterhelfen. Aber so, wie der Laden hier geführt wird, glaube ich eher, dass Al Capone Ehrenbürger der Stadt Chicago war, als dass diese Leute hier sauber sind."

„Sehe ich auch so. Lassen wir es auf einen Versuch ankommen. Aber denk dran, auch dein alter Polizeiausweis rettet uns nicht vor Strafe wegen Sachbeschädigung und Hausfriedensbruch, wenn wir hier erwischt werden."

„Egal. Wofür haben wir denn die *Meisjes* draußen und die Hunde, die uns warnen können?"

Robert dachte mit Unbehagen daran, dass er mit seiner Kotze draußen eindeutige DNA-Spuren hinterlassen hatte, aber wer würde schon den Drang haben, so etwas zu analysieren.

Und wenn er etwas von Computern hörte, war er nicht mehr zu halten. Er konnte zu Hause stundenlang vor den Dingern sitzen und rumtüfteln. Er nahm sie auseinander, baute sie zusammen, setzte neue Teile ein, programmierte neu und alles funktionierte danach wieder auf wunderbare Weise. Unter den Hundebesitzern hatte sich seine Genialität herumgesprochen. Fast jeder Hundebesitzer besaß mittlerweile einen Computer. Und fast jeder Computer machte mal irgendwann schlapp. Vielleicht war Robert auch deshalb so beliebt, weil er nur für Ruhm und Ehre arbeitete. Geld nahm er grundsätzlich nicht an, höchstens eine Tasse Kaffee. Gut, dass Maurits in dieser Runde nicht der Computerexperte war, den man manchmal dringend brauchte. Cora schämte sich immer ein wenig, wenn Robert zum x-ten Male ihren Computer in Ordnung brachte und als Dankeschön nur einen Kaffee aus der Maschine haben wollte.

Während sich Maurits die Ordner auf den Tisch legte und über die Papiere beugte, setzte sich Robert an den Computer. Zum Glück gab es in diesem Raum noch ein Notaggregat, das gerade einmal für den Computer reichte.

„Interessant, ach nee, doch nicht. Zolldeklarationen, Importpapiere und Rechnungen für ganz normale Zootiere. Ich guck mal weiter." Maurits war enttäuscht. Er wühlte, wie es aussah, ziemlich planlos in den Akten herum.

„Mensch, und ich komm da nicht rein." Robert hatte sich noch immer nicht richtig erholt. Von seiner Bestform war er deutlich entfernt.

Die Frauen spazierten zur gleichen Zeit leicht besorgt mit ihren Hunden am Zaun entlang. Immer wieder blickten sie ängstlich zu der Stelle, wo sie die Männer zum letzten Mal gesehen hatten. Der Himmel hatte sich zugezogen, und die ersten Tropfen fielen auf das hohe Maisfeld neben dem Gelände. Das kümmerte die drei Hunde nicht. Sie tollten auf dem kleinen holprigen Weg, spielten danach Fangen durch das Feld und waren eine kurze Zeit verschwunden.

Gino kam mit einem Maiskolben im Maul aus dem blickdichten Feld zurück. Vor dem Zaun ließ er sich schwer auf den Boden fallen und begann das gelbe Gemüse schmatzend zu zerlegen. Flöckchen bellte aufgeregt. Einstein suchte so lange, bis er auf dem Boden seinen eigenen selbstverdienten Maiskolben fand. Beate kämpfte eine kurze Zeit mit ihm um das Leckerli und warf es dann weiter am Zaun entlang. Einstein holte gerne Stöckchen und brachte es auch jedes Mal wieder zurück. Heute war der Maiskolben sein Stöckchen-Ersatz. Flöckchen versuchte, mit Einstein um die Wette zu laufen und als erste den Kolben zu erwischen. Sie verlor, wie immer. Westies sind eher gemütliche Tiere und keine Sprinter. Cora hielt das Gebäude hinter dem Zaun in den Augen. Niemand war weit und breit zu sehen. Weder vor noch hinter dem Zaun. Es wirkte alles gespenstisch und unrealistisch still. Nur der stärker einsetzende Regen holte sie in die Wirklichkeit zurück. Sie hatten ihre Regenbekleidung und Regenschirme vergessen und wurden jetzt ordentlich nass.

Auf einmal stieß Beate Cora an.

„Da kommt ein dicker alter Mercedes."

Cora sah nun auch den staubgrauen Wagen, der vor dem Tor in der Einfahrt stand und aus dem jetzt ein kräftiger Kerl ausstieg, um den Torflügel aufzuschieben. Sie hatte nur eine kurze Zeit geträumt und nicht bemerkt, wie das Fahrzeug von der Hauptstraße in die Einfahrt eingebogen war. Dabei dachte sie, sie hätte den Zaun ständig im Auge gehabt. Jetzt hatte sie's vermasselt. Sie fühlte sich unwohl in ihrer nassen Haut und auch nicht zum Detektivsein geboren. Beate hatte wohl die besseren Anlagen zum Schmiere-Stehen. Und jetzt hatte sie auch schon das Handy in der Hand, um ihren Mann anzurufen.

„Mensch Maurits, ich bin drin." Robert donnerte mit der Faust auf den Tisch. Für seine ansonsten ruhige Art war er schon sehr aufgeregt. Maurits beugte sich über Robert und drehte dann seinen Kopf schnell zur Seite. Von dem Computerfachmann kam ein leicht säuerlicher Geruch hoch.

„Mmh, eine Excel-Datei mit dem Namen „Stalbach". Aber was soll das alles heißen?" Robert starrte irritiert auf den Bildschirm Auf dem screen waren kuriose Zeichen erschienen:

17.2: 3 cro 700 kurtchen ass

18.2.: 4 u. am. 1.000 wilhelm disp

18.2.:10 mac. fas. 300 wilh disp

18.2.:1 p. t. 800 wilh disp?"

„Könnte sein, dass das wichtig ist", meinte Maurits.

„Die Listen sind verschlüsselt und alles andere als verständlich. Das sieht etwas kompliziert aus."

„Das sehe ich selber. Druck den Kram mal lieber schnell aus, dann können wir zu Hause daran arbeiten!"

„17.2: 3 cro 700 kurtchen ass. Was soll das bedeuten?" Robert schien in einer anderen Welt zu sein.

„Mach schon!"

Roberts Handy meldete sich. Maurits nahm ihm das Handy weg, als er gerade danach greifen wollte. Er ärgerte sich über die Unterbrechung und meldete sich dementsprechend unwirsch.

„Was ist denn? Wir haben *meer tijd nodig.*" Keine 10 Sekunden später beendete er das Gespräch.

„Wir müssen raus hier", drängte Maurits. „Da kommt jemand."

„Aber ich bin noch nicht fertig mit Ausdrucken." Robert hackte hektisch auf der Tastatur herum.

„Wer ist da?" Eine dunkle kräftige Stimme drang durch den Flur.

„Bleib hier!", flüsterte Maurits Robert zu und zog den Kragen seiner Jacke vor den Mund. „Ich lenke ihn ab. Beeil dich!"

Ein untersetzter junger Mann in Uniform versperrte Maurits den Weg in die Freiheit. Noch hatte er Robert nicht gesehen. Todesmutig warf sich Maurits dem jungen Herrn vom Objektschutz entgegen. Der war so überrumpelt, dass es ihm nicht gelang, den alten Mann festzuhalten. Erst als dieser sich an ihm vorbei gezwängt hatte, nahm er die Verfolgung auf. Dabei hatte er einen leichten Vorteil. Er war jünger, topfit und durchtrainiert. Trainiert war Maurits vielleicht auch. Die täglichen Hundespaziergänge hatten ihn und seinen Hund fit gehalten, aber die Kniegelenke wollten nicht mehr so. Er hatte keine Chancen gegen seinen Verfolger. Jeden Moment konnten die Hände des Wachmannes nach ihm greifen. Er spürte sie schon förmlich in seinem Nacken. Er spürte auch seinen heißen Atem, als dieser rief: „Halt stehen bleiben, oder ich schieße!"

Auch das noch. Der Kerl war bewaffnet. Sollte er aufgeben? Und was dann? Er konnte nicht mehr klar denken. Die Knie schmerzten. Und fast wäre er auch noch in die kleine Pfütze getreten, die Robert vorhin freundlicherweise dort hinterlassen hatte. Freundlicherweise war schon das richtige Wort. Maurits hörte ein Schliddern und dann ein lautes Klatschen. Der unfreundliche Verfolger rutschte in der ekligen Pfütze aus und tat sich wohl auch eklig weh. Der Mann fluchte laut, während sich ein Schuss aus seiner Pistole gelöst hatte. Später war sich Maurits gar nicht mehr so sicher, ob der Wachmann absichtlich auf ihn geschossen hatte, oder ob er beim Sturz an den Auslöser gekommen war. Der Schuss verlor sich irgendwo im Gewerbegebiet. Maurits nahm sich nicht mehr die Zeit dem Mann aufzuhelfen. Zu seiner Erleichterung stand das große Tor auf. So konnte er über den vorgesehenen Ausgang verschwinden. Den Dobermann hatte er total vergessen. Der war wahrscheinlich vollkommen verwirrt im Regen stehen geblieben. Vor dem Tor stand Robert mit einigen Papieren unter dem Arm und hüpfte nervös und ungeduldig von einem Bein aufs andere.

„Es tut mir leid, dass wir den Hund zurücklassen müssen. Ich könnte mich an ihn gewöhnen", keuchte Maurits, während sie die Straße entlangliefen. „Aber wo kommst du so schnell her?"

„Ich bin durchs Fenster gesprungen."

„Ich bin stolz auf dich."

Robert grinste. „Die Tür zum Kühlraum habe ich übrigens aufgelassen. Kam nicht mehr dran vorbei."

„Gut so, jetzt gibt's da wenigstens frische Luft."

„Und der Gestank geht nach draußen. Über kurz oder lang wird dann die Polizei dort aufkreuzen."

„Auch gut so. Sag mal, hast du den Computer eigentlich ausgemacht?"

„Ich habe ihn regulär runtergefahren."

„Meinst du, der Kerl könnte merken, dass jemand was ausgedruckt hat?"

„Bestimmt nicht. Der Mann hat mich doch gar nicht gesehen. Allerdings habe ich das Fenster offengelassen. Könnte sein, dass dieser Typ seine Vorgesetzten anruft, und die werden den Schuppen auf den Kopf stellen."

„Macht nichts. Hauptsache die haben uns nicht erwischt. Guck mal, da sind die ja unsere tollen Mädels."

Die Frauen kamen ihnen mit dem Auto entgegen. Sie stoppten am Seitenrand. Maurits hielt Robert, der übereilt einsteigen wollte, am Ärmel fest. „Halt, der Mann darf das Nummernschild nicht erkennen."

Beide blickten sich um. Niemand war in der Nähe. So schnell konnte der gestürzte Wachmann keine Hilfe gerufen haben. Und von dem Mann war nichts zu sehen. Wahrscheinlich betrieb er immer noch Körperpflege.

„Also, lasst uns einsteigen", sagte Maurits.

8

Cora hätte heute eigentlich mit dem Nachtdienst beginnen müssen, aber die euphorische Hundeclique konnte und wollte nicht auf sie verzichten. Man musste sich zusammensetzten und beratschlagen.

„Ruf an und melde dich krank!", sagte Maurits. „Blass genug bist du ja."

„Klar, meine Blässe kommt ja auch so schön rüber, am Telefon", spottete Cora.

„Vielleicht kannst du dir ja mit einem blassen Stimmchen einen Krankenschein nehmen. Aber, das würde unsere redliche Cora doch nie machen. Nicht wahr?" Beate strahlte Cora hinterlistig an.

„Wartet mal einen Augenblick", sagte Cora. „Aber versprechen kann ich nichts."

Sie stellte sich abseits von dem Fahrzeug und zog ihr Handy heraus. Es dauerte nur ein paar Minuten, dann hatte sie mit dem Pflegedienstleiter Frank alles geklärt. Regulärer Urlaub für 7 Tage, angerechnet auf den Resturlaub. Cora war nicht wirklich froh über die unerwartete Freizeit, die jetzt wohl wahrscheinlich verplempert würde. Sie hatte mal wieder nur der Pflegedienstleitung einen Gefallen getan, die froh war, dass Cora bereit war den Urlaub zu einem Zeitpunkt zu nehmen, wo ihn eh kein anderer haben wollte. Cora bedauerte, dass sie sich keinen echten Urlaub erlauben konnte. Gerne wäre sie auch mal wieder, wie früher, als sie noch mit Christian zusammen war, in die Sonne geflogen. Na, ja, Hauptsache Anna musste auf nichts verzichten. Ihr Vater nahm sie einmal im Jahr mit in die Ferien. Meistens flogen sie dann in die Sonne. Und für Cora begann dann auch eine Art Urlaub.

Die Dogwalker saßen gemütlich in Funkes Haus auf den zwei Kunstledercouchen. Die Hunde hatten sich zwischen, bzw. neben ihre Besitzer auf die Couch gesetzt, nur Gino lag wegen seiner Höhenangst vor Coras Füßen. Beate servierte nur Früchtetee. Sie wollten alle einen klaren Kopf behalten. Robert hatte den Laptop auf seinem Schoß.

„Gehen wir einmal davon aus, dass es sich um eine Liste der gekauften Tiere handelt. Danach sind verschiedene Tiere am 17. und 18.02. dieses Jahres gekauft worden", begann Maurits das Gespräch und stopfte sich einen Krapfen in den Mund. Beate backte gerne ölige Krapfen, wenn ihre Freunde sie besuchten. Cora griff nicht zu, sie machte Diät. Außerdem mochte sie absolut keine fettigen Krapfen.

„Cro könnte Krokodil heißen", sagte Cora und arbeitete an ihrem Handy. „Ich denke, das ist naheliegend, wenn wir an Tiere und nicht gleich an den Deutschrapper denken."

„Richtig", stimmte ihr Robert zu. „Croc hunter. Croc leather. Fast zu einfach."

„Was erwartest du von Leuten, die ein ganzes Lager mit Gammelfleisch unterhalten?", meinte DeWitt.

„Augenblick mal", sagte Cora und sah von ihrem Handy auf. „Vielleicht sind die Herrschaften auch wesentlich besser drauf, als wir denken. Crocodilia ist auch der zoologische Name für Krokodile."

„Dann wären „u. am.", „mac. fas." und „p. t." auch die wissenschaftlichen Namen für die bestellten Tiere." Robert haute auf seinem Laptop herum.

Er gab sein Ergebnis ungläubig wieder. „u. am." könnte „ursus americanus" (Schwarzbär) heißen, „mac. fas." könnte Makake (Macaca fascicularis) und „p. t." Tiger (panthera tigris) heißen."

Die Dogwalker waren fassungslos. Wenn sie die Liste richtig geknackt hatten, dann hatte der Lebensmittelhändler nicht nur irgendwelche exotischen Tiere gekauft, sondern auch einen leibhaftigen Tiger.

„Kurtchen und Wilhelm könnten die Vornamen der Lieferanten sein", grummelte DeWitt in seinen Bart. Er hustete, ein Stückchen von dem Gebäck hatte sich vor seiner Luftröhre festgesetzt, das nun explosionsartig nach draußen strömte. Beate zog ihren Kopf ein, und Robert brachte seinen Laptop in Sicherheit. Einstein schnappte gierig nach dem Leckerchen und bereinigte den Vorgang.

Ein kurzer strafender Blick auf Maurits, dann holte Cora diskret ein Kleenex und reichte den Teller mit den Krapfen noch einmal zu Maurits rüber.

„Aber was – um Himmel `s willen – bedeuten „ass" und „disp"?", fragte Robert in seinen Laptop hinein.

„Kann es sein, dass da einer nicht nur die lateinischen Namen der Tiere, sondern auch der Herkunftsorte benutzt hat? Schau doch mal, ob es Abkürzungen im Internet gibt!", bat Maurits.

Robert googelte nicht lange. „Die Abkürzungen könnten für die Städtenamen Assindia (Essen) und Dispargum (Duisburg) stehen."

„Das ist interessant." Maurits setzte ein sehr nachdenkliches Gesicht auf. Nur kurz, dann entspannten sich seine Gesichtszüge wieder. „Nach dieser Theorie wäre nach einem Tierhändler in Duisburg mit einem Vornamen, der mit W anfängt zu suchen."

Die „Gelben Seiten" wurden von Beate zu Hilfe geholt und geblättert.

„In Duisburg gibt es einen Großhandel mit Tieren unter der Bezeichnung W. Gernreich GmbH", sagte Beate.

„W könnte für Wilhelm stehen", sagte Maurits vollkommen überflüssig.

„Er ist auf jeden Fall der einzige mit einem W im Vornamen", stellte Robert fest und schaute von seinem Laptop auf.

„Wir können der Firma morgen Nacht einen Besuch abstatten. Einen Versuch ist es wert. *Opwindend ding*, spannende Sache."

„Ihr wisst aber schon, dass in der Nacht die Türen wahrscheinlich verschlossen sind?", fragte Beate besorgt.

„Wer anklopft, dem wird aufgetan", sagte Robert mit übertriebenem Pathos.

„Wenn du nur nicht mit einem Brecheisen anklopfst", jammerte Cora. „Poch, hätte ich doch nur die Nachtwachen gemacht!"

Sie diskutierten noch eine Weile, aber es blieb dabei. Gernreich musste sich warm anziehen!

Cora lief mit Gino durch den Kettwiger Wald, alleine. Ihre Freunde waren Frühaufsteher und schon längst wieder zu Hause. Doch Cora wollte sich zu Beginn ihres verplemperten Urlaubs wenigstens einmal richtig ausschlafen. Nur wenige Hunde waren mit ihren Besitzern auf der „Spätschicht". Das waren die Langschläfer. Cora brauchte manchmal Zeit für sich, eine Gelegenheit, um im Wald ihren Gedanken nachzuhängen. Dann vermied sie es, andere Menschen zu treffen. Gino war es egal, wenn Cora sich manchmal etwas absonderte. Er machte dann immer wieder seinen Abstecher zu den Hunden auf den anderen Wegen und abseits im Gelände. Wenn er sich ausgetobt hatte, kehrte er brav zu Cora zurück, um sich sein Leckerli abzuholen.

Coras Handy meldete sich. Ein kurzer Blick. Die Nummer des Krankenhauses. Leicht zu erraten, was der Pflegedienst von ihr wollte. Cora steckte das Handy in die Jacke zurück. Ein leichter Nieselregen und das ständige aufdringliche Klingeln des Handys waren ihre einzigen Begleiter auf dem kleinen Spaziergang. Mindestens 30-mal hintereinander meldete sich der Quälgeist. Nein, heute nicht mit ihr. Statt immer wieder anzurufen, hätte Frank, der Pflegedienstleiter, mal seinen Schreibtisch verlassen und selber mal mit anpacken sollen.

Cora war auf einmal schrecklich erschöpft. Die regulären Nachtwachen war sie ja schon gewohnt. Die konnten ihr nicht so viel anhaben wie der nächtliche Schlafentzug während ihrer Freizeit. Sie bemerkte, dass die eifrigen, nicht mehr ganz so jungen Hundefreunde sie mehr anstrengten als die Patienten. Sie machte sich auch Sorgen um die kleine Truppe, die es sich zum Ziel gemacht hatte, einen Mörder zu suchen. Am Anfang war für die Frauen die Mördersuche nur ein geduldetes Abenteuer gewesen, das den Männern für kurze Zeit Abwechslung brachte, aber mittlerweile fürchtete Cora, dass viel mehr hinter diesem Vorfall im Wald stand. Sie spürte die kriminelle Aura förmlich um sich, wenn sie mit den anderen durch den Kettwiger Wald spazierte. Sogar die Sonne schien nach dem Fund des Toten weniger zu scheinen. Der Nebel war dichter geworden. Okay, das konnte am beginnenden Herbst liegen, aber trotzdem …

Cora neigte nicht zum Trübsinn, aber der Wald hatte seine alte Verlässlichkeit und Vertraulichkeit verloren. Es würde lange dauern, bis sie wieder allein mit Gino nach dem Nachtdienst durch den Wald gehen würde. Sie sah die harmlosen Spaziergänger und Hundebesitzer mit anderen Augen an, war vorsichtig bei Menschen, die sie nicht kannte. Der Wald wirkte auf einmal fremd und bedrohlich. Jeder von Weitem heraneilende größere Hund rief bei Cora für einen kurzen Moment die Angst hervor, es könne sich um ein wildes Tier handeln. Mein Gott, hätten sie nur nicht die Leiche gefunden. Kein Mensch hätte jemals erfahren, was sich hier im Wald oder auch an einem anderen Ort zugetragen hat. Sie beneidete die anderen Waldläufer, die ahnungslos und unbeschwert mit ihren Hunden unterwegs waren.

Bisher hatte sie immer noch nichts von dem Mord im Wald in der Zeitung gelesen. Dieses Schweigen und das Fehlen an Information und Aufklärung waren für Cora schlimmer als Maurits' andauerndes Analysieren und Spekulieren über einen Mörder, den sich keiner auch nur ansatzweise vorstellen konnte. Für Cora waren sie der Auflösung des Falles keinen Schritt nähergekommen. Für Maurits waren sie mittendrin in der Lösung. Er machte den Eindruck, als hätte er schon den Finger am Ärmel des Verbrechers.

Zu Hause warf Cora einen kurzen Blick auf den Anrufbeantworter. Er blinkte. Sie widerstand der Versuchung ihn abzuhören. Sie kannte sich. Sie war einfach zu weich für ihre Umwelt.

Am Mittag holten die Funkes Cora von zu Hause ab. Maurits saß bereits im Wagen auf dem Beifahrersitz neben Robert, Beate hinter ihrem Mann. Cora hatte noch keine Zeit gehabt sich umzuziehen. Aber am wohlsten fühlte sie sich mittlerweile auch in ihren Hundeklamotten. Nur die verschmutzten Lehmschuhe hatte sie gegen saubere Turnschuhe ausgetauscht. Robert reichte Cora von der Ablage vorne ein Exposé rüber. Auf den Bildern des Exposés war ein veritables Burggebäude unter einem einkopierten blauen Himmel mit blinkenden Fenstern zu erkennen, das ein wenig verstaubt wirkte. „Vollenden Sie Ihre romantischsten Träume" stand in weißer Prägung über das gesamte Bild gezogen.

„Das war einmal ein Hotel, wird aber schon seit längerer Zeit nicht mehr genutzt. Das Gebäude würde doch gut zu uns passen." Robert war so stolz, als sei er schon der Besitzer dieses tollen Hotels.

„Fast 1.000 m², 31 Zimmer, großzügige Gartenanlage. Könnte je nach Zustand ein echtes Schnäppchen werden", schwärmte Beate vor.

„Wir können das Hotel wunderbar umfunktionieren. Jeder von uns bekommt sein eigenes Zimmer oder sogar seinen eigenen Wohnbereich. Große Gemeinschaftsküche, zentraler Gesellschaftsbereich. Wie geschnitzt für unser Vorhaben. Ein Altersruhesitz für uns und unsere Freunde." Robert war richtig euphorisch.

„Altersunruhesitz", sagte Cora leicht ironisch. „Mit Maurits als Mieter wird es keine Ruhe geben."

Maurits, der unruhige Geist, hatte wieder einmal nicht zugehört. Er wirkte nachdenklich. „Ja, Beate, ich habe ja immer schon gesagt, dass du ein altes Mädchen bist, aber ich gehör noch nicht in ein Seniorenheim. Ich bin noch fit."

„Maurits, sei nicht albern. Wir denken doch nur an später. Wenn wir irgendwann einmal gemeinsam alt werden, brauchen wir uns kein Altenheim zu suchen. Wir haben dann schon unser eigenes Heim mit von uns eigens ausgesuchten Pflegekräften", erklärte Beate. Cora war erstaunt, wie leicht sich Beate damit tat, den leicht bemoosten Kommissar mit sich in eine Altersstufe zu bringen.

„Ob wir dann später in einem Altenheim sitzen und mit unserer Rente irgendein Heim reich machen oder von unserem Geld in einem schönen Hotel sitzen, das uns gehört. Das ist doch schon ein Unterschied", setzte Robert hinzu. „Und nebenbei gibt es ordentliche Einnahmen, wenn wir die Burg in kleine Wohneinheiten einteilen und vermieten. Die Leute werden uns die Wohnungen aus der Hand reißen."

„Das ist doch gar nicht finanzierbar." Cora blieb realistisch.

„Wir haben schon mit dem Finanzberater gesprochen. Er ist von unserem schlüssigen Konzept überzeugt. Und einiges an Kapital können wir auch aus der eigenen Tasche dazulegen", erläuterte Beate.

„Und ich soll dann bei euch zur Miete wohnen?" Cora fühlte sich nicht wohl bei dem Gedanken.

„Wenn du die Leitung dieses Hauses übernimmst, bekommst du ein ordentliches Gehalt, davon kannst du deine Wohnung locker bezahlen", tröstete Beate.

„Ich habe doch schon ein Haus", erwiderte Cora. „Da hat sich Christian ja nicht lumpen lassen."

Cora konnte ihre Gefühle schlecht beschreiben. Ihre Freunde hatten keine finanziellen Probleme. Der sparsame Maurits hatte bestimmt ein volles Bankkonto, gab ja nie etwas aus und war keinem verpflichtet. Die Funkes hatten nie verhehlt, dass sie von dem Unternehmensverkauf glänzend leben konnten. Nur Cora musste sich finanziell einschränken. Sie musste zwar keine Miete zahlen, aber das Geld war am Monatsende knapp. Sie glaubte nicht an einen Erfolg des Burghotel-Projekts. Genauso wenig wie sie daran glaubte, dass Maurits jemals den Mörder finden würde. Das Projekt machte sie aber neugierig, weil es spannende Aufgaben bieten würde. Und ein ständiges Zusammensein mit ihren Freunden. Aber wie lange würde das gehen? In zehn, fünfzehn Jahren vielleicht hatte sie es mit reinen Pflegefällen zu tun. Aber 10 bis 15 Jahre waren ja auch eine lange Zeit. Der Prospekt auf ihren Knien leuchte fröhlich und verlockend. Sie musste sich ja nicht auf das Abenteuer und die Euphorie der anderen einlassen. Sie würde erstmal sehen, was da auf sie zukam, und dann entscheiden. Eine Burg, eine richtige Burg, das hatte was. So lange es nicht gefährlich oder verpflichtend für sie werden würde, wollte sie das Spiel mitmachen.

„Du kannst doch dein Haus verkaufen und dich dafür im Burghotel einkaufen", schlug Maurits vor.

„Das geht nicht. Anna wohnt doch da drin", sagte Cora.

„Die kann doch auch ein Zimmer in der Burg haben", meinte Beate.

„Wo geht es denn überhaupt hin?" Cora unterbrach die Diskussion und blätterte im Prospekt herum, um nach der Ortsbeschreibung zu suchen.

„Zwischen Breitscheid und Hösel. Waldlage. Das Haus diente bisher vor allem als Tagungshotel."

Robert lenkte das Fahrzeug in Vor der Brücke über den Verkehrskreisel in die August-Thyssen-Straße. Das klang nach Industrie, war aber Kettwigs Filetstückchen. Links, in den schroff ansteigenden Wald war ein Weg gegraben, an dessen höchster Stelle sich das Schloss Landsberg erhob. Irgendein Thyssen-Vorfahre hatte es gebaut und sich die Möglichkeit geschaffen, von dort oben die Ruhr und ganz Kettwig zu überblicken. Einer der letzten Thyssen, Baron Thyssen-Bornemisza de Kászon, hat seinen Leichnam hier bestatten lassen, seine wertvolle Bildersammlung dagegen in Spanien zurückgelassen. Ein paar hundert Meter weiter zur Ruhrseite rechts hin stand ein imposantes Wasserschloss aus dem 17. Jahrhundert, Schloss Hugenpoet. Christian hatte Cora in besseren Zeiten öfter in das hervorragende Restaurant des Hugenpoet eingeladen.

Am Hugenpoet macht die Straße einen Schwenk in den Berg und schlängelt sich die Serpentinen hinauf bis zu den Bauerschaften auf dem Plateau. Die kultivierten Flächen geben kurz danach ihren Kampf gegen den Wald auf, der nunmehr die Essener Straße lange Zeit begleitet. Irgendwann erschien ein überdimensionales Schild an der Straße: Burghotel Breitscheider Hof. Robert fuhr in den Fahrweg hinein an hohen Laubbäumen vorbei. Dann öffnete sich der Blick.

Es war nicht zu leugnen, dass sich der Sommer schon längst zurückgezogen hatte, um dem Herbst Platz zu machen. Als sie ausstiegen, schlug ihnen ein kalter Wind entgegen. Die Bäume waren fast entblättert und wirkten gespenstisch durchsichtig und schlank, während der Boden sich farbenfroh bunt zeigte und nach dem Regen des vergangenen Tages eine wunderbare Luft verströmte. Leichter Nebel hatte sich über die Burg gelegt und ließ die steinernen Türme nur schemenhaft erkennen. Hier schien der Herbst schon früher Einzug gehalten zu haben als in der Stadt.

Die vier Hundebesitzer standen staunend vor dem alten Gemäuer.

„Mein Gott, wie romantisch." Beate sprach als erste aus, was alle dachten. „Hier könnte ich den Rest meiner Tage verbringen."

Durch einen überwucherten, naturbelassenen Park, liefen sie auf das mächtige Gebäude zu, das im ortsüblichen Bruchsteinmauerwerk errichtet war. Ein wuchtiger Turm mit spitzem Schieferdach erhob sich steil aus einem Teich, der die seitliche Flanke der Burg umgab. Die Steintreppen auf der Frontseite führten zu einem beeindruckend geschnitzten Portal, von dem ein Flügel geöffnet war.

„Und da ist es wieder. Unser Problem", hörte Cora ihre Beate flüstern. „Barrierefrei ist anders."

Von der Treppe kam ihnen ein Mann im graugestreiften Anzug, geschätzte 70 Jahre alt, lächelnd entgegen.

„Herzlich willkommen im Burghotel. Brinkmann. Wir haben telefoniert. Noch mal herzlich willkommen."

Und genauso herzlich schüttelte er jedem die Hand. Cora staunte, wie viel Kraft noch in seinem schmächtigen älteren Körper steckte. Sie rieb sich ihre schmerzende Hand.

„Sie befinden sich hier vor einem der schönsten Exponate in meinem Portefeuille, der Burg Breitscheid. In den Jahren 1847 bis 1853 gebaut, ist sie zwar nicht als typische Ritterburg zu bezeichnen, hat dafür aber weitgehend schon die Annehmlichkeiten der Neuzeit. Erste Erwähnung eines Anwesens in einer alten Schrift der Abtei Werden im 13. Jhd. Auf den Grundmauern hat dann ein vermögender Düsseldorfer Kaufmann dieses herrliche Etablissement als seine Altersresidenz errichtet. Nach seinem Verkauf durch die Erben in der 50-er Jahren wurde es dann als Burghotel geführt, dessen Betrieb etwa 2015 eingestellt wurde."

Brinkmann ging mit ihnen an einer halbantiken Rundtheke vorbei, der ehemaligen Rezeption. Die Eingangshalle wirkte klein und düster. Brinkmann deutete auf den schweren Lüster über ihren Köpfen.

„Leider müssen wir jetzt auf eine Beleuchtung verzichten. Der Strom wurde aus Betriebsgründen abgestellt."

Hinter der Rezeption führten die Gänge zu den Hotelzimmern der ersten Etage. Hübsche, nett eingerichtete Zimmer, nichts Besonderes, aber sauber und ausbaufähig.

„Die ehemalige Nutzung des Gebäudes als Hotel bietet Ihnen den Vorteil, dass sie mit moderner Versorgung ausgestattet sind, Elektrizität, Gasheizung, Warmwasser."

Brinkmann wusste die Höhepunkte geschickt zu verteilen. Das große Kaminzimmer beeindruckte durch den riesigen Sandsteinkamin mit den fröhlichen niederländischen Kaminkacheln.

„Ich denke, das könnte ein wunderbarer Treffpunkt für alle Bewohner werden. Der Raum wurde früher gerne als Konferenzraum benutzt."

Altes verstaubtes Mobiliar entführte die kleine Hundetruppe in das Mittelalter.

„Bitte denken Sie daran, dass wir hier keine Burg aus dem Mittelalter haben. Der Erbauer hat mit großer Mühe und Sammelleidenschaft ein Flair geschaffen, das uns in eine frühere Zeit versetzen soll."

Vor einem verspielten bunten Burgfenster neben einer alten Holzbank stand eine Ritterrüstung in Kindergröße.

„Die Männer im Mittelalter waren deutlich kleiner als wir", verbreitete Maurits überflüssiges Wissen.

Das Inventar war fast vollständig erhalten. Cora verliebte sich sofort in das kleine Turmzimmer, das sie über eine Wendeltreppe erreichten. Sie sah auf den Teich hinunter, den sie schon von draußen entdeckt hatte. Unten war ein weißer Kahn an einen verfallenen Steg angebunden. Ein echtes Fotomotiv.

„Ich bin noch die Fitteste von euch, ich nehme ganz oben das Rapunzel-Zimmer." Cora ließ sich schon mal ihre künftige Wohnung reservieren.

„Nicht so euphorisch. Das Ding ist noch lange nicht gekauft", sagte Beate.

Manchmal steht die Welt einfach still. Ob eine Wohngemeinschaft zwischen all diesen unterschiedlichen Charakteren klappte, wusste keiner. Aber wenn man schon eine Community gründen wollte, dann unbedingt hier. Nur Maurits war etwas zurückhaltender. Er hatte ein Leben lang in seiner Wohnung im Stadtteil am Schmachtenbergring gewohnt. Das alles jetzt aufzugeben, konnte nicht Gegenstand einer schnellen Entscheidung sein.

„Lasst uns noch *een beetje* warten. Wir müssen erst den einen Fall erledigen."

Brinkmann hatte das gehört. „Jetzt muss ich Ihnen leider den üblichen Maklerspruch aufsagen, der aber dennoch durch Wahrheit überzeugt. Ich habe noch mehrere Interessenten. Ich benötige eine schnelle Entscheidung."

„Natürlich", sagte Robert, „das kann ich gut verstehen. Aber das ist ein Objekt in einer Dimension, die viel Planung verlangt. Ich denke, da begleiten Sie uns noch ein Stück weit des Weges. Und ohne Architekten werden wir nicht auskommen."

„Selbstverständlich" nickte Brinkmann. „Ich höre, dass Sie an eine

Wohngemeinschaft denken. Mit seinen 31 Zimmern wäre das Objekt hierfür ideal. Es lassen sich Zimmer zu Wohneinheiten zusammenlegen. Wohnungseigentum ist denkbar. Aber es sind schon Investitionen erforderlich."

„Und das Mobiliar?", fragte Beate.

„Bekommen Sie gegen einen kleinen Aufpreis dazu."

„Na, ja. Ich habe da noch ein paar Mängel gesehen. Vielleicht kann da der Aufpreis wegfallen", warf Robert vorsichtig ein.

„Ein paar Mängel? Da habe ich aber deutlich mehr gesehen als du. Wir müssen noch viel Arbeit reinzustecken. Ist doch kein Thema", half ihm Maurits.

„Ich werde mit dem Eigentümer sprechen."

„Die Größe des Grundstücks macht mir Sorgen. Wir werden Personal benötigen."

„Ich kann Ihnen die Adresse eines Gärtners geben, der regelmäßig kommt. Das Grundstück ist so angelegt, dass es geringe Pflege benötigt. Es ist im Wesentlichen naturbelassen." Brinkmann war offensichtlich ein Top-Makler. Er wusste auf alles eine Antwort.

„Wir müssen ja auch nicht das ganze Haus sofort umbauen. Wir können doch Schritt für Schritt vorgehen. Erst mal die Zimmer und Wohnungen für die erste Generation." Beate schien schon von der Burg Besitz genommen zu haben und verteidigte ihre Pläne.

Robert wandte sich an den Makler. „So, Herr Brinkmann. Wir haben uns einen Eindruck verschafft. Heute entscheiden wir uns sowieso noch nicht. Wie Sie sehen, besteht ein großes Interesse. Wir werden uns an Sie wenden, wenn es so weit ist. Und dann wird sich ergeben, ob wir uns mit dem Besitzer einigen können." Robert reichte dem Mann seine Hand, ebenso Maurits.

Die beiden Frauen waren lernfähig und verzichteten auf den Händedruck.

Das Lächeln des Maklers war etwas schief. Es war nicht so einfach eine Burg zu verkaufen.

Im Auto überschlugen sich ihre Stimmen voller kindlicher Freude und Begeisterung. Selbst die mittellose Cora und der sparsame Maurits waren, wenn auch verhalten, von dem Objekt angetan.

„Wir hätten dem Makler nicht so unsere Euphorie zeigen müssen. Wir hätten mehr schimpfen können." In Maurits' Stimme steckte ein leiser berechtigter Vorwurf.

„Damit der Makler unsere Burg einem anderen übergibt", wandte Beate ein.

„So schnell wird keine Burg verkauft. Jeder weiß, welche Renovierungskosten auf ihn zukommen und was er monatlich für die alten Räume an Strom und Heizung zu bezahlen hat. Deshalb finanzieren Banken den Kauf einer Burg oder eines Schlosses auch im Regelfall nicht", beruhigte sie Robert.

„Wenn ich schon nicht so viel dazu beisteuern kann, finanziell meine ich, dann könnte ich wirklich die Leitung übernehmen. Ich denke, ich komme mit alten Menschen prima klar." Cora dachte laut nach, obwohl sie wusste, wie viel Widerstände sie noch zu bewältigen hatte. „Maurits, wir verstehen uns doch?"

Keiner reagierte. Alle waren einfach zu fröhlich.

„Jeder hätte seinen Aufgabenbereich", sagte Beate. „Ich die Tiere. In der Tierpflege bin ich immer noch gut."

„Und ich erledige das Kaufmännische. Mache alles, was mit dem Computer zu tun hat", sagte Robert.

„Und was mache ich?", fragte Maurits.

„Du bist unser Concierge und löst deine Fälle", erklärte Beate.

„Apropos Fälle, denkt daran, was wir heute noch vorhaben", sagte Maurits. „Und französisch kann ich nicht."

9

Am Abend besichtigten die vier mit ihren Hunden das Gebäude der Gernreich GmbH. Es lag unzugänglich am Innenhafen von Duisburg. Sie waren über einen ausgetretenen Anglerweg bis zur verölten Hafeneinfassung gekommen und von dem Gernreich-Gelände durch das schwarze Hafenwasser, in dem sich keine Welle bewegte, getrennt. Über das Wasser hinweg waren nur undeutlich einige Hallen zu erkennen. Kleine Figuren bewegten sich dort hin und her. Gabelstapler transportierten Kisten und Kartons nach einer unsichtbaren Regie.

„Da kommen wir niemals rüber", stellte Cora bedauernd fest.

„Sag niemals nie. Jetzt wäre es sowieso unsinnig, uns da umzusehen. Es sind noch zu viele Menschen dort. Lasst uns bis heute Nacht warten." Maurits schien ganz unbeeindruckt.

„Du bist wohl verrückt. Hat dir der vorletzte Tag nicht gereicht? Cora und ich werden auf keinen Fall noch einmal Schmiere stehen." Beate zeigte eine klare Linie.

„Und ich möchte vielleicht noch einen angenehmen Lebensabend in einem tollen Burghotel verbringen", sagte Robert.

„Dann geh ich eben alleine", entschied Maurits.

Sie fanden eine Trattoria in der Nähe, die sich Da Maria nannte. Die Pizzen, die sie alle bestellt hatten, waren gut und mit reichlich Käse überbacken. Hier zeigten sich die unterschiedlichen Temperamente. Cora brachte vor lauter Aufregung kaum einen Bissen herunter, während Beate wie ein Scheunendrescher aß.

„Wenn ich aufgeregt bin, habe ich immer Hunger."

Sie schauten abwechselnd aus dem Fenster, um zu sehen, ob es bereits dunkel genug war.

„Glaubt mir, es ist überhaupt nicht gefährlich. Die erwischen uns nicht. Und wenn die uns erwischen …", sagte DeWitt.

„… rutschen die auf Roberts Kotze aus", ergänzte Beate.

DeWitt ließ sich nicht irritieren. „… bekommen wir ein Hausverbot oder einen Platzverweis. Damit kann ich gut leben. Ich denke, dass bei denen alle nasenlang irgend so ein Tierschützer seine Aktion macht. Die haben Erfahrung im Umgang mit solchen Leuten."

„Und wenn die nicht seriös sind, landest du wieder neben dem Keller vom Miracle. Da hast du ja schon Erfahrung", setzte Beate seinen Gedanken boshaft fort.

„Warum wollt ihr euch das nur antun?", stöhnte Cora.

„Weil wir sonst keine Antwort auf die Frage erhalten, wo die Tiere hingehen und ob wir die Liste von NNG richtig gedeutet haben", erklärte Maurits.

„Richtig, Gernreich ist ja wohl ein großes Unternehmen mit starkem Umschlag. Ich kann mir vorstellen, dass die rein logistisch in der Lage sind, auch einen illegalen Tierhandel durchlaufen zu lassen." Robert schloss sich der Meinung des alten Kommissars an.

Die beiden Frauen hielten sich an ihrem Rotwein fest. Cora merkte, dass der Rotwein ihr nicht besonders guttat. Aber er machte sie entscheidungsfreudiger.

„No risk, no fun", sagte sie. „Wir haben uns schon so weit vorgewagt. Jetzt will ich auch Ergebnisse sehen. Vielleicht findet Anna es cool, wenn ihre – ach so solide Mama – bei Nacht als Tierschützerin irgendwo einbricht."

Auch Beate hatte den Rotwein nicht ganz so gut vertragen: „Ein Hoch auf Maurits. Wenn jeder so eifrig wie Maurits wäre, gäbe es viel weniger Ungerechtigkeiten auf der Welt. Tiere hätten eine bessere Lobby. Und Mörder kämen nicht ungestraft davon."

Es war stockdunkel, als die vier den Hafen in Duisburg erreichten. Leichter Nieselregen begleitete sie schon seitdem sie Da Maria verlassen hatten. Cora fröstelte. Sie fror immer sehr schnell, besonders, wenn sie nervös war.

Maurits trat an die Hafenkante heran. Zu seinen Füßen lag fast unbeweglich ein schmales Motorboot, das an einem Eisenpoller festgetaut war. „Da liegt unser Boot. Es gehört einem Freund von mir", erklärte er.

„Du hast Freunde?", fragte Beate interessiert.

„Den kenn ich noch *een beetje* aus meiner aktiven Polizeizeit. Der ist mir noch was schuldig."

Robert stieg als Erster ins wacklige Boot, danach half er den Frauen hinein. Maurits stolperte hinterher. Die beiden Frauen fingen ihn auf. Umso geschickter warf Maurits dann aber den Motor an. Der Hafen wirkte gespenstisch ruhig. Viel zu ruhig, dachte Cora. Und der Motor des Bootes machte viel zu viel Krach. Cora krallte sich an der kleinen Bank fest, auf der sie saß. Auch Beate wirkte blass und ängstlich. Sie schien über keinen angstvertreibenden Restalkohol mehr zu verfügen. Die beiden Männer vorne bekamen von den Ängsten der Frauen nichts mit. Sie unterhielten sich leise.

„Und wenn uns jemand erwischt, könnte man uns unbemerkt im Rhein ersaufen lassen. Keiner weiß, wo wir sind. Keine Sau würde uns hier suchen", jammerte Beate leise.

„Du wirst ganz bestimmt nicht im Rhein ertrinken", flüsterte Cora ihr zu. „Das hier ist immer noch die Ruhr."

Es wurde noch dunkler, weil sie an den letzten Gebäuden vorbeigetuckert waren, die noch Licht gaben. Vor ihnen lagen nur noch die Silhouetten einiger zusammenstehender Container. Maurits fuhr am Beckenrand entlang auf der Suche nach einem Poller, an dem er das Boot festmachen konnte. Schwache Notbeleuchtungen, kleine Funzeln, deuteten an, wo sich der Beckenrand befand.

Die Hundebesitzer schauten sich sorgfältig um und lauschten in die Stille. Nur ein paar Möwen führten in der Ferne eine rege Unterhaltung. Möwen in der Nacht? Wurden sie von Menschen aufgeschreckt? Maurits hatte das Boot angelegt. Er wartete, bis Robert an Land gegangen war und das angebotene Seil entgegennahm. Robert wickelte es unfachmännisch, aber stabil um einen Pfahl. Jetzt bloß beim Anbinden keine Fehler machen. Cora spürte den Schotter vom Boden schmerzhaft unter ihren Füßen. Sie hätte sich Schuhe mit dickeren Sohlen anziehen sollen.

Kein Hund bellte, und es kam ihnen auch keine Wachperson mit Taschenlampe und geladener Pistole entgegen. Maurits und Robert leuchteten mit ihren Lampen vorsichtig die Umgebung ab. Die Container waren noch weiter entfernt. Die vier blieben dicht zusammen.

„Da ist jemand", flüsterte Robert.

„Ich höre nichts", sagte Maurits mit kräftiger Stimme. Er sprach immer etwas lauter, damit er sich selber verstehen konnte. Er war ja schwerhörig.

„Pst! Ruhe!" Beate klammerte sich an Robert.

In der Nähe mussten Tiere sein. Je näher sie ihrem Ziel kamen, desto deutlicher erkannten sie die Geräusche von Tieren unterschiedlicher Spezies. Vom leisen Scharren, Knurren, Piepsen, ängstlichen Jaulen bis zum ärgerlichen Schimpfen war alles zu hören. Alle Tierarten schienen vertreten zu sein.

Mussten sie mit einem Tierpfleger in der Nacht rechnen?

Die Container wirkten im Dunkeln wie lieblos in der Schnelle aufgestellte Behelfsheime. Sie standen vor der blechernen Hintertür eines Gebäudes. DeWitt zog ein paar Latexhandschuhe aus der Tasche und streifte sie über. Als er die Klinke herunterdrückte, bemerkte er, dass die Tür unverschlossen war. Das war ungewöhnlich. Irgendjemand schien das Abschließen verpennt zu haben oder jemand befand sich noch im Gebäude. Sie stellten fest, dass sie über einen Seiteneingang in die Schauräumen für Besucher eingetreten waren. Farbenfrohe Aquarien neben abgedunkelten Terrarien und einem übergroßen Käfig mit Papageien und kleineren Vögeln. Und die Tiere in den Glasbehältern machten nicht gerade einen leidenden Eindruck. Eine Schlange zischte gegen das Glas. Leicht grüne Flüssigkeit lief langsam an der Scheibe herunter. Beate zischte zurück. Die Schlange verschwand hinter einem Stein.

In einem Nebenraum schliefen ein paar kleinere Raubtiere in vergitterten Käfigen, andere, die aus dem Schlaf geschreckt schienen, stellten sich an das Gitter und versuchten drohend zu fauchen.

„Als Laie würde ich sagen, es besteht noch kein Verdacht, dass die Tiere hier nicht gehandelt werden dürfen. Im Gegenteil, Besucher scheinen herzlich willkommen zu sein. Die Fische und Schlangen sind doch wohl für die Öffentlichkeit bestimmt", sagte Robert und leuchtete noch einmal in einen Käfig. Der kleine Dachs knurrte verärgert.

„Schauräume halt. Da kann man nicht erwarten, dass hier illegaler Tierhandel präsentiert wird. Ein Ablenkungsmanöver vielleicht. Man will die Öffentlichkeit hier haben, um jedem Misstrauen vorzubeugen. Ich will mir mal das Büro ansehen." Maurits wandte sich ab in Richtung einer Tür mit dem Schild „Büro".

„Die armen Tiere. Was meinst du, wie lange müssen die noch in den Käfigen bleiben?" Beate hatte mit ihren Skrupeln zu arbeiten.

„Bis sich ein Käufer findet. Das kann dauern", erklärte Maurits ungerührt. Er war stehen geblieben. „Das sind ja fast alles Käfigtiere. Sie bleiben auch nach dem Kauf in ihren Käfigen."

„Wenn die Tiere verkauft sind, dann gibt es doch bestimmt eine Überprüfung beim Kunden durch das Veterinäramt", versuchte Cora sich und den anderen einzureden.

„Haha, guten Tag, wir kommen vom Veterinäramt der Stadt Essen. Darf ich mal nach Ihrem Goldfisch sehen, den Sie in der letzten Woche bei der Firma Gernreich gekauft haben? Was bist du naiv." Robert schien kein Mitgefühl zu haben.

„Am liebsten würde ich sie hier alle befreien, aber ich glaube kaum, dass wir den Menschen der Stadt Duisburg oder den Tieren damit einen Gefallen tun würden", sagte Beate.

„Das haben Tierschützer schon in Versuchslaboren und Zoos versucht mit dem Ergebnis, dass die Tiere in der Zivilisation zumeist umgekommen sind", erklärte Cora.

„Mensch, wir haben keine Zeit zum Reden. Wir können jeden Moment entdeckt werden", mischte sich Robert ein.

Die Frauen schreckten zusammen. Sie hatten vor lauter Mitgefühl die Gefahr der Entdeckung verdrängt.

„Wir sollten nicht spekulieren und diskutieren. Ich will mich mal alleine im Büro umsehen. Mal gucken, ob die Papiere in Ordnung sind", drängte jetzt auch Maurits und ging voraus.

Er öffnete vorsichtig die Tür zu den Büroräumen. Die Freunde sollten aus sicherer Entfernung abwarten, bis er ein Zeichen zum Nachkommen gab. Das Zimmer war durch eine Schreibtischlampe in ein fahles Licht getaucht. Dann zuckte Maurits auf einmal zusammen. Er blickte auf den kräftigen Nacken eines Mannes, der in einem großen Ledersessel vor dem Schreibtisch saß. DeWitt wollte sich vorsichtig zurückziehen. So leise wie er konnte schlich er rückwärts zur Tür. Der Mann im Sessel reagierte nicht. Er blieb zusammengesunken sitzen. Etwas stimmte nicht. Maurits brach seinen Rückzug ab und ging ganz langsam auf den Sessel zu. Aus dem Sessel kam keine Bewegung. DeWitt war beunruhigt und bewegte sich sehr vorsichtig um den Sessel herum.

„Alles in Ordnung, *Meneer*?"

Dann war er genauso starr wie der Mann im Sessel. Die Frauen, die ihm leise gefolgt waren, unterdrückten ihren Instinkt, laut zu schreien. Jetzt sahen alle drei mit weit aufgerissenen Augen auf den Inhalt des Sessels.

Der Mann im Sessel war nicht mehr in der Lage, eine Reaktion auf die Eindringlinge zu zeigen. Auf seinem Schoß hatte es sich eine kleine gelbe Schlange gemütlich gemacht. Sie lag zusammengerollt wie ein Schoßhund und schien friedlich zu schlafen. So friedlich wie der Mensch, dem der Schoß gehörte. Wenn da nicht dieses Gesicht gewesen wäre. Das Gesicht eines Menschen, das fratzenhaft bis zur Unkenntlichkeit entstellt war. Es war eindeutig. Der Mann sah aus wie tot, und er war auch tot.

„Rührt euch nicht!", flüsterte Maurits. Sein Mund formte den Satz, fast ohne Mimik.

Trotzdem schien nicht jeder der Warnung zu folgen. Es gab eine kleine Bewegung hinter dem Fenster. Nur kurz tauchte das blasse Gesicht einer jungen Frau auf. Sie schien nicht älter als 16 Jahre zu sein. Ihr Gesicht war ausdruckslos, ohne Regung. Dann verschwand es in der Dunkelheit. Niemand hatte den Mut, sich zu bewegen und dem Mädchen zu folgen oder auch nur die Stimme zu erheben und die Schlange durch einen Ruf zu provozieren. Maurits stand immer noch wie versteinert vor dem entstellten Toten mit der gefährlichen Schlange auf dem Schoß. Wie in Hypnose waren die drei auf den Sessel fixiert, bewegungsunfähig und erstarrt.

Robert drang unbekümmert von draußen in das Büro ein. „Da ist gerade ein ganz junges Mädchen weggelaufen. War das hier drin?"

Zu spät. Die Schlange verschwand laut zischend vom Schoß ihres Opfers in die Richtung, aus der Robert gekommen war.

„Was ist denn hier los?" Robert sprang behände zur Seite und sah der fliehenden Schlange nach.

„Danke!", flüsterte Maurits matt.

„Wie kannst du nur so reingestürzt kommen! Du hättest uns alle umbringen können!", schimpfte Beate.

„Alles gut", beruhigte Cora ihre aufgeregte Freundin. „Im Gegenteil, wenn Robert nicht gekommen wäre, hätten wir noch einige Stunden hier in Totenstarre verharren können. Die Schlange ist Gott sei Dank weg."

„Und wenn die Giftschlange Maurits in Panik gebissen hätte?", giftete Beate.

„Vielleicht hätte das Gift für einen zweiten Biss gar nicht gereicht", überlegte Cora.

„Macht die Tür zu, damit die Schlange nicht wieder reinkommen kann!", sagte Maurits.

Beate reagierte am schnellsten. „Ich möchte nicht hierbleiben bei dem Toten, und ich habe Angst rauszugehen, solange sich die Schlange da draußen befindet."

Maurits machte sich scheinbar ungerührt an der Schreibtischschublade rechts oben zu schaffen. Sie war vorher schon ein wenig geöffnet gewesen. Er konnte sie locker herausziehen.

„Kinder, guckt mal, was ich hier gefunden habe." Er hielt einen Schuhkarton hoch, dessen Deckel er vorsichtig geöffnet hatte. „Das ergibt doch keinen Sinn."

Alle spähten neugierig in den Karton, der mit Kinkerlitzchen gefüllt war. Einer Hand voll Perlen, Porzellanmuscheln, silbernen Kreuzen und Herzchen.

„Das gehört zu einem Bettelarmband. Ich habe mal eines der Anna geschenkt. Wollte sie nicht tragen, weil so ein Armband einem Mädchen nur von einem Freund geschenkt werden darf. Ich wusste das vorher nicht. Bei jedem Treffen übergibt der Junge dem Mädchen einen kleinen Anhänger. So als Liebesgabe. Perlen, Herzchen, eben das, was hier im Karton liegt."

„Also, wertvoll kann es demnach nicht sein. Aber warum hatte der Tote so einen Plunder in seinem Schreibtisch?", fragte sich Maurits laut.

„Es kommt doch nicht auf den Wert an. Das sind Liebesbeweise", empörte sich Cora.

Robert starrte immer noch auf die Leiche. „Ich kann es gar nicht glauben, ich habe früher noch nie einen Toten gesehen. Und jetzt gleich zwei in einer Woche. Ich glaube, ich sollte den Umgang mit Maurits meiden."

Maurits zeigte sich ungerührt. Er untersuchte den Toten, als wenn er noch im Dienst wäre. Er betastete die Halsschlagader, dann nahm er die Handgelenke des Toten in die Hand und untersuchte Handflächen und Finger.

„Poch, wie kannst du den Körper berühren." Beate konnte es nicht fassen.

„Er hat doch Handschuhe an. Wir mussten im Präp-Kurs die Leichen noch mit den bloßen Fingern zerlegen." Cora war etwas abgebrühter.

Maurits hatte an der rechten Hand des Toten etwas entdeckt. Vorsichtig zog er den Ringfinger des Toten dicht ans Auge „Hier am Finger sind zwei kleine Einstiche zu sehen. Die sind noch ganz frisch. Guckt mal, das Blut ist an der Einstichstelle geronnen. Die Leichenstarre ist aber noch nicht eingetreten." Er strich mit seinem Handschuh über den roten Fleck.

„Das bedeutet, wir können von einem Tod durch Schlangenbiss ausgehen", schlussfolgerte Cora.

„Merkwürdig. Zwei Tote, die durch Tiereinwirkung gestorben sind."

„Das Mädchen am Fenster. Was hat es gesehen? Wenn der arme

Teufel hier gerade erst gestorben ist, dann könnte es seinen Todeskampf noch beobachtet haben", murmelte Robert.

„Und den Mörder", setzte Cora hinzu.

Maurits schüttelte den Kopf. „Wir wollen doch nicht gleich von einem Mörder sprechen. Wir können davon ausgehen, dass der Mann durch einen Schlangenbiss gestorben ist. Es gibt aber so unglaublich viele Möglichkeiten, wie der Mann an die Schlange geraten ist, dass wir uns mit Spekulationen zurückhalten sollten."

„Wir brauchen das Mädchen. Es wird uns weiterhelfen können", erklärte Robert.

„Nein, so geht das nicht weiter", sagte Beate entschieden. „Jetzt brauchen wir endlich die Polizei. Das Mädchen wird der *Polizei* weiterhelfen können."

Maurits wollte aufmucken.

Beate sah ihn herausfordernd an: „Die *richtige* Polizei."

Maurits gab auf. „Natürlich. Aber gib mir nur ein paar Sekunden. Lass mich meine Untersuchungen noch zu Ende machen. Dann gehen wir."

Er fummelte mit seinem Handschuh unbeholfen in der Sakkotasche des Toten. Er förderte einen Ausweis zutage, legte ihn auf den Tisch und fotografierte ihn. Dann steckte er ihn zurück.

„Daten gesichert. Wir können gehen."

Beate warf noch einen letzten Blick auf das entstellte Gesicht des Mannes im Stuhl. „Stand er in einer Beziehung zu dem jungen Mädchen am Fenster? Wie sollte man sich sonst die Anhänger für das Bettelarmband erklären?"

Cora war skeptisch. „Sieh dir mal seine altväterliche Figur und seinen altmodischen Anzug an. Der war mehr als dreimal so alt wie das Mädchen."

DeWitt drückte mit seinen Handschuhen die Klinke zum Ausgang herunter. Die beiden Frauen stöhnten auf.

„Was ist?"

„Da draußen kriecht eine Schlange herum."

„Nicht so schlimm. Wir passen auf, wo wir hintreten."

„Wann rufen wir die Polizei an?"

„Wir müssen erst mit dem Boot auf der anderen Seite des Hafens sein."

Bei der Überfahrt sagte keiner ein Wort. Das Geräusch des Eintakters auf dem stillen Wasser schien den Dogwalkern viel zu laut zu sein.

An Land zog DeWitt sein Handy heraus. „Ich werde meine Nummer wegdrücken, ist ja kein Thema. Ich verstelle die Stimme. Noch ein Taschentuch vor den Mund, und meine eigene Mutter weiß nicht, wer der Anrufer war."

Er rief seine Exkollegen in Essen an. Die Durchwahl der Polizeiwache kannte er noch bestens. „Lasst uns schnell verschwinden. Die Polizei wird gleich hier sein."

Sie stiegen ins Fahrzeug. Robert gab Gas. Als sie schon ein ganzes Stück vom Tatort entfernt waren, hörten sie die ersten schrillen Polizeisirenen.

„Dass die Bullen immer so einen Krach machen müssen", seufzte Beate.

10

Die vier saßen in der Ampütte an der Rüttenscheider Straße. Hier hatte die Kneipe noch fast die ganze Nacht geöffnet. David Copperfield hatte schon in der Ampütte gesessen und vielleicht 3 halbe holländische Matjes mit Röstkartoffeln oder auch Kassler-Lachse mit Püree und Sauerkraut verzehrt. Auch eine Ministerpräsidentin war mal da. Der Name Ampütte ist der Familienname des Gastwirtes in vierter Generation. DeWitt hatte nur die letzten drei Generationen mitgemacht.

Alle hielten sich an einem Glas Bier fest. Maurits und Robert eröffneten mit einem Samtkragen. Zwei Drittel Korn, und dann mit großer Vorsicht von dem Wirt ein Drittel Magenbitter draufgesetzt, sodass es eine klare Trennlinie gibt. Schmeckt scheußlich, sieht aber gut aus.

„Du hast ja in seinen Ausweis gesehen. Was weißt du sonst noch über den Toten?", wollte Beate wissen.

„Dieter Stalbach hieß er, geboren in Essen vor 59 Jahren, also im besten Mannesalter, wie schon gesagt", erklärte Maurits.

„Soso, also in deinem Alter!", spottete Beate.

„Wir müssen mal nachdenken. In beiden Fällen ist ein Mensch durch Verwirklichung einer Tiergefahr getötet worden."

„Geht es nicht auch unkomplizierter?", fragte Cora.

„Ich zitiere nur das Gesetz, soviel Zeit muss sein. Was gibt es sonst noch für Parallelen? Ein Raubtier, das dem Kettwiger Toten in den Rücken gefallen ist. Eine Schlange, die aus einem Terrarium im Duisburger Hafen geflohen ist. Können wir bei der Schlange einen unachtsamen Umgang des Opfers mit dem Tier ausschließen? Ich sage ja. Ein Terrarium gibt es nur in dem Nebenraum. Das Opfer befand sich in einem Büro. Es gibt keinen Grund, warum das Opfer die hochgiftige Schlange aus einem Terrarium herausgenommen und an seinen Arbeitsplatz mitgenommen hat."

„War es denn überhaupt sein Arbeitsplatz?", fragte Robert.

„Eine gute Frage. Das müssen wir noch herausfinden. Meine Arbeitshypothese: Es war sein Arbeitsplatz. Er hatte sich am Schreibtisch zu schaffen gemacht, die rechte Schreibtischschublade war ja noch geöffnet."

„Hast du sonst noch was festgestellt?", fragte Robert.

„Leider nicht so viel. Der Tote war Rechtshänder."

Die zynische Beate lachte. „Hat er dir noch mal die Hand geschüttelt?"

„Denk doch mal nach. Die Schlange hat ihn in den Ringfinger der rechten Hand gebissen. Der Tote hat mit der rechten Hand, in die er gebissen worden ist, nach der Schlange gegriffen. Entweder hat er sie zufällig berührt. Oder – für mich genauso wahrscheinlich – er hat sie greifen wollen, um sie einzufangen."

„Das soll er im Sitzen gemacht haben?", zweifelte Cora.

„Muss nicht unbedingt sein. Ich weiß nicht, was das für eine Schlange war. Das Schlangengift wirkt nicht bei jeder Schlange auf der Stelle. Der Verstorbene kann sich zuvor durchaus im Raum bewegt haben, dann einen Schwächeanfall gehabt und sich in den Stuhl fallen gelassen haben."

„Nee, nee", sagte Cora. „Das glaube ich nicht. Dann müsste die Schlange ja nachträglich an seinem Hosenbein hochgekrochen sein und sich auf seinem Schoß zusammengekuschelt haben."

„Gutes Argument", meinte Beate.

„Also hat er gesessen, als ihn die Schlange gebissen hat. Warum ist er dann nicht aufgesprungen, als er die Schlange bemerkt hatte", sagte Cora.

„Ich finde, das ist eine wichtige Frage", meinte Robert.

„*We zullen zien*. Wir müssen zuerst mal herausfinden, wem die Tiere gehören. Bei der Schlange dürfte das nicht so schwierig sein, weil sie in eines der Terrarien gehört. Und bei dem Man-Eater sind wir schon seit dem Besuch bei NNG ein ganzes Stück weitergekommen", sagte Maurits. Er erhob sein Glas und prostete allen zu.

Keiner reagierte darauf. Die anderen tranken nicht aus Spaß, wie Maurits. Sie spülten ihre Betroffenheit und den ganzen Stress des Tages runter.

„Was spricht dagegen, dass der Typ sich mit der Schlange selber umgebracht hat? So wie damals Kleopatra, nur unappetitlicher", fragte Cora. Es war schon reichlich früh in den Morgenstunden.

„Möglich, aber nicht naheliegend."

Robert mischte sich ein: „Wenn Stalbach Selbstmordgedanken gehabt hat, läuft er doch nicht nach draußen zu den Terrarien, holt die

Schlange heraus und bringt sie zu seinem Schreibtisch. Er würde die Hand in das Terrarium halten und das Tier so lange zum Beispiel durch Klopfen provozieren, bis es zubeißt."

„Gut mitgedacht", sagte Maurits.

„Also doch Mord", hauchte Cora.

„Wir müssten unbedingt an dieses Mädchen herankommen, das die Szene wahrscheinlich durch das Fenster gesehen hat. Das wird schwer. Wir haben keinen Namen, keine Adresse. Und sein Gesicht habe ich nur für den Bruchteil einer Sekunde gesehen. Ich weiß nicht, ob ich es wiedererkennen würde", sagte Beate.

Robert stimmte zu. „Ich denke, wir werden uns mal etwas mit unseren Hunden in der Gegend herumtreiben. Vielleicht kennt ja jemand das junge Mädchen. Könnte ja auch eine Tierpflegerin sein."

„Und wenn das Gelände videoüberwacht wurde, dann erkennen die uns sofort, wenn wir da wiederauftauchen", sagte Cora.

„Wenn wir auf den Filmen zu sehen sind, wird die Polizei uns sowieso erkennen. Ihr vergesst, dass ich bei der Polizei war", sagte Maurits. Und nicht ohne Stolz fügte er hinzu: „Mich kennt jeder."

„Das hast du heute schon mehrfach erwähnt", sagte Beate.

„Also, wenn dort Überwachungskameras angebracht sind, dann können wir mit unseren Ermittlungsarbeiten sofort aufhören. Dann wird der Mörder garantiert auch auf dem Film zu sehen sein", zog Robert sein Statement.

„Wenn der Mann wirklich ermordet wurde, dann wohl von jemandem, der sich dort auskannte. Von einem Mitarbeiter vielleicht. Und der konnte die Videokameras vermeiden und eventuell auch vorhandene Alarmanlagen ausstellen", meinte Maurits.

„Und das wäre unser Glück. Sonst wären wir wahrscheinlich von der Kamera erfasst worden, oder durch den Lärm der Alarmanlage wären wir von der Security erwischt worden", sagte Cora.

Beate wurde zynisch. „Ja, nee, was sind wir glücklich, dass der Mörder kurz vor uns da war und die ganze Elektronik ausgestellt oder abgestellt hatte. Wäre er nach uns gekommen, hätte es ja vielleicht gar keinen Mord gegeben."

„Hör mal mit dem Zynismus auf, Beate. Das passt gar nicht zu dir", wies Robert seine Frau zurecht.

„Egal, wir können nur spekulieren. Mal gucken, was morgen in der Zeitung steht", fuhr Robert fort. Seine Stimme war nicht mehr ganz so fest.

119

„Morgen gibt es erst einmal einen Aufruf in der Zeitung. Der unbekannte Anrufer soll sich bitte melden. Die wollen auf jeden Fall wissen, wer den Toten gefunden hat", sagte Maurits.

„Zumindest können wir uns jetzt erklären, warum die Türen nicht verschlossen waren. Der Tote hat wahrscheinlich Besuch erwartet. Vielleicht von dem Mädchen", meinte Robert.

„Vielleicht von dem Mörder", sagte Maurits.

„Oder das Mädchen ist nicht so unschuldig. Warum sollten schöne Mädchen nicht auch töten können? Gift ist Frauensache", überlegte Cora.

„Unsinn. Es ist noch ein Kind", sagte Maurits. „Lasst uns noch einen trinken!"

„Und wer fährt nach Hause?", fragte Robert.

„Ich nicht, ich bin eine Frau und nach einem einzigen Bier schon sturzbesoffen. Hick", stellte Beate klar.

„Wenn wir noch so zwei Stündchen bleiben, dann bist du wieder fahrtüchtig. Bestell dir einen Kaffee und uns noch *een klein Biertje*! Das Auto gehört ja auch euch."

Maurits konnte manchmal richtig unverschämt sein. Er hatte nie das Problem fahren zu müssen. Cora glaubte manchmal, dass er in Wahrheit doch einen Führerschein besaß und ihn nur verheimlichte. Aus Bequemlichkeit oder auch Sparsamkeit. Oder beides. Er war der Einzige, der immer trinken durfte, der kein Geld für Benzin und Autokosten ausgeben musste. Er gehörte halt zu denen, die zum Grillen lieber etwas Bleibendes mitbrachten, zum Beispiel ein Besteck.

Beate hatte mal wieder Pech. Beim Streichholzziehen zog sie den Kürzeren, und alkoholfrei war für sie angesagt. Maurits grinste zufrieden. Er hatte sein Bier, seine Autofahrer, seine Hundefreunde und seine Leiche.

Robert bestellte eine Runde Bier und einen Kaffee für Beate.

„Dieses Mädchen." Robert nahm Coras Überlegungen wieder auf. „Was hat es mit dem Mord zu tun? War es vielleicht genauso unschuldig am Tatort wie wir? Hat es uns gesehen? Wenn es mit dem Vorfall nichts zu tun hat, wird es zur Polizei gehen und uns anzeigen. Es hat uns ja praktisch auf frischer Tat ertappt."

„Ich glaube, es hat die Leiche schon vor uns entdeckt und weiß genau, dass wir mit dem Mord nichts zu tun haben", sagte Maurits.

„Aber warum ist es dann vor uns weggelaufen? Es hätte uns doch um Hilfe bitten können. Oder es hätte wenigstens mit uns reden können", überlegte Beate.

„Und wir hätten es gefragt, was es da zu suchen hatte. Es wollte doch den alten Kerl aufsuchen." Robert hatte eine Erklärung für die Flucht des Mädchens.

„Na, so alt war der Mann ja auch wieder nicht. Noch relativ jung, habe ich doch schon gesagt. So in meinem Alter", stotterte Maurits herum.

Cora hatte schon viele Krimis gelesen: „Wir sollten nicht voreilig ausschließen, dass die junge Frau etwas mit dem Mord zu tun hat."

„Und dass der Mann doch nicht ermordet worden ist", meinte Beate.

„Wir werden schon herausbekommen, wer dieses Mädchen ist und was mit ihm los ist. Und wer dieser Dieter Stalbach ist. Oder war. Ist doch kein Thema", sagte Maurits.

Die beiden Männer erhoben ihr Glas und prosteten sich zu. Cora verzichtete auf den Umtrunk, und Beate starrte in ihren Kaffee. Mit Kaffee prostete Beate prinzipiell niemandem zu.

Ein leichter Lichtschein versuchte sich durch die Rollläden der Kneipe zu stehlen. Die Ampütte war immer noch erstaunlich voll. Allerdings hatte die Thekenbedienung die Tür bereits abgeschlossen, damit niemand mehr hereinkam. Sie schaute etwas gelangweilt auf die Dogwalker, die immer noch am Ecktisch saßen und so gar keine Anstalten machten, ihren Platz zu verlassen.

Maurits wandte sich vom Tisch aus an die Kellnerin. „Kann man hier auch frühstücken?"

Cora und Beate machten sich ganz klein. Noch ehe er ein weiteres Bier ordern konnte, bestellte Beate die Rechnung. Der Einfachheit halber bezahlte sie für alle mit. Das war schon fast eine Gewohnheit für sie geworden. Maurits wäre sowieso nicht mehr an sein Geld herangekommen, er saß nämlich darauf, im wahrsten Sinne des Wortes.

„Wir machen ne lecker Aufgabenverteilung. Nobbet, du guckst ma, wat du so im Innernet findes. Übber den Ditta", sagte Maurits in der Kneipentür mit schwerer Zunge. Die frische Luft draußen tat ihm nicht gut.

Es war bereits gegen 06:30 Uhr morgens. Die Sonne zeigte der Nacht den Ausgang und schleuderte ihre ersten Lichtlanzen über die Rüttenscheider Straße. Schonungslos warf sie ihr Licht auf die überfüllten

Mülleimer entlang der RÜ, die zerbrochenen Biergläser vor den Außenlokalen, die leergetrunkenen Sektflaschen unter den Platanen und eine zerknautschte Gruppe vor der Ampütte.

„Über welchen Dieter?", wollte Robert wissen.

„Den Stalbach. Von dem wir den ganzen Abbend gereddet habn." Maurits wackelte mit dem Kopf und den Beinen. Dabei ruderte er mit den Armen.

„Wir machen heute gar nichts mehr", stellte Beate mit Nachdruck klar.

„Wir schlafen uns nur noch aus", sagte Cora. Insgeheim bewunderte sie aber den Maurits wegen seiner konstanten Energie.

Maurits war der erste, der im Auto einpennte, als Beate die Mannschaft von Rüttenscheid nach Kettwig zurückfuhr. Dicht gefolgt von Robert, beide schnarchten im Duett.

„Wir frühstücken heute um 16 Uhr bei dir, Beate", erklärte Maurits beim Abschied vor seinem Haus. Der kurze Schlaf hatte ihm sichtlich gutgetan. Seine Stimme war schon wieder kräftig und fordernd.

Robert rieb sich verschlafen die Augen und sah Beate so an, als fürchtete er wieder einen Ausbruch. Der folgte auch prompt.

„Bist du verrückt, ich bin schon Auto gefahren. Und ich habe dir auch dein ganzes Bier ausgegeben. Wir frühstücken bei dir."

Maurits sah nun Cora auffordernd an. Die sah aber demonstrativ weg. Heute keinen Krach mit Maurits. Sie war zu müde. Trotzdem, sollte der Kerl doch auch einmal etwas für das Gemeinwohl leisten.

Maurits gab auf. Er seufzte: „Also gut, auf einen Kaffee bei mir. Punkt 16 Uhr."

Cora wusste nicht, wie es ihre Hundekollegen mit dem Gassigehen am Morgen hielten. Sie schnappte sich Gino und war nach 20 Minuten wieder zu Hause, nach 30 Minuten im Bett. Nach 3 Stunden wollte Anna mit ihr frühstücken. Cora bekam davon allerdings nichts mehr mit.

Punkt 16 Uhr trudelten die drei mit ihren zwei Hunden zum Frühstück bei DeWitt ein. Der zuverlässige Robert hatte eine Aktentasche unter den Arm geklemmt, in der er eine Menge Papier herumtrug. Die Hunde waren ganz aufgeregt. Sie besuchten sich gerne untereinander, zumal für sie immer etwas Leckeres abfiel. Von innen duftete es schon nach Kaffee.

Maurits öffnete die Tür in seinem leicht schmuddeligen Trainingsanzug und mit unrasiertem Gesicht. Er ließ die Gäste herein. Dann schlurfte er in die Küche, um die Tassen mit dem frisch aufgebrühten Kaffee zu holen. Robert folgte ihm hilfsbereit.

Im Wohnzimmer war der Couchtisch schon gedeckt. Sehr überschaubar. Auf einem großen Teller lagen vier halbe, mit Salami belegte Brötchen, daneben, in Papier gewickelt, drei etwa daumennagelgroße Stückchen Fleischwurst. Wahrscheinlich der Nachtisch für die Hunde. Die beiden Frauen sahen sich nur kurz an. Dann schnappte sich jede von ihnen ein halbes Brötchen. Echt lecker, was der Maurits ihnen so gönnte, aber *een beetje* zu wenig. Sie nahmen sich auch die zweite Hälfte. Und wo blieb der Kaffee? Sie hatten sich nur einen kurzen Augenblick auf die Brötchen konzentriert und dabei die Hunde aus dem Blick gelassen. Jetzt lag das kleine Stückchen Papier auf dem Boden, und die drei Stückchen Fleischwurst waren verschwunden.

„Upps", sagte Beate.

„Ihr Gauner!", lachte Cora laut. „Wer war das?" Drei Hunde leckten die Schnauze und sahen Cora erwartungsvoll an. Sie hatten offensichtlich gerecht geteilt.

Maurits kam mit den vollen Tassen herein, sah auf den Tisch und verstand die Situation nicht.

Er stellte den Frauen die Tassen hin. Der Kaffee schwappte dabei stark über. Cora bekam schon fast Mitleid mit dem armen Mann, als sie in sein immer trauriger werdendes Gesicht blickte. Eilig hob sie das Fleischwurstpapier auf und legte es auf die Tischkante.

„Mensch, wird auch mal Zeit, dass du uns den Kaffee bringst. Die Brötchen waren doch etwas trocken." Beate schien überhaupt kein Mitleid zu haben.

Cora machte das böse Spiel mit. „Wäre schön, wenn auf die nächsten Brötchen etwas mehr Butter käme."

„Butter aus Holland", stichelte Beate weiter.

Robert war mit den restlichen Tassen hinzugekommen. Erstaunt sah er auf den leeren Tisch und die kichernden Frauen.

„Kommt, lasst uns anfangen die Aufgaben zu verteilen. Ich will schnell nach Hause. Ich muss bald was essen." Jedes Wort von Robert verriet seine schlechte Laune.

„Da unten ist doch der Bäcker. Wenn du runtergehst, kannst mir auch gleich zwei belegte Brötchen mitbringen", sagte Maurits.

„Danke. Nett von dir. Ich verzichte." Robert schlürfte seinen Kaffee. Er hatte sich vier gehäufte Löffel Zucker hineingeworfen.

Maurits schmollte. Robert beschäftigte sich mit seinem Kaffee, und die Frauen kicherten still in sich hinein. Die Hunde hatten sich brav vor den Tisch gesetzt und blickten erwartungsvoll von einem Menschen zum nächsten. Gino gab als erster auf. Leicht winselnd zog er sich zur Balkontür zurück, warf sich klatschend auf seinen Bauch, schob die Vorderpfötchen nach vorne und legte seinen Kopf auf die Pfoten. Mit seinen dunklen Knopfaugen und leicht gerunzelter Stirn verfolgte er das Geschehen am Tisch. Sehr sorgfältig achtete er darauf, dass er bei der Futtervergabe nicht übersehen würde. Aber es tat sich nichts am Tisch.

Robert war der erste, der das Schweigen brach. Er legte die Papiere aus seiner Aktentasche auf den Schoß.

„Also, ich habe im Internet mal nach einem Stalbach gesucht, gibt einige davon, aber nur einen Dieter Stalbach. Er hat keine eigene Homepage, aber trotzdem hat er Spuren im Internet hinterlassen. Ich bin ins Schüler-Scout gegangen und habe ihn auf einer Seite ehemaliger Schüler des Humboldt-Gymnasiums in Dinslaken entdeckt. Dort nennt er sich Stalbach Global Account Manager."

„Was ist das denn?", fragten die Frauen synchron.

„Das ist wohl so eine Art Kundenbetreuer mit Studium. Stalbach besorgte Aufträge und Geschäftschancen, maximierte die Kundenausschöpfung, nicht nur im deutschen, sondern auch im internationalen Geschäft."

„Klingt ganz schön hochtrabend", sagte Maurits.

„Klingt nicht nur so, ist es auch. Das macht natürlich auf der Seite ehemaliger Schüler eine Menge her. Und wer gibt nicht gerne an …"

„Ich nicht", unterbrach ihn Maurits.

„Womit auch", sagte Beate unbarmherzig.

„Hört zu. Vielleicht muss man alles eine Nummer kleiner sehen, wenn Stalbach nur für die Firma Gernreich arbeitet." Maurits war so in seinem Element, dass er Beates Bosheit gar nicht bemerkte.

„Die Firma Gernreich? Die ist ein echter Knaller", sagte Robert. „Ein Riesenunternehmen auf ihrem Sektor. So ziemlich das größte Unternehmen, das es im Bereich des Tierimports und -exports gibt. Sie ist weltweit in den Handel mit Tieren involviert und korrekter Ansprechpartner in Deutschland."

„Kein Flecken auf der weißen Weste?", fragte DeWitt. Er kaute auf dem Rand seiner Kaffeetasse herum. Er schien auch hungrig zu sein. Cora beschloss in Zukunft bei ihm auf Kaffee aus angeknabberten Tassen zu verzichten.

„Nein, die Weste ist so weiß wie ein Albino-Kaninchen." Robert grinste. Er hatte sich in die Archive der ARZ (Allgemeine Ruhr Zeitung) eingehackt.

„Es gibt da so ein paar Unternehmen, mit denen die Gernreich GmbH zusammengearbeitet hat oder zusammenarbeitet, da möchte man nicht unbedingt die Hand für ins Feuer legen. Z. B. die Unimal – united animals ltd. in Irland, die ist mal in den Gazetten erschienen, weil sie angebliche Totfunde an deutsche Präparatoren geliefert hatte. Diese Präparatoren hatten sich darauf spezialisiert, Exemplare von besonders geschützten Arten unter Berücksichtigung der geltenden Artenschutzabkommen anzunehmen und für Forschung und Lehre zu präparieren. Totfunde bedeutet selbstverständlich, dass die Tiere tot in der Natur aufgefunden worden sind."

Beate stand vorsichtig auf und war im Begriff, in die Küche zu gehen. Robert sah ihr fragend hinterher. „Mach weiter Schatz!", flötete sie. „Ich höre zu."

Robert räusperte sich. „Nun gut. Der Handel klappte auch wunderbar, weil die Präparatoren bei dem Herkunftsnachweis sehr nachlässig waren. Ein tierlieber Reporter machte darauf aufmerksam, dass eine große Zahl geschmuggelter Tiere, die auf der Roten Liste standen und beim Transport verendeten, über die Präparatoren für ein hübsches Sümmchen entsorgt wurden. Gernreich dealte mit dem Unternehmen, hat sich aber rechtzeitig auf Distanz gebracht."

Gino war aufgestanden und bewegte sich gähnend in die Küche.

„Und dann gibt es da noch die Chinaplast-Souvenirs mit Sitz in Guangzhou", fuhr Robert fort. „Kistenweise sind Fechterschnecken hier nach Deutschland rübergekommen. Jede einzelne plump etikettiert: Made in China. Kleinteile, nicht verschlucken! So ein paar Kisten sind bei einem Zulieferer in Neuss gefunden worden, adressiert an die Gernreich, aber eben nicht da angekommen."

„Da die Firma Gernreich die Kisten ja auch nicht bestellt hatte, und somit nur eine Deckadresse war?" Maurits schüttelte den Kopf.

„Sagen sie." Robert nahm sich noch einen Löffel Zucker und versuchte ihn in seinem Kaffee aufzulösen. Noch ein Löffel, und Robert hätte den Kaffee essen können.

„Und was hat Stalbach damit zu tun?", fragte Cora.

In diesem Augenblick kam Beate mit einem großen Tablett an den Tisch. „Hallo, ich habe im Kühlschrank neben dem Hundefutter auch eine Menge leckeren holländischen Käse gefunden", jubelte sie. „Wirklich nett von dir, dass du dich so gut auf uns vorbereitet hast." Sie ging noch einmal in die Küche und gab dann jedem eine Gabel und ein Messer in die Hand. Auf dem Tablett türmten sich mehrere Sorten Käse, Oude Gouda, Edamer, Maasdammer und wunderbarer Brie sowie Weichkäse mit Kümmel, mit Bärlauch und mit Nüssen, garniert mit Tomaten und Oliven.

DeWitt sah fassungslos zu, wie seine Schätze unter die Leute verteilt wurden.

„Ich könnte jetzt einen Kaffee ohne Zucker vertragen", sagte Robert und hielt seiner Frau die klebrige Tasse hin.

Drei von den vier Dogwalkern langten erbarmungslos zu. „Zugegeben, Maurits, ich habe dich verkannt. Du bist ein glänzender Gastgeber", sagte Cora kauend.

„Um auf deine Frage zurückzukommen, Cora", fuhr Robert fort, während er an einem Stück Hartkäse nagte. „Stalbach war gar nicht auf Gernreichs Gehaltsliste, zumindest nicht auf der offiziellen. Er war Global Account Manager für ein Unternehmen, das seinen offiziellen Sitz in Porto Alegre hat, für die Companhia animal do Sul. Scheint ein ziemlich exotischer Tierhändler zu sein."

„Das ist mir zu hoch", sagte Cora und gab entnervt auf.

„Mir auch. Zu viele Firmen. Zu viele Namen. Wer steigt da noch durch", sagte Beate und erhob sich vom Sessel.

Obwohl DeWitt bisher still gelitten hatte, dass sein prächtiger Käse brutal von den Räubern dezimiert wurde, hatte er doch sehr gut zugehört. „Ich versteh das noch nicht ganz. Warum ging Stalbach bei Gernreich ein und aus? Was für einen Profit hat Gernreich, wenn er sich gleichzeitig von Stalbach distanziert?", wollte er wissen.

„Du hast den Punkt getroffen. Sieht so aus, als wenn Gernreich ihm ein Büro zur Verfügung gestellt hat, wenn er in Deutschland war. Offiziell schien Stalbach von Südamerika aus zu agieren. Inoffiziell könnte Stalbach Gernreichs Mädchen für alles gewesen sein. Und jetzt, nach Stalbachs Tod, ist das Seil, das die Verbindung zu Gernreichs Geschäft herstellt, gekappt. Gernreich wird schwer etwas nachzuweisen sein."

„Nun, Stalbach ist tot. Er ist, wie man sagt, eines gewaltsamen Todes gestorben. Selbstmord oder einen Betriebsunfall schließen wir eher aus. In welcher Weise könnte also Gernreich an dem Ableben seines Schützlings interessiert oder sogar beteiligt sein?" Maurits versuchte, die neuen Erkenntnisse in ein System zu ordnen.

„Gernreich wird nicht so dumm gewesen sein, Stalbach in seinem Büro umbringen zu lassen", meinte Beate.

„Vielleicht sind sie nur einfach nicht mehr dazu gekommen, die Leiche verschwinden zu lassen. Wir sind *een beetje* zu früh auf der Bildfläche aufgetaucht."

„Zum Glück. Sonst wäre er vielleicht auch noch in unserem schönen Wald entsorgt worden." Cora fühlte sich sehr unwohl bei dem Gedanken an die schrecklich zugerichtete Leiche im Kettwiger Hundewald.

„Es muss wohl ein schneller Tod gewesen sein", tröstete sich Beate.

„Das glaube ich nicht, so wie sein Gesicht verzerrt war", meinte Robert unsensibel.

„Robert, du kannst doch einmal im Internet recherchieren, welche Schlange den Stalbach gebissen hat und wie schnell das Gift wirkt", schlug Cora vor.

„Ich habe mich schon ein wenig darum gekümmert. Die Schlange habe ich noch nicht bestimmen können. Ich hatte leider noch nicht so viel Zeit. Auf jeden Fall gibt es Schlangen, deren Gift sofort eine Muskelerstarrung hervorruft. Das heißt, durch die Lähmung konnte Steinbach nicht mehr flüchten."

„Mir geht das Mädchen hinter dem Fenster nicht aus dem Kopf. Was hat es gesehen? Was weiß es?", sinnierte Maurits.

„Das arme Ding. Es muss doch total verstört sein Ich hoffe, es hatte den Todeskampf des Mannes nicht mit ansehen müssen." Beate war, wie immer, sehr mitfühlend.

„Das Spekulieren hilft uns jetzt nicht weiter. Wir müssen so schnell wie möglich unseren Dogwalk machen, um herauszubekommen, wer das Mädchen ist. Das Mädchen könnte der Schlüssel zur Auflösung des Falles sein. Und vielleicht hat es etwas mit Stalbachs Tod zu tun."

„Wir sind übermüdet und nicht mehr gut drauf", räumte Robert ein.

„Wir gehen gleich alle nach Hause. Wenn ihr ausgeschlafen habt, könnt ihr euch meine Papiere noch mal in Ruhe durchlesen. Jeder von euch bekommt jetzt einen Ausdruck aus dem Schüler-Scout, eine Kopie der Web-Sites der angesprochenen Firmen, soweit Web-Sites vorhanden sind, und einen Ausdruck des Zeitungsartikels aus der ARZ."

Sie verabredeten sich für den nächsten Morgen, um beim Hundespaziergang ihre Erkundigungen einzuziehen.

11

Kaum hatten die Funkes und Cora DeWitts Wohnung verlassen, klingelte es an seiner Tür. Es waren Max Kostelitz und sein Assistent Wagner. Der kräftige Kostelitz hatte DeWitts Schreibtisch nach seiner Pensionierung übernommen. Und der junge schlanke Wagner den von Kostelitz.

„Hey Maurits, du altes Haus. Wollten nur mal sehen, was du so treibst."

„Deshalb seid ihr ja wohl nicht gekommen. Flöckchen aus!"

Flöckchen kläffte die beiden Männer an und wollte sich gar nicht beruhigen.

„Dürfen wir reinkommen?" Kostelitz drückte sich an Maurits vorbei und stellte sich in die Diele. Sein Assistent folgte ihm.

„Ja, ihr könnt ruhig reinkommen", rief Maurits in das leere Treppenhaus. Das sollte lustig sein.

„Unangekündigter Besuch von Exkollegen bedeutet nix Gutes. Braucht ihr vielleicht meine Hilfe?", knurrte er vor sich hin.

„Die haben wir ja schon, oder?" Kostelitz sah DeWitt scharf an. Er war einen Kopf kleiner als DeWitt. Nach seinem Aussehen zu urteilen, befand er sich auch schon kurz vor der Pensionierungsgrenze. Er konnte von Glück reden, dass man ihn bei der Beförderung nicht einfach übersehen hatte.

Unaufgefordert setzten sich die beiden Männer auf die Couch.

„Du kannst deine Finger wohl nicht von unserem Fall lassen. Mit anderen Worten, du recherchierst immer noch auf eigene Faust." Wieder sah Kostelitz DeWitt strafend an.

„Ich habe keine Zeit für so etwas. Meinst du etwa, ich habe Langeweile. Mit Sicherheit nicht. Mein Hund und meine Freunde sind mir genug. Ist doch kein Thema." Maurits tat ganz unschuldig.

„Ich kenne dich. Wie hast du eigentlich die Leiche gefunden?"

„Mein Gott, durch Zufall. Ich habe die Leiche ja gar nicht gefunden. Es waren die Hunde. Der Schrader hat doch schon alles aufgenommen.

Meine Freunde waren auch dabei." Maurits setzte sich in seinen Sessel. „Außerdem durften wir mit keinem darüber reden. Das haben wir auch nicht. Ist doch kein Thema."

„Lassen wir doch mal den Toten im Stadtwald. Von dem sprechen wir jetzt mal gar nicht. Klar, als du auf ihn gestoßen bist, hast du wieder Blut geleckt. Verständlich. Aber wir reden jetzt von einer zweiten Leiche, einem Tierhändler Stalbach, den du in Duisburg entdeckt hast."

„Stalbach von der Firma Gernreich also", murmelte Maurits vor sich hin.

„Jawohl, Opfer einer Giftschlange. Du hast ihn gefunden." Der Mann wirkte erleichtert über Maurits Eingeständnis.

„Ach so, noch ein Toter. Den Namen Stalbach hat man schon mal gehört. Damit habe ich nichts zu tun." Maurits stand abrupt auf. Es galt als Aufforderung für die Männer zu gehen.

Kostelitz platzte der Kragen. „Jetzt spiel kein Theater! Ich kann dich verhaften lassen wegen Einbruchs und, und, und. Das weißt du ja selber! Du hast doch die Kollegen von der Kriminalpolizei angerufen."

Jetzt wirkte Maurits ehrlich erstaunt.

Kostelitz zitierte mit veränderter Stimme: „Mord im Duisburger Hafen, Gernreich Kontor. Erbitte Einsatz, *mar een beetje* schnell."

„Na und, die Stimme ist verstellt. Wie kommst du darauf, dass ich der Kerl sein soll. Es könnte jeder andere sein." Maurits wollte einfach nicht verstehen, wieso diese paar Worte ihn verraten hatten.

Der Assistent mischte sich ungeduldig ein. „Mensch, Herr DeWitt, geben Sie es doch endlich zu. Mein Chef hatte sofort zu mir gesagt: Das ist typisch für den alten Holländer. Zwischen Neukirchen-Vluyn und Bochum-Hordel redet nur einer so."

„Du bist und bleibst ein Spürhund", sagte Kostelitz jetzt gutmütig. „Du kannst es einfach nicht lassen."

„Ich bin ein Staatsbürger, der das erledigt, was die Polizei versäumt", sagte Maurits vergrätzt.

„Mein Gott, DeWitt. Du wirst alt. Du rufst bei der Essener Kripo an, weil es einen Sterbefall in Duisburg gibt. Jetzt hängen wir von der Kripo in Essen wegen dieses bekloppten Anrufs mitten drin in den Ermittlungen wegen einer Duisburger Leiche. Und glaub bloß nicht, wir unternehmen nichts in dem Kettwiger Fall. Wir sind einer ganz heißen Sache auf der Spur. Und du kannst uns helfen, indem du uns erzählst, was du herausgefunden hast. Ist das ein Kompromiss?" Kostelitz sah DeWitt freundlich an.

„Wenn du mir sagst, was ihr herausgefunden habt." Maurits hatte sich wieder hingesetzt. Er räusperte sich. „Mensch Max, versteh doch. Bis vor kurzem war ich noch einer von euch. Dann finden wir durch Zufall die Leiche. Ist doch kein Thema. Mein Gott, Max, das habe ich doch auch nicht gewollt. Wir waren ja auch ganz brav und haben die Polizei gerufen."

„Soweit ist ja auch alles in Ordnung. Aber du kannst mir nicht erzählen, dass du den zweiten Toten auch rein zufällig gefunden hast. Und warum rufst du dann überhaupt anonym bei uns an?"

„Okay, ich habe *een beetje* geschnüffelt. Jeder Hund schnüffelt herum, auch ein Spürhund wie ich."

„Pass auf, was ich dir jetzt erzähle, ist vom Kollegen zum Kollegen. Und ich erwarte Stillschweigen von dir. So viel wir bisher herausgefunden haben, handelt es sich bei dem Toten im Wald um einen verdeckten Tierermittler, einen Carl Classen. Der muss einer großen Sache auf der Spur gewesen sein. Das hat er jedenfalls seinem Verbindungsmann bei der Polizei signalisiert. Mehr weiß man nicht. Der Öffentlichkeit hat man den Tod des Mitarbeiters nicht mitgeteilt."

„Um die Ermittlungen nicht zu behindern. Wir haben einen anderen verdeckten Ermittler anstelle von Classen eingesetzt", warf sein Assistent ein.

„Darf ich den Namen erfahren, falls ich ihm mal begegnen sollte." Maurits tupfte sich den Mundwinkel ab, weil er vor lauter Interesse sabberte.

„Nein!", schrien die beiden Polizeibeamten unisono.

„Gestorben ist er an den Bisswunden, die ihm ein Sumatra-Tiger beigebracht hat", fuhr Kostelitz fort.

„Ein Sumatra-Tiger, darauf wäre ich nicht gekommen", sagte De-Witt.

„Wieso auch?", sagte Kostelitz.

„Und, hat man den Tiger gefunden?"

„Nein. Das dürfte wohl auch nicht so einfach sein."

„Man kann ihn doch anhand seiner DNA zurückverfolgen."

„Ja", sagte Kostelitz, „das kann man. Das haben wir auch versucht. Aber höchstwahrscheinlich kam dieser Sumatratiger aus der Zucht oder aus dem Handel. Er war wohl nie in einem großen Zoo. Diese Tiger-Art kommt allerdings häufig vor."

„Sind denn die Tiger nicht alle amtlich registriert?"

Kostelitz winkte ab. „Es gibt zwar ein Tigerzuchtbuch, das vom Zoo Leipzig als Zuchtbuchführer geführt wird. Das Buch kann aber keine vollständige Übersicht über den Verbleib von gezüchteten Tigern geben, weil es eine andere Absicht verfolgt."

„Und welche wäre das?" Wenn DeWitt eine Frau gewesen wäre, hätte er sich jetzt bestimmt die Fingernägel abgekaut, so nervös war er.

„Es dient nur der weltweiten Koordinierung der Zucht von Unterarten. Der Zoo Leipzig ist kein Einwohnermeldeamt für Tiger."

„Und habt ihr schon einen Verdacht?"

DeWitt nahm mit Erleichterung zur Kenntnis, dass Kostelitz nur mit den Schultern zuckte. Oder wollte er ihm nur nicht alles verraten?

„Wir wissen ja nicht mal, ob es überhaupt einen richtigen Täter gibt. Natürlich stellen wir uns ein Szenario vor, wobei Classen von dem Täter mit dem Tiger zusammen eingeschlossen worden ist. Eine fürchterliche Art zu sterben. Wir vermuten, dass Classen in Verfolgung seiner Recherchen von einem Händler erwischt worden ist und dann auf diese tragische Art ums Leben gekommen ist", grübelte Kostelitz laut.

„Denkbar. Sonst wäre dieser Aufwand mit der Entsorgung der Leiche im Stadtwald vielleicht auch gar nicht nötig gewesen", sagte der ehemalige Kommissar.

„Übrigens, es gibt noch etwas Komisches, womit wir nicht richtig klarkommen. Classen trug eine Armbanduhr an der Stelle, wo früher einmal sein vollständiger linker Unterarm war. Die Uhr war zertrümmert. Wir hatten das Glück, dass sie Uhrzeit und Datum angezeigt hatte. Es war eine moderne Funkuhr."

„Ja, ich habe die Uhr am Handgelenk auch *een beetje* gesehen, bin aber nicht drangegangen, weil ich mich nicht in eure Ermittlungen einmischen wollte. Ist doch kein Thema", erklärte Maurits scheinheilig. „Auf wann ist denn die Uhr stehengeblieben?"

„15. September, 18.30 Uhr. Jetzt kommt's, der Rechtsmediziner sagt, Classen muss erst ein paar Stunden später gestorben sein. Und jetzt bist du dran! Welche Erklärung hast du?" Kostelitz blickte DeWitt herausfordernd an.

„Vielleicht hatte er schon einige Stunden vorher ein Handgemenge mit den Tätern, wobei die Uhr kaputtging."

„Und warum trug er die Uhr weiter und hat sie nicht abgenommen?", wollte jetzt der junge Mann wissen.

„Weil er es danach nicht mehr konnte", vermutete DeWitt.

„Also doch ein veritabler Mord!", sagte Kostelitz mit gerunzelter Stirn. „Es tut immer wieder gut, deine Expertenmeinung zu hören, Maurits."

„Ist doch nur ein Schnellschuss. Ich werde mich darum kümmern", versprach DeWitt. „Und die Schlange?"

„Scheint eine besondere Art des Indischen Krait gewesen zu sein. Elegantes bösartiges Ding. Eigentlich ein ruhiges, nicht besonders aggressives Tier. Vermeidet lieber den Kontakt mit Menschen. Wird es aber gestört, dann schnellt es wie eine Peitsche nach vorn. Es wird nicht größer als einen Meter."

„Konnte der arme Mann keine Hilfe mehr holen?"

„Wohl nicht. Das Gift führt relativ schnell zur Atemlähmung."

„Habt ihr die Schlange gefunden?"

„Lieber Freund, es wäre besser gewesen, wenn du von vornherein ehrlich zu uns gewesen wärst. Als wir am Tatort waren, wussten wir doch nur, dass es einen Todesfall gegeben hat. Kein Wort von dem Anrufer mit dem niederländischen Akzent über eine Schlange. Überleg mal, die Schlange hätte auch noch einen unserer Leute beißen können."

„Sie können von Glück sagen, dass Mitarbeiter der Zoohandlung die Schlange zufällig entdeckt haben." Wagner spielte den Oberlehrer. „Das Tier hatte sich hinter einer Fußleiste im Durchgangsflur verkrochen. Zum Glück schaute die Schwanzspitze noch heraus."

„Ist die Schlange aus ihrem Terrarium ausgebrochen? War die ganze Geschichte vielleicht nur ein Unfall?", wollte DeWitt wissen.

„Unwahrscheinlich, dann müsste sie drei Türen geöffnet haben. Sie gehört in ein gesichertes Terrarium im Außengehege. Vielleicht verfügt sie aber über eine kriminelle Intelligenz und hinterlässt keine Ausbruchsspuren", grinste Kostelitz.

DeWitt nickte. „War aber keine Brillenschlange."

Kostelitz verstand den mageren Witz nicht. Er nickte DeWitt auffordernd zu. „Du bist jetzt dran mit deiner Geschichte! Leg mal los!"

„Wie gesagt, wir sind an dem denkwürdigen Tag mit den Hunden im Wald spazieren gegangen."

„Die Geschichte kannst du überspringen. Die hast du uns schon hoffentlich wahrheitsgemäß erzählt", unterbrach ihn Kostelitz. „Und dann wurde dein Jagdinstinkt geweckt. Ich verstehe. Aber wie bist du auf die Firma Gernreich gestoßen? Und wie konntest du wissen, dass es dort einen Mord gegeben hat?"

Maurits versuchte sich wieder in eine Hand von Zufällen zu flüchten. Von Roberts Hackerqualitäten erzählte er nichts. Er erwähnte seine Mitstreiter einfach mal lieber überhaupt nicht. Auch von dem Mädchen am Fenster sagte er nichts. Er berichtete lediglich vom thailändischen Restaurant, wo er zufällig die Verpackungen von der Firma gefunden hatte, die ihn zu Gernreich geführt hatte. Von seinem Besuch bei NNG, wo er die fürchterlichen Fleischabfälle entdeckt hatte, von Unterlagen im Büro, die auf die Firma Gernreich hindeuteten.

„Kann ich diese Unterlagen mal sehen?"

„Ich habe natürlich nichts mitgenommen."

„Wie bist du in das Büro gekommen?"

„Die Türen waren offen." Mit einer Mischung aus Wahrheiten und Halbwahrheiten lavierte er sich durch seine Erzählung.

Sie verabschiedeten sich mit dem Versprechen sich gegenseitig auf dem Laufenden zu halten. Natürlich unter dem Siegel größter Verschwiegenheit. Kostelitz kannte DeWitt und seine Schnüffelleidenschaft. Vielleicht würde er doch irgendwie nützlich sein. Wegen der chronischen Unterbesetzung der Essener Polizei konnte man jede professionelle Hilfe gebrauchen. Aber das durfte er um Himmel `s willen nicht zugeben.

Als die beiden draußen waren, stürmte Maurits zum Telefon, zögerte einen Moment und griff dann doch nicht zum Hörer. Er war ein verschwiegener Mensch. Außerdem wollte er die Gesichter seiner Freunde sehen, wenn er ihnen die Geschichte erzählte.

Am nächsten Morgen trafen sich die Hundefreunde. Robert und Beate waren mit ihrem Auto bis an den Rand des Waldes vorgefahren. Sie wohnten nicht ganz so nah am Kettwiger Wald wie Cora und Maurits.

Maurits war heute kaum wiederzuerkennen. Er strahlte die drei an. „Wisst ihr, von wem ich Besuch bekommen habe, als ihr gerade aus dem Haus wart? Kostelitz war da mit seinem Assistenten."

„Nicht gut", sagten Cora und Beate gleichzeitig.

„Doch gut", erklärte DeWitt. „War kein schlechtes Gespräch. Wir haben uns gegenseitig ausgetauscht."

„Verstehe. Du hast geplaudert. Und Kostelitz hat zugehört", sagte Beate resigniert.

„Eher andersherum. Die beiden haben herausbekommen, dass ich sie zum Zoohandel und zum toten Stalbach gerufen habe. *De hemel weet het*, wie die das herausbekommen haben. Weiß der Himmel. Ich musste das zugeben, habe euch aber mit keinem Wort erwähnt."

„Das nenne ich mal einen klassischen Austausch von Informationen", sagte Beate in ihrer gewohnt sarkastischen Art.

„Richtig." DeWitt ging nicht auf Beates Sarkasmus ein. „Von dem Mädchen am Fenster scheint den Ermittlern nichts bekannt zu sein. Wie sollte das auch möglich sein? In der Totenakte Stalbach stehen sie noch ganz am Anfang der Ermittlungen. Bei der Schlange, die den Stalbach gebissen hat, handelt es sich um einen Indischen Krait."

„Solenoglyph, neurotoxisch, hämorrhagisch", führte Robert fort.

„Wie bitte?" Maurits starrte seinen Freund fassungslos an.

„Der Indische Krait hat 2 Giftzähne im Kiefer. Sein Gift ist ein reines Nervengift, d. h., bei einem Biss …"

Maurits wollte sich seinen Auftritt nicht nehmen lassen. „Genau. Der Biss dieses Krait führt zu einer Atemlähmung", warf er ein.

„Zu erkennen ist sie insbesondere an ihren hornartigen aufgerichteten Schuppen über den Augen. Und ihrem herzförmigen Kopf. Alles aus dem Internet", fuhr Robert fort.

„Ich bewundere dich. Ich habe nur eine kleine schwarzgelbe Schlange mit bösen Augen gesehen und konnte nur ahnen, dass sie giftig ist", sagte Beate.

„Dürfen solche giftigen Schlangen überhaupt gehandelt werden? Ich meine, für Waffen braucht man doch auch eine Lizenz", fragte Cora.

Robert hatte sich gründlich informiert: „Das ist schon fast witzig. Der Gesetzgeber arbeitet an einem Gefahrtier- und an einem Gifttiergesetz. Das gibt es also noch nicht. Schlangen wie den Krait darf man schon jetzt nicht mehr importieren, weil sie vom Artenschutzgesetz geschützt werden. Aber man darf sie züchten. Und jeder, der einen Krait hat, glaubt auch noch, er würde was für die Erhaltung der Art tun."

DeWitt hatte sich seinen Auftritt bei den Dogwalkern wohl anders vorgestellt. Aber jetzt kam er endlich zum Zug.

„Ich glaube, jetzt wissen wir alles über Schlangen. Im Fall mit dem Toten aus dem Stadtwald gibt es Neuigkeiten. Der Tote hat jetzt einen Namen."

DeWitt genoss die Aufmerksamkeit, die er plötzlich erhielt.

„Ja, ich kenne den Namen des Toten. Sein Name war Carl Classen. Robert, vielleicht findest du ihn im Internet. Er war verdeckter Ermittler und einem illegalen Tierhandel auf der Spur."

„Genauso wie wir", stöhnte Beate.

„Nur wir leben noch", warf Cora ein.

„Wenn wir so weiter machen, wer weiß wie lange?", sagte Beate mit düsterer Stimme.

„Außerdem weiß man jetzt, durch welches Tier der Classen zu Tode gekommen ist. Es war ein Sumatra-Tiger, gibt viele davon. Ist doch kein Thema. Wenn wir wissen, wo der Tiger gehalten wird, können wir mit einer DNA-Probe den Halter ermitteln."

„War das nicht im Zoo ein Sumatra-Tiger, der dich angepinkelt hat?", fragte Robert.

„Möglich. Aber er ist fest eingesperrt und sicher nicht der Man-Eater."

„Mensch, das ist eine Recherche-Arbeit, die wir gar nicht leisten können. Wir sollten endlich aufgeben, und die Polizei ihre Arbeit allein machen lassen", sagte Beate.

„Ist schon richtig. Wenn die Polizei mit dir zusammenarbeitet, brauchst du uns ja nicht mehr", sagte Cora ein wenig beleidigt.

Maurits ging nicht darauf ein. „Du hast recht", erklärte er. „Mit dem Tiger kommen wir vorläufig nicht weiter. Aber die Polizei weiß nichts von dem Mädchen. Da haben wir gute Chancen, einen entscheidenden Schritt weiterzukommen. Wäre doch gelacht, wenn wir nichts über das Mädchen rausfinden. Da haben die Dogwalker einen entscheidenden Vorteil gegenüber der Polizei."

„Wir sollten uns aufteilen und uns von Hundebesitzer zu Hundebesitzer mal in der näheren Umgebung von Gernreich unterhalten. Vielleicht kriegen wir ja etwas raus über diese dubiose Firma und über das Mädchen", schlug Cora vor.

12

Hundespaziergänge sind die kommunikativste Form menschlichen Zusammenlebens. Der Vierbeiner an der Leine öffnet Herz und Mund jedes Spaziergängers. Und die Riten sind immer dieselben. Muss ich ihn an die Leine nehmen? Ist es ein Weibchen? Ach, ist die aber süß, goldig, herzig, drollig. Ist doch ein Golden Retriever (beliebig auswechselbare Rasse), oder? Wie alt ist er denn? Was hat er denn da an der Pfote, am Ohr, am Bein, am Rücken? Will man den Kontakt intensivieren, sind Detailfragen angebracht. Darf man ihn hier von der Leine nehmen? Ist hier Gift ausgestreut? Komme ich über diesen Weg wieder zum Parkplatz zurück? Erweist sich der Ansprechpartner als resistent, muss die Ansprache intensiver werden: Darf ich ihm ein Leckerchen geben? Alleingänger gibt es beim Dogwalk so häufig wie einsam fliegende Zugvögel. Und wenn man einen davon treffen sollte, ist äußerste Vorsicht geboten. Hunde, die keine sozialen Kontakte haben, können zu gefährlichen Sonderlingen werden. Ebenso wie ihre Besitzer, die diese sozialen Kontakte verhindern.

Es war ein Trüppchen schneller Entschlüsse. Beate packte kurzerhand Menschen und Tiere ins Auto. Die Hunde, die gerade erst im Begriff waren, ihre Beinchen zu heben und an dem Gestrüpp zu schnüffeln, wehrten sich nach ihren Möglichkeiten gegen den Einstieg ins Fahrzeug. Gino ließ sich mit dem Po ein Stückchen über den harten Boden ziehen, bevor er Einsicht zeigte. Flöckchen stellte sich so bockig an, dass ihr fast das Geschirr über den Kopf rutschte. Im Fahrzeug würdigten die Hunde ihre Besitzer keines Blickes. Der Zustand ihrer Enttäuschung dauerte nicht länger als die kurze Autofahrt. Beate vermied den schnelleren Weg über die A3 und wählte den Weg westlich der Ruhr über die August-Thyssen-Straße, Mintarder Straße, Saarner Straße und Ruhrdeich bis zur Alten Ruhrorter Straße in Duisburg.

Die Fahrt schloss ein paar hübsche Landschaften ein, die aber im Gewerbegebiet des Hafens schon längst Abschied genommen hatten.

Beate parkte ein paar Straßen von Gernreichs Tierhandlung entfernt an einem ehemaligen Fabrikgelände, dessen Gebäude niedergerissen waren und das ein paar karge grüne Flächen auswies. Die Hunde billigten die Ortswahl, als sie nach einer halben Stunde Fahrtzeit in einer fremden Umgebung aus dem Auto entlassen wurden. Entscheidend waren die neuen Gerüche, und die erschienen, wenn man eine Nase voll nahm, offensichtlich sehr verheißungsvoll.

Die Dogwalker kamen sich in ihrem Auto mit dem Essener Kennzeichen etwas verloren vor. Wer steuerte diese Gegend schon an und ließ seine Hunde heraus, wenn er nicht hierhin gehörte? Während die Hunde ihre Schnauzen dicht am Boden hatten, die Markierungen ihrer Hundevorgänger erschnüffelten und sorgfältig mit einer eigenen Markierung überdeckten, sahen sich die vier Dogwalker etwas verstört um. Hinter den verkarsteten Grünflächen mit ihren schmalen, ausgetretenen Fußwegen duckten sich Lagerhallen mit schwarzen Fensterlöchern, überragt von zerbrochenen Schornsteinen. Eingerissene Bauzäune grenzten ratlos irgendein Betriebsgelände ein, das schon längst nicht mehr seinen alten Verwendungszweck erkennen ließ. Wiesen, auf denen sich Haufen mit Bauschutt türmten und rostige Betonmischer standen. Die auf allen Flächen verteilten leeren Schnaps- und Bierflaschen, die Zigarettenstummel und die zerdrückten Packungen ließen vermuten, dass in der Nacht ein Wachwechsel stattfand und die wenigen jetzt promenierenden Hundebesitzer durch eine ganz andere Menschenspezies ausgewechselt würde.

Maurits räusperte sich kurz und ging schnell zur Tagesordnung über. „*Laten we dus snel aan de slag gaan*. Legen wir mal schnell los. Beate und Robert, ihr beide könnt euch mit den Frauen da drüben unterhalten. Die müssten so in eurem Alter sein." Maurits zeigte auf zwei ältere Damen, die ihre Hunde an der kurzen Leine hielten. Ein Hund war eine süße Promenadenmischung, der andere ein reinrassiger Pudel. Die beiden Damen unterhielten sich angeregt, wobei sie immer wieder stehen blieben und mit ihren Armen ausufernd gestikulierten.

„Die quatschen miteinander. Da wollen wir nicht stören", protestierte Beate.

„Die sind doch froh, wenn sie *een beetje* neue Unterhaltung haben. Und die sehen so aus, als wüssten sie hier in der Gegen gut Bescheid."

„Schon gut, ich gehe gerne. *Een beetje* frisches Blut kann ich ganz gut vertragen", lachte Beate.

Robert knurrte in seinen Dreitagebart. Aber er folgte Beate, die Cora im Davoneilen noch etwas zurief. Cora verstand nur noch: „12 Uhr am Auto."

„Cora, du kannst dich auch umhören. Denke, dir fällt schon was ein."

„Und du selber?" Cora war misstrauisch.

„Mir ist schon was eingefallen", grinste Maurits.

Robert hatte ein paar Tage vorher im Internet einen Aufsatz über sog. „Gassi-Gespräche" gelesen. Er fand es sehr vergnüglich, dass man selbst den belanglosen Gesprächen zwischen Hundebesitzern eine wissenschaftliche Seite abgewinnen konnte.

„Die Kontaktaufnahme der eigenen Hunde bringt die Hundebesitzerinnen in die soziale mehr oder weniger stark verpflichtende Situation miteinander in Kontakt zu treten." [1]

Beate und Robert gingen auf die Frauen zu, die immer noch an derselben Stelle standen. Ihre Hunde waren jetzt losgeleint. Sie hatten es sich neben ihren Besitzerinnen bequem gemacht, die Pfötchen über ihre Ohren gelegt, so, als wollten sie gar nicht hören, über was die Damen tratschten. Gelangweilt blickten sie auf den Boden. Beate löste Einstein von der Leine, der sich den beiden Hunden vorsichtig näherte. Die Hunde der beiden Frauen sprangen auf, bellten dankbar für die Abwechslung und rannten auf Einstein zu. Einstein zeigte Interesse und stellte sich der Gefahr. Knurrend und bellend rannte er den beiden entgegen.

„Amarena."

„Chicco."

„Bei Fuß."

„Einstein. Auch bei Fuß."

Einleitende stock-expressions dienen in der Regel der Aufmerksamkeitserregung (attentiongetter) und sind typisch für die Hund-Mensch-Interaktion.

Roberts Stimme übertönte die der Frauen, aber auch die hatte keinen Erfolg. Die drei Hunde beschnupperten sich, liefen ein paar Mal im Kreis und wedelten freundlich mit den Schwänzen.

„Die verstehen sich ja prima", meinte Beate. „Guten Tag."

„Unsere Hunde verstehen sich mit allen Hunden prima."

In den Gassi-Gesprächen kommt es häufig zum Austausch von Formen der positiven Höflichkeit. Diese schafft Solidarität und hilft die spontane Beziehung zwischen den Sprechenden aufzubauen, zu pflegen und „auf Augenhöhe" zu halten.

Die ältere der beiden alten Frauen blickte Beate mit ihren wasserblauen Augen neugierig an. Sie trug einen schmutzigen schwarzen Mantel und eine schwarze Kappe. Ihr Gesicht war stark verrunzelt und die lange Nase leicht nach unten gebogen. Die Frau wirkte wie eine lauernde Hexe auf Beutejagd. Beate und Robert waren aber zu alt für Hänsel und Gretel. Und verfügten auch über mehr Selbstbewusstsein.

„Guck dir mal die Frauen an!", raunte Beate ihrem Mann zu. „Laut Maurits sind wir in *einem* Alter."

Die andere Person war im Alter schwer einzuschätzen. Sie hatte kaum Falten, was wohl daran lag, dass die Gesichtshaut wie die gesamte Körperepidermis gut mit Fettpolstern unterlegt war.

„Ach, sind die aber süß." Beate flötete mit heller Stimme ihre Komplimente heraus. „Wer von euch ist denn jetzt die Amarena?" Sie beugte sich zu dem kleinen Pudel runter. Der stand vor ihr auf den zwei Hinterpfötchen und legte die Vorderpfötchen fast um ihren Hals.

Eingeleitet durch die Interjektion „ach" und das folgende Kompliment „DIE sind ja süß", signalisiert die Sprecherin die Bereitschaft zur Interaktion durch die Fokussierung auf ein nicht näher spezifiziertes Subjekt oder Objekt, das sie im Zuge lokaler Kohärenz und einer origorelationalen, nickenden Zeigegeste auch nicht explizit nennen muss.

Die Ältere lachte verlegen. „Ja, ist ein reinrassiger Pudel."

Ansprechperson bestätigt das durch einen Deklarativsatz realisierte Kompliment mittels der verständnisbekundenden Antwortpartikel „ja" und dem begleitenden, aspirierten Lachen. Sie signalisiert so das Verstehen des Interpretandums. Das nun fokussierte Thema „Hund" wird mit der anschließend – nicht finalisierten – Erläuterung zur Reinrassigkeit des Hundes fortgeführt.

„Wie schön der auf zwei Pfoten stehen kann." Beate schämte sich selbst etwas über ihre Scheinheiligkeit.

„Komm Amarena, lass die Frau endlich in Ruhe."

In unserem Beispiel zeigen sich mehrere solcher action chains, die deutlich machen, dass ganz besonders Deutsche das Problem haben, Komplimente würdevoll entgegenzunehmen.

Robert hatte Mühe, sich den Text der Sprachwissenschaftler aus dem Kopf zu schlagen und die Diskussion mit den beiden Frauen als reales Gespräch fortzuführen.

Beate griff in die Manteltasche, um ein Leckerli herauszuholen. Nach der Raubtierfütterung fragte sie vorsichtig, ob sie die vier ein wenig begleiten dürfte, weil: „Die Hunde verstehen sich doch so gut. Und unser Einstein hat so gerne Gesellschaft." Beate und Robert wussten, dass man die Suppe kräftig umrühren musste, bevor die interessanten Sachen nach oben kamen.

„Also der Herr Manscheidt sitzt doch tatsächlich wieder im Knast. Kennen Sie den? Der wohnt hier unten in der Südstraße", informierte die Alte die Neuzugänge.

„Ich glaube nicht. Was hat er denn angestellt?", fragte Beate interessiert.

„Ich denke, der hat irgendwas unterschlagen. Geld oder so. Er hat bei der Deutschen Bank gearbeitet."

Uninteressant, schnell abbrechen. Und dann das nächste Thema.

„Können ihre Hunde Kunststückchen?"

„Aber natürlich", ließ sich die Alte ablenken. „Aber meine Amarena ist sowas von klug. Sie bringt mir morgens die Handtücher an das Waschbecken. Das ist zum Totlachen. Sie zieht die Tücher vom Ständer und wartet so lange, bis ich sie ihr aus dem Maul nehme … Das glauben Sie nicht? Isolde kann das bestätigen."

„Sie wohnen zusammen?", erkundigte sich Robert.

„Quatsch, ich habe es ihr erzählt", kanzelte die Alte ihn ab.

Beate unterbrach sie. „Haben Sie Kinder?"

„Ohne meine Tochter hätte ich doch die Amarena nicht. Meine Tochter hat nicht die Zeit gehabt, sich um die Amarena zu kümmern, da hat sie sie mir geschenkt."

Beate trat unwillkürlich einen Schritt zur Seite. Die Alte hatte ihr aus Versehen ins Ohr gespuckt.

„Die Tochter von Frau Menzel bekommt jetzt ein uneheliches Kind. Das ist unerhört. Wie oft habe ich die Mutter schon aufgeklärt über dieses Blag. Mit welchen Leuten die sich abgibt. Abends, beim letzten Hundespaziergang, hab` ich sie mit so Halbstarken rumknutschen gesehen. Aber das hat sie jetzt davon. Geschieht ihr recht", erzählte die Alte.

„Ja", pflichtete ihr die andere Giftspritze bei. „Hätte sie mal auf dich gehört. Sie ist doch so im Alter von der Anke, oder?"

„Ja, das ist wirklich ein armes Ding. Hoffentlich passiert ihr nicht das

Gleiche wie der Jackie", tat die Alte mitfühlend.

Die Funkes hatten sich die ganze Zeit dezent im Hintergrund gehalten. Sie wunderten sich nicht mehr darüber, dass man ihnen überhaupt keine Fragen stellte, weder woher sie kamen, noch warum sie hier auf diesem grässlichen Grundstück mit ihnen, den noch grässlicheren Alten, spazieren gingen.

Beate hakte ein und wollte wissen, wer die ominösen Mädchen waren.

„Ach, die Jackie ist von Frau Menzel. Die wohnt Wesel Str. 397. Der Herr Menzel ist abgehauen. Der war Alkoholiker", klärte die Dicke sie auf.

„Recht hat er. So ist ihm vieles erspart geblieben", warf die Alte ein.

Beate schüttelte sich. Trotzdem fragte sie: „Und wer ist das andere arme Kind?"

Diesmal holte die Alte weit aus.

„Ja, das ist vielleicht eine merkwürdige Geschichte. Die Anke lebt mit ihrer Tante und ihrer Mutter zusammen. Einen Mann gibt es nicht, soviel ich weiß. Die drei leben ganz zurückgezogen. Die sind aber auch schrullig. Gehen jedem aus dem Weg. Man kommt nicht an sie ran. Und die Tochter, die ist …"

„Ein bisschen gaga", meinte die Dicke ungefragt.

„Rede nicht so einen Quatsch! Die ist krank. Autistisch. Die Schwestern schotten sie von allem ab. Wenn ich mal ein Wörtchen mit den Frauen reden will, wechseln sie auf die andere Straßenseite." Die Alte sog nachdenklich Luft durch die Nase. „Sie könnten einem fast leidtun."

„Immer geht Anke leicht gebückt und ängstlich mit ihrer Mutter oder der Tante durch die Gegend. Sieht einfach durch einen hindurch. Würde mich wundern, wenn das Mädchen überhaupt Freunde hat", fügte die Dicke hinzu.

Jetzt wurde es zum ersten Mal wirklich interessant für die beiden Dogwalker. Robert schaltete sein Gehirn wieder ein. „Ich glaube, ich habe das Mädchen auch schon einmal gesehen. Blond und blass, vielleicht 16 Jahre, stimmt´s?", fragte er.

Die beiden Frauen blickten sich erstaunt an. Wahrscheinlich wunderten sie sich, dass der Mann reden konnte. Oder warum er sich für das Mädchen interessierte.

„Sie ist erst 15", zischte die Alte.

„Mein Mann und ich haben das junge Mädchen gestern noch in der

Nähe der Firma Gernreich gesehen. Glauben wir auf jeden Fall. Ein blasses blondhaariges Mädchen", erläuterte Beate.

„Ja, das kann sie sein. Sie treibt sich oft in der Zoohandlung herum. Mutter oder Tante sind immer dabei. Sie scheint Tiere sehr zu mögen", meinte die Alte.

„Wir haben aber niemanden bei ihr gesehen. Sie schien ganz alleine zu sein", wandte Robert ein.

„Das kann gar nicht sein. Sie geht nie alleine aus. Dazu ist sie viel zu ängstlich. Wir wohnen schließlich hier", sagte die Alte unnötig laut.

„Sie haben sicher recht. Wo wohnt denn diese Anke?", wollte Beate unbefangen wissen.

„Was geht Sie das an?! Sie kennen das Mädchen doch gar nicht." Die Alte sah Beate misstrauisch an.

Beate fühlte sich ertappt. „Ach, Sie haben von den anderen Leuten doch auch immer die Hausnamen und Wohnorte, sogar mit Hausnummern, genannt. Und diese Leute kennen wir doch auch nicht."

„Lass mal Beate", beruhigte Robert seine Frau. „Wahrscheinlich wissen die Damen gar nicht, wo Anke wohnt und wie sie mit Hausnamen heißt."

Die Dicke gab es sofort zu. „Kein Mensch weiß, wie die Frauen heißen. Wir wissen ja noch nicht einmal, wo die drei wohnen. Wir treffen sie ja nur auf der Straße."

„Und woher wissen Sie, dass die drei zusammenwohnen?", fragte Robert.

„Das liegt ja wohl nahe, wenn die drei immer zusammen sind, oder? Aber ich habe Besseres zu tun, als mir über so unwichtige Leute das Maul zu zerfetzen", beendete die Alte ein Thema, von dem sie ausnahmsweise keine Ahnung hatte.

So jetzt noch schnell ein unverfängliches Thema.

„Waren Sie schon einmal bei der Firma Gernreich? Haben Sie sich die Tiere auch schon in den Käfigen angesehen?"

„Nein, Gott bewahre. Ich guck mir doch keine Tiere in Käfigen an. Außerdem habe ich einen Hund. Und mit Hunden ist der Zutritt verboten", sagte die Alte.

Die drei Hunde wussten nicht mehr viel miteinander anzufangen. Amarena und Chicco hatten das Interesse an Einstein verloren und tobten abseits durch das Firmengelände. Einstein schnupperte lustlos an einem Grasbüschel und markierte es gelangweilt. Dann baute er sich vor seinem Frauchen auf und begann zu bellen.

„Einstein nicht jetzt. Gleich suche ich dir ein Stöckchen!", wehrte Beate ihren Hund ab.

„Aber die Firma da drüben …" Die Alte deutete mit dem Kopf auf den Komplex der Gernreichs. „Die hat sich jetzt einen Klops erlaubt. Machten einen auf Großkotz und haben dem Kindergarten hier 6 Kaninchen geschenkt."

„Wer schenkt denn einem Kindergarten Kaninchen? So ein Schwachsinn", teilte die Dicke die Empörung ihrer Begleiterin.

„Wie nett!", begeisterten sich Beate und Robert gleichzeitig. Sie wollten ein wenig provozieren.

Irritiert sah die Dicke zu den Funkes hinüber. Die Alte fuhr jedoch unbekümmert fort. „Und jetzt haben die Kindergärtnerinnen der Zoohandlung 24 Kaninchen wieder zurückgegeben."

Beate kicherte.

„Auf jeden Fall scheint die Firma sehr sozial eingestellt zu sein", versuchte Robert die Frauen aus ihren gehässigen Reserven zu locken.

„Von der Firma wissen wir hier gar nichts. Aber sozial sind die mit Sicherheit nicht. Wenn die wirklich *sozial* wären, hätten die sich gar nicht so lange halten können." Die Alte hatte mit einem einzigen Satz ihr Konzept von sozialer Marktwirtschaft entwickelt und dabei das Wort *„sozial"* so ausgespien, als sei es ein obszönes Schimpfwort.

„Die war immer da. Schon in der dritten Generation. Aber wir alle wissen so gut wie gar nichts davon, was hinter den Mauern vor sich geht. Es gibt nur einige Räume, die zur Besichtigung freigegeben sind", erklärte die Dicke.

„Wer weiß, was die da so hinter geschlossenen Türen so alles treiben", gab die Alte ihren scharfen Senf noch dazu.

Die Funkes hatten, ohne es zu merken, schon eine endlose Runde durch die Trostlosigkeit gedreht und waren am Ausgangspunkt angekommen. Es war Zeit, sich mit den anderen zu treffen. Von den Damen war nichts Neues mehr zu erfahren. Sie hatten ihr ganzes Pulver verschossen. Ihr ganzes Gift verspritzt.

„War nett, Sie kennengelernt zu haben", log Beate frech.

„Auf jeden Fall interessant", verbesserte Robert.

Als sie einige Entfernung hinter sich gebracht hatten, stöhnte Beate melodramatisch: „Puh, diese Giftspritzen hätte man dem armen Stalbach genauso gut auf den Schoß setzten können."

„Mit dem gleichen Erfolg", ergänzte Robert.

Cora hatte sich zeitgleich auch ein wenig umgesehen. Maurits schien

offensichtlich ein festes Ziel vor Augen zu haben. Cora konnte nur noch an dem watscheligen Gang und an dem weißen Hund erkennen, dass er sich mit Flöckchen auf den Weg in die Stadt gemacht hatte, dahin, wo das Leben pulsierte. An der Straßenecke stand ein Kiosk. Mit windschiefen Reitern auf dem Bürgersteig machte der Betreiber darauf aufmerksam, dass man bei ihm „Kafe tu go" und „heiße Würschtchen mit Brötchen" und notfalls auch „Caputschino" kaufen konnte. Die ausgestellten Schilder ließen erwarten, dass der Betreiber eher in der Bewirtung als in der Rechtschreibung seine Stärken hatte. Kioske sind Kontakt- und Informationsbörsen, Meeting-Points, Nachbarschaftstreff, Begegnungsstätte und Kommunikationszentren. Die Kioske spannen ruhrgebietsweit ein Netz, das die wichtigsten Grundbedürfnisse des Menschen – Essen, Trinken, Sex und Information – in Kürze zu befriedigen vermochte. Sex – das waren allerdings nur die schmierigen Heftchen, die der Betreiber immer noch für den Interessenten unter und über der Theke vorhielt. Cora erwartete, dass sie an diesem Umschlagplatz für Informationen eine schnelle Auskunft bekommen würde.

Dieser Stadtteil von Duisburg war von veralteter Industrieromantik geprägt. Alte Zechenhäuser, notdürftig renoviert, Straßen mit altem Kopfsteinpflaster, das da, wo es sich abgesenkt hatte, mit Teer aufgefüllt war, Straßenbahnschienen und Oberleitungen, die ins Nichts führten, aufgemotzte Schrottautos, zerfledderte Reklametafeln, die an Produkte erinnerte, die längst nicht mehr im Handel waren. Über dem Kiosk leuchtete ein Reklameschild in Rot, wovon einige Buchstaben schon unkenntlich oder ganz verschwunden waren.

„K__S_" Ein versteckter Hinweis darauf, dass es sich um einen Kiosk handelte.

Cora betrat mit Gino den kleinen Laden. Neben den üblichen Gläsern mit Bonbons, Regalen mit Zigarettenpackungen, gab es vor allen Dingen jede Menge Alkohol, vom billigen Fusel angefangen bis hin zum teuren Champagner. Die Bude stank penetrant nach Tabakqualm.

Ein etwa 50-jähriger Mann hinter der Theke, schmuddelig, unrasiert und knurrig, fragte: „Watt woll`n se?"

„Vielleicht eine kleine Auskunft", sagte Cora und zeigte ein ganz charmantes Lächeln.

„Sind Se bekloppt, wir sind doch hier kein Auskunftsbüro. Können Sie nicht lesen? Kiosk steht da klar und deutlich in großen Buchstaben.

Da könnte ja jeder kommen. Ich verkaufe hier Bömskes, Zigaretten und Spirituosen." Der Mann zündete sich eine Zigarette an. Cora sah angewidert auf seine gelben Fingerkuppen.

Sie nahm ihren ganzen Mut zusammen. Sie hatte doch einen Auftrag zu erfüllen.

„Können Sie mir nicht vielleicht doch etwas über ein blondes Mädchen, sehr …" Cora suchte nach Worten.

„Sie wollen also wirklich eine Auskunft?", blaffte der Mann.

„Ja, bitte gerne." Cora war etwas eingeschüchtert. Sie wollte aber nicht mit leeren Händen zur Hundegruppe zurückkommen.

„Also gut, ich gebe Ihnen eine Auskunft, aber jede Auskunft hat ihren Preis. Nix is auf der Welt umsonst."

Mit einem Gefühl im Magen, das eine Skala von stiller bis mordsmäßige Wut erreichte, holte Cora einen 10-Euroschein heraus. Es war ihr letztes Geld. Mit einem leichten Abschiedsschmerz legte sie den Schein auf den Tisch. Sie ärgerte sich auch über sich selber. Die anderen bekamen ihre Auskünfte mit Sicherheit umsonst.

Der Besitzer steckte das Geld in seine Hosentasche und lachte herzhaft.

„Ich verkaufe Alkohol, Tabak und keine Nachrichten, Schätzchen. Und über blonde Mädchen spreche ich nicht. Die werden von mir vernascht." Er zeigte sein gelbes lückenhaftes Gebiss und schnalzte mit der Zunge.

Cora war eigentlich der geduldigste und gutmütigste Mensch von ganz Essen-Kettwig, aber jetzt sträubten sich ihre Nackenhaare. Sie wuchs über sich hinaus. Ohne lange zu überlegen, griff sie sich eine Flasche Sekt, eine Tüte Chips und irgendeine Schachtel Zigaretten aus den Regalen. Sie lachte ebenfalls.

„Recht hast du, du verkaufst Alkohol und Tabak. Die Sachen sind ja schon bezahlt. Das Restgeld ist für dich."

Gino hatte bis dahin ruhig vor der Theke gesessen und den Verkäufer schmachtend angesehen. Er war es gewohnt im Kettwiger Kiosk immer ein Leckerli zu bekommen. So war er auch schlecht gelaunt, als

Cora ihn eiligst aus dem Kiosk ziehen wollte. Wütend bellte er den Besitzer an, der hinter der Theke hervorkam, um nach Cora zu greifen. Der Feigling verzog sich ängstlich wieder hinter die Theke. Spitze haben wohl auch in Duisburg keinen guten Ruf.

Cora hörte den Kioskbesitzer hinter ihr her schimpfen. Sie war froh nicht in dieser Gegend wohnen zu müssen. Besonders anziehend war

die Gegend sowieso nicht, aber sie hatte auch Angst vor dem hohen Wiedererkennungswert hatte. Blonde Frau mit Spitz – gibt es ganz selten in dieser Kombination. Der Kioskbesitzer wird bestimmt nach mir fahnden, befürchtete sie. Dann lachte sie laut auf, was konnte ihr schon geschehen. Sie hatte bezahlt, hatte einen Hund und fuhr gleich nach Hause. Alles war in bester Ordnung. Oh, eigentlich doch nicht, denn sie hatte mal wieder nichts rausgefunden.

An der Bushaltestelle wühlte ein armer Penner im Abfalleimer. Sein Kopf war nicht mehr zu sehen. Eine halbgefüllte Aldi-Tüte stand neben ihm.

„Rauchen Sie?", fragte Cora naiv in seinen Rücken.

Das Gesicht eines sehr alten verschrumpelten Mannes kam zum Vorschein. Es strahlte Cora mit zahnlosem Mund an. Es erzählte ohne Worte die traurige Geschichte seines beschissenen Lebens. Cora hielt dem Mann die Schachtel mit den Zigaretten hin. Sie konnte gerade noch verhindern, dass er ihr die Hand küsste, als er die Zigaretten an sich nahm. Da Cora nur zwei kleine Frauenhände besaß, und Chips, Sekt und Hundeleine die Aufnahmekapazität überstrapazierte, steckte sie dem Alten auch die Tüte mit den Chips zu. Der Mann strahlte noch mehr. Cora fragte sich nur, wie er ohne Zähne das knackige Zeug runterkriegen wollte. Sie bemerkte, wie der Alte auf ihre Sektflasche schielte.

„Tut mir leid", lachte Cora. „An dem Sekt sollen auch noch drei andere Leute Spaß haben." Beschwingt lief sie mit ihrem Hund weiter.

Der bequeme DeWitt sah sich in der Zwischenzeit auch ein wenig mit Flöckchen um – am Tresen in der nächsten Kneipe. Die war ebenso schmuddelig wie die ganze Gegend. Aber DeWitt war da hart im Nehmen, ein ganzer Kerl und gar nicht empfindlich. Ein Bier blieb ein Bier. Vorsichtshalber trank er es aber doch aus der Flasche. Flaschenbier in einer Kneipe. Das war ihm nur selten passiert. Am Tresen neben ihm saßen zwei Männer und spielten Kniffel.

„Wie lange habe ich nicht mehr gekniffelt", murmelte Maurits vor sich hin.

„Willste mitmachen?" Die Männer sahen kurz zu Maurits auf.

„Gern, *een beetje*", Maurits rückte näher.

„Biste Holländer?", fragte der neben ihm Sitzende. Er war etwa 50 und hatte eine Halbglatze. Der andere trug noch volles, leicht ergrautes Haar. Er war etwa in demselben Alter. Beide wirkten angetrunken.

„Ja, ich bin Holländer. Aus Amsterdam. Mach hier Urlaub. Wollte mit dem Hund Gassi gehen und habe Durst gekriegt. Ist doch kein Thema." Demonstrativ nahm Maurits einen Schluck aus der Flasche.

„Hier Urlaub …" Beide Männer lachten herzhaft. „Hier ist es auch viel schöner als in Amsterdam."

„Ich wohne bei Freunden", verteidigte sich DeWitt. War dumm von ihm. Hoffentlich fragten die Kerle nicht weiter.

„Wenn wir mit dem Spiel durch sind, kannste mitmachen", sagte der Mann mit der Halbglatze ungerührt.

Die beiden Männer würfelten weiter. Flöckchen hatte mittlerweile unten gegen den Tresen gepinkelt. Ein deutlicher Protest - wenn Herrchen in der Kneipe sitzt, statt mit ihr Gassi zu gehen.

Maurits schob sich vom Barhocker. Leise schimpfte er mit Flöckchen. Die fiepte nur und rollte sich beleidigt unter dem Barhocker des Mannes mit der Halbglatze zusammen.

„Biste zum ersten Mal bei deinen Freunden?", fragte der mit den vollen Haaren. „Wir sind ja Stammgäste. Aber dich haben wir noch nie hier gesehen."

„Müssen schon gute Freunde sein, sonst kommt man nicht aus Holland in unseren Stadtteil", meinte der andere.

„Eigentlich bin ich auf der Suche nach einem jungen Mädchen, etwa 16 Jahre alt. Blond …"

„Da sind Sie falsch am Platz. Junge Mädchen verkehren hier nicht. Da müssen Sie schon in die Vulkanstraße gehen." Der Wirt warf einen skeptischen Blick auf seinen neuen Gast. Maurits ahnte, was in der Vulkanstraße los war.

Jetzt mischte sich auch die Halbglatze ein. „Was? Gibt es in Amsterdam nicht genügend Nutten? Müssen die Holländer auch noch die minderjährigen Mädchen in Deutschland begrapschen?"

„Nein, so einer bin ich nicht. Ich bin Polizeibeamter. Sie könnten mir weiterhelfen. Das Mädchen ist blond, etwa 16 Jahre alt, auffallend blass …" Maurits versuchte das Mädchen genau zu beschreiben. Er hatte es ja selbst nicht gesehen.

Der Wirt war sehr argwöhnisch geworden. „Was denn jetzt? Sie sind auf einmal nicht aus Amsterdam zu Besuch, sondern von der Polizei? Wer lügt, muss ein gutes Gedächtnis haben."

„Genau! Das Mädchen trägt ein Bettelarmband mit Anhängern." Maurits kramte umständlich in seiner Tasche. Er suchte nach seinem abgelaufenen Polizeiausweis.

„Meint er vielleicht das autistische Mädchen?", fragte der Mann mit den vollen Haaren in den Thekenbereich hinein.

„Ich glaube, wir sollten die Polizei verständigen. Die wird sich vielleicht für einen Mann interessieren, der sich als Polizeibeamter ausgibt und nach jungen Mädchen fragt." Der Wirt griff zu seinem Telefon.

„Lassen Sie mich doch erklären. Ich wollte doch nur …"

Der Wirt wählte eine Nummer.

„Ich bin doch selbst Polizist."

Der Mann legte den Hörer auf und blickte den Expolizisten abwartend an. Maurits suchte immer noch verzweifelt nach seinem Ausweis. Verdammt, musste er zu Hause vergessen haben. Stattdessen kramte er Teile vom Bettelarmband hervor.

„Habe ich mir schon gedacht", brummte der Wirt und nahm den Hörer wieder in die Hand. „Das reicht."

Die beiden anderen Männer sahen der Aktion des Wirts zu, ohne selbst etwas zu unternehmen. Lokalverbote und Hausrecht waren Sache des Mannes hinter dem Tresen.

Für Maurits war nun die Zeit gekommen, abzuhauen. Dezent, wie es seine Art war, legte er zwei 2-Eurostücke auf den Tresen. Auf das Rückgeld verzichtete er, was nicht seine Art war. Draußen nahm er seine Beine in die Hand, was eher selten seine Art war.

Ziemlich abgehetzt kam er am Auto der Funkes an. Die beiden warteten schon ungeduldig. Beate sah auf die Uhr und dann mit leicht gerunzelter Stirn auf Maurits. Cora war auch gerade erst angekommen. Alle plauderten gleichzeitig los. Sie hatten so viel zu erzählen. Cora schwang ihre Flasche Sekt. Obwohl sie die Einzige war, die keine Information erhalten hatte, war sie ganz ausgelassen. Funkes berichteten von den grässlichen Weibern, die über jeden herzogen.

„Und dieses Mädchen heißt Anke und ist autistisch", beendeten sie ihre Erzählung. Maurits Mundwinkel gingen nach unten. Die Sache mit dem Autismus war das Einzige, was er so nebenher erfahren hatte, wenn in der Kneipe überhaupt von dem Gernreich-Mädchen die Rede gewesen war. Die Funkes kannten sogar den Vornamen des Mädchens

– und die Funkes hatten noch nicht einmal für die Auskunft bezahlen müssen. Der Tag war wohl doch nicht so gut gelaufen. Und das bezahlte zweite Bier hatte Maurits noch nicht einmal austrinken können. Coras Misserfolg auf der ganzen Linie trösteten ihn nur wenig.

„So habe ich leider nichts erfahren, und Geld zurückbekommen habe ich auch nicht", beendete Cora ihren Bericht.

„Ich auch nicht", knurrte Maurits in seinen Bart.

„Wie bitte?", fragte Beate.

„Ach nichts."

Sie saßen im Auto. Cora ließ den Sekt reihum gehen. Sie gönnte sich selber die ersten Schlückchen, dann reichte sie die Flasche an Beate weiter. Beate ekelte sich nicht vor Cora. Dann trank Robert. Er ekelte sich nicht vor Beate. Vor Maurits ekelte sich allerdings jeder, und Maurits vor keinem. Nachdem Maurits getrunken hatte, wollten die anderen keinen weiteren Schluck. Und Maurits fand allmählich seine alte Fassung wieder. Er hielt die Flasche, wenn er sich nicht gerade ein Schlückchen gönnte, zwischen seinen Oberschenkeln eingeklemmt.

„Übrigens, hier unten drunter ist ein Preisschild." Er drehte die leere Flasche auf den Kopf. Es tröpfelte in seinen Schritt. „8,99 Euro."

„Upps", entfuhr es Cora.

„Wucher", meinte Robert.

„Viel zu schade für Maurits", sagte Beate.

„Das gönne ich ihm." Cora kicherte. Der Kioskbesitzer hatte tatsächlich einen Grund, sich aufzuregen, als sie die Sachen aus dem Regal nahm. Die Chips waren vielleicht noch bezahlt, aber nicht die Zigaretten.

„Wem?", fragte Beate.

„Dem Kioskbesitzer und dem Bettler."

„Ist doch kein Thema", beendete DeWitt das Thema.

13

„Das Wetter ist so schön. Lasst uns heute Abend ein Candle-Light-Dinner in dem alten Burghotel machen", schlug Beate vor.

„Ich muss aber erst nach Hause. Anna wird hungrig sein", sagte Cora. „Der Kühlschrank ist zwar leer, dafür aber die Gefriertruhe noch voll. Ich weiß wirklich nicht, was ich noch Vegetarisches da drin habe."

„Anna kann sich bei der Pizzeria Funghi eine Pizza bestellen. Die bringen sie ihr direkt nach Hause. Du kommst mit", sagte Beate sehr bestimmt. „Wir werden dich heute Abend abholen. Lass dich mal verwöhnen." Beate und Cora liebten die Pizzeria, die von freundlichen Indern betrieben wurde. Die Pizzen und Nudelgerichte waren lecker und preiswert, die „Funghi" ein richtiger Geheimtipp.

„Und ich?", wollte auch Maurits wissen.

„Dich holen wir natürlich auch ab, Maurits." Beates Augen blitzten voller Vergnügen und Vorfreude.

Ein weiteres Mal kutschierte Robert die Hundegruppe an Schloss Landsberg und am Hugenpoet vorbei den Berg hoch. „Woher kommt eigentlich die Bezeichnung *Am Esel*?", fragte Cora.

„In früherer Zeit, als der alte Weg noch steil bergauf führte, musste der Bauer dort immer einen gesattelten Esel bereithalten, falls die Freifrau von Nesselrode auf Schloss Hugenpoet das Verlangen hatte, den Waldrücken oben aufzusuchen. Nicht weit vom Hugenpoet hat es bis vor Kurzem noch ein umzäuntes Gehege gegeben, in dem mehrere Esel gehalten wurden."

Die Scheinwerfer des Fahrzeuges bohrten sich den Berg hinauf. Kurz darauf bog der Wagen in den Feldweg ein und beleuchtete die Eingangstreppen des Burghotels.

Hunde, Frauchen und Herrchen stiegen aus in Erwartung eines denkwürdigen Abends. Die Funkes hatten von dem Makler die Schlüssel bekommen. Der Strom im Hotel war ausgeschaltet. Die vier tapsten mit ihren Taschenlampen durch die Räume.

„Im Dunkeln ist alles noch viel romantischer. Ich könnte mir gut vorstellen hier zu wohnen", schwärmte Cora.

„Cora und Maurits, ihr könnt euch ja hier noch ein bisschen umsehen. Ich bereite schon mal alles für das Essen vor", bestimmte Beate. „Robert hilft mir. Lasst euch einmal richtig verwöhnen!" Das Wort „einmal" traf nur auf Cora zu. Sie hatte immer noch gemischte Gefühle. Sie fühlte sich etwas überrumpelt. War noch nicht so richtig bereit für einen Ortswechsel, ihr Haus zu verlassen. Ihr vertrautes Haus, wo sie sich entspannt zurückziehen konnte, verkriechen vor der anstrengenden Welt mit ihren Freunden.

Beate und Robert stellten in der Zwischenzeit Körbe und Flaschen auf die Terrasse. Über das Holz der Tische und Bänke breiteten sie Decken, Tücher und Kissen aus. Leuchter wurden aufgestellt, und aus den großen Körben zauberten die Funkes Schüsseln und Platten mit leckeren Speisen. Es gab alles, was ein verwöhnter Magen sich nur vorstellen konnte, mehrere Käsesorten mit Obst, Lachs mit Baguette, Schnitzel und Steaks, Pfannkuchen und Muffins. Ein paar gute wertvolle Flaschen Rotwein und Prosecco ergänzten eine verschwenderisch ausgestattete Tafel. Die Funkes hatten mal wieder reichlich übertrieben.

Als Cora und Maurits zu ihnen auf die Terrasse stießen, zündete Beate gerade die Leuchter an. Robert hatte sich an seinem Fahrzeug zu schaffen gemacht. Milonga-Musik kroch plötzlich über den Vorgarten, glitt die Stufen zur Terrasse hoch und erfüllte sie mit melodischen, sentimentalen Rhythmen. Ein strahlender Vollmond stand hinter hohen Buchen über dem Park. Die beiden blieben wie erstarrt stehen.

Cora flüsterte andächtig. „Das ist ja einfach nicht wahr. Ein Traum."

Robert schob ihr und Beate den Stuhl hin. Es wurde kaum gesprochen, während Robert den Prosecco öffnete und in die Gläser verteilte.

Unerwartet stand Maurits auf, hielt sein Glas halbhoch und sagte nach kurzem Räuspern:

„Ihr Lieben, wir wissen, dass die Zukunft keine unveränderliche Konstante ist. Der Flügelschlag eines Schmetterlings soll die Zukunft verändern. Wenn das so ist, liebe Funkes, dann habt ihr mit eurer Aktivität und eurem Ehrgeiz für die Zukunft nicht nur ein sichtbares Zeichen gesetzt. Ihr seid dabei, sie zu verändern. Ich träume davon, dass unser kleines Team der Dogwalker hierbei mitwirken kann. Auf die Freifrau von Nesselrode! Von Burg zu Schloss!"

Sie tranken einander zu und genossen ihr verschwenderisches Mahl. Die Romantik der Stunde ließ das Gespräch zunächst einsilbig werden.

Jeder genoss für sich die traumhaften Momente. Der Rotwein löste allmählich die Zungen. Aber dann wurde die Unterhaltung wieder sachlich. Sie ließen den Nachmittag noch einmal Revue passieren.

„Sind wir denn ganz sicher, dass diese Anke das Mädchen vom Fenster ist?", fragte sich Robert. „Ich meine. Sie ist doch autistisch und wird eigentlich ständig von Mutter und Tante beaufsichtigt."

„Cora, du bist doch praktisch vom Fach. Kennst du dich besser mit der Krankheit aus?", fragte Beate, die an ihrem Rotwein nippte.

„Nun ja. Die Möglichkeit besteht schon. Es gibt verschiedene Formen von Autismus. Ich kann mich gerade noch an das Asperger-Syndrom erinnern, das mit dem dritten Lebensjahr auftritt. Manchmal auch später. Dann gibt es auch noch einen frühkindlichen Autismus."

„Das ist nicht so wichtig. Wir haben es mit einem 15 Jahre alten Mädchen zu tun", knurrte Maurits. Er war erstaunlich schnell in dem kritischen Zustand zwischen nicht mehr ganz so nüchtern und noch nicht ganz so besoffen.

„Es gibt verschiedene Krankheitsgrade. Die Krankheit kann geprägt sein durch eine minimale noch unauffällige Schüchternheit des Patienten bis hin zu schweren Kommunikationsschwierigkeiten. Der Kranke bewegt sich oft stereotyp, das heißt, sein Leben braucht immer wieder denselben Ablauf, nichts darf sich ändern."

„Dann bin ich auch ein Autist", sagte Robert.

„Das bist du eben nicht", eiferte sich Beate. „Überleg doch mal, wir sind gerade im Begriff, in unserem Alter alles zu verändern. Wir wollen einen Mörder finden. Wir wollen uns ein Burghotel kaufen. Wir wollen raus aus dem täglichen Einerlei."

„Genau, Autisten brauchen ihre täglichen Rituale. Dabei können sie auch hochintelligent sein", fuhr Cora fort.

„Dann bin ich ein Autist", murmelte Maurits.

Cora sah ihn mit einem demonstrativ abschätzenden Blick an und kniff dann Beate ein Auge zu.

„Kann sein, dass du ein hochintelligenter Autist bist. Man spricht von einer Inselbegabung. Inselbegabung, weil sich die Begabung auf einen kleinen Teilbereich beschränkt, während ansonsten die kognitive Behinderung oder Entwicklungsstörung vorherrscht. Der Autist spielt zum Beispiel besonders gut Klavier", erklärte Cora. Sie war froh, dass sie ihre guten medizinischen Kenntnisse auch mal anbringen konnte.

„Oder er malt sehr gut. Ich habe einen Autisten im Fernsehen gesehen, der brauchte sich nur ein paar Minuten das Foto einer Stadt anzusehen, und schon konnte er die ganze Stadt, mit all ihren Gebäuden aus dem Kopf malen", sagte Robert.

„Und welche Inselbegabung hast du?", spottete Beate und sah Maurits fröhlich an.

Bevor er anfangen konnte all seine Begabungen aufzuzählen, fuhr Cora fort. „Die Menschen können sehr oft keinen Blickkontakt halten. Sie können dir nicht in die Augen sehen. Oft leiden die Patienten auch unter motorischen Störungen, d. h. sie haben Schwierigkeiten, ihre Arm- und Beinbewegungen zu koordinieren. Sie haben deshalb manchmal einen etwas staksigen Gang."

Dann sprang sie auf und machte die o-beinigen Laufschritte von Maurits nach. Beate brach in schallendes Gelächter aus, während Maurits ein entsetztes: „Cora, du nicht auch noch", ausstieß.

Gino sah das Aufspringen von Cora als Zeichen zum allgemeinen Aufbruch und Zeit für ein Leckerli an. Er kläffte und wedelte sein Frauchen fröhlich an.

„Verdammt, seid ihr denn alle besoffen?!", donnerte Robert in die allgemeine Heiterkeit hinein. „Wir reden hier über eine Krankheit, über die man keine Witze macht."

„Aber wir haben doch nur Witze über Maurits gemacht", entschuldigte sich Cora etwas kleinlaut.

„Und der ist doch keine Krankheit", sagte Beate leise. Beide Frauen prusteten los.

Robert brachte erst einmal die Weinflaschen in Sicherheit. Der Abend hatte so romantisch begonnen, und so sollte er auch enden.

Unvermittelt redete Maurits dazwischen: „*Wat ik wilde zeggen*. Was ich noch sagen wollte. Der Gernreich hat mich heute Nachmittag angerufen und zu sich inne Firma eingeladen." Obwohl seine Zunge schon etwas schwer war, brachte er den Satz mit Eleganz heraus.

Mit einem Schlag waren Beate und Cora sehr aufmerksam.

„Ach rede keinen Quatsch. Warum sollte er gerade dich einladen? Und wieso kennt der dich?" Beate blickte den Ex-Kommissar misstrauisch an.

DeWitt schmunzelte nur und nuckelte genüsslich an seinem Rest Rotwein.

„Nobbet, hasse noch en Glass. Dann erzähl ich euch *warum*." Maurits hielt Robert mit leicht unruhiger Hand sein Glas hin.

Robert goss bei allen noch einmal nach, nahm sich selber ein Glas Wasser und sagte nur knapp zu Maurits: „Erzähl!"

DeWitt holte genüsslich aus. Das nächste Glas Wein hatte ihm nicht geschadet. „Ihr habt mich ja gestern nicht richtig ausreden lassen. Also, ehemalige Kollegen waren bei mir. Von Kostelitz habt ihr ja schon gehört. Sie haben mitbekommen, dass ich schon etwas recherchiert habe. Und wir wollen zusammenarbeiten. So Information gegen Information. Die brauchen meine Mitarbeit. Jetzt merken die endlich, was sie an mir hatten."

„Das hast du uns doch schon gesagt. Gibt es nichts Neues?" Robert war genervt.

„Dem Gernreich haben sie aber wohl meine Telefonnummer gegeben."

„Was versprechen die sich davon?" Cora verstand nicht, dass die Polizei persönliche Daten weitergegeben hatte.

„Vielleicht, weil ich gesagt habe, dass ich mit Gernreich sprechen möchte."

„Dass *wir* mit Gernreich sprechen möchten. Wir kommen alle mit!", entschied Beate spontan.

„Was mag den Gernreich bewogen haben, dich einzuladen?", überlegte Robert.

„Gutes Zureden der Polizei. Und vielleicht will der Kerl so eine Art ‚Goodwill Tour' starten."

„Soll er, wir machen mit." Beate prostete noch einmal allen zu.

Alle redeten ganz aufgeregt, schimpften ein bisschen auf DeWitt und seine Geheimniskrämerei, versöhnten sich wieder. Und feierten das auch ausgiebig. Dann schimpften sie zur Abwechslung mal auf Robert, der keinen Spaß vertragen konnte und sie von einem klitzekleinen Schlückchen Rotwein abhalten wollte. Warum hatte er denn dann die Flaschen mit Beate hierhergeschleppt?

Und der strenge Robert rückte unter der Macht der Vorwürfe die letzte Flasche Rotwein heraus.

Das fröhliche und erleichterte Gegröle der Rotwein-Liga wurde unterbrochen durch eine kräftige, die Nacht durchdringende Stimme.

„Was haben Sie denn hier zu suchen?!"

Alle vier Köpfe fuhren erschreckt hoch. Die Hunde waren als Wachhunde untauglich. Sogar Coras ansonsten so wachsamer Spitz hatte heute nur Augen und Nase für die Leckerlis auf dem Tisch gehabt. Jetzt bellten die Hunde natürlich wie verrückt.

„Also, was ist hier los?", wiederholte der Polizist. Er war im mittleren Alter. Ein junger Polizist stand etwas unsicher neben ihm. „Sie können doch nicht so einfach eine Hausbesetzung machen."

„Wir sind keine Hausbesetzer, wir sind die zukünftigen Hotelbesitzer", sagte Beate mit leicht alkoholisiertem Akzent.

„Und was verschafft uns die Ehre ihres Besuchs?", gluckste Cora unter dem Stakkato der Tangoklänge, die von Roberts Auto herüber waberten.

Der ältere Polizist sah die Frauen leicht belustigt an. „Ihre zukünftigen Nachbarn haben sich über den ungewohnten Lärm im leeren Hotel gewundert."

„Wir haben Nachbarn?", staunte DeWitt.

Noch bevor er den Männern erklären konnte, dass er ein ehemaliger Kollege war, hatten sich die beiden mit einem „Nichts für ungut", verabschiedet.

„Machen Sie aber jetzt Feierabend!", riefen sie noch vom Polizeiwagen aus.

„Und Sie auch!", brüllte Maurits.

Die vier Hundebesitzer betraten Gernreichs Firmengelände auf legalem Wege. Eine überfreundliche, blond getönte Sekretärin mit einer traumhaften Figur, die sie auch fast vollständig in ihrem Minikleidchen präsentierte, führte die vier in ein repräsentatives Büro. Ein den Raum dominierender Schreibtisch aus Teakholz, Regale aus Teakholz mit endlosen Bücherreihen. Ein speckiges Ölbild zwischen den Regalen, das einen alten Knaben, vermutlich einen Vorgänger des letzten Gernreich zeigte. Bronzen, Schnitzarbeiten und Plastiken aus früheren Reisen.

Nichts deutete darauf hin, dass auf diesem Bürotisch über Tausende von Tieren entschieden wurde. Gernreich war so um die 40 Jahre jung, dynamisch und aalglatt. Seine dunklen Haare waren nach hinten gekämmt und stark gegelt. Er kam hinter seinem Schreibtisch hervor und gab jedem jovial die Hand.

„Lassen Sie sich von der Teakholzausstattung nicht irritieren", sagte Gernreich zu seinen Besuchern. „Als dieses Zimmer vor vielen Jahren eingerichtet wurde, gab es unser heutiges Umweltbewusstsein noch nicht. Und das wertvolle Holz will ich jetzt auch nicht mehr entsorgen, wäre doch schade darum."

Die Sekretärin wollte sich dezent zurückziehen, aber er hielt sie galant an der Hand fest.

„Bringen Sie uns doch bitte noch einen Kaffee und etwas Gebäck."

Gernreich lächelte die Dame freundlich an. In demselben Ton bat er seine Gäste Platz zu nehmen. Es klang wie ein netter Befehl.

Während sich die Dogwalker umschauten, nahm Cora die Bibliothek ins Visier.

Gernreich beobachtete Coras interessierten Blick. „Bevor es das Internet gab, haben wir die Bücher benötigt, wenn wir etwas über die Tiere wissen wollten. Aus diesem Stand der Unschuld haben wir uns mit dem Internet längst herausbewegt. So, und jetzt bitte ich Sie noch um einen Augenblick Geduld, bis meine Mitarbeiterin zurückkommt. Würden Sie mich solange entschuldigen?"

Dann verzog er sich wieder hinter seinen Schreibtisch, ordnete noch einige Papiere und gab sich sehr beschäftigt.

Maurits gähnte ungeniert mit offenem Mund. Cora wusste nun endlich, was das Wort „Fremdschämen" bedeutete, das Anna so häufig benutzte.

Eine gute Zeit später, nachdem der Kaffee und das Gebäck serviert worden waren, saßen sie zusammen an einem runden Tisch. Gernreich wollte sich eine kleine Pause gönnen, wie er meinte.

„Ja, mein Vater hat mir diese Firma vermacht. Schon mein Vater hat mit Tieren gehandelt", erklärte er unaufgefordert.

„Familienbetrieb also", knurrte Maurits.

„So kann man das sagen. Aber mit veränderten Strukturen. Tierimporte gehen heute ausschließlich über Schreibtisch und Laptop. Zumeist stammen sie aus Züchtungen. Wir sprechen von exotischen Tieren, die wahrscheinlich noch nie den Urwald oder das Grasland gesehen haben. Mein Großvater hat die Tiere noch höchstpersönlich mit einigen Einheimischen eingefangen und nach Deutschland gebracht." Gernreich zeigte auf ein Schwarzweiß-Foto auf dem Schreibtisch, auf dem ein junger Mann mit blonden Haaren im Tropenanzug zu sehen war. Er hielt ein Löwenbaby auf dem Arm und lächelte stolz in die Kamera.

„Das arme Baby. Es wurde von seiner Mutter getrennt und verkauft. Wie gemein", entfuhr es der mitfühlenden Beate.

Herr Gernreich nahm es ihr nicht übel. „Nein, so war es nicht. Das Kleine hätte ohne die Mutter gar nicht überlebt. Früher hatte man sich noch nicht die Mühe gemacht, Tierbabys mit der Flasche aufzuziehen."

„Dann wurde also die ganze Familie in den Zoo gesperrt. Damals noch in Käfige hinter Gittern", empörte sich Beate weiter.

„Lass das!", sagte Robert wütend. „Das ist doch Vergangenheit. Heute wird kein Löwe mehr im Käfig gehalten."

„Die Dame hat recht, wütend zu sein. Früher haben wir den armen Kreaturen sehr viel angetan. Gott sei Dank haben sich die Zeiten geändert. Tiere haben einen höheren Wert in der Gesellschaft bekommen. Wir bemühen uns sie da unterzubringen, wo sie gut behandelt und artgerecht gehalten werden."

Gernreich überzeugte sich davon, dass die Besucher hinreichend beeindruckt waren. „Aber denken Sie bitte daran, jeder Vorwurf wegen des Imports und des Handels mit Großtieren geht bei mir an die falsche Adresse. Wenn Sie nachher durch unsere Schauanlagen gehen, werden Sie bemerken, dass es dort weder Löwen noch Nashörner noch Giraffen gibt. Wir handeln nicht mit Großtieren. Unsere Angebote richten sich an den privaten Kunden, der ein Haustier erwerben möchte. Wir liefern für Terrarien, Aquarien, Hund, Katze, Maus und Vögel."

„Wir haben gehört, dass auch Großtiere in ihr Programm gehören", sagte DeWitt.

„Das ist nicht richtig", entgegnete Gernreich mit Schärfe. „Den Großtierhandel bedienen wir nicht. Schon seit 2 Generationen sind wir mit unserer jetzigen Programmpalette auf dem Markt. Wenn Sie so wollen, sind wir eine ganz normale Tierhandlung, nur sind wir ungleich größer und spezialisierter als viele andere Tierhandlungen."

DeWitt hakte nach. „Wie ist es dann möglich, dass die Firma Gernreich immer wieder mit dem Handel von Großtieren in Verbindung gebracht wird?"

Gernreich wurde noch schärfer. „Wird sie das? Ich kann mich leider nicht gegen falsche Gerüchte, die aus uninformierten Kreisen aufkommen, wehren."

„Und der Ermordete? Stalbach?"

„Ist er wirklich ermordet worden? Sagt das die Polizei?"

„Hat Stalbach auch nur mit Haustieren gehandelt?"

„Stalbach war kein Mitarbeiter, er stand nicht bei mir in Lohn und Brot."

„Aber er arbeitete in ihrem Haus."

Gernreich schwieg einen Augenblick. Er presste die Handflächen über dem Schreibtisch zusammen, bis die Fingerspitzen weiß wurden. Es sah so aus, als hätte er Mühe, sich zu beherrschen.

„Weil es bei uns immer wieder Nachfragen nach Großtieren gab und wir diese Nachfragen nicht bedienen konnten, haben wir Stalbach hier im Haus ein Büro eingerichtet. Anfragen haben wir direkt an ihn weitergeleitet. Stalbach war Global Account Manager für die Companhia animal do Sul in Porto Alegre. Interessenten für Großtiere hatten also nur die Companhia animal, Niederlassung Deutschland, zum Partner. Wenn Sie gleich von unserem Herrn Schütz durch die Räume geführt werden, können Sie erkennen, dass an dem Büro des verstorbenen Kollegen ein Schild angebracht ist, das auf die Companhia animal, Niederlassung Deutschland, lautet. Ein gleiches Schild gibt es bei uns an der Einfahrt."

DeWitt zuckte leicht zusammen. Ein solches Schild hatte er gar nicht bemerkt.

Die vorlaute Beate war von den Erklärungen des Zootierhändlers wenig beeindruckt. „Ist das nicht ziemlich egal? Alles, was Stalbach getrieben hat, ist doch unter ihrem Dach passiert."

Jetzt war Gernreich der Ärger deutlich anzumerken. „Liebe Frau, was hat Stalbach denn Unerlaubtes getrieben? Er hat für ein Unternehmen in Südamerika mit Tierexporten gehandelt. Er hat Kontakte mit seriösen Unternehmen gepflegt. Er hat Lizenzen erworben, Ausfuhrgenehmigungen eingeholt und Cites-Dokumente besorgt. Er hat Artenschutzdokumente zusammengestellt und mit den zuständigen Zollstellen zusammengearbeitet. Prägen Sie sich bitte ein, dass in Deutschland eine umfassende Zollkontrolle stattfindet, die das notleidende Tier zum Schutz hat."

„Und wie sind Sie an ihn herangekommen?", wollte Robert wissen.

„An Stalbach? Ich habe ihn aus früheren Transaktionen kennen und schätzen gelernt."

„Inzwischen – das heißt, nachdem ich die Leiche entdeckt habe – habe ich mich mit dem Fall des Tierhändlers Stalbach etwas beschäftigt. In den Medien kommt er nicht besonders gut weg. Und Ihnen soll tatsächlich nicht bekannt gewesen sein, dass Ihr Geschäftspartner einige unsaubere Transaktionen durchgeführt hat? Ich habe hier einige Ausdrucke."

Gernreich hob die Hand, als wenn er DeWitts Rede stoppen wollte. „Kann es sein, dass Sie bei mir in meine Tierhandlung eingedrungen sind, um irgendeine Recherche zu betreiben?"

Maurits blickte den Mann mit am Schreibtisch streng an. „Und dann entdecke ich zufällig Stalbachs Leiche? Halten Sie das denn selbst für realistisch?" Gelungener Bluff.

„Und wie ist es denn nach Ihrer persönlichen Wirklichkeit abgelaufen?"

„Die Wahrheit ist immer unkompliziert", log DeWitt. „Als ich aus dem Gebäude einen Schrei hörte, bin ich hineingegangen. Die Türen waren unverschlossen."

„Sie kommen doch aus Kettwig", überlegte Gernreich misstrauisch.

„Was machen Sie dann nachts in der Nähe meiner Zoohandlung?"

Maurits wollte eine weit ausholende Antwort geben. Aber Beate ließ es nicht zu, dass das Gespräch abdriftete.

„Was war nun mit Stalbach los? Sie müssen doch selbst auch eine Vermutung haben. Warum steckt man ihm eine Giftschlange zu, eine der gefährlichsten obendrein?", fragte sie.

Gernreich wirkte ungnädig. „Ich weiß nicht, was da passiert ist. Ich wünschte, ich wüsste es."

„Hatte Ihr Geschäftspartner etwas zu verbergen?" Beate hatte Gernreichs Unsicherheit auch bemerkt und wurde etwas mutiger.

„Das Wort Geschäftspartner kann ich schon gar nicht mehr hören. Steinbach war, wenn Sie so wollen, mein Untermieter. Früher vielleicht sogar ein Freund."

„Aber die in den Medien kolportierten Fälle?", fragte Maurits.

„Die wird es gegeben haben. Stalbach war nie so richtig in der Lage, Grenzen einzuhalten. Gerade deshalb haben wir unsere Geschäfte immer streng voneinander abgegrenzt. In letzter Zeit habe ich mich immer mehr von ihm distanziert."

Gernreich sah gedankenverloren auf seine gepflegten Hände und schaute dann lächelnd wieder auf, als würden seine Gedanken von schönen Erinnerungen getragen. „Eigentlich war Stalbach ein Menschengewinner. Sie haben ihn leider nicht kennengelernt. Empathisch, liebevoll sogar. War ein aufmerksamer Zuhörer, sehr engagiert, hat sich schon früher mal in Kneipen geschlagen, wenn er meinte, dass einem Randbürger Unrecht geschieht. Sie hätten ihn kennenlernen müssen. Jetzt tut es mir leid, dass wir zum Schluss so weit auseinanderstanden."

„Standen Sie so weit auseinander, weil Sie von Stalbach erpresst worden sind?", fragte DeWitt provokativ.

„Was soll diese Fragerei. Ich bin Ihnen entgegengekommen, obwohl ich nicht dazu verpflichtet bin. Nur, weil ich selber daran interessiert bin, diesen mysteriösen Unfall aufzuklären. Und werde in meiner Hilfsbereitschaft von Ihnen härter angegangen als von den noch aktiven Polizeibeamten." Gernreich war zu Recht etwas ungehalten. „Vielleicht haben Sie gerade nicht richtig zugehört. Stalbach war vielleicht ein Schlitzohr auf der Suche nach dem schnellen Geld, aber kein Krimineller. Außerdem gibt es nichts, womit man mich erpressen kann", erklärte er kühl.

Gernreich sah erschreckt auf seine Armbanduhr. „Herr DeWitt, ich habe die Zeit ganz vergessen. Wir sind nicht zusammengekommen, um miteinander Gedanken auszutauschen. Ich werde Sie jetzt an Herrn Schütz übergeben."

Die Führung übernahm auftragsgemäß ein junger Mann, Thomas Schütz. Er war ein großgewachsener Strahlemann. 28 Jahre und studierter Zoologe, wie er unaufgefordert erklärte.

Die vier hatten zwar schon einen Teil der Nacht hier verbracht, aber da hatten sie nicht die Muße und die Lust, sich ausgiebig umzuschauen. Außerdem war es zu dunkel. Jetzt staunten sie über die gepflegten Anlagen und die Vielzahl der Tiere. Ein besonderes Interesse fanden die auf beiden Seiten des schlanken Raumes aufgestellten Schlangenterrarien. In Kästen, die sich fast bis zur Decke erstreckten, waren farbenfrohe Habitate und Landschaften inszeniert. Farne, Orchideen und hohle Baumstämme, in denen die bunten Schlangen fast unsichtbar blieben. Rötliche Felsenformationen der nordamerikanischen Wüstengegend. Aztekentempel mit unheimlich beleuchteten Masken, aus deren Mündern und Augen die Tiere herauskrochen. Trockene Wüsten mit Sandwehen, in die sich braune Schlangen eingegraben hatten. Einige farblose Schlangen dösten müde unter der künstlichen Sonne.

„Wir müssen dem Kaufinteressenten ein Szenario bieten, das ihn anspricht und das ihn auffordert, etwas Ähnliches in seinem heimischen Bereich nachzubauen. Wir verdienen also nicht nur an dem Verkauf der Schlangen, das Hauptgeschäft ist vielmehr der Verkauf der Terrarien und des Zubehörs", erklärte Schütz. „Bitte nicht an die Scheiben klopfen!"

Er sagte das ganz routinemäßig, obwohl niemand die Absicht hatte, so etwas zu tun.

„Sind das die giftigen Schlangen?", fragte Cora.

„Nein, die ganz harmlosen."

„Und wo sind die giftigen?"

Schütz führte die Gäste in einen separaten Raum. Die Schlüssel zu dem abgeschlossenen Raum hingen an einem Schlüsselbord.

„Das ist doch kaum zu glauben", schimpfte DeWitt. „Gerade ist ein Mensch umgebracht worden, und trotzdem hängen die Schlüssel frei herum, für das Personal frei zugänglich, selbst Außenstehende könnten herankommen."

„Was hat das für einen Sinn, die Schlüssel jetzt zu verstecken? Es ist doch schon zu spät. Der Mann ist eh tot." Schütz schüttelte den Kopf.

„Und wenn der Mörder seine Mordpläne noch weiterverfolgt?", fragte Beate etwas naiv.

„Dann fällt ihm bestimmt etwas Neues ein", grinste Schütz.

„Haben Sie einen Verdacht?", fragte Maurits.

„Es könnte gut ein Mitarbeiter gewesen sein. Der Täter muss sich hier schon gut auskennen. Er muss wissen, wo die Schlüssel aufbewahrt werden, und er muss toxikologische Kenntnisse haben. Er muss also wissen, welches Schlangengift wie wirkt."

Der kleine Trupp hielt vor einem großen Terrarium.

„Siehst du, da ist der Krait." Robert wirkte ganz aufgeregt. Er zeigte auf eine bunte Schlange, die jetzt entspannt neben einem Holzstamm lag.

„Genau, blitzschnell und hochgefährlich", bestätigte Schütz. „In Ostasien dagegen oft Opfer von skrupellosen Geschäftemachern, die das nicht ausgewachsene Tier in einen Schlangenschnaps einlegen."

„Aber Sie können doch unmöglich mit solchen Schlangen handeln."

„Richtig, wir verkaufen dieses Tier nicht. Wir halten es hier nur in einem Schauraum. Die Firma Gernreich verfolgt auch einen Bildungsauftrag."

„Wenn ein Hund einen Menschen tot gebissen hat, wird er eingeschläfert. Und diese Mörderschlange darf weiterleben", beschwerte sich Beate.

„Das ist ihre Natur. Sie fühlte sich angegriffen. Sie hatte Angst. Die Schlange ist unschuldig", verteidigte Schütz seinen Liebling.

„Sie lieben die Schlange?", fragte Maurits und blickte den Zoologen scharf an. „Aber den Stalbach mochten Sie nicht? Hatte er sonst noch Feinde unter den Mitarbeitern?"

„Die Meinungen über ihn waren geteilt, er war ein Angeber, redete gern. Es kam bei einigen gut an, wenn er seine alten Geschichten von seinen beruflichen Anfängen erzählte. Er ist ja viel herumgekommen, war an Safaris beteiligt, hat Flusspferde und Löwen gefangen, war in ein paar bedrohlichen Situationen. Sagte er jedenfalls. Ich glaube, das meiste war erfunden. Aber es gab immer welche, die seine Geschichten gerne hörten. Mit dem Betrieb hatte er wenig zu tun. Er kochte sein eigenes Süppchen."

„Hatte der Chef ein gutes Verhältnis zu ihm?", fragte Robert.

„Ich glaube nicht. Ich wunderte mich, dass er ihn nicht rausgeschmissen hatte.“

„Und was hat das mit diesem Trödelzeug auf sich, das Stalbach in seinem Schreibtisch aufbewahrt hat?“, wollte Maurits wissen.

Schütz wirkte etwas verunsichert. „Welches Trödelzeug? Ich weiß nichts davon. Aber ich sehe auch nicht in seinen Schreibtisch.“

„Hatte Stalbach sich manchmal in seinem Büro mit einem jungen Mädchen getroffen?“, fragte Maurits.

„Was soll das für ein junges Mädchen sein?“ Ganz überzeugend war die Reaktion des jungen Mannes nicht.

„Handelt Ihre Firma auch mit exotischen Großtieren, z. B. Tigern?“, wollte DeWitt wissen.

Der junge Mann sah DeWitt erstaunt an, er fühlte sich wohl nicht ernst genommen. Dann aber lachte er.

„Tiger? Haben Sie eine Ahnung wie teuer ein Tigergehege im Zoo ist? Da kommen schnell so um die 5 Millionen Euro und mehr zusammen. Es ist kein Geld da für teure Gehege, und oft auch kein Platz. Kaum ein Zoo kann sich über seine Grenzen ausbreiten. Wer will da noch Tiger aufnehmen? Nein, einen Handel gibt es nicht.“

„Und bei seltenen Tigerarten?“, erkundigte sich Robert.

„Ja, es gibt seltene Tigerarten wie den südchinesischen Tiger. Die sind so selten, dass sie gar nicht gehandelt werden können. Manche Zoos haben versucht, ihn selbst zu züchten, manchmal sogar mit überragendem Erfolg.“

„Das ist ja toll“, warf Beate ein.

„Gar nicht. Wenn ein Tiger sechs Junge wirft? Wohin mit der Überproduktion? Oder wenn die Tiere wegen der Inzucht krank sind? Was dann? Manche Zoos verhehlen erst gar nicht, dass sie die überzähligen Tiere einschläfern.“ Schütz hob resigniert die Schultern.

„Das kann doch keiner wirklich kapieren. Die Tiger sind selten. Man versucht sie also zu züchten. Gelingt das, werden sie eingeschläfert. In welcher Welt leben wir eigentlich.“ Beate war fassungslos.

„Aber wenn diese Tiere so selten sind, und wenn sie dann auch noch gesund sind, warum werden sie nicht verkauft, statt eingeschläfert zu werden?“, ereiferte sich auch Robert.

„Die Tiere sollte es freuen, aber es gibt einen Kodex der Weltzoo-Vereinigung WAZA. Danach dürfen die Tiere nur an verantwortungsvolle Zoos abgegeben werden. Und die haben meist keinen Bedarf. Und kein Geld.“

DeWitt fasste zusammen. „Also schläfert man sie lieber ein, als dass

man sie abgibt an einen Zoo, der nicht unter diesen Kodex fällt?"
Schütz nickte.

Robert fiel ein. „Das ist ja geradezu eine Aufforderung zum illegalen Tierhandel."

Schütz zuckte wieder mit den Schultern. „Durch unsere Käfige ist noch kein Tiger gegangen."

„Und über Stalbachs Schreibtisch?", fragte DeWitt.

„Der ist zu klein für einen ausgewachsenen Tiger", scherzte Schütz.

„Sie scheinen den Mann wirklich nicht gemocht zu haben", brummte Maurits.

„Das haben Sie gesagt. Aber Sie haben recht. Ich habe nicht zu seinen Bewunderern gehört. Armer Kerl." Schütz machte ein trauriges Gesicht.

„Haben Sie überhaupt keine größeren Tiere, nur Kleintiere?"

„Unser größtes Tier ist wahrscheinlich „Whitey", aber das verkaufen wir nicht."

„Whitey? In meinen Kreisen nennt man so einen Drogenkonsumenten, wenn er eine Überdosis genommen hat", sagte der Ex-Kommissar. Schütz amüsierte sich: „In Ihren Kreisen? Whitey ist unsere Attraktion. Haben Sie wirklich noch nicht davon gehört? Es ist unser weißes Känguru."

Beate drängte darauf, das weiße Känguru „Whitey" zu sehen.

Schütz führte sie aus dem Haus heraus zu einem gemauerten Stall mit einem gekalkten Vorflur, in dem sich Pflegegeräte und Futtertonnen befanden. An den Stall schloss sich eine gepflegte Außenvoliere an. Über den Futtertonnen waren ausgeschnittene Zeitungsartikel und Zeichnungen von Kinderhand zu sehen. Alle Bilder zeigten das Känguru. DeWitt studierte die Bilder sehr eingehend, während Schütz erklärte, dass das Känguru der Liebling der Kinder in der Umgebung sei. Schulklassen und Kindergärten kämen zu Besuch und bejubelten das Tier.

„Es erhält Fanpost und Zeichnungen. Es ist das Maskottchen der Tierhandlung, eine Besonderheit, absolut unverkäuflich. Es gibt schon Zuchtversuche. Aber es ist schwer, in die Natur einzugreifen. Im Schnitt gibt es unter 10000 Kängurus ein Albino. Aber es ist schon mal gelungen, auf Rügen und in Österreich."

„Whitey" hatte keine Lust gehabt nach draußen zu hoppeln. Es befand sich im Warmen. Aufmerksam betrachtete es die Besucher. Es war zutraulich und wirkte wie ein erfahrener Bühnenprofi.

„Oh Gott, wie süß!", entfuhr es Beate. „Darf ich es mal auf den Arm nehmen?"

„Auf gar keinen Fall. Whitey ist doch kein Hund."

Beate war ein wenig enttäuscht, schoss dafür aber einige Fotos mit der Handykamera.

„Kann man die Tiere jederzeit besuchen?", fragte DeWitt.

„Nein, es gibt feste Besuchszeiten. 2x in der Woche um 14 Uhr. Am Dienstag und Freitag. Mehr kann mein Liebling nicht verkraften."

Als die vier endlich vor Funkes Wagen standen, holte DeWitt gemütlich eine Kinderzeichnung aus seiner Tasche heraus und zeigte sie den Funkes.

„Habe ich von der Wand abgenommen. Fällt euch was auf?", fragte er.

Die beiden beugten sich über das leicht zerknitterte Bild, auf dem das weiße Känguru zu sehen war.

„Es ist ein besonders gelungenes Bild. Fast schon professionell. Nie im Leben ist das eine Kinderzeichnung", meinte Robert.

„Vielleicht ist es von einer Fotografie abgemalt", mutmaßte Beate.

„Schaut genauer hin!", drängte Maurits. Robert entdeckte rechts auf dem Bild einen Namen, der klein und zierlich geschrieben war: „Anke Rentmeester".

„Anke. Wenn es sich um unsere Anke handelt, wären wir schon einen Schritt weiter", sagte Maurits.

„Inselbegabung. Könnt ihr euch noch daran erinnern, was Cora erzählt hatte, von den Talenten der autistischen Menschen? Manche können aus dem Kopf ganze Städte detailgetreu nachmalen. Und unsere Anke malt ein weißes Känguru", sagte Beate aufgeregt.

„Das Bild ist zu perfekt. Es sieht aus wie ein Foto. Eindeutig Inselbegabung. Unsere Anke ist eine begabte Malerin, und wir haben ihren Namen", freute sich Cora.

Robert rief über Handy die Auskunft an und verlangte die Telefonnummer einer Frau „Anke Rentmeester" in Duisburg. Robert lauschte einige Momente, dann buchstabierte er noch einmal.

„Bedaure, kein Eintrag", wiederholte Robert.

„Die Anke wird auch keinen eigenen Anschluss haben, die hat ein Handy. Eher ihre Mutter oder Tante."

„Aber es gibt gar keine Rentmeester in Duisburg."

„Frag mal, wie viel Rentmeester im Bundesgebiet sonst einen Anschluss haben", soufflierte ihm DeWitt.

„Gibt es sonst noch einen Anschluss auf dem Namen Rentmees-ter?", fragte Robert.

„Nur einen in der Nähe", wurde ihm nach kurzer Prüfung gesagt. „Inge Rentmeester, wohnhaft in Mülheim."

Robert notierte sich Telefonnummer und Adresse.

„Das wird zwar nicht unsere Familie sein. Die wohnen mit Sicherheit in Duisburg. Aber der Name ist so selten. Da wird man uns schon wei-terhelfen können." DeWitt zeigte sich optimistisch.

Cora verabschiedete sich vor der Haustür.

14

Das erste, was DeWitt am sehr frühen Morgen einfiel, nachdem er ausgeschlafen und Flöckchen versorgt hatte, war, Cora zu wecken und *een beetje* mit ihr zu plaudern. Cora schlief noch etwas bei danebengelegtem Hörer weiter, während Maurits einige Monologe hielt, die sie nicht verstand. Verdammt, warum gab es auch eine Flatrate. Hätte er für das Telefongespräch bezahlen müssen, hätte er sich kurzgefasst. Sie schnarchte kaum merkbar, als DeWitt sie bat, doch die Frau Rentmeester aufzusuchen. Er brauchte eine ganze Weile und bekniete die Schläferin förmlich, doch endlich „Ja" zu sagen. Cora sprach öfter im Schlaf. Das wusste sie von ihrem Ex. Sie sagte leise neben dem Telefon „Ja."

Dann war sie auf einmal hellwach.

Mülheim-Stadtmitte. Kurz nach 16.00 Uhr. Eine kaugummikauende Frau mit schäbiger brauner Lederjacke und ausgebeulter Jeans stieg aus dem Fahrstuhl im Iduna-Hochhaus. Sie trug ein sorgfältig zugeklebtes Päckchen. Die Frau klingelte an einer Tür im 5. Geschoss.

„Eine Medikamentensendung für Anke Rentmeester", sagte sie gelangweilt, als sich die Tür öffnete. Ein Hund bellte laut und aufgeregt.

Die Frau, die die Tür einen Spalt öffnete, war in den 60-ern. In ihrem Mundwinkel hing eine Zigarette. Ihr Haar war strähnig, braun und teilweise grau. Die weiße Kopfhaut schimmerte an einigen kahlen Stellen durch. Schlechter Friseur, oder zu oft selber schlecht gefärbt, dachte Cora.

Der rosafarbene Morgenmantel stank nach Mottenpulver und Zigaretten.

„Für Anke Rentmeester", wiederholte Cora.

„Gibt's hier nicht." Die Stimme der Frau klang wie eine Stahlflex. Der Hund kläffte immer hysterischer.

Cora betrachtete noch einmal demonstrativ das Türschild. „Aber hier steht doch Rentmeester", sagte sie unschuldig.

„Steht da auch Anke Rentmeester?", knurrte die Frau und wollte die Tür zuziehen.

Cora musste ihre Taktik ändern. Der Kläffer schaute jetzt unter dem Morgenmantel der Frau hervor.

„Ach, wie süß. Ein Chihuahua. Ich habe einen weißen Spitz. Der ist auch süß, aber lange nicht so süß wie Ihr Hund." In Gedanken entschuldigte sie sich bei Gino. Er hatte jetzt was gut bei ihr.

„Ach, Sie haben auch einen Hund?", fragte die Frau interessiert.

„Aus dem Tierheim."

„Bellt Ihrer auch so entsetzlich, wenn Fremde zu Besuch kommen?"

„Meiner ist noch viel schlimmer. Ihr Hund hat wenigstens eine angenehme Stimme." Oh Gott, mir wird schlecht.

„Sie sind ein guter Mensch. Sie können sich gar nicht vorstellen, was die Nachbarn hier im Haus für ein Theater machen, wenn die meinen Hund hören. Man traut sich ja kaum noch aus dem Haus."

Wie zur Bestätigung kam eine böse Männerstimme von unten „Kann Ihr Köter nicht mal seine verdammte Schnauze im Treppenhaus halten?!"

„Halten Sie selber Ihre Schnauze!", brüllte die Frau zurück.

„Alte Schlampe."

„Selber… Äh. Ach, kommen Sie einfach rein." Die Frau zog Cora am Ärmel in den Flur und schmiss die Tür laut hinter sich zu.

„Da sehen Sie mal, was man als Hundebesitzer zu leiden hat."

Cora stimmte ihr zu.

Der Chihuahua schnappte mal kurz nach Coras Bein. Cora zog ihr Bein weg, streifte seine Schnauze. Der Hund jaulte dramatisch auf und rannte vor ins Wohnzimmer.

„Bin über den Hund gestolpert", entschuldigte sich Cora bei der Besitzerin.

Das Wohnzimmer der Frau besaß noch das Mobiliar der 60er Jahre. Und so lange schien auch niemand mehr aufgeräumt zu haben. Schmutzige Kleidung war über Sessel und Stühle verteilt. Die Türen des kompakten Wohnzimmerschrankes aus Buchenholzfurnier standen offen. Auf dem Tisch lagen und standen volle und leere Cola-Flaschen, und der Aschenbecher quoll über. Die Frau war ein Cola-Junkie. Sie brauchte den Japp, um sich zu beruhigen. Wahrscheinlich schwere Kindheit, dominanter Vater, der dem Kind das Cola-Trinken verboten hatte. Jetzt löste der Schluck aus der Flasche eine Dopamingabe im Belohnungszentrum des Gehirns aus.

„Nehmen Sie Platz! Möchten Sie 'ne Cola?"

„Nein, danke."

Cora schob eine Jeans und ein paar alte Socken an die Seite und setzte sich.

Das Eis war gebrochen. Erst erfuhr Cora alles über den Hund, der mehr Haare auf dem Kopf hatte als die Alte, dann von den Familienverhältnissen.

Frau Inge Rentmeester war die Schwester von Jochen Rentmeester, dem Vater von Anke.

„Den armen Kerl hat es wirklich furchtbar getroffen. Mensch, ich hab ihm noch gesagt, heirate die Frau nicht. Aber er wollte nicht auf mich hören. Musste er denn heiraten, frage ich Sie? Ich hab ja auch nicht geheiratet und bin glücklich." Inge schlürfte eine Cola weg.

„Vielleicht spielten bei Ihrem Bruder ja echte Gefühle mit", wagte Cora einen leisen Einwand.

„Verliebt, so ein Quatsch. Die Schwester von der Alten musste er gleich mitheiraten. Die beiden Frauen waren schon damals nicht zu trennen. Die leben auch heute noch zusammen, die Schwestern. Und dann kam auch noch das arme kranke Kind zur Welt, die Anke. Mein Bruder hat das alles nicht verkraftet. Man hat ihn vor Jahren mit seinem Auto bei Düsseldorf unter den Rheinbrücken herausgefischt. Keine schöne Sache. Die kleine Anke muss inzwischen so 15, 16 Jahre alt sein. Sie war immer sehr hübsch. Ein kranker Geist gefangen in einem hübschen Körper, hat ihr Hausarzt gesagt. Ich kann aber die Medikamente für die arme Anke nicht annehmen. Ich habe keinen Kontakt zu den Dreien. Das können Sie sich ja wohl vorstellen."

Cora hätte gerne ihr Kaugummi ausgespuckt. So lange hatte sie diese geschmacklose Masse noch nie im Mund gehalten. Am liebsten hätte sie sie unter den Tisch geklebt. Mit Cola soll sich Kaugummi ja bestens entfernen lassen. Die Frau würde es vielleicht nicht einmal bemerken. Cora befürchtete aber, der Hund könnte daran ersticken. Inzwischen hatte sich der Chihuahua unter dem Tisch an ihre Beine herangerobbt. Er knurrte ungnädig und kämpfte mit ihrem Hosenbein, erwischte auch ein Stück Fleisch. Cora streifte ihn mit dem anderen Fuß ab.

Winselnd versteckte sich der Hund hinter der Küchentür.

„Weiß gar nicht, was Jacky heute hat. Normalerweise freut er sich so über Gäste", sagte die Alte.

Weil er die zum Fressen gernhat. Solltest dem Hund mal lieber Hundefutter geben, dachte Cora. Und als ob du mal Besuch bekommen würdest.

Laut sagte Cora: „Wenn Sie keinen Kontakt zu der Familie haben, muss ich die Medikamente selber überbringen. Haben Sie die Adresse da?"

„Die wohnen aber nicht in Mülheim. Die wohnen in Duisburg. Mal sehen, ob ich die Adresse noch irgendwo habe." Frau Rentmeester schlurfte zur Kommode, auf der der Fernseher stand, und zog die oberste Schublade auf. Nach längerem Suchen hielt sie triumphierend ein abgerissenes Zettelchen in die Höhe.

„Ich hoffe, Sie können das lesen. Ist ein bisschen krakelig."

Cora zog ihr den Zettel aus der Hand und warf einen schnellen Blick darauf. „Danke, kann ich." Sie hoffte, dass Maurits mit seinem kriminalistischen Spürsinn das Geschmiere entziffern konnte.

Der Abschied verlief relativ schnell. Die gute Frau hatte sich ausgepowert. Der Hund war in der Küche eingeschlafen. Cora hatte die Adresse und wurde endlich ihr Kaugummi los. Sie lief zum Wagen in der Tiefgarage, in dem der kläffende Gino auf sie wartete.

Am Abend fuhr sie noch einmal bei DeWitt vorbei. Sie wollte von ihm die Adresse entziffert haben. Sie wartete eine Weile, aber niemand meldete sich auf ihr Klingeln. Wahrscheinlich war Maurits mit Flöckchen Gassi gegangen. Cora entschloss sich, mit ihrem Hund noch einen Gang um den Pudding zu machen. Vielleicht würde sie Maurits sogar noch unterwegs treffen.

Als sie ein junger Mann im Hoodie überholte, war sie stolz, sich sofort an seinen Namen erinnern zu können. Max war eine Klasse über oder unter Anna. Er führte seinen Dackel aus und nahm die Kopfhörer höflich ab, als er sie begrüßte. Cora sah das als Zeichen an, dass er mit ihr ein paar Schritte gehen wollte. Währenddessen gingen Gino und der Dackel getrennte Wege.

Unmittelbar am Pudding stand ein großes Schild. Zirkus Albano. Ein bunt geschmückter Elefant war zu sehen, der auf den Hinterbeinen stand und eine dunkelhaarige Schönheit auf dem Kopf balancierte. Im Hintergrund fauchten gefährliche Löwen einen unerschrockenen Dompteur an.

„Das Ding ist aber hier ganz schön fehl am Platz", sagte Cora. „Hunde sind im Zirkus verboten, und wer will schon ohne seinen Hund in den Zirkus?" So konnte auch nur Cora reden. Sie schleppte Gino fast immer mit. Wenn es sein musste, sogar in die Kirche.

„Ich würde da auch nicht reingehen, wenn ich meinen Hund mitnehmen könnte", sagte Max.

„Wie meinst du das?"

„Schauen Sie doch mal auf das Plakat! Elefanten und Löwen. Wildtiere halt, die nicht in den Zirkus gehören. Die großen Zirkusse stöhnen darüber, dass die Wildtierhaltung so teuer und pflegeaufwendig ist. In den letzten beiden Jahrzehnten hat es in Europa massenhaft Tierunfälle gegeben, die meisten davon in Deutschland. Gleichzeitig wollen sie aber nicht auf die Dressur von Wildtieren verzichten."

„Die meisten Zuschauer wohl auch nicht."

„Das ist es ja. Ich habe mal ein Praktikum bei der Stadt gemacht und weiß, dass die Veterinärämter die Tiere leiden sehen. Sie sind aber machtlos, weil der Staat nicht eingreift. Überlegen Sie mal. Die Tiere wechseln im Jahr zigfach ihren Standort, haben keine Sozialkontakte, zu wenig Bewegungsmöglichkeit. Oft werden sie unsachgemäß gehalten und gefüttert."

„Du weißt aber gut Bescheid." Cora war erstaunt über die Kenntnisse des Jungen.

„Im Zusammenhang mit meinem Praktikum habe ich auf der Schule über das Wildtierverbot für Zirkusse referiert."

„Haben wir denn eins?", fragte Cora neugierig. Wenn sie auf das Plakat schaute, hätte sie eigentlich die Antwort wissen müssen.

„Es hat einen Antrag im Bundestag gegeben, Wildtiere im Zirkus zu verbieten. Er ist im Oktober 2019 abgelehnt worden. Wildtiere haben keine Lobby, Zirkusbetreiber anscheinend doch."

„Wenn die Menschen vernünftiger wären, würden sie solche Zirkusse boykottieren. Ich werde es mir auf jeden Fall genau überlegen, ob ich je wieder einen Zirkus besuche", meinte Cora.

Am nächsten Morgen warteten die Funkes mit Cora am Waldrand auf Maurits. Er war eigentlich immer pünktlich. Wenn er einmal verhindert war, hatte er sich sonst zumindest telefonisch abgemeldet.

„Ich mache mir Sorgen. Hoffentlich ist ihm nichts zugestoßen", sagte Cora.

„Er ist ein alter Mann. Vielleicht ist er auf der Couch noch mal eingeschlafen", meinte Beate.

„Er hat mich gestern nicht einmal angerufen, ob ich Ankes Adresse ausfindig gemacht habe. Er ist doch sonst so neugierig." Mit wenigen Worten erzählte Cora die Geschichte von Ankes Tante in Mülheim. Heute kam ihr das Treffen mit der Alten gar nicht mehr so toll vor.

Vielleicht war sie auch einfach nur müde.

„Na, das ist ja schon mal was. Wir machen heute nur eine kleine Runde mit den Hunden und sehen dann nach Maurits", schlug Robert vor.

„Sollen wir nicht zuerst nachsehen? Er geht weder ans Telefon noch ans Handy", meinte Beate.

„Dann wird er auch nicht an die Tür gehen", sagte Robert lakonisch.

„Aber wir müssen auch nach Flöckchen sehen. Die muss bestimmt dringend raus", sagte Beate.

„Die weiß sich schon zu helfen", dachte Cora laut. Die Hündin war nicht so ganz stubenrein.

Drei Minuten später standen die Dogwalker vor dem 6-stöckigen Haus, in dem Maurits ziemlich oben und mittig wohnte. Er hatte das Glück, von allen Seiten Nachbarn zu haben. Dabei hatte er zu niemandem im Haus einen besonders engen Kontakt. Aber in der kalten Jahreszeit wurde seine Wohnung von allen Nachbarwohnungen aus, von den Seiten, von oben und unten, beheizt. Während die Funkes und Cora schon längst ihre Gasheizung angeschmissen hatten, war bei De-Witt das Thermostat abgedreht, und dennoch war es muckelig warm. Er sparte, wo er konnte. DeWitt hatte von seiner Wohnung eine hervorragende Sicht über ganz Kettwig. Einen Weitblick bis hin nach Heiligenhaus und Mülheim. Besonders zu Silvester, wenn die Feuerwerke die wunderbarsten Farben und Formen in den Himmel zauberten, war dieser Panoramablick nicht mit Geld zu bezahlen. Dessen war sich De-Witt auch bewusst. Trotzdem hatte es sich eingebürgert, dass die Gruppe bei den Funkes feierte, wo Beate mit Leidenschaft das Büffet herrichtete und tolle Drinks servierte. Wenn alles gut ging, würde die nächste Jahreswende in einem Burghotel an Kettwigs Stadtgrenze gefeiert werden, weit entfernt vom Silvestergeknalle.

Die drei Hundebesitzer versuchten vergeblich in das Haus ihres Freundes zu gelangen. Er reagierte nicht auf das mehrfache Klingeln. Auch das Bellen der Hunde hatte Maurits nicht dazu bewegen können auf den elektrischen Türöffner zu drücken. Er musste doch die Hunde gehört haben. Die drei waren jetzt ernsthaft beunruhigt.

Endlich öffnete sich die Haustür, und ein freundlicher Nachbar mit einer Mülltüte in der Hand ließ die kleine Gruppe eintreten. Robert schob den Mann noch ein wenig zur Seite, entschuldigte sich knapp und rannte die Treppen hoch, indem er immer zwei Stufen gleichzeitig nahm. Die Frauen mit den Hunden warteten auf den Aufzug. Robert war schon oben, als die Frauen aus dem Aufzug stiegen. Sie hörten Robert eindringlich gegen die verschlossene Tür reden. Irgendeine Musik drang aus der Wohnung durch die Türritzen.

„Maurits, mach die Tür auf, sonst müssen wir die Polizei rufen." Robert klopfte und klingelte.

„Maurits, wenn du nicht sofort die Tür aufmachst, tritt Robert die Tür ein!"

Robert blickte seine Frau strafend an. „Rede doch nicht solch einen Quatsch!"

Flöckchen bellte von innen wie verrückt und kratzte an der Tür. Einstein und Gino stimmten aus alter Gewohnheit mit ein. Im ganzen Treppenhaus hallte der Lärm von Menschen und Tieren wider.

Der Müllentsorger war zurück und rief aus der unteren Etage nach oben: „Kann ich irgendwie helfen?"

„Wenn Sie einen Haustürschlüssel haben, gerne", rief Beate zurück.

„Ich kann den Hausmeister holen." Der Mann war hilfsbereit.

„Ruhe verdammt!", brüllte gleichzeitig eine Frau von oben in den Flur.

Noch ehe sich weitere Nachbarn beschweren konnten, öffnete Maurits die Wohnungstür. Laute Musik drang an ihm vorbei in den Flur. Als die Frauen ihn sahen, schoben sie ihn so schnell wie möglich in die Wohnung zurück. Maurits trug nur ein Feinrippunterhemd und verwaschene Pyjamashorts. Sein unrasiertes zerknittertes Gesicht mit den halb geschlossenen Augen blickte starr und ausdruckslos irgendwohin ins Leere. Der Flur roch nach Urin und Fäkalien.

„Mensch Maurits, hast du einen gesoffen?", wollte Beate uncharmant wissen.

„Leise!", schimpfte Robert. „Die Leute im Haus müssen das nicht mithören."

„Komm Maurits!" Cora schob den alten teilnahmslosen Mann in Unterwäsche in Richtung Wohnzimmer. Dort betteten sie ihn auf die Couch. Flöckchen sprang ihm sofort auf den Bauch und blieb dort eingerollt liegen. Maurits reagierte auf nichts. Apathisch ließ er den aufgeregten Wortschwall seiner Freunde über sich ergehen.

Beate kümmerte sich um Flöckchens Hinterlassenschaften, der Hund war nicht nach draußen gekommen. Zum Glück waren die so klein wie der Hund.

„Es ist so schwer, so verdammt schwer", stöhnte Maurits nach einer Weile.

„Was ist schwer, Maurits?", fragte Beate ratlos.

„Können wir nicht irgendwie die Musik abstellen?" Cora hatte in der Zeit die Bierflaschen vom Wohnzimmertisch weggeräumt und in die Küche gebracht. Nun stand sie vor dem CD-Player und versuchte die Endlosschleife zu unterbrechen. „How deep is your love", sangen die Bee Gees zum zigsten Mal.

„Lass das!", röchelte DeWitt. „Ist unsere Musik."

Jetzt fiel bei den Dogwalkern endlich der Groschen. „Maurits hat den Blues."

„Wie lange ist Susanne schon tot?", fragte Cora einfühlsam.

„Heute 6 Jahre", sagte DeWitt heiser.

„Da hast du auch alles Recht der Welt, mal richtig traurig zu sein." Robert hatte sich zu ihm ans Fußende gesetzt.

„Leb deinen Blues mal in aller Ruhe aus", sagte Cora. Maurits war zu schwach, um zu antworten. Wahrscheinlich war er sich auch gar nicht so sicher, was er wollte. „Ich kann dir ja mal später von meinen Ermittlungen bei Frau Rentmeester erzählen."

„Was hast du denn rausgefunden?", fragte DeWitt matt und mit einer gehörigen Portion Selbstmitleid.

„Später mal. Komm erst mal wieder richtig auf die Beine."

„Nun erzähl schon!"

Cora berichtete noch einmal ausführlich für Maurits, was ihr bei der Frau Rentmeester in Mülheim passiert war. Während sie redete, sah sie auf die Funkes und warf nur ab und zu einen verstohlenen Blick auf ihn. Er regte sich immer noch nicht und starrte die Decke an. Hörte er überhaupt zu?

„Sehr gut, Cora. Und wie geht das jetzt weiter? Maurits, willst du die Familie aufsuchen, oder sollen wir das machen?" Robert bemühte sich seinen Freund aus der Lethargie zu holen.

„And the moment that you wander far from me I want to feel you in my arms again." Die Bee Gees konnten kein Ende finden.

„Wir schicken am besten die Cora. Sie hat auch das beste Einfühlungsvermögen", schlug Beate vor und sah dabei Maurits provozierend an.

„Zeig mal den Zettel!", flüsterte Maurits.

Cora drückte ihm das Gekritzel der Rentmeester in die Hand. „Mach dir keine Sorge, das kann ich schon entziffern."

Maurits schielte *een beetje* auf das Geschreibsel. „How deep ...“

„Soll ich uns erst einmal einen Kaffee kochen? Maurits, möchtest du auch einen?“ Cora sprang auf.

In Maurits Augen war nur ein leichtes Flackern zu erkennen.

„Cora, kannst du mir auch ein Brot machen, wenn du schon mal in der Küche bist“, rief Beate. „Ich denke, wir sollten alle hier lecker frühstücken. Das kann länger dauern.“

DeWitt reagierte auf nichts. Es musste ihm wohl richtig schlecht gehen. Beate gab ihre Provokationen auf.

„Ich kann die verdammte Musik nicht mehr hören.“ Beate lief zum CD-Player.

„How deep ...“ Der Apparat war verstummt.

„Mensch Maurits, jetzt reiß dich aber mal zusammen. Wir tun alles, damit du bei deinen Ermittlungen Spaß hast, bringen uns selber in die unmöglichsten und gefährlichsten Situationen. Und jetzt tust du so, als ginge dich alles nichts mehr an. Du hast auch Verantwortung uns gegenüber“, schimpfte Beate mit dem Mann.

„Beate!“, wollte Robert besänftigen. „Lass ihn doch in Ruhe. Er ist heute wirklich schlecht drauf.“

„Ja, wenn ich ihn jetzt nicht ans rettende Ufer hole, ertrinkt er noch im Selbstmitleid.“ Beate war genervt.

„Schluss jetzt“, sagte Cora energisch. „Wir lassen Maurits Maurits sein und statten der Anke einen Besuch ohne ihn ab. Maurits, gib mir mal den Zettel zurück. Ich zieh jetzt los.“

„Die Anke wohnt mit Mutter und Tante Schöne Heid 28“, stöhnte DeWitt in sein Kissen hinein.

Dann schob er sich mühsam aus dem Kissen heraus und kehrte ins Leben zurück.

15

Als DeWitt in Duisburg ankam, war es kurz vor 14.00 Uhr. Er hatte mit den Dogwalkern besprochen, dass er nicht so einfach bei den Rentmeesters auf die Schelle hauen und ein kriminalpolizeiliches Verhör beginnen konnte. „Bei den Rentmeesters bist du kein Kriminalbeamter. Denk daran", hatte Beate ihm eingeschärft. „Die Leute sind vom Schicksal geschlagen. Hol bloß nicht die große Keule heraus. Ich will nicht hören, dass einer deiner ersten Sätze lautet: Wo waren Sie in der Nacht vom … auf den …"

DeWitt hatte erklärt, dass er sich von seiner Eingebung leiten lassen werde. Sehr sensibel, sehr schonend, sehr zurückhaltend. Ihm fehlte noch ein Plan, wie er die Familie ansprechen sollte. Aber er hatte ein starkes Selbstbewusstsein und verließ sich darauf, dass ihm zur rechten Zeit das Richtige einfallen würde. So ungefähr hatte er sich auch gegenüber den Dogwalkern ausgedrückt, und Beate hatte geantwortet, dass jetzt nur noch Beten helfen würde.

Die Schöne Heid war eine bedeutungslose Nebenstraße in Duisburg, so schmal, dass die Fahrzeuge mit einem Reifen auf dem Bürgersteig parken mussten. Die dreigeschossigen Mehrfamilienhäuser, die dort stehen, schieben sich bis hart an den Gehweg heran. Ein paar besitzen mit ihren rissigen Ziegeln, in denen sich der Industriestaub abgelagert hat, und den verblichenen Holzfenstern noch immer den Charme der 50er Jahre, in denen sie errichtet worden waren. Die meisten sind aber mit einer vorgebauten Dämmfassade aufgehübscht, aus der die fast quadratischen Kunststofffenster gelangweilt herausschauen. DeWitt erreichte die Hausnummer 28 in wenigen Schritten. Das Haus war mit einer massiven weißen Kunststofftür ausgestattet, die durch eingelassenes satiniertes Glas eine schwache Beleuchtung des Hausflurs zuließ. Er überprüfte die sechs Namensschilder neben den Türklingeln und stellte zufrieden fest, dass der Name Rentmeester auf einem der Schilder zu lesen war.

Er stand planlos vor der Tür. Dagegen hatte Flöckchen in kürzester Zeit einen eigenen Plan entwickelt. Von der anderen Straßenseite gegenüber dem Haus Nr. 28 kamen spannende Düfte. Dort hatte ein kleines Bistro geöffnet. Es war gerade mal so groß, dass hinter einer Schaufensterscheibe, die sich zur Hälfte hochziehen ließ, zwei blanke Tische und ein paar Stühle passten. Aus der Glastür kamen Gerüche von Schinkenbrötchen und Salami-Tramezzini herüber, überdeckt von einer Wolke duftenden Espressos. Flöckchen zog ihr Herrchen über die Straße und in das Bistro hinein. DeWitt wusste schon gar nicht mehr, wann er zuletzt etwas Festes zwischen die Zähne bekommen hatte.

Die Theke war sauber in kleinen dunklen Mosaiksteinchen eingefasst. Auf den Barstühlen davor saßen drei junge Frauen, die in einem Gespräch vertieft waren und nicht einmal aufschauten, als DeWitt sich seinen Platz an dem leeren Tisch suchte. Er ließ sich direkt auf einem Stuhl am Fenster nieder. Von dort hatte er einen wunderbaren Blick auf den Hauseingang der Nr. 28. Er zog eine laminierte Speisekarte zu sich herüber und studierte die Angebote. Tramezzini, Arrosticini und Porchetta. Irgendwann löste sich die Barista aus der Gruppe der drei Frauen an der Theke. Sie strich sich mit der linken Hand die blonden Haare aus dem Gesicht, während an ihrem rechten Arm ein Tablett herunterbaumelte.

„Was darf es denn sein?"

Er bestellte ein Thunfisch-Tramezzino und ein Tramezzino mit Avocado-Paste, dazu einen Primitivo. Die Tramezzini kamen direkt aus der Kühltheke und waren sehr kalt. Der Primitivo schmeckte vorzüglich.

„Alles in Ordnung?", fragte die Barista und trat an DeWitts Tisch heran, nachdem er seine ersten Bissen gemacht hatte. Sie bückte sich unter den Tisch und streichelte den Westie, der sich das großzügig gefallen ließ.

DeWitt schluckte seinen Bissen herunter. „Alles gut", sagte er. „Die Familie Rentmeester von gegenüber. Ich habe da eben vergeblich geklingelt."

Die Frau erkannte, dass das eine Frage war. „Müssten doch eigentlich zu Hause sein. Ich habe Bettina Rentmeester doch heute Mittag ins Haus gehen sehen."

„Bestimmt war die Tochter dabei", meinte DeWitt. Die Frau nickte.

„Ich werde es gleich nochmal versuchen. Vielleicht habe ich zur unpassenden Zeit geklingelt."

Die beiden Frauen an der Theke verabschiedeten sich und ließen die Kellnerin allein. Drei Handwerker in blauen Overalls schoben sich herein, zwei etwa 40-Jährige und ein Frischling. Mit ihnen zog ein strenger Geruch nach Tabak und abgestandenem Schweiß ein. Sie setzten sich an die Theke. Die beiden Älteren bestellten sich eine Porchetta und ein Bier, der jüngere nur eine Cola. Sein Geld war knapp. Sie waren in einem Gespräch, das sie wohl schon auf der Straße begonnen hatten. Ein Arbeitskollege war ausgefallen. Das war der Grund, weshalb die Arbeitsmoral von Arbeitern mit türkischer Herkunft erörtert wurde. Die beiden Älteren drehten sich auf ihren Barstühlen halb um und sprachen von der Theke weg in den Raum rein. Sie suchten Zustimmung bei DeWitt, der keine Reaktion zeigte und die Tür des gegenüberliegenden Hauses im Blick behielt. DeWitt wusste, dass die Türken in Marxloh damals auf Nachfrage der im Duisburger Norden angesiedelten Industrie gekommen waren und dass sie seinerzeit herzlich willkommen waren. Die ersten Türken waren entsetzt über die Wohnungen ohne Bad und ohne eigene Toilette. Kein Deutscher hätte sich diesen Standard gefallen lassen.

Gegen 15:30 Uhr kam die Barista an seinen Tisch und bedauerte, dass das Bistro gleich schließen würde. Er bestellte sich noch einen Rotwein und bezahlte seine Rechnung. Als er seinen Stuhl zurückschob, um aufzustehen, bemerkte er, dass sich die Haustür des Hauses Nr. 28 bewegte. Eine Frau mittleren Alters trat zusammen mit einem jungen Mädchen vor das Haus. Die Jüngere hatte einen Rucksack auf dem Rücken. Blond, blass, etwa 16 Jahre. Roberts Beschreibung konnte zutreffen.

Die Kellnerin, die hinter der Theke die Regale auswischte, drehte sich zu ihm um.

„Sehen Sie! Die Rentmeesters waren doch im Haus."

DeWitt leinte mühsam seinen Westie unter dem Tisch an und gab den Rentmeesters einen Vorsprung. Als er die Tür des Bistros in der Hand hatte, verschwand Bettina Rentmeester mit ihrer Tochter gerade um die Ecke. Er folgte ihr gemächlich, während hinter ihm die Handwerker die Stufen herunterpolterten. Bettina Rentmeester hatte das Mädchen an die Hand genommen. Es war etwas größer als die Mutter, wirkte aber ein bisschen kleiner, weil es den Kopf gesenkt hielt. DeWitt bemerkte, dass zwischen Mutter und Tochter kein Gespräch zustande kam. Ab und zu wandte sich der Kopf der Mutter dem Mädchen zu, als wenn sie eine kurze Erklärung abgab. Dann ging es schweigend weiter.

Nach zwei Straßenzügen wusste DeWitt, dass sich die beiden auf den Duisburger Hafen zubewegten. Er rechnete sich schnell aus, dass sie die Tierhandlung von Gernreich aufsuchen wollten. Die Besuchszeit am Nachmittag, der Rucksack des Mädchens, wahrscheinlich mit den Malutensilien. DeWitt ließ sich zurückfallen und widmete seinem Hund noch einen kleinen Dogwalk, um nicht zeitgleich mit den Rentmeesters in der Zoohandlung anzukommen.

Tatsächlich war heute Besuchszeit für Whitey. Noch war es nur mäßig voll. Ein paar kleinere Kinder liefen aufgeregt von einem Käfig zum anderen. Maurits fand Anke in dem Gatter, wo sie ihren Whitey streichelte. Das weiße Känguru ließ sich das gefallen und hatte die kurzen Vorderpfoten vor Vergnügen vorgestreckt. Ein anrührendes Bild.

Auf der Bank vor dem Gatter saß Bettina und ließ das Mädchen nicht aus den Augen. DeWitt setzte sich neben sie.

„Anke, gönn dem Tier doch einmal etwas Ruhe. Oder hättest du es gerne, so lange gestreichelt zu werden?", ermahnte Bettina das Mädchen. Bockig umarmte Anke das kleine Tier, das etwas verschreckt aus der Umarmung zu kommen versuchte.

Was für ein Witz! Da versuchen die Dogwalker mühselig, die Adresse von den Rentmeesters herauszukriegen, und da sitzen sie höchstpersönlich vor dem Känguru. Er hätte auch eher darauf kommen können, dass Anke am ehesten hier zu finden war.

Flöckchen hatte bisher ruhig neben DeWitts Beinen gesessen. Jetzt sprang sie auf den Schoß der Frau. Nach der ersten Schrecksekunde lächelte die Frau ein wenig verlegen.

„Hunde sind, glaube ich, hier verboten", sagte sie mit etwas heiserer Stimme.

„Mich hat keiner aufgehalten. Flöckchen hat hier wohl einen Sonderstatus." DeWitt kraulte Flöckchen unbeholfen hinter den Ohren. Auch die Hände der Frau griffen zaghaft in Flöckchens Fell.

„Ich mag alle Tiere gerne", sagte die Frau und schwieg dann wieder, als wäre sie erschrocken über sich selber.

„Ihre Tochter mag Tiere wohl auch sehr gerne. Das liegt in der Familie." DeWitt blickte zu Anke hinüber, die ohne Unterbrechung, wie ein Roboter, das Känguru mit ihren Händen bearbeitete.

„Ja, das arme Kind", seufzte die Frau und hielt sich in Flöckchens Fell fest. „Wir kommen ziemlich oft hierher. Die Ärztin sagt, der Kontakt mit den Tieren tut dem Kind gut. Beim Streicheln wird im menschlichen Gehirn ein Bindungshormon ausgeschüttet. Ich weiß nicht mehr wie der Name heißt. Sie tut sich schwer mit sozialen Kontakten, sehr schwer."

„Das sollte man nicht glauben, wenn man sie hier so sieht."

„Das hier ist wie eine Therapie für sie. Sie fühlt sich glücklich."

„Sie meinen, Ihre Tochter ist autistisch?"

Überrascht sah die Frau auf. „Sie kennen die Krankheit?"

„Ja, das Kind einer Bekannten ist auch ein Autist, schwer zugänglich. Konnte aber toll malen", log DeWitt. „Es hat an einer Delphintherapie teilgenommen."

„Das können wir uns nicht leisten. Aber das Känguru ist ein kleiner Ersatz für eine Delphintherapie."

„Eine australische Delphintherapie in deutscher Version. Wie schön."

Frau Rentmeester kramte in ihrer Handtasche. Flöckchen steckte ihr Schnäuzchen in die offene Tasche.

„Flöckchen aus!" DeWitt holte sich seinen Hund zurück auf den eigenen Schoß.

„Hier, das Bild hat meine Tochter gemalt." Die Frau überreichte DeWitt ein halbfertiges Bild. „Anke arbeitet gerade daran."

Das Bild war umwerfend. Ein Koala mit seinen ausgefransten Ohren und seiner dunklen Clowns-Nase, wie er mit fettem Hintern im Geäst hängt. Auf Teilen des Bildes waren nur Konturen gezeichnet. „Unglaublich, wenn die Zeichnung schon fertig wäre, würde man denken, es handelt sich um ein Foto. Stammt der Koala hier aus der Zoohandlung?"

„Aus dem Duisburger Zoo", antwortete Frau Rentmeester. „Gernreich handelt nicht mit Koalas. Die sind so selten, an die würde er gar nicht herankommen."

„Sie sind bestimmt nicht nur im Duisburger Zoo Dauergast", sagte DeWitt.

Die Frau lachte leise. „Stimmt. Wir sind fast an jedem Besuchstag hier. Sie sagten es ja schon: Kängurutherapie. Anke ist ganz wild auf dieses Tier."

Thomas Schütz betrat das Gehege. Er drückte sich nah an Anke und sprach leise auf sie ein. Anke streichelte das Känguru immer heftiger. Er legte ihr besorgt seine Hand auf die Schulter. Anke blickte zu ihrer Mutter rüber. Auch Schütz sah nun hinüber und entdeckte DeWitt. Es war ihm sichtlich unangenehm, dass DeWitt wieder seine Kreise zog. Er konnte sich ausrechnen, dass der alte Kommissar seine Ermittlungen in der Tierhandlung noch immer nicht beendet hatte. Frau Rentmeester grüßte ihn mit einem kurzen Kopfnicken. DeWitt hob freundlich zum Zeichen, dass er ihn erkannt hatte, seinen Arm. Schütz grinste flüchtig, so als fühle er sich ertappt, und zog sich sofort zurück.

„Man kann es gar nicht glauben, dass es hier vor kurzem einen tragischen Unfall gegeben hat, mit einer Schlange", sagte DeWitt so nebenbei, als fiele es ihm gerade ein.

„Ich weiß. Stand in der Zeitung." Bettina Rentmeester wurde einsilbig.

„Kannten Sie den Mann, der gestorben ist?"

„Das ist zu viel gesagt. Hab ihn schon mal gesehen. Hat hier wohl ein Büro gehabt. War nicht sympathisch." Die Frau wirkte genervt.

DeWitt wechselte das Thema. „Hat Anke auch ein Tier zu Hause?"

„Wären wir dann so oft hier?", fragte sie schnippisch, wurde dann aber wieder sanfter. „Meine Schwester und ich müssen uns ausschließlich um Anke kümmern, da würden Tiere im Haushalt zu kurz kommen."

„Ist Anke den ganzen Tag zu Hause?"

„Oh Gott, nein, sie geht zu einer Förderschule, bis zum Mittag. Aber während ihrer Abwesenheit müssen wir alle Dinge erledigen, zu denen wir sonst nicht kommen, wenn Anke bei uns ist." Bettina seufzte. „Anke ist ein Vollzeitjob."

„Wie schön, dass Ihre Schwester Ihnen beisteht", meinte DeWitt.

„Ja, sie ist mir eine große Hilfe. Ohne sie käme ich nicht zurecht", stimmte sie zu.

„Gibt es keinen Vater?" DeWitt musste das einfach loswerden.

„Er lebt nicht mehr. Meine Schwester wohnt stattdessen bei mir." Frau Rentmeester sah ihre Tochter liebevoll an.

Erst jetzt bemerkte DeWitt, dass die Frau ihr Handy neben sich auf der Bank liegen hatte. Er holte seins hervor und prüfte die Uhrzeit. Dann legte er sein Handy neben das von Bettina. Sie redeten noch ein bisschen über DeWitts Hund, an dem Anke wohl auch Freude gehabt hätte, wenn es Whitey nicht gegeben hätte. Anke zeigte keinerlei Interesse an Flöckchen, dessen Fell strahlender leuchtete als das Fell des weißen Kängurus mit seiner roten Nase und seinen fast durchscheinenden rosafarbenen Ohren. Sie hatte fast nie ihren Blick vom Känguru genommen, das langsam immer unwilliger auf die extremen Streicheleinheiten reagierte.

„Ich geh jetzt mal *een beetje* mit Flöckchen Gassi. Alles Gute für Sie und Ihre Familie", sagte Maurits und stand auf. Wie unbeabsichtigt nahm er das Handy der Frau an sich und steckte es in seine Tasche. Dafür musste er schon sein eigenes Handy opfern. Er überlegte noch kurz, ob etwas Verfängliches auf seinem Handy war. Aber was sollte da schon Spannendes drauf sein? Die WhatsApps, wenn man sich zu den Hundespaziergängen verabredete. Die blöden Witze, die er mit ein paar sehr alten Freunden austauschte und mit denen er auch die Dogwalker nicht verschonte: „Wusstest du, dass die Ostfriesen chinesisch sprechen? Moin, mien Jung." Seine Arzttermine und Gymnastikstunden, die er sorgfältig im elektronischen Kalender notierte. Er hatte nichts zu verbergen.

Sein Plan war genauso einfach, wie er schäbig war. Er konnte das Handy von Bettina Rentmeester irgendwo in aller Ruhe ausspionieren. Danach würde er bei ihr anrufen, um sie auf das vertauschte Handy aufmerksam zu machen. Bei einem Rücktausch hätte er in die Wohnung Rentmeester kommen können und auch ein Gespräch mit der Schwester führen können. Als er aber jetzt zu dem fremden Handy griff, kam er sich erbärmlich vor. *Godverdomme*, was mach ich da? Andererseits: „*Wie ‚a' zegt moet ook ‚b' zeggen.*" Nachdem er die Sache begonnen hatte, musste er sie jetzt durchziehen.

Er setzte sich an eine Bushaltestelle und öffnete das Handy. Er stellte fest, dass es noch langweiliger war als sein eigenes. Nicht einmal WhatsApp. Belanglose Telefonverläufe. Häufige Anrufe mit Bibiane, der Schwester. Kontaktadressen von Krankenhäusern und Ansprechstellen bei Autismuserkrankungen. Nichts, was eine Verbindung mit Gernreich oder mit Stalbach erkennen ließ.

In der Trostlosigkeit der belanglosen Telefonrituale erkannte DeWitt seine eigene trostlose Situation wieder. Die Telefonverläufe auf seinem eigenen Handy machten die Ereignislosigkeit seines eigenen Lebens deutlich, in dem vor sechs Jahren nach dem Tod seiner Frau die Ereigniskarte verloren ging. Vor sechs Jahren war er mit Susanne am Ijsselmeer im letzten gemeinsamen Urlaub. Sie wussten, dass es der letzte gemeinsame Urlaub war. Aber keiner hatte den Mut, darüber zu sprechen. Sie war damals schon vom Krebs gezeichnet. Als sie vor dem Café in Enkhuizen unter den blauen Korbmarkisen saßen, konnte sie nur noch wie ein *Vogeltje* an ihrem Pfannkuchen picken. Sie rauchte viel, und er ließ sie gewähren. Es war zu spät. Sie tranken einen Prosecco und sahen den Segelschiffen zu, die an der Mole anlegten. Irgendwann rannte sie in die Toilette, weil sie einen Blutsturz hatte. Sie brachen den Urlaub ab und fuhren nach Hause.

„Tja, *Meisje*, jetzt hast du mich allein gelassen", sagte er und merkte nicht, dass er laut gesprochen hatte.

DeWitt wählte mit dem fremden Handy seine Nummer an und läutete einige Male durch. In der Leitung war ein Rauschen zu hören und dann ein vorsichtiges „Hallo". DeWitt entschuldigte sich bei Frau Rentmeester für die Verwechselung und fragte an, ob ein Austausch der Mobiltelefone möglich sei. Nein, er sei es ihr schuldig, persönlich vorbei zu kommen. Nein, er wolle sie nicht unnötig noch einmal zu Gernreichs kommen lassen. Er ließ sich noch einmal die Adresse geben, schließlich konnte er schlecht sagen, dass er sie schon kannte.

„Alles klar, in einer halben Stunde bin ich bei Ihnen."

Unterwegs kam er an einem Bäcker vorbei. Hinter der Glasscheibe an der Theke lagen, appetitlich drapiert, noch Teilchen vom Vortag. Sie waren auf die Hälfte des Preises herabgesetzt. DeWitt ließ sich einen ganzen Streifen Bienenstich einpacken und stand mit dem eingepackten Stück Kuchen kurze Zeit später vor der Wohnungstür der Rentmeesters.

Ankes Mutter hielt DeWitts Handy in der linken Hand. Die rechte Hand putzte sie an ihrem schlichten Kittel ab. Sie wollte offensichtlich den Eindruck entstehen lassen, dass DeWitt sie von einer dringenden Hausarbeit wegholte.

Statt seines Handys überreichte DeWitt den eingepackten Bienenstich.

„Als kleine Entschädigung", murmelte er.

Die Frau schien zu überlegen. Sie hielt etwas ratlos das duftende Päckchen in der Hand und wusste nicht, wie sie sich nun ihre Hand weiter am Kittel abreiben konnte.

„Bibiane!", rief sie dann in den Flur hinein. „Der Herr von der Zoohandlung hat uns Kuchen mitgebracht."

Aha, dachte DeWitt, sie haben schon über mich gesprochen.

Eine Frau, ebenfalls im mittleren Alter, kam vorsichtig näher. Sie hatte wohl das gleiche Problem mit ihren Händen wie ihre Schwester. Sie hielt sich damit in dem viel zu engen Flur an den Wänden fest. So, als würde sie ansonsten umfallen. Man konnte nicht abstreiten, dass die beiden Geschwister waren. Sie hatten die gleiche dürre Figur und das gleiche hagere Gesicht. Und den gleichen schlichten Blümchenkittel.

Sie zögerten beide eine Weile und sahen sich fragend an. Und als sie merkten, dass der Herr nicht abzuweisen war, baten sie ihn endlich herein.

„Das ist meine Schwester, Bibiane Rogalski.“

Die Wohnung wirkte so nichtssagend wie die Geschwister auch, die dunkelbraune Kunstledercouch, auf die sich DeWitt setzte, war durchgeschlissen, die Holzleisten waren abgegriffen. Anke stand vor dem Fenster und blickte mit leeren Augen an DeWitt vorbei.

Auf dem Wohnzimmertisch befanden sich zwei große Tassen. Die Damen hatten wohl gerade vor, sich zum Kaffeetrinken niederzulassen. Rasch holte die ältere Schwester für den ungebetenen Gast noch eine Tasse und drei Tellerchen aus dem braunen Eichenschrank.

„Anke wird sich nicht zu uns setzen. Sie macht sich nichts aus Kuchen und Kaffee.“

DeWitt gab sich gewollt dezent und einfühlsam. Die Schwestern tauten langsam auf. Er ließ sich von ihnen alles über Ankes Krankheit und von der Ehe ihrer Mutter erzählen. Abwechselnd berichteten die Frauen, wie schrecklich Ankes Vater unter der Krankheit seiner Tochter gelitten hatte. Dass Bettina plötzlich allein gegen die Krankheit ihres Kindes zu kämpfen hatte. Eine Krankheit, die keiner verstehen konnte, wenn er das hübsche Mädchen zum ersten Mal sah oder erlebte. Anke hatte auf den ersten Blick keine Auffälligkeiten, war begabt, aber introvertiert.

„Zuerst vermutete man, dass Anke den Kanner Autismus haben könnte“, erklärte Frau Rentmeester. „Ich hatte den Begriff noch nie gehört und wusste überhaupt nichts damit anzufangen. Und ich dachte schuld daran zu sein. Ich hatte während der Schwangerschaft die Röteln gehabt.“

DeWitt hatte bisher geglaubt, dass Autismus erblich sei. Er meinte auch, Cora hätte etwas von *genetisch bedingt* gesagt. Beide Frauen wirkten auf ihn selbst wie Autisten in leicht abgeschwächter Form. Vielleicht lag das aber am ständigen Umgang mit dem kranken Kind.

„Die Röteln waren nicht die Ursache für die Erkrankung. Sie ist erblich bedingt“, sagte Bibiane Rogalski. Es wirkte so, als würde sie mit ihrer Schwester eine uralte Diskussion wieder aufnehmen und als würde sie Bettina zum tausendsten Mal versichern, dass die Schwangerschaft nichts mit der Erkrankung zu tun hatte. „Anke hat eine gemilderte Form des Autismus, den Asperger Autismus. Das hat sich erst später rausgestellt. Fast die gleichen Symptome, aber nicht so ausgeprägt.

Auch vererbbar, leider."

Also doch, Coras Schnelldiagnose schien richtig zu sein.

„Ich kenne niemanden aus der Familie, der damit belastet ist", fügte Bibiane hinzu.

„Und die Symptome?"

„Anke kann nicht sprechen. Sie kann auch niemandem in die Augen sehen. Sie ist einfach schwierig." Frau Rentmeester hatte ihren Kuchenteller zurückgeschoben.

„Sie war noch kein Jahr alt. Da wollte sie nicht mehr mit mir kuscheln. Hat jeden Körperkontakt vermieden. Wehrte sich sogar dagegen. Schrie sich bei Berührungen die Seele aus dem Leib", ergänzte sie.

„Die Zeit, in der wir das feststellten, war die schlimmste überhaupt. Du verstehst nichts und weißt doch, dass dein Leben anders verlaufen wird als das von anderen Eltern. Und dann haben mir die Ärzte was von Spiegelneuronen erzählt."

„Was ist denn das?", wollte DeWitt wissen.

„Keine Ahnung. Hat irgendetwas mit Empathie-Fähigkeit zu tun. Anke kennt kein Mitleid. Sie hat keine Gefühle."

DeWitt war jetzt doch beeindruckt. War ein Mensch ohne Empathie auch ein Mensch ohne Freude, ohne ein Glücksgefühl? Ohne die Fähigkeit zu trauern, wie er sie gerade auslebte?

DeWitt bemerkte, wie die Damen immer gelöster wurden. Wahrscheinlich hatten sie schon seit langer Zeit mit keinem Menschen mehr über sich selber geredet. Und DeWitt war ein geduldiger Zuhörer, der nur reden ließ und nicht unterbrach, sondern nur Stichworte gab. Ja, er war schon sehr geduldig und sehr neugierig. Und gleichzeitig fühlte er sich gemein und schäbig. Er war mit einem billigen Trick in ihr Haus eingedrungen, um herauszubekommen, was Anke Rentmeester in der Nacht am Fenster zu Stalbachs Büro getrieben haben konnte. Und jetzt hörte er ihr Leben ab in der Hoffnung, eine verwertbare Spur für die Nacht zu erhalten, in der Stalbach starb. Er beruhigte sein Gewissen damit, dass er echte Teilnahme am Schicksal der Rentmeesters fühlte. Echte Empathie also.

Die beiden erzählten aus ihrer Vergangenheit, aus dem Leben des Ehepaares Rentmeesters. Sie berichteten, wie das Paar, als es noch nichts von Ankes Krankheit wusste, ein gemeinsames Restaurant an der Ostsee einrichten wollte. Es besaß Ersparnisse. Aber dann kamen Anke und Ankes Krankheit. Thomas Rentmeester kam mit dem Autismus seiner Tochter nicht zurecht. Eines Tages löste er die Konten auf und

setzte sich ab. Er war jahrelang verschwunden. Erst vor 9 Jahren entdeckte man Wagen und Fahrer im Rheinschlamm unter den Rheinbrücken in Düsseldorf. Es war nicht zu ermitteln, wie er dahingekommen
war und was ihm zugestoßen war. Das Geld schien ihm kein Glück
gebracht zu haben. Bibiane, Bettinas Schwester, war nach dem Verschwinden von Thomas ganz zu den beiden gezogen. Die meiste Zeit
hatte sie sowieso bei der kleinen Familie verbracht. Sie war alleinstehend und freute sich darüber, eine sinnvolle Aufgabe zu haben. Gemeinsam kamen sie einigermaßen über die Runden. Und manchmal, in
besonderen Stunden, kam auch das Gefühl von Glück auf.

„Und Anke ist bestimmt dankbar", sagte DeWitt.

Bettina Rentmeester lachte bitter. „Von Anke kann man kein Feed-
back erwarten. Sie reagiert nicht auf Liebesbezeugungen, umarmt niemanden."

„Sie hat keine Beziehung zu Ihnen?", fragte DeWitt naiv.

„Oh doch, sie empfindet emotional fast wie jeder Mensch", erklärte
Bibiane. „Anke muss entweder meine Schwester oder mich um sich haben, sonst beschwert sie sich. Aber sie mag halt nicht beschmust werden. Lieber schmust sie mit dem Känguru."

„Nein, sie empfindet nicht wie jeder Mensch", widersprach die
Schwester heftig. „Sie ist emotional tot. Sie braucht uns nur, weil sie uns
gewohnt ist. Fertig. Punkt."

DeWitt schielte noch einmal auf die Zeichnung, die Anke gerade
malte. Das Bild mit dem Koalabären hatte sie wohl fertiggestellt. Denn
jetzt arbeitete sie an einer anderen Zeichnung.

„Tiger & Turtle", sagte Bettina. „Vielleicht kennen Sie es ja. Die be-
gehbare Achterbahn, die sie auf die Heinrich-Hildebrandt-Höhe gesetzt
haben. Wir sind da mal vorbeigegangen, Anke scheint sich das Bild von
dieser Riesenskulptur eingeprägt zu haben."

„Als wenn es eine Postkarte wäre", staunte DeWitt. Eine Inselbegabung. Fast schon erschreckend. Anke schien sich jede Strebe, jedes Ge-
länder-Teil, jede Drehung und Wendung des komplizierten Industrie-
denkmals eingeprägt zu haben. ‚Wir sind da mal vorbeigegangen.' Unglaublich. Man konnte ihr die Behinderung nicht ansehen. Wer die Zeichnung sah, musste sie für hochbegabt halten. Und Anke war ein ausgesprochen schönes Mädchen. Woher es dieses Aussehen wohl hatte? Ihr
Vater musste ein schöner Filou gewesen sein.

„Viele Menschen glauben nicht, dass Anke von Natur aus so
schrecklich benachteiligt ist", sagte die Tante.

„Und das weiße Känguru scheint sie ja sehr zu lieben", meinte De-
Witt.

„Ich kann mir nicht vorstellen, dass das Tier für sie so wichtig ist. So
hart es klingt, es könnte der Wasserspeier an der Egidius-Kirche sein,
der ihr Interesse hätte hervorrufen können. Inzwischen kennt sie jeder
aus dem Betrieb der Firma Gernreich. Alle mögen sie, aber sie mag niemanden, nicht einmal sich selber."

„Geht Anke schon mal alleine zu den Gernreichs?", wollte DeWitt
noch wissen.

„Bis vor einiger Zeit ging sie keinen Schritt ohne einen von uns vor
die Tür", sagte Bibiane. „Dann hat es langsam eine Entwicklung zum
Positiven gegeben. Das Mädchen geht auch schon mal alleine zu dem
Känguru. Es bleibt nie lange. Wir lassen es gewähren. Wenn es geht,
bleiben wir aber auf Schlagdistanz."

DeWitt überlegte, ob er die Frauen darauf ansprechen sollte, dass
Anke in der Mordnacht von den Dogwalkern gesehen wurde. Er unter-
ließ es.

Bei der Verabschiedung nahm er die Perle aus der Tasche, die er aus
dem Schreibtisch von Stalbach entwendet hatte.

„Gehört die Ihnen, habe ich auf dem Boden gefunden?"

„Oh, danke, die stammt bestimmt von Ankes Bettelarmband",
meinte Bettina Rentmeester und nahm die Perle entgegen. Sie verge-
wisserten sich noch einmal, dass nun jeder das richtige Handy besaß
und verabschiedeten sich freundlich mit den besten Wünschen für die
Zukunft.

DeWitt freute sich schon auf den Abend mit seinen Freunden. Sie
wollten sich auf ein Glas Rotwein bei den Funkes treffen. Pünktlich
und in gehobener Stimmung betrat er das gemütliche Haus des Paares.
Beate hatte ihm grußlos die Tür geöffnet. Maurits blickte fragend auf
Cora, die am Wohnzimmertisch vor einem leeren Weinglas saß. Sie
kniff Maurits ein Auge zu und zog fast gleichzeitig eine traurige
Schnute. Aha, schlechte Stimmung im Hause Funke. Maurits aber
wollte sich seine mit Mühe und Not erkämpfte gute Laune nicht mehr
nehmen lassen.

„Habt ihr ein Weinchen für mich?", gab er seinen unaufmerksamen
Gastgebern ein Stichwort.

„Robert, holste du mal eine Flasche? Mir ist die Lust auf Wein ver-
gangen", knurrte Beate.

Die Stimmung war gedrückt.

„Was ist los?", fragte Maurits teilnahmsvoll.

„Der Verkäufer des Hotels hat sich nicht mehr zurückgemeldet", klärte Beate ihn auf.

„Und du bist schuld daran. Du wolltest ja unbedingt den Preis drücken", giftete nun Robert.

„Ist ja gar nicht wahr. Fragen ist ja wohl erlaubt. Ich habe doch zu Recht nur gefragt, ob es einen Verhandlungsspielraum gibt. Und der Verkäufer hat gesagt, er meldet sich zurück. Stattdessen Funkstille."

„Ich werde mich mal mit Makler und Verkäufer in Verbindung setzten und *een beetje* mit ihm reden. Ich denke, das kriege ich hin." Maurits würde jetzt alles für ein Gläschen Wein geben.

„Tu das, Maurits! Und jetzt erzähl mal, was du heute erreicht hast!", forderte Cora ihn auf. Ihr Bemühen, das Thema zu wechseln, wurde allzu deutlich.

„*Verhandlungsspielraum!* Jetzt glaubt der Verkäufer, dass du ihn gegen die Wand fahren willst." Robert saß vor seinem unschuldigen Computer und schimpfte hinein.

„So ein Quatsch, die Verkaufspreise sind doch sowieso schon so kalkuliert, dass der Verkäufer zu Nachlässen bereit ist." Auch Beate war empört. Sie stand im feinen beigefarbenen Hosenanzug neben dem Wohnzimmertisch und schien zu überlegen, ob sie sich setzen sollte.

DeWitt versuchte zu schlichten. „Wenn ich mich einmischen darf. Eine Burg, 1000 m² Wohnfläche, mehr als 30 Zimmer, unermesslich große zu bewirtschaftende Fläche, das ist kein Objekt, das alle Augenblicke mal über die Ladentheke geht. Und dann noch die Banken. Die meisten lassen die Finger von der Finanzierung solcher Objekte. Da musst du das Kleingeld schon in der Tasche haben. Was ist denn das für ein Verkäufer?"

„Eine Erbengemeinschaft."

„Na, seht ihr", sagte DeWitt. „Bei einer Erbengemeinschaft dauert es meistens etwas länger, bis die interne Absprache steht."

„Klingt doch ordentlich", sagte Beate ein wenig getröstet zu Maurits. „Maurits, willst du ein Gläschen Rotwein?"

„Ein Glas dürfte es ruhig sein."

„Und kriegen wir die Burg jetzt nicht mehr? Gerade habe ich angefangen mich daran zu gewöhnen eure Altenpflegerin zu spielen", grinste Cora erleichtert.

„Gib der Cora keinen Wein. Alkohol ist ungesund. Wenn sie uns später pflegen will, muss sie fit bleiben", scherzte Maurits.

„Nehmt eure Weingläser und kommt nach unten. Dort habe ich noch ein paar Flaschen Wein", forderte Beate die Freunde auf.

Die Küche der Funkes war wie eine spanische Bodega eingerichtet und befand sich eine Etage tiefer im Erdgeschoss. Sie war fast genauso groß wie das Wohnzimmer. Durch die Terrassentür blickte man in einen kleinen verwilderten romantischen Garten mit einem Miniteich in der Mitte.

Beate hatte mit ihrer Gastfreundschaft mal wieder übertrieben. Zum spanischen Abend bot sie, kreativ gestaltet, Tapas von Fisch, Käse und Wurst. Ananas, Tomaten und Gürkchen, kunstvoll geschnitzt. Eine Glasschale war mit grünen Salatblättern ausgelegt und bis oben mit Krabben gefüllt. Cora wollte die aufgeschnittenen Auberginen, die mit Schinken und Tomatenwürfeln gefüllt und mit Käse überbacken waren, als Erstes probieren.

„Beate, bist du verrückt. Du hast dir viel zu viel Arbeit gemacht." Cora schämte sich ein wenig, weil sie kein Geschenk mitgebracht hatte. Irgendwann hatten sie gemeinsam beschlossen sich nicht mehr gegenseitig zu beschenken. Dazu traf man sich zu oft. Allerdings meistens bei den Funkes. Da Maurits alleinstehend war und Cora berufstätig, bot sich Beate fast immer an, das Treffen bei sich zu veranstalten. Die Funkes waren da sehr großzügig, und DeWitt kam das sehr entgegen, sowohl arbeitsmäßig, als auch finanziell. Nur Cora war es peinlich, obwohl sie manchmal schon erleichtert war. Sie war keine leidenschaftliche Köchin, so wie Beate. Wenn sie ehrlich war, hasste sie jegliche Küchenarbeit und war froh, dass Anna gerne zum Italiener ging. Der war günstig und bot viele vegetarische Gerichte an.

„Das ist viel zu schade zu essen. Sieht toll aus", schwärmte auch Maurits und fischte sich aus der Mitte des Tabletts ein Canapé mit Lachs.

Jetzt hatte er endlich Gelegenheit, von seinem heutigen Tag zu berichten. Während er eifrig kaute und beim Kauen nachschob, erzählte er von den vertauschten Handys. Er erwähnte auch, dass er durch den Kuchenkauf Sonderausgaben hatte.

„Vielleicht sollte man einen Sonderfonds einrichten für solche Extraausgaben im Rahmen der Ermittlung", erklärte er und versuchte sich an einem leckeren Krabbenhäppchen.

Cora trat ihm unter dem Tisch gegen den Fuß und deutete mit dem Kopf auf den vollgedeckten Tisch. Maurits war sensibel genug, um zu verstehen.

„Ich bin mir jetzt ganz sicher, dass es sich beim Mädchen am Fenster um Anke handelt. Ihr wisst, das Mädchen bei Gernreich. Und die Perle, die wir gefunden haben, gehört eindeutig zu dem Bettelarmband von Anke. Ihre Mutter hat die Perle identifiziert.“

„Hast du denn die Mutter gefragt, was ihre Tochter in der Nacht bei der Firma Gernreich zu suchen hatte? Warum hat sie sich in der Mordnacht da draußen herumgetrieben?“, wollte Cora wissen.

„Ich habe es für unklug gehalten, ihre Mutter und Tante zu befragen. Sie wissen nicht einmal, dass ich ein Polizeibeamter bin.“

„War …“, kam es dreistimmig zurück.

„Ich habe ihr Vertrauen erschlichen“, fuhr DeWitt nachdenklich fort. „Wenn ich ihnen erzählt hätte, dass ich ein Kriminalbeamter bin, eh war, hätten sie mein Anliegen durchschaut. Ich habe mit den Frauen sehr viel über den Autismus gesprochen und kann mich jetzt etwas besser in Ankes Situation hineinversetzen. Wir haben es mit einem Menschen zu tun, der emotional sein kann, aber nicht empathisch, Nähe einfordert, aber nicht gibt. Anke spricht nicht, sie verweigert Kontaktaufnahme bis hin zur Verweigerung des Blickkontaktes. Als ich zu Besuch war, hat sie nur am Fenster gestanden und nach draußen gesehen.“

„Ist sie denn in der Mordnacht von Mutter oder Tante begleitet worden?“, wollte Cora wissen.

„Schwierig zu sagen. Mutter und Tante haben erzählt, dass Anke seit einiger Zeit ihre Gänge auch mal allein macht, vor allem, wenn es um den Besuch des Kängurus geht.“

„Wir wissen, dass sie am Fenster gestanden hat, als wir das Mordopfer entdeckten. Hat sie also versucht, Kontakt zu Stalbach aufzunehmen? Du hast doch gerade gesagt, dass sie Kontakt ablehnt, dass es aber passieren kann, dass sie selbst einen Kontakt abfordert“, überlegte Beate.

„Ein ausgezeichneter Gedanke, finde ich. Wir sollten ihn im Auge behalten“, meinte DeWitt.

„Es scheint ja sicher zu sein, dass Stalbach ihr Sachen für das Bettelarmband geschenkt hat. Das beweist, dass es irgendeine Beziehung zu ihm gegeben hat“, ergänzte Beate.

„Meint ihr nicht, wir sollten der Polizei einen Tipp geben? Wir können doch keine Informationen zurückhalten“, meinte Cora.

„Vielleicht ist das Mädchen sogar in Lebensgefahr. Der Mörder hat Anke oder eine der Frauen möglicherweise auch gesehen und muss befürchten, dass sie ihn verraten", sagte Robert.

Maurits winkte ab. „Das Mädchen wird auf jeden Fall nichts sagen. Die Frauen auch nicht. Da bin ich mir sicher."

„Aber das weiß der Mörder nicht", sagte Cora.

„Wir müssen die Polizei informieren. Du hast versprochen, dich mit deinen Kollegen auszutauschen. Ihr habt doch bei der Polizei eure Methoden, um etwas aus jedem noch so verschwiegenen Menschen herauszuholen", appellierte Beate an den Holländer.

„Polizeipsychologen, einfühlsame Verhörmethoden", ergänzte Cora.

„Ich werde es bald tun. Versprochen!", sagte DeWitt lahm.

„Hoffentlich ist es dann nicht zu spät", sagte Cora.

„Wenn der Mörder sie bemerkt hätte, hätte er sie schon längst umgebracht. Nein, er fühlt sich ganz sicher. Ist doch kein Thema. Lasst uns noch *een beetje* warten", bat Maurits.

„Wir haben die Verantwortung für die drei", meinte Beate. Sie nahm sich einen großen Schluck Rotwein.

„Ich habe das Gefühl, dass wir die Rentmeesters besser schützen, wenn wir der Polizei vorläufig verschweigen, dass sie in der Nähe des Tatorts war." Damit schloss er das Thema. „*Mag ik nog een slok rode wijn?* Kann ich noch einen Schluck Rotwein haben?" Er hielt Beate sein leeres Glas hin.

16

„Und wie soll es jetzt weiter gehen?", fragte Robert.

„Wir müssen zu den Anfängen zurück", meinte DeWitt, nachdem sein Glas wieder voll war. Dann erklärte er: „Es scheint so, als wenn ein Tiger über die Schaltstelle Gernreich zur NNG in Velbert gewandert ist. Von wo ist er gekommen? Wir haben ja den Castrop-Rauxeler Zoo in Verdacht. Gernreich hat sich bei dem Geschäft mit absoluter Sicherheit die Hände nicht schmutzig gemacht. Ich kann nicht glauben, dass Gernreich selbst Kontakte zu diesem maroden Unternehmen in Velbert gehabt hat. Das passt besser zu Stalbach."

„Wie kommt der Tiger zur NNG, und wie kommt Stalbach an die NNG?", fragte Robert.

„Genau, Stalbach allein verfügt nicht über die Logistik. Ihm mag zwar ein bestimmter Apparat zur Verfügung stehen, wenn es um legale Tiertransporte geht. Er muss aber improvisieren, wenn er einen illegalen Tiertransport durchführen will. Er braucht Namen und Adressen hier vor Ort und jemanden, der die Transporte durchzieht."

„Du vermutest also, dass Stalbach in Gernreichs Betrieb Helfer gehabt hat?", fragte Robert.

DeWitt nickte Robert zu.

„Es kommen also nur Leute in Betracht, die auch in Gernreichs Betrieb Erfahrung mit Großtieren haben", sagte Robert. „Okay, ich hack mich in Gernreichs Computer ein."

„Hätten wir schon längst machen sollen", stimmte DeWitt zu, als ob Computer-Hacking zum Tagesgeschäft der Dogwalker gehörte.

Cora und Beate hatten den beiden Männern nur zugehört.

„Ich hoffe, ihr wisst, was ihr tut", sagte Beate. „Das klingt alles schon lange nicht mehr nach harmlosem Detektivspielen."

„*Logistik*. Klingt ja sehr abgefahren", sagte Cora etwas spöttisch. „Und nun zu den wirklich wichtigen Sachen. Kriegen wir jetzt unsere Burg oder nicht?"

„Du kennst mich", war Beates karge Antwort. Und Cora kam ins

Grübeln.

Kaum war DeWitt zu Hause, erhielt er auf seinem Handy einen Anruf. Er sah auf die Uhr. Schon kurz vor elf. Um diese Zeit rief ihn sonst niemand mehr an. Und er hatte einen rotweinschweren Endzustand erreicht, den er mit einem guten Schlaf ausklingen lassen wollte.

Die Nummer auf dem Display war etwas verschwommen, kam ihm aber irgendwie bekannt vor.

„Was is?", sprach er unwirsch in sein Handy. Seine Stimme wurde auch nicht freundlicher, als er hörte, wer am Apparat war.

„Die Perle gehört nicht zu Ankes Bettelarmband", sagte Bettina Rentmeester ohne jede Einleitung. DeWitt hatte ihre freudlose Stimme sofort erkannt.

„Ja, und? Deswegen rufen Sie mich mitten in der Nacht an?"

„Sie können sie also nicht in unserer Wohnung gefunden haben."

„Was wollen Sie damit sagen?"

„Ich will wissen, was Sie mir für ein Theaterstück vorgespielt haben. Ich vermute jetzt auch, dass Sie die Handys absichtlich vertauscht haben. Was wollen Sie von uns? Und was wollen Sie von Anke? Vielleicht sollte ich Sie bei der Polizei anzeigen. Schleichen sich unter falschen Angaben in unser Haus." Die Frau war total aufgebracht. Ihre Stimme überschlug sich fast.

Warum war sie nicht schon längst im Bett? Warum hatte sie ihn erst jetzt angerufen? Er hatte doch sein Handy bei sich getragen. Maurits' Gedanken spielten Roulette. Es gelang ihm nicht, spontan nüchtern zu werden.

„Dann erzähle ich Ihnen mal, was passiert ist." Und Maurits berichtete, dass man den toten Stalbach in seinem Stuhl und Anke draußen am Fenster entdeckt habe. Er schloss mit einer kleinen Drohung. „Wissen Sie, wir wollten das Kind erstmal aus den polizeilichen Ermittlungen heraushalten. Deshalb haben wir der Polizei auch noch nichts von unseren Beobachtungen erzählt, sondern lieber selbst mit Ihnen gesprochen."

„Unmöglich", sagte Bettina. „Anke geht nicht allein auf eine Entdeckungstour. Sie besucht vielleicht allein das Känguru, aber sie treibt sich doch nicht allein nachts um das Büro herum. Das hätten Bibiane und ich doch bemerkt."

„Meine Freunde sind sich sehr sicher, dass sie Anke gesehen haben. Mir geht es genauso."

„Wie lange war das Mädchen zu sehen, Herr DeWitt? Sekundenbruchteile? Sie sagen, es war dunkel. Ich weiß, dass der Bereich vor dem Fenster unbeleuchtet ist. Und da wollen Sie unser Kind draußen vor dem Fenster gesehen haben? Ich bitte Sie."

„Das klingt ja, als hätte ich einen Strafverteidiger am Apparat. Wir wollen Ihrer Tochter doch nichts Böses. Die Polizei haben wir bis jetzt rausgehalten."

„Ich bin sehr enttäuscht von Ihnen", sagte Bettina Rentmeester. „Und jetzt lassen Sie unsere Familie in Ruhe."

Maurits schluckte. Er fühlte sich schuldig und schämte sich. Aber gleichzeitig gab ihm dieser Anruf einige neue Anregungen, etwas worüber er nachdenken musste. Irgendetwas hatte Bettina gesagt oder zu sagen vergessen. Es war ihm im Telefonat aufgefallen. Aber jetzt war es ihm entfallen. Er schüttelte den Kopf, stellte ihn aber sofort wieder ruhig, als sich die Flüssigkeit im Kopf schmerzhaft gegen die Schädeldecke drückte. Er schlief rotweinsediert ein.

Als DeWitt am anderen Morgen wieder in Funkes Wohnung auftauchte, telefonierte Beate gerade mit dem Immobilienverkäufer. Sie lief im Wohnzimmer aufgeregt hin und her. Cora folgte ihr und versuchte ihr beruhigend auf die Schulter zu klopfen.

„Für die Bruchbude zahle ich keinen Cent mehr, da müssen Sie sich schon einen anderen Idioten suchen", schrie Beate in das Telefon.

„Der hat uns extra zappeln lassen und will jetzt noch ein Aufgeld für das Inventar", flüsterte Robert Maurits zu und schob ihm ein paar Ausdrucke rüber, die Maurits während des Telefonats studierte.

Beate knallte den Hörer auf. „So, jetzt lassen wir die mal zappeln. So schnell werden die keinen neuen Käufer finden."

„Wie du meinst. Jetzt will ich auch nichts mehr davon hören. Schluss, aus, vorbei." Robert schmollte eine Weile vor sich hin.

Beate und Cora ließen sich gemeinsam auf die Couch fallen.

Maurits tat, als hätte er von der ganzen Tragik nichts mitbekommen und überflog die Ausdrucke.

„Dass Gernreich nichts mit den ganz großen Exoten zu tun hat, wissen wir bereits. Die ausgedruckten Listen bestätigen das. Spezialität Kleintiere, insbesondere Haustiere. Hausschweine sind neuerdings der Renner, ein paar Affen, Exoten für Aquarium und Terrarium, Kragenbären. Der Handel mit Gifttieren wird ihm wohl demnächst durch ein Gesetz der Landesregierung verboten."

„Hast du rausgekriegt, wer bei Gernreich für die größeren Tiere zuständig ist?", fragte DeWitt.

„Rausgekriegt ist wohl nicht das richtige Wort. Ich habe ein paar Namen ermittelt. Emano Contento, hat früher in einem kleinen Zirkus gearbeitet. Mit Kamelen und Zebras. Peter Wegureit, hat als Azubi bei Gernreich angefangen, Mädchen für alles, war auch bei den größeren Tieren eingesetzt. Und schließlich … Thomas Schütz."

„Ich werde noch mal mit ihm sprechen", sagte DeWitt. „Und lade noch mal deine Taschenlampe auf, wir werden NNG heute Nacht einen weiteren Besuch abstatten."

„Nicht mit mir", sagte Robert.

„Keine Sorge", beruhigte ihn DeWitt, „diesmal sehn wir uns nur den Fuhrpark an."

„Wir gehen auch nicht mit", Beate sprach stellvertretend für Cora mit.

DeWitt schien nicht zugehört zu haben. „Meine Arbeitshypothese: Classen - der Ermittler - ist hier in Velbert zu Tode gekommen. Meinetwegen auch auf dem Gelände von Gernreich, was mir weniger wahrscheinlich vorkommt. Wie wir wissen, ist die Leiche in einem Abfallsack entsorgt worden", erklärte er weiter. „Selbst wenn der Abtransport in der Nacht war, kann der Täter die Leiche nicht über weite Strecken getragen haben. Die Leiche muss mit dem Wagen nach Kettwig befördert worden sein. Natürlich verwendet nicht nur NNG diese Art von Abfallbeutel. Wenn die Leiche aber in einem NNG-Fahrzeug transportiert worden wäre, könnte es vielleicht die eine oder andere Spur in dem Transporter gegeben haben."

Und DeWitt hatte noch eine Idee. „Wenn die Leiche mit einem Fahrzeug abtransportiert worden ist, kann ich euch sogar sagen, mit welchem Fahrzeugtyp das geschehen ist."

Die anderen waren verblüfft.

„Ihr wisst doch, dass die Polizei bei der Tatzeit vor einem Rätsel steht. Die beschädigte Uhr an Classens Handgelenk hat exakt den 15. September, 18 Uhr 32 Minuten angezeigt. Nach der Berechnung des Gerichtsmediziners muss Classen zu diesem Zeitpunkt noch gelebt haben. Aber warum sollte er eine beschädigte Armbanduhr am Handgelenk getragen haben? Umgekehrt: Warum sollte ihn der Täter eine gewisse Zeit auf Eis gelegt haben? Wenn er die Tatzeit vertuschen wollte, hätte er ihm die Armbanduhr wegnehmen sollen. Die Antwort ist: Der Täter *konnte gar nicht verhindern*, dass die Leiche auf Eis gelegt wurde."

„Kannst du mir das Ganze mal auf Holländisch erklären?", fragte

Robert. „Vielleicht verstehe ich es dann ja besser."

„Ganz einfach", meinte DeWitt. „Der Täter hat für den Transport der Leiche nur einen *Kühlwagen* zur Verfügung gehabt. Der Kühlwagen hat sie frisch gehalten. Ist doch kein Thema. Deswegen ist die Leichenstarre so spät eingetreten. Und der Todeszeitpunkt war viel früher. Genau gegen 18 Uhr 32. Der Todeszeitpunkt ist eigentlich uninteressant. Aber wir müssen nach einem Kühlwagen suchen."

„Und den sollen wir heute Nacht bei NNG finden? Vielleicht sollten wir die Frauen rauslassen", überlegte Robert.

„Seid ihr verrückt. Meint ihr, wir bleiben zu Hause und machen uns Sorgen?! Außerdem sind wir schon geübt im Schmiere-Stehen." Beate hob ihren Einstein auf den Arm und drückte ihn fest an sich. „Nicht wahr Einstein, wir passen ganz doll auf. Und wenn ein böser Mann kommt, beißt du ihm ins Bein." Sie küsste Einstein auf den Hals.

„Sei nicht so kindlich. Wir haben es mit ganz gefährlichen Verbrechern zu tun", tadelte sie Robert.

„Aber immerhin sind wir zu viert. Und wir haben drei Hunde", machte sich Cora Mut.

Sie mussten bis zum Abend warten. DeWitt schlug den Freunden zuerst einmal einen entspannten Ausflug mit den Hunden vor. Er wollte nach Duisburg. Gleichzeitig könnte er die Gelegenheit nutzen, noch mal mit Thomas Schütz zu reden.

„In Ordnung, gegen Entspannung habe ich nichts einzuwenden. Wird uns ganz guttun", sagte Robert.

Die Frauen freuten sich auf das weiße Känguru.

Beate fuhr mit Funkes Auto zur Duisburger Sechsseenplatte. Hier gab es genügend Auslauf für die Hunde, die sich richtig austoben konnten. Auch die Hundebesitzer genossen den Spaziergang an einem der sechs Seen. Cora wusste nicht, ob es hier wirklich sechs Seen gab. Sie kannte nur einen großen. Früher war sie mit ihren Eltern hier gewesen. Da konnte man noch überall schwimmen. Jetzt war es verboten. Dafür gab es ein eingezäuntes Freibad, das allerdings schon geschlossen war. Nur wenige Spaziergänger waren unterwegs, obwohl sich das Wetter gehalten hatte. Der Himmel war zwar bewölkt, aber es regnete nicht. Und kühl war es heute auch nicht. Alle waren ein wenig wortkarg. Die Morde waren ausdiskutiert, auf das Thema *Burg* wollte niemand mehr zu sprechen kommen. Vielleicht aus Aberglauben. Es war vollkommen offen, ob sich die Eigentümer noch einmal melden würden. Die Burg konnte sich jederzeit als Wolkenburg entpuppen. Allen war die Anspannung anzumerken, wie der Abend verlaufen würde. Sie würden nicht immer das Glück haben, dass die Security auf Roberts Kotze ausrutschen würde.

Die Gesprächigkeit setzte auch nicht ein, als die vier zu Gernreichs Tierhandlung fuhren. Schütz hielt sich im Gehege des weißen Kängurus auf.

„Hallo", lachte Schütz die Dogwalker an. „Da sind ja meine Stammgäste im Anmarsch."

„Na, sehen Sie", lachte Beate zurück. „Wenn wir im Hause sind, kann Ihre Security ruhig Pause machen."

„Geben Sie es zu, Whitey hat wohl auch Ihre Herzen erobert. Die Frauen dürfen sie ruhig streicheln. Heute ist der Andrang auf das Tier nicht so groß", sagte Schütz, während das Känguru den Kopf neugierig über das Gatter steckte.

Beate drückte ihrem Mann Einsteins Leine in die Hand und war schon bei dem Känguru. Das Tier rieb ganz vertraut den Kopf an ihrem Ärmel. Einstein kläffte aus Eifersucht. Cora ging in die Hocke und beruhigte Einstein mit einem Leckerchen. Das durfte Beate nicht sehen. Auch Flöckchen wurde mit einem Leckerchen besänftigt. Maurits hatte ihre Leine einfach fallen lassen und war Beate gefolgt.

Schütz begrüßte Beate und Maurits mit einem kräftigen Handschlag.

„Sie kommen doch nicht extra aus Kettwig, nur um Whitey zu streicheln."

„Die Frauen schon. Aber ich habe noch ein paar Fragen." Maurits führte wie immer das Gespräch.

„Wenn ich die beantworten kann, gerne." Schütz blieb höflich.

Maurits kam direkt zum Thema. „Wir verfolgen da noch eine Idee. Wäre hilfreich zu wissen, ob einer Ihrer Kollegen hier aus der Firma vielleicht in Kettwig wohnt oder zumindest seine Wurzeln hat?"

Schütz verstand nicht. „Wieso aus Kettwig? Was soll diese Frage? Tatsächlich habe ich keine Ahnung, wo die meisten meiner Kollegen wohnen. Wie wäre es, wenn Sie sich im Personalbüro erkundigen? Aber ob die Mitarbeiterin die Daten auch weitergeben darf?" Trotz seiner herzlichen Art, wirkte er im Gespräch etwas zurückhaltend. „Mir fällt niemand ein", bedauerte er.

„Ach, war auch nur so eine Frage."

Cora mochte diesen Mann. Er war ihr sympathisch, und es hätte ihr leidgetan, wenn er aus irgendeinem Grund mit diesem Fall in Verbindung zu bringen war.

Während des Gesprächs kam Anke mit ihrer Mutter hinzu. Sie grüßten nicht und zeigten auch kein Erkennen, obwohl sie Maurits mit Sicherheit bemerkt haben mussten. Anke war nur auf das Känguru konzentriert. Sie trat neben Beate und begann das Tier vorsichtig und langsam zu streicheln. Beate stellte sich wieder zurück zu ihrem Mann und Einstein. Sie schielte zu Cora und winkte mit den Augen. Cora nickte unmerklich. Beide hatten Anke als das Mädchen erkannt, das am Mordabend hinter dem Fenster gestanden hatte.

Schütz stieß Anke fröhlich in die Seite und winkte ihrer Mutter zu. Anke reagierte nicht, während Bettina so leicht mit dem Kopf nickte, dass es kaum wahrzunehmen war.

„Und was ist mit diesem Emano Contento?", brachte sich DeWitt ins Gespräch zurück.

Schütz lächelte „Ein Original. Wenn man ihm eine Flasche Schnaps spendiert, isst er dafür sogar Reißnägel und Glasscherben."

„Scheint ein interessanter Mensch zu sein", brummelte DeWitt. Er sah zu Anke hinüber, die sich vor das Känguru gekniet hatte und es eifrig unter dem Bäuchlein kraulte.

Auch Schütz schaute zu Anke. „Sie ist Whiteys größter Fan." Dann warf er einen kurzen Blick auf die Mutter, die von der Bank ihre Tochter nicht aus den Augen ließ.

DeWitt runzelte ein wenig seine Stirn, was aber in seinem sowieso schon gerunzelten Gesicht kaum auffiel.

„Dieser Emano ist wirklich interessant. Er hat früher einmal in einem kleinen Zirkus gearbeitet."

„Aber wer will denn einen Mann Reißnägel essen sehen?"

Schütz lachte laut. „Nein, das war sein Hobby. Damit hat er sich immer ein paar Cent verdient, so in den Kneipen, bei Wetten. Nein, im Zirkus trat er als Dresseur mit Lamas und so was auf. Er wohnt gleich um die Ecke."

„Und was ist mit Wegureit?"

Schütz sah DeWitt erstaunt an. Man merkte, dass er den gemeinsamen Nenner für die Fragen des alten Kommissars endlich erkannt hatte. „Wie kommen Sie denn auf *den* Namen?", fragte er lauernd.

„Was ist mit ihm?", wiederholt DeWitt noch einmal unwirsch.

„Der Rotschopf arbeitet schon lange bei uns. Er kennt sich vor allem mit unseren Affen aus. Er liebt die Tiere wie seine eigenen Kinder. Oder vielleicht sogar noch mehr. Er muss jedes Mal getröstet werden, wenn ein älteres Tier verkauft wird."

„Und wo wohnt er?", insistierte DeWitt. Er wollte keine Lebensgeschichten hören.

„Keine Ahnung, wo der wohnt", Schütz schüttelte den Kopf. Doch dann schien ihm etwas einzufallen. „Augenblick mal, der redet doch immer von seinem Hamborn 07. Scheint also auch daherzukommen."

„Und Sie kennen keinen, der irgendeinen Bezug zu Kettwig hat, Freunde, Verwandte, Sportvereine oder so?"

Schütz zögerte. „Ich würde Ihnen wirklich gerne helfen, aber Kettwig ist für viele schon viel zu weit weg. Ich kenne keinen, der schon mal von Kettwig erzählt hat, aber ich kann mich ja mal umhören."

„Wenn Ihnen doch noch was einfällt können Sie mich ja anrufen." Maurits gab Schütz seine Visitenkarte mit der Handynummer.

Robert fühlte sich unwohl. Ihm passte der geplante Ausflug nach Velbert nicht. Er meckerte.

„Morgens bis nachmittags Duisburg, abends Velbert. Das nervt." Der Funke hatte auch einen Grund zu meckern, denn fast ständig wurde sein Auto gebraucht.

„Beim nächsten Mal fahre ich", bot Cora mit schlechten Gewissen an.

„Lass mal. Wir sind nicht mehr berufstätig, und du fährst oft genug", sagte Beate.

Robert lenkte den Wagen auf die A40. Die Straße war relativ frei. Auf der Gegenfahrbahn staute sich der Verkehr Richtung Duisburg. Robert erhöhte die Geschwindigkeit auf 170km/h.

„Das *beetje* Fahren ist doch wohl nicht der Rede wert. Zum Glück sind die Orte im Ruhrgebiet ja alle nah beieinander", meinte DeWitt.

Alle drei sahen ihn böse an. Robert gab noch mehr Gas und blieb gleich auf der linken Spur. Er wollte den Sprücheklopfer so schnell wie möglich loswerden.

„Fahr nicht so schnell. Du hast eine kostbare Fracht", schimpfte Beate vom Beifahrersitz.

Robert ging jetzt runter vom Gas. Bei der nächsten Abfahrt musste er die Autobahn sowieso verlassen.

„Wir haben noch *heel veel tijd*", sagte Maurits vor. „Wir kommen noch an Kettwig vorbei. Gehen wir in den Kirschbaum."

„Vorschlag angenommen." Es war erst gegen 16.00 Uhr, und sie hatten noch jede Menge Zeit, die sie sich irgendwie vertreiben mussten. Eine Stärkung war in Ordnung.

Kirschbaum. Das alte Fachwerkhaus mit der urigen Kneipe hatte seit einiger Zeit neue Besitzer bekommen, die sich liebevoll um die Wiederbelebung der Kneipenkultur in Kettwig bemühten und die sich nicht zu schade waren, ihren Gästen neben süffigen Weinen und außergewöhnlichen Tapas auch Frikadellen und Fassbier anzubieten.

„Ich spendiere uns eine Frikadelle mit Brötchen", verkündete Beate, als sie am Tisch saßen.

„Saugemütlich hier." Maurits streckte seine Beine aus und zog dann Flöckchen auf den Schoß. „Und gegen ein lecker Bierchen hätten wir auch nichts, ne, Flöckchen."

„Das kannst du dir aber selber spendieren", sagte Cora, die es nicht mochte, wenn Funkes Großzügigkeit ausgenutzt wurde.

„Eins wird doch erlaubt sein, nachher brauchen wir alle unseren klaren Verstand", erklärte Maurits sofort verständnisvoll.

„Klar doch", grinsten die Dogwalker.

Robert probierte das von einer kleinen Privatbrauerei gebraute Grubengold aus. „Sehr süffig, bitte noch eins."

„Trink nicht so viel!", ermahnte Beate ihren Mann. „Nimm dir ein Beispiel an Maurits. Der ist immer noch beim ersten Glas."

Als sie ihre Frikadellen verzehrt hatten, hatte Robert schon das sechste Grubengold gefördert.

„Ich glaube es nicht", sagte Beate. „Der Schisser trinkt sich Mut an." Sie bezahlte und nahm ihrem Mann die Autoschlüssel ab.

Seit dem letzten Besuch bei der NNG in Velbert hatte sich einiges geändert. Das große Tor war weit aufgeschoben. Hinter dem Gebäude von NNG standen die abgestellten Betriebsfahrzeuge in einer Reihe. Cora zählte drei Kühlfahrzeuge und einen großen Transporter. Ein alter Land Cruiser war im Eingangsbereich abgestellt.

„*Verdomme*", grunzte DeWitt. „Wie kommen wir jetzt an die Kühlfahrzeuge heran?"

„Kommen wir lieber ein anneres Mal wieder", schlug Robert vor. Er lallte ein wenig und stütze sich vorsichtshalber am Rahmen seines Fahrzeuges ab.

DeWitt winkte ab. „*Kalm aan!* Mal ganz ruhig. In fast allen Firmen gibt es ein Schlüsselbord, an dem die Fahrzeugschlüssel aufbewahrt werden. Das Büro kennen wird schon. Das Schlüsselbrett wird sich im

Flur in erreichbarer Nähe zum Haupteingang befinden", vermutete er. „Wir hätten es schon beim letzten Besuch sehen müssen."

„Und wie willst du da drankommen?", wollte Beate wissen.

„Am besten verschwindet ihr Frauen und haltet die Augen auf. Uns wird schon etwas einfallen."

Die Frauen blieben mit den Hunden am Fahrzeug zurück. Maurits schlich sich an der Einfahrt vorbei auf das Gelände. Er schlug den Weg nach hinten zu den dort abgestellten Fahrzeugen ein. Robert schlenderte hinter ihm her, die Hände in den Hosentaschen. Nach ein paar Schritten blieb er hinter Maurits stehen.

„Brich dir doch keinen ab", sagte er in DeWitts Rücken hinein. „Ich zeig dir mal, wie es geht."

Bevor DeWitt es verhindern konnte, war er schon zur Tür zurückgekehrt.

„Bist du verrückt?", flüsterte DeWitt verzweifelt hinter ihm. Robert hatte sich vor der Tür aufgebaut und schlug mit der flachen Hand dagegen.

„Bitte mal aufmachen!" Es schien so, als wenn er nicht mehr in der Lage war, seine Aktionen und seine Stimme zu kontrollieren.

Ein Baum von einem Wachmann mit rabenschwarzem Vollbart riss nach kurzer Zeit die Tür auf, während von innen das bösartige Bellen eines Wachhundes ertönte. Für eine Flucht war es zu spät.

Robert versuchte, sich zusammenzureißen. Und es gelang ihm ziemlich gut, sein Lallen zu unterdrücken. „Sie werden entschuldigen, lieber Freund, aber wir würden gerne einen Blick auf Ihren Fuhrpark werfen. Darf ich um die Schlüssel bitten?"

DeWitt schlug sich im Geiste die Hand gegen die Stirn. Der Wachmann war keineswegs amüsiert und antwortete völlig witzlos: „Verschwindet, bevor ich die Lara auf euch hetze."

„Wäre sehr interessiert, die gnädige Gattin kennenzulernen", lallte Robert charmant.

„Tschuldigung. Mein Freund hat *een beetje* was getrunken. Könnte er vielleicht hier die Toilette aufsuchen?", bat Maurits geistesgegenwärtig.

Mittlerweile war Lara hinzugekommen.

Der schwarze Dobermannkopf zwängte sich an den Beinen des Wachmannes vorbei. Die Hündin hatte in dem Holländer sofort ihre alte Liebe wiedererkannt. Ehe man sich versah, war sie durch die Tür entwischt und sprang an Maurits hoch. Ihre Pfoten lagen rechts und links auf seinen Schultern. Ihr Geifer machten unappetitliche Fleckchen auf seinem Pullover.

Auf einmal ein weißer Blitz. Flöckchen hatte sich von den Frauen losgerissen, sprang Lara an und biss ihr ins Hinterbein. Gino raste hinzu und kläffte, was das Zeug hielt. Die überraschte Dobermannhündin sprang auf alle Viere und flüchtete sich am Wachmann vorbei in das Innere des Gebäudes. Flöckchen jagte wie wild hinterher.

„Das hätte jetzt nicht sein müssen", schimpfte Maurits den Wachmann aus und schob ihn zur Seite. „Jetzt kann ich meinen Hund suchen." Er verschwand im Gebäude und kam nach einiger Zeit mit seinem stolzen Hund auf dem Arm zurück. Der Wachmann schob Robert zurück und knallte wortlos die Tür zu, ohne Robert zu seinem dringend benötigten Toilettengang zu bitten.

Beate hatte den Vorgang aus der Ferne beobachtet und war hinzugeeilt.

„Du hast alles verdorben. Der ganze Tag war umsonst", schimpfte sie ihren kleinlauten Mann aus.

Maurits lachte: „Tolle Idee von deinem Mann. Er hat mir prima in die Hand gespielt."

Er hielt drei Fahrzeugschlüssel hoch. „Die habe ich mitgenommen, als ich nach Flöckchen gesucht habe. Waren ordnungsgemäß am Schlüsselbrett."

Die Frauen standen Wache, als sich die Männer zu den drei Kühlfahrzeugen begaben. Maurits probierte die Schlüssel aus. Der zweite passte zum ersten Fahrzeug. Robert hatte es sich auf dem Fahrersitz bequem gemacht, vor dem an der Frontscheibe ein Schild mit dem Namen Franz klebte. Der Name sagte so einiges über das Alter des Fahrers aus. Die anderen Fahrzeuge hatten keine Namen. Wahrscheinlich waren die Besitzer jünger. In der Fahrerkabine lag nur alltäglicher Krimskrams rum. Zigaretten, eine Biker-Zeitschrift, eine leere Cola Dose. Robert war eingeschlafen. Maurits ließ ihn in Ruhe und schob die Tür zum Kühlraum auf. Er musste sich beeilen, bevor der Wachmann das Fehlen der Schlüssel bemerkte.

Der Kühlraum war leer und alles andere als kühl. Die Stahlblechwände wirkten klinisch sauber. Nach einem prüfenden Blick erkannte DeWitt, dass er keine Spuren entdecken würde. Wenn hier eine Leiche gekühlt worden wäre, hätte selbst die SpuSi Schwierigkeiten gehabt, Anhaltspunkte zu finden. DeWitt versuchte keine Fingerabdrücke zu hinterlassen. Es wären bestimmt die einzigen in diesem Fahrzeug.

Beim zweiten Fahrzeug wurde er fündig, obwohl es ebenfalls klinisch sauber gereinigt worden war. Gleich beim Öffnen der Tür sah er einen eingeklemmten Stofffetzen. Er war so klein, dass er sehr schnell hätte übersehen werden können, wenn nicht gezielt danach gesucht worden wäre. Maurits holte seine Brille aus der Hosentasche, hielt das Stückchen Stoff hoch und betrachtete es genau. Es war dunkelblau. Die Ermittlungen machten Fortschritte. Gleich nach der Rückkehr würde er zu Hause das Stückchen Stoff mit dem Exponat vergleichen, das er am Fundort der Leiche im Stadtwald eingetütet hatte.

Aufgeregt trabte er zu Robert hinüber, der immer noch im anderen Fahrzeug schlief. Er schüttelte ihn unsanft.

„Der Stoff dürfte zu Classens Hemd gehören. Ich meine, er hatte ein dunkelblaues Hemd an, als ich ihn in dem Sack gesehen habe."

„Du alter Sack wirst recht haben", lallte Robert.

„Morgen erkläre ich dir alles noch einmal ganz genau. Ist doch kein Thema." Maurits winkte die Frauen herbei.

„Meine Vermutung dürfte sich bestätigt haben: Classens Leiche wurde mit dem Kühlwagen von NNG befördert, wahrscheinlich direkt in den Kettwiger Stadtwald", sagte Maurits zu Beate und war dankbar, dass Beate voll aufnahmefähig war.

Bevor DeWitt den Stofffetzen in seiner Tütensammlung verfrachtete, schoss Beate noch ein paar schöne Fotos vom Stofffetzen und der Stelle, wo er entdeckt wurde. Dann schnappte sie sich ihren Mann und brachte ihn zum Auto.

An diesem Abend kam im Auto kein vernünftiges Gespräch mehr zustande. Robert sang einen Song, der sich ein wenig nach „Ich bau ein Schloss für dich" anhörte, und kurz darauf war er eingeschlafen.

Am frühen Morgen wurde DeWitt geweckt. Kostelitz war am Telefon. Er kündigte an, ihn mit dem Dienstwagen abzuholen. Und zwar sofort.

„Es ist etwas passiert. Wir fahren in die GRUGA, schon wieder ein Toter", sagte Kostelitz, als Maurits einstieg und nachfragte.

„Und weshalb erhalte ich den Vorzug, von dir mitgenommen zu werden?", wollte Maurits wissen.

„Wirst schon sehen."

DeWitt wusste, dass er seinem Ex-Kollegen allmählich reinen Wein einschenken musste. Es war nicht leicht, von seinem gestrigen Ausflug zu berichten. Gleich würde er ein paar rüde Worte von „Hausfriedensbruch" hören und davon, dass diese Eigenmächtigkeit durch nichts zu rechtfertigen war. Aber immerhin waren seine Entdeckungen doch als Fortschritt in der Polizeiarbeit zu deuten.

„Wahrscheinlich, ich bin mir sogar sicher, von Classens Hemd", schloss DeWitt seinen Bericht.

Das Gesicht von Kostelitz wurde immer röter.

Wenn er jetzt nicht spricht, wird er platzen, dachte DeWitt. Aber er kannte auch Kostelitz. Er würde sich schon beruhigen und ihm dankbar für seine Hilfe sein.

„Wo hast du die Autoschlüssel gelassen, die du vom Schlüsselbord genommen hast?" Kostelitz Stimme war unheimlich ruhig, er flüsterte fast.

Oh mijn god, de sleutels. „Die stecken wohl noch", gab DeWitt ehrlich zu.

Da endlich explodierte Kostelitz. Er schlug so hart mit seiner Faust auf das Lenkrad, dass der schwere Dienstwagen kurz ins Schleudern kam. Dann bremste er abrupt ab. Hinter ihnen quietschten die Reifen von mindestens acht Fahrzeugen.

„Ihr Amateure, den Wagen können wir abschreiben, der ist spätestens heute Mittag als geklaut gemeldet und wird gerade über die Grenze nach Weißrussland gebracht", tobte Kostelitz. Die nachfolgenden Sätze verstand DeWitt nur bruchstückweise. „Idiot… Anfänger …" Das Hupen der Autos hinter ihnen war zu laut. Und Maurits war *een beetje* schwerhörig.

„Die können doch eins und eins zusammenzählen. Erst eure billige Schmierenkomödie. Und dann lasst ihr tatsächlich die Schlüssel stecken."

Am GRUGA-Nebeneingang wurde die Gruppe von einem uniformierten Beamten empfangen. Er führte sie fast bis zu den Vogelvolieren. Ein Areal war mit Flatterband abgesteckt. Unter den Büschen sah DeWitt eine Bank. Die Spurensuche war in weiße Tyvek-Anzüge gekleidet. Die Leute standen um die Bank herum. Eine routinierte Gruppe, unbeeindruckt von dem Geschehen, rauchend und plaudernd. Sie hatten anscheinend auf Kostelitz gewartet. Sie traten sofort an die Seite. Ein Mann lag mit verdrehtem Oberkörper vor der Bank. Die Augen starrten in den Himmel und taten keinen Wimpernschlag, obwohl gerade Regen eingesetzt hatte, und die Tropfen direkt ins Auge fielen. Die Holzlehne der Bank, der Sitz und der Körper waren blutverschmiert. Um den Körper herum lagen kleine Blutspritzer, als wenn rote Wassertropfen vom Himmel gefallen wären.

Als DeWitt an die Bank herantrat, erkannte er den Toten. Der hartgesottene DeWitt war betroffen. Erst gestern noch hatte er mit diesem jungen Mann geredet. Er hatte ihn gemocht.

17

Schnell wurde er wieder routiniert. Er war nur froh, dass die Frauen den Toten so nicht sehen mussten. DeWitt zählte fünf, sechs Einstiche im Hals- und Brustbereich. Da, wo sein Bauch war, hatte sich eine rote Pfütze gebildet. Seine rechte Hand zeigte in der Innenfläche einen langen Riss. Er musste sich verzweifelt gewehrt haben. DeWitt schluckte mehrmals kräftig. Eine Plane wurde über der Leiche aufgebaut.

„Thomas Schütz, 28 Jahre alt. Biologe von Beruf, ledig, wohnhaft in Essen-Kettwig", ratterte Kostelitz herunter.

„Essen-Kettwig? Ich glaube es nicht. Ich bin überhaupt nicht auf die Idee gekommen, ihn zu fragen, wo er selber wohnt." DeWitt schlug sich gegen den Kopf. „Und da frag ich Blödmann ihn, ob seine Kollegen eine Verbindung mit Kettwig haben. Mensch, bin ich bescheuert. Aber er hat doch gesagt, Kettwig sei für alle weit entfernt. Er hat mich also angelogen. Scheiße, aber warum hat man ihn so umgebracht? Und warum musste er sterben? Scheiße, warum habe ich mir nicht seine Adresse nennen lassen?" Maurits' Worte überschlugen sich. Und er vergaß sogar ein paar holländische Brocken einzuschmeißen.

Kostelitz betrachtete seinen Exkollegen amüsiert.

„Reg dich nicht auf! Kann jedem passieren", versuchte er ihn zu beruhigen.

„Jedem, aber nicht mir." DeWitt war sauer, auf sich, auf Kostelitz, auf den armen Schütz, der ihn belogen hatte – und überhaupt auf alle, sogar auf seine Freunde, die ihn nicht richtig unterstützt hatten.

Ein Mitarbeiter reichte Kostelitz eine Plastiktüte. Kostelitz warf einen Blick darauf und hielt sie DeWitt entgegen.

„Was ist das?", fragte er ihn.

DeWitt musterte den weißen Briefumschlag in der Tüte, ohne ihn anzunehmen. Der Umschlag war an einer Ecke zerfranst und rot gefärbt.

„Der Brief ist an dich adressiert", sagte Kostelitz.

DeWitt war erstaunt. Tatsächlich, auf dem Umschlag stand seine

Anschrift. Kostelitz streifte sich Schutzhandschuhe über und öffnete den Umschlag. Er zog ein Papier aus dem Umschlag und hielt es De-Witt vor die Nase.

„Eine Art Frachtbrief, mit dem Computer geschrieben und ausgedruckt. Kann jeder geschrieben haben", stellte Maurits fest, nachdem er einen Blick darauf geworfen hatte. Und dann: „Mensch, da hat Stalbach einen leibhaftigen Löwen geliefert, und zwar an eine Firma Safari and More. Lieferant ein kleiner Zirkus aus der Eifel. Lieferung am 12.11.2018."

Kostelitz und DeWitt rätselten. Sie arbeiteten wieder gemeinsam. Kostelitz schien die Angelegenheit mit dem Stofffetzen verdrängt zu haben. Vergessen hatte er sie bestimmt nicht.

„Der Mord passt nicht in das Bild mit den früheren Tier-Morden", sagte Kostelitz. „Und warum trägt Schütz einen frankierten, aber noch nicht abgestempelten Brief bei sich, der an dich gerichtet ist?"

DeWitt überlegte. „Die Antwort ist manchmal einfacher, als man denkt. Schütz hatte den Brief frankiert, weil er ihn noch in den Briefkasten einwerfen wollte."

„Wenn das richtig ist, dann kann es dem Mörder nicht auf den Brief angekommen sein. Er hätte ihn an sich genommen."

„Wenn er von dem Brief gewusst hätte."

Kostelitz stellte eine andere Theorie auf. „Schütz könnte den Brief vielleicht auch zum eigenen Schutz bei sich gehabt haben. So als eine Art Lebensversicherung aufbewahrt haben. Er könnte gedroht haben, dass er den Brief zur Post aufgibt."

„Wenig wahrscheinlich", meinte DeWitt. „Dann hätte er den Brief ja praktisch zu seiner eigenen Ermordung mitgebracht. Tolle Lebensversicherung."

„Oh, doch. Schütz schätzt die Gefährlichkeit seines Treffens richtig ein. Wenn er dabei getötet wird, wird die Kriminalpolizei den Brief bei seiner Leiche finden."

„Und deshalb frankiert er ihn?"

Beide waren sich einig: Schütz hatte DeWitt über den Tiertransport informieren wollen und war nicht mehr dazu gekommen.

„Zu viele Tote rund um den Tierhandel", sagte Kostelitz resigniert.

Die beiden stellten fest, dass der Brief keinen Absender hatte. De-Witt hätte nicht erkannt, von wem er stammte.

„Hat Schütz anonym zur Aufklärung des illegalen Tierhandels beitragen wollen? Aber warum hatte er sich nicht direkt an uns, an die

Polizei gewandt, sondern an dich, den pensionierten Kommissar?"
Man fand keine überzeugende Erklärung.

Kostelitz steckte den Brief in seinen Umschlag zurück und übergab ihn der Spurensicherung. Warum wurde Schütz ermordet? Was war passiert, dass er wie wild niedergestochen wurde? Die beiden beschlossen, zunächst das Ergebnis der Obduktion abzuwarten.

Zu Hause wollte DeWitt gerade bei Funkes anrufen, als sich Beate telefonisch bei ihm meldete. Beide Funkes waren bester Dinge. Beate sprach aufgeregt in den Hörer und Robert im Hintergrund. Der Immobilienverkäufer war eingeknickt. Er würde zum ursprünglich vereinbarten Preis verkaufen, aber mit allem Inventar. Die Funkes wollten das Burghotel noch einmal begehen, sie wollten sich ihrer Sache sicher sein, bevor sie sich entschieden. Sie fragten, ob DeWitt Lust hätte mitzugehen.

„Wunderbar", sagte Maurits, „ich habe auch eine Menge mit euch zu besprechen, inzwischen ist viel passiert."

„Erzähl!" Aber Beate war schon wieder bei ihrem Leitthema. „Und stell dir vor, mit all den tollen Möbeln. Wir werden residieren wie die Fürsten. Oder wie der vornehme Landadel." Sie war nicht zu bremsen.

Maurits erkannte, dass seine traurige Geschichte jetzt nicht angebracht war. Er musste die beiden ihre Freude erst einmal auskosten lassen.

„Was wolltest du erzählen?", hakte Beate halbherzig nach.

„Später. Wann holt ihr mich ab?"

„Um 17 Uhr."

Eine Stunde später rief ihn Kostelitz an.

„Du blöder Hund", schimpfte er. „Ich habe vor 20 Minuten bei der Abteilung für Vermögensdelikte nachgefragt. Es liegt eine Meldung über den Diebstahl eines Kühlwagens bei der Firma NNG vor. Sieh zu, wie du da rauskommst."

DeWitt war etwas gekränkt.

Am Nachmittag schloss Robert das knarrende Burgtor auf. Die Dogwalker waren vollständig versammelt. Beate und Robert stolzierten schon halbgeadelt durch alle Räume, Kaminzimmer, Rittersaal, Turmzimmer, Keller, durchstreiften den Garten und das Gewächshaus. Sie bewunderten luftig geschweifte Bogenfenster, kunstvoll geschnitzte Balken und in Stein geschlagene Wappen. Nur Cora und Maurits wirkten etwas still und zerstreut.

„Das ging mir doch alles zu schnell jetzt", sagte Cora auf einmal. „Ich hatte noch keine Zeit über die Folgen, die ein Umzug mit sich bringt, nachzudenken."

„Lass dir ruhig die Zeit. Erst soll sich Anna einmal an den Gedanken gewöhnen Burgfräulein zu werden. Du wirst sehen, sie wird richtig stolz sein", tröstete Beate und gab Cora einen Kuss auf die Wange.

„Aber ich muss doch unser Haus verkaufen. Puh, was wird Christian dazu sagen?"

„Der hat gar nichts mehr zu sagen. Das Haus hat er dir geschenkt und du kannst damit machen, was du willst", sagte Beate, die verzweifelt an ihrer guten Laune festhielt.

„Das Haus ist für Anna bestimmt. Aber ich werde mit ihr reden. Vielleicht findet sie unser Burghotel auch cool", sagte Cora leise und ohne Überzeugung.

„Ja, rede mit ihr." Es tat Cora gut, dass den Funkes so sehr daran gelegen war, dass sie mit in die Burg zog.

Aber warum war Maurits so auffallend still? Cora wunderte sich. Er war doch derjenige, der von einem Umzug am meisten profitierte. Er musste nur seine Mietwohnung aufgeben, war angeblich arm wie eine Kirchenmaus und außer fürs Detektivspielen zu wenig zu gebrauchen.

„Können wir uns *een beetje* setzen", bat DeWitt.

Sie fanden unter einer großen Kiefer eine alte, etwas brüchige Bank. Maurits ließ sich müde darauf nieder. Die anderen blieben vorsichtshalber stehen.

Dann erzählte DeWitt von dem ermordeten Schütz.

Ihre Stimmung war plötzlich gedrückt, die euphorische Ausgangssituation war auf einmal nur noch Nebensache. Der brutale Mord an dem liebenswürdigen Schütz sorgte besonders bei den Frauen für Erschütterung.

Beate, die engagierte Tierschützerin, kannte Safari and More.

„Die Firma hat in Kenia ein großes Areal, dort kann man auf Löwensafari gehen. Die Sache ist schon über ein paar deutsche Sender gegangen. Auf der Safari wird mit scharfer Munition geschossen. Für die widerlichen Trophäenjäger wird ständig Nachschub an Tieren benötigt. So makaber das klingt, die Tiere werden aus Europa nach Kenia exportiert, wo sie von ein paar Arschlöchern abgeknallt werden. Es sind keine wilden Tiere mehr, schon an Menschen gewöhnt, stammen aus Zuchten oder sind aus privaten Zirkussen ausgemustert. Tiere, auf die zu schießen niemand stolz sein kann", erzählte sie.

„Ja, das habe ich auch gelesen. Ein zahmer Löwe, der sogar einen Namen hatte, wurde von einem amerikanischen Zahnarzt angeschossen. Das arme Tier hatte furchtbar gelitten bis es endlich nach vielen Stunden von afrikanischen Jägern endgültig getötet wurde", sagte Cora.

„Aber der Zahnarzt konnte nicht damit prahlen. Die Patienten haben seine Praxis bestreikt und angedroht ihn umzubringen. Er musste sich sogar verstecken", wusste Maurits.

„Geschieht ihm recht. Wir müssen Schütz nachträglich dankbar sein, dass er uns den wichtigen Hinweis gegeben hat" meinte Beate.

„Aber warum hat er sich nicht an die Polizei gewandt?", grübelte Cora.

„Ist doch klar", sagte Beate. „Tierschutz ist nicht das Ding der Polizei."

„Ich kann mir einfach nicht vorstellen, dass Schütz in unsere Ermittlungen mehr Vertrauen hatte als in die Arbeit der Polizei", sagte Cora.

„Ich denke, dass Schütz ein ganz durchtriebener Hund war", meinte Robert. „Er hat Dreck am Stecken gehabt. Warum hätte er den Maurits sonst angelogen? Kein Wort darüber, dass er Ortskenntnisse in Kettwig hat."

„Und dieser Brief. Die Geschichte ist doch ziemlich alt. Warum wollte er die Sache erst jetzt publik machen?", stimmte Cora zu.

DeWitt schmunzelte. „Wer ihn getötet hat, weiß ich noch nicht so genau", sagte er. „Aber ich bin mir ziemlich sicher, was er mit dem Brief an mich anfangen wollte."

„Und was?", fragte Beate.

„Reines Ablenkungsmanöver", sagte Maurits. „Überlegt euch, wir klettern gerade bei NNG in dem Kühlwagen herum. NNG muss reagieren. Als Erstes verschwindet der Kühlwagen, bevor die Polizei auf der Bildfläche erscheint. NNG ahnt nicht, dass wir uns schon einen Stofffetzen gekrallt haben, und dass wir deshalb sicher sind, dass Classens Leiche mit dem Wagen transportiert wurde. NNG weiß, dass der Diebstahl des Kühlwagens nicht besonders plausibel klingt. Wie kann NNG sauber aus der Sache rauskommen?"

„Sie legt eine falsche Spur", sagt Robert.

„Aber was hat Schütz damit zu tun? Der war doch so ein netter Kerl." Cora verteidigte den jungen Mann.

„Der Saubermann Schütz sollte uns einen anonymen Brief zuleiten, der auf einen anderen Drahtzieher hinweist, die Firma Safari and More. Das Unternehmen ist schmutzig genug, damit wir den Köder gierig fressen. Eigentlich eine Beleidigung für uns. Schaut euch doch mal an, wann der Löwentransport stattgefunden hat, am 12.11.2018. Das ist schon *een beetje* her. Zeit genug, dass wir jetzt nichts mehr zurückverfolgen können. Der Zirkus ist gefaked oder so klein, dass er heute gar nicht mehr existiert. Unsere Suche würde im Nichts enden. Aber wir hätten einen anderen Verdächtigen."

„Das lässt sich hören. Also hat Schütz die Leiche transportiert", fasste Beate zusammen.

DeWitt stimmte zu. „Er ist Kettwiger, hat also die Ortskenntnis für die Leichenablage im Kettwiger Stadtwald."

„Und Schütz weiß auch, wie man an die Schlangen kommt, er wird Stalbach die Schlange untergejubelt haben", sagte Robert.

„Mag sein", meinte Maurits ausweichend. „Aber warum sollte er seinen Bruder im Geiste getötet haben. Dazu müssten wir Sachverhalte konstruieren, die bisher nie eine Rolle gespielt haben, z. B. dass sich Schütz mit Stalbach über Geld gestritten hat. Aber das ist ein Streit, der offen ausgetragen wird und nicht heimlich dadurch beendet wird, dass Schütz ihm eine Schlange auf den Tisch legt."

„Noch einmal zum Brief", sagte Cora. „Warum hat der Mörder den Brief bei der Leiche gelassen?"

„Es gibt mehrere Möglichkeiten", erklärte Maurits. „Entweder hat der Mörder den Brief nicht entdeckt. Oder er hat ihn entdeckt, und er war ihm egal. Die dritte Möglichkeit, dass der Mörder den Brief seinem Opfer nach der Tat zugesteckt hat, schließen wir ja aus, weil wir sicher sind, dass Schütz uns mit dem Brief auf einen anderen Sündenbock verweisen wollte."

„Damit wir im Umkreis von Safari and More suchen", ergänzte Robert.

Das Burghotel hatte noch Zeit. Sie hatten für heute genug gesehen. Jetzt ging es um Wesentlicheres. Sie standen kurz vor der Auflösung des Falles.

„Und was machen wir jetzt?", fragte Robert weiter.

„Wir kaufen das Hotel", entschied Beate.

„Das meine ich nicht", sagte Robert leicht genervt. „Wie gehen wir in unserem Mordfall weiter vor?"

„Fahren wir nach Hause", sagte Maurits. „Und ich weiß jetzt, dass ich ein großangelegtes Interview führen möchte. Dazu brauche ich Kostelitz' Hilfe."

Er ließ sich telefonisch mit Kostelitz verbinden. Kostelitz war immer noch ungnädig wegen DeWitts Einmischung.

„Du hast gesagt, sieh zu, wie du da wieder rauskommst! Und das will ich tun. Gib mir eine Chance, lass mich mit Mailänder reden!"

„Du versaust es nur wieder."

„Ich habe gar nichts versaut. Schließlich habt ihr doch auch den Stofffetzen von mir."

„Der aber als Beweis nicht verwertbar ist. Ihr hättet ihn ja überall finden können."

„Das siehst du zu schwarz. Auch Zeugenbeweise sind verwertbar. Und *een beetje* hat er trotzdem geholfen. Frau Funke hat doch auch noch Fotos von dem Fundort geschossen. Hab sie dir schon zugeschickt. Und wenn ihr dann noch eine Textil-Analyse macht mit dem Soff vom Leichenfundort."

Kostelitz schwieg. Maurits kam sich klein und armselig vor. Nichts war mehr von seiner ehemaligen Autorität geblieben. Jetzt musste er bei seinem ehemaligen Kollegen um jeden kleinen Gefallen betteln.

„Komm schon, lass mich mal mit Mailänder reden. Ist doch kein Thema."

„Okay, ich versuch es", versprach Kostelitz lahm.

Später rief Kostelitz bei DeWitt zurück.

„Mailänder ist einverstanden", sagte er. „Er habe sich nichts vorzuwerfen, er muss selbst die Befragung durch einen Profi nicht fürchten, erst recht nicht die Befragung durch einen unter zum Stalken neigenden Pensionär. Das hat er übrigens wörtlich so gesagt. Und ich soll es wörtlich so ausrichten." Maurits hörte Kostelitz durch das Telefon grinsen. „Aber die Befragung muss in seinem Büro stattfinden, er hat keine Zeit."

Einige Stunden später saßen DeWitt, Kostelitz und ein Kriminalsekretär dem Zoodirektor Mailänder gegenüber. Die Sekretärin kam herein und fragte, ob sie Kaffee servieren dürfe.

„Nicht nötig", sagte Mailänder, „die Herrschaften wollen sich nur kurz hier aufhalten." Dann begann DeWitt die Vernehmung.

„Sie züchten Tiger?"

„Nein."

„Wenn ich in ältere Zeitungsabschnitte schaue, ist die Tigerzucht Ihres Zoos europaweit bekannt."

„Richtig. War früher einmal so. Aber wir züchten keine Tiger mehr. Wir haben unsere Tigerzucht eingestellt."

„Was waren die Gründe?"

„Platzmangel. Die Kapazitäten für die Aufnahme von Tigern in unserem Zoo sind begrenzt. Wir haben so viele Tiger gezüchtet, wie wir verantworten konnten." Herr Mailänder räusperte sich und nahm einen Schluck Wasser.

„Ich behaupte, dass Sie Ihre Zucht erst aufgegeben haben, nachdem es im Kettwiger Stadtwald den Leichenfund gegeben hat." Die drei Männer warteten gebannt auf Mailänders Reaktion.

„Wenn im Kettwiger Stadtwald ein Mensch von einem Tiger zerrissen wurde, dann war es keiner von meinen Tigern." Herr Mailänder blieb gelassen.

„Woher wissen Sie davon, dass der Mensch von einem Tiger getötet worden ist? Das stand in keiner Zeitung", hakte DeWitt nach.

„Halten Sie mich für dumm?! Ich bin schon noch in der Lage zu kombinieren. Außerdem haben Sie beim ersten Besuch schon etwas angedeutet, als Sie mich mit Ihren merkwürdigen Fragen belästigten."

„Wir haben Sie damals danach befragt, wo in der Nähe Tiger gehalten werden. Von einer Leiche haben wir nicht gesprochen." Maurits konnte sich allerdings auch nicht so genau an das Gespräch erinnern.

„Sie scheinen ein schlechtes Gedächtnis zu haben." Mailänders Stimme schwankte ein wenig.

„Sie haben eben von einem Überschuss an Tigern gesprochen, den Ihr Zoo produziert hat", wechselte DeWitt schnell das Thema.

„Das habe ich nicht. Ich habe davon gesprochen, dass wir so viele Tiger gezüchtet haben, wie der Zoo aufnehmen konnte."

„Haben Sie niemals gezüchtete Tiger weitergegeben?"

„Durchaus. Es besteht in den europäischen Zoos ein Bedarf an reinerbigen Tieren."

„Ihr Zoo verdiente damit gutes Geld. Warum verzichten Sie auf gutes Geld, indem Sie plötzlich die Tigerzucht einstellen?"

„Ich sagte es schon, dass …"

DeWitt unterbrach ihn. „Kann man davon ausgehen, dass es Tiere gibt, die Sie für die Zucht nicht oder nicht mehr verwenden können?"

„Sie sprechen hier von nicht reinerbigen Tieren oder solchen, die einen Gen-Defekt haben."

„Behalten Sie diese Tiere im Zoo?"

„Unsere Ressourcen werden zur Aufzucht von reinerbigen und gesunden Tigern benutzt. Das dient dem Erhalt der Arten."

„Was haben Sie mit den Tieren getrieben, die nicht dem Artenerhalt gedient haben? Haben Sie sie getötet?"

Kostelitz und sein Kollege waren noch nicht zu Wort gekommen. Sie schienen ganz zufrieden mit den Verhörmethoden ihres Exkollegen zu sein. Wie ein Schnellfeuergewehr schoss dieser seine Salven auf den armen Mailänder ab. Der Alte hatte nichts von seiner damaligen Form verloren. Schade, dass er nicht mehr seinen Dienst versehen durfte.

„Haben Sie sie getötet?", wiederholte DeWitt seine Frage.

„Um Himmels willen, nein. Das grundlose Töten von Wirbeltieren ist verboten."

„Also haben Sie auch diese Tiere verkauft?"

„Es gibt keine Käufer dafür. Wir haben sie vermittelt."

„Wer sollte Interesse an diesen Tieren haben?"

„Es ist nicht leicht, solche Tiere zu vermitteln. Wir haben sie aber alle in angesehenen Zoos im Ausland untergebracht. Belgien, Portugal, Slowenien, sogar nach Ceylon und den Philippinen."

„Und Sie glauben, dass solche Zoos und Parks die Ressourcen besitzen, die Sie selbst nicht haben?"

„Das zu prüfen, sind wir nicht immer in der Lage", gestand Mailänder etwas kleinlaut ein.

„Haben Sie Tiere illegal weiterverkauft?"

„Wie meinen Sie das?" Mailänder war verblüfft.

„Wissen Sie, wo jedes einzelne Tier geblieben ist?"

„Aber natürlich. Alles geht über unsere Unterlagen."

„Haben Sie mit Herrn Stalbach zusammengearbeitet?"

„Nein."

„Hätten Sie mich jetzt nicht fragen müssen, wer Herr Stalbach ist?"

„Das interessiert mich nicht. Ich weiß, dass ich geschäftlich nicht mit einem Herrn Stalbach zusammengekommen bin."

"Und Companhia animal do Sul?"

„Der Name sagt mir nichts. Ich kann kein Spanisch."

„Sie können also mit gutem Gewissen behaupten, dass keines Ihrer Tiere auf dem illegalen Markt in Deutschland gelandet ist?"

Mailänder sah hilfesuchend zu den beiden anderen Beamten rüber.

„Darf Herr DeWitt mir so viele Fragen stellen? Er ist doch nicht mehr im Dienst."

„Er darf. Wir würden ansonsten die gleichen Fragen stellen. Bitte beantworten Sie sie wahrheitsgemäß." Kostelitz lehnte sich zufrieden in seinem Stuhl zurück.

„Jedes von uns gezüchtete Tier ist gut im Ausland untergekommen." Mailänder hatte jetzt ein hochrotes Gesicht. Er wirkte sehr angespannt.

„Sofern es sich nicht noch in Ihrem Zoo befindet?"

„Richtig."

„Der Mann im Kettwiger Stadtwald ist von einem Tiger zerrissen worden, den Sie gezüchtet haben."

„Unmöglich." Mailänders Stimme war jetzt laut und schrill. „Sie verplempern meine Zeit."

„Ich werde Ihnen nachweisen, dass der Tiger aus Ihrer Zucht stammt. Und wenn es richtig ist, dass die aussortierten Tiger im Ausland gelandet sind und die nicht aussortierten Tiger in Ihrem Zoo geblieben sind, dann muss der Tote in Ihrem Zoo ums Leben gekommen sein."

„Lächerlich, wie wollen Sie das nachweisen?"

„Wir haben Genspuren des Tigers, die wir ohne Schwierigkeiten mit den Merkmalen Ihrer Tiger im Zoo vergleichen können. Das geht auch bei Tieren, wie Sie wissen. Nennen wir es einmal den genetischen Pfoten-Abdruck."

„Ich werde es nicht zulassen, dass Sie meinen Tieren hier eine Probe entnehmen."

Maurits sah Kostelitz ein wenig ratlos an. „Meinst du nicht, dass wir eine richterliche Ermächtigung bekommen werden."

„Maurits", sagte Kostelitz bedauernd, „du warst lange genug im Geschäft. Kein Richter wird uns die Genehmigung erteilen. Es gibt zu wenige Verdachtsmomente."

Mailänder nickte zufrieden, und DeWitt nickte enttäuscht. Dann lächelte DeWitt. „Es könnte da noch einen anderen Weg geben. Wissen Sie, Mailänder. Bei unserem letzten Besuch hier im Zoo, Sie erinnern sich ja noch gut daran, hat mir einer Ihrer Tiger auf die Hose uriniert. Die Hose liegt noch immer im Wäschekorb neben der Waschmaschine. Ich bin halt alleinstehend, ein Mann und *een beetje* schlampig. Ich bin noch nicht dazu gekommen, sie in die Maschine zu stopfen. Meinst du Kostelitz, das Genmaterial würde ausreichen?"

„Es würde ausreichen, das weißt du doch selber, Maurits."

„Diese Tiger aus der Zucht sind doch alle irgendwie miteinander verwandt. Ist das richtig Kostelitz?"

„Stimmt. Wenn Sie aus einer Zucht stammen", stimmte Kostelitz zu.

„Wir werden also durch die Genanalyse feststellen können, ob das Tier, das seine Spuren an dem unglücklichen Classen hinterlassen hatte, aus Mailänders Zucht stammt, wenn wir den Tigerurin an meiner Hose mit diesen Spuren vergleichen?", tat DeWitt unwissend.

„Auf jeden Fall", bestätigte Kostelitz.

„Sie brauchen diesen Tiger nicht mehr verschwinden zu lassen. Ich werde mich persönlich davon überzeugen, dass er noch lebt. Aber diesmal …" DeWitt grinste Mailänder an. „… werde ich mich nicht von ihm anpinkeln lassen."

„Verdammte Scheiße", sagte Mailänder und verlor seine vorbildliche Haltung. „Mein Gott, was ist schon dabei. Ja, wir haben einige Tiere über Stalbach vermitteln lassen. Verboten ist das nicht. Deshalb nenne ich es auch nicht illegal. Und mit Mord habe ich nichts zu tun."

Kostelitz hob versteckt vor Mailänder den Daumen: Super. Er setzte sich in seinem Sitz gemütlich zurecht. „Na, dann erzählen Sie mal."

18

Einige Stunden später saßen die Dogwalker in DeWitts Wohnung zusammen. Kostelitz ließ sich entschuldigen.

Vor einer halben Stunde war ein Kommissar-Anwärter dagewesen. Mit einem riesigen Kuchenpaket.

„Kostelitz hat die Torte der gesamten Polizeikantine aufkaufen lassen und schickt sie uns." Maurits öffnete das Kuchenpaket. Beate stürzte in die Küche und kam nach kurzer Zeit mit Riesenmengen von Kaffee und Tee zurück. Maurits holte dazu ein Kirschwasser aus dem Kühlschrank. Heute übertrieb er es etwas mit der Gastfreundschaft. Beim Kuchengelage erzählte Maurits, was inzwischen passiert war.

„Kostelitz wäre gerne dabei gewesen", sagte Maurits, „aber er hat damit zu tun, den Täterkreis auszuheben. Mailänder ist ein richtiges Plaudertäschchen geworden. Er kooperiert jetzt, um den Zoo im guten Licht dastehen zu lassen. Böse waren nur die anderen."

„Mailänder hat diejenigen Tiere aus seinem Zoo, die nicht bleiben sollten, über Stalbach vermitteln lassen. Er hat sich nicht darum gekümmert, wo sie blieben. Einen kleinen Teil hat Stalbach in andere Zoos und Tierparks vermittelt, alle andere sind über traurige Wege verramscht worden."

Cora unterbrach. „Der arme Jiri hat recht behalten. Seine Tiere sind auf unwürdige Weise verschwunden. Das mit den Restaurants scheint wohl zu stimmen."

„Leider haben wir keinen einzigen Mörder überführt", meinte Beate.

„Eins nach dem anderen. Mailänder hat die Einnahmen aus der Vermittlung in die eigene Tasche gesteckt. Stalbach arbeitete zumeist mit der NNG zusammen. Der Geschäftsführer der NNG spielte mit und ein Lagerverwalter, namens Krafft. Schütz spielte den Boten zwischen Stalbach und NNG. Die Geschichte mit dem Tiger war eine Nummer zu groß für die Tierhändler. Der Tiger ging im Transportkäfig aus Castrop-Rauxel an die NNG. Dann forderte Mailänder den Transportkäfig zurück. Kurzerhand sperrten die Gangster den Tiger in einen garagengroßen Container."

„Dann war also der Mord an den Ermittler kein Mord, sondern ein Unfall", schlussfolgerte Cora.

Maurits ließ sich nicht unterbrechen.

„Plötzlich merkten sie dann, dass er kein dressierter Tiger war und nicht freiwillig in den Lastwagen zum Abtransport stieg. Sie mischten Schlafmittel in sein Fressen und hatten keine Ahnung, wie viel sie benötigten. Der Tiger war nicht ganz benommen, als Classen auf der Bildfläche erschien und auf dem Gelände herumschnüffelte. Ich könnte mir vorstellen, dass Classen hierbei vorsätzlich oder aus Versehen die Kühlung für das Fleischlager ausgestellt hat. Irgendwann stieg er dann in den Container und geriet so dem aufwachenden Tiger in die Fänge."

„Wie kommt er denn in den Container? So ganz gescheit kann der Kerl nicht gewesen sein", mischte sich auch Beate ein.

„Classen war ganz dicht dran an der Aufklärung. Schade, dass er nicht besser aufgepasst hat. Er muss den Tiger wohl für verendet gehalten haben", sagte DeWitt.

„Oder er hat ihn einfach zu spät bemerkt, als er die Container durchsuchte", meinte Beate.

„Ein Glück, dass wir so gut aufgepasst haben. Wir hätten auch tot sein können." Cora wurde sich erneut bewusst, auf was sie sich da eingelassen hatten.

„Wir waren nie in Gefahr. Ich habe da ja so *een beetje* meine Erfahrung." Maurits fuhr unbeirrt fort. „Die Gangster hatten das Problem, wie sie die Leiche entsorgen konnten. Stalbach wird wohl Schütz genötigt haben, die Leiche kurzerhand in den Kühlwagen zu packen und sie nachts im Kettwiger Stadtwald zu entsorgen. Das war weit genug von Duisburg entfernt. Und da kannte Schütz sich aus."

„Dann haben wir die ganze Zeit umsonst ermittelt. Wahrscheinlich war der Schlangenbiss dann auch ein Unfall." Beate zeigte sich enttäuscht.

„Oder Schütz hat den Stalbach getötet", vermutete Robert. „Er hat die Schlange aus ihrem Behälter geholt und sie dem Stalbach untergeschoben."

„Mir fehlt das Motiv", sagte Cora.

„Richtig, warum sollte Schütz seinen Kollegen getötet haben? Er hätte sich ja weigern können, die Leiche zu entsorgen." DeWitt stellte sich dieselbe Frage.

„Vielleicht ein Streit unter Gangstern", vermutete Robert. „Zu wenig

Anteil an den Einnahmen."

Maurits zuckte mit den Schultern. „Mailänder sagt, er weiß von nichts. Ich hätte mir gewünscht, dass er den Täter kennt."

„Und der Mailänder kommt als Täter so gar nicht infrage? Überleg mal!", fragte Beate enttäuscht.

„Sein Alibi wird von der Polizei gerade überprüft. Ansonsten bleibt alles offen", sagte Maurits. „Wir wissen nur, wie Classen gestorben ist. Die Polizei vernimmt zurzeit den Geschäftsführer und den Lagerverwalter. Wollen wir hoffen, dass sich daraus Anhaltspunkte ergeben."

„Hatte Classen wirklich überhaupt keine Chancen? Wieso konnte er nicht noch fliehen? Wieso ist der Tiger nicht aus der offenen Tür entwischt?" Da waren für Cora noch zu viele offene Fragen.

„Ich vermute, Classen hatte die Tür hinter sich von innen geschlossen, um nicht entdeckt zu werden. Als er den Tiger sah, war es schon zu spät. Es gelang ihm nicht mehr sie zu entriegeln", sagte Maurits.

„Wie schrecklich!", stießen Cora und Beate gleichzeitig hervor.

„Viel schrecklicher wäre es gewesen, wenn er die Tür hätte öffnen können. Dann wäre der Tiger auch entkommen und hätte noch viel mehr Unheil anrichten können", sagte Robert.

„Stimmt! Und was wird aus Mailänder?", wollte Cora wissen.

„Der wird die längste Zeit Zoodirektor gewesen sein. Witzigerweise wird er seinen Job wohl nicht deshalb verlieren, weil er die armen Viecher verhökert hat. Mailänder scheitert daran, dass er die Einnahmen in die eigene Tasche gesteckt hat. Untreue nennt man so was. In dieser Richtung waren wir sehr erfolgreich. Ist doch kein Thema. Wir haben ein paar skrupellose Händler und Vermittler aus dem Verkehr gezogen. Aber wahrscheinlich ist das nur ein Tropfen auf dem heißen Stein."

„Und dieser charmante Gernreich, was hat der mit der ganzen Geschichte zu tun?", fragte Beate.

„Ihr werdet es kaum glauben, der scheint tatsächlich *niet een beetje* schuldig zu sein. Ist doch kein Thema."

„Der Chef von der Firma weiß angeblich von nichts. Das kann ich kaum glauben. Muss der naiv sein." Cora schüttelte empört den Kopf.

„Oder dämlich", sagte Beate.

„Oder er ist doch nicht so ganz unschuldig", sagte Robert.

„Das Herauszufinden ist nun die Aufgabe von Kostelitz und nicht von mir. *Een beetje* muss der ja auch tun."

„Hast du keine Idee, wer die Mörder von Stalbach und Schütz sind, wenn nicht doch der Schütz den Stalbach umgebracht hat?", fragte

Robert.

Maurits nickte. „Ich habe eine, aber sie gefällt mir nicht."

Dann fragte er Cora: „Hast du morgen etwas Zeit. Ich möchte einen Besuch machen. Ich brauche einen Zeugen und vielleicht auch eine medizinische Hilfskraft."

„Natürlich", sagte Cora.

„Wir kommen auch mit. Wir müssen dabei sein, wenn der Fall endlich gelöst wird", entschied Robert.

„Ja, Mensch, das wäre ungerecht. Die ganze Zeit haben wir dir zur Seite gestanden, uns in die unmöglichsten Situationen bringen lassen. Und jetzt bei der Auflösung sollen wir zu Hause bleiben." Beate war zu Recht sauer und zeigte es auch.

„Bitte lasst mich mit Cora alleine gehen. Ihr werdet es verstehen, wenn ich es euch später erkläre." Seine Stimme war etwas belegt.

Betroffen sahen ihn die anderen an. Sie ließen Maurits in Ruhe. Und keiner wagte, um eine Erklärung zu bitten. Sie würden sich gedulden müssen.

Am Abend rief Kostelitz bei Maurits an. Er war etwas müde und resigniert.

„Die Leichensache Classen haben wir erfolgreich aufgeklärt. Der Gernreich ist tatsächlich unschuldig. Seine Firma war Umschlagsort für illegalen Tierhandel. Die Herrschaften haben alles zugegeben. Gernreich hält sich meistens im Ausland auf. Er repräsentiert seine Firma nur. Hat für alles seine Leute, denen er freie Hand gelassen hatte. Hauptsache er kann sein Haus, seine Jacht und seinen Porsche finanzieren", sagte Kostelitz.

„Ein Chef, der keine Ahnung von dem hat, was in seinem Betrieb vor sich geht. Soll es alles geben. Aber vielleicht decken die Mitarbeiter ihn nur."

„Glaub ich nicht. Möglich, dass Gernreich so einiges billigend in Kauf genommen und ein Auge zugedrückt hat. Hauptsache es kam für ihn genügend rum."

„Scheint ein fauler Hund zu sein."

„Redet sich mit seinen Auslandsaufenthalten raus. Aber bei den beiden anderen Todesfällen kommen wir keinen Schritt weiter. Keiner weiß etwas. Keiner vermutet etwas. Und die Herrschaften waren ansonsten ganz schön auskunftsfreudig."

„Was war mit dem Brief an mich?", wollte DeWitt wissen.

„Du hattest recht. Reines Ablenkmanöver. Aber das erklärt nicht die anderen Morde. Ich weiß nicht mehr weiter", gestand Kostelitz.

Maurits murmelte. „Habe ich befürchtet. Noch eine Frage, die ich schon immer stellen wollte: Ihr habt doch sicher Stalbachs Computer untersucht. Habt ihr da pornografisches Material gefunden?"

„Nein?"

„Schade, ich hatte das gehofft."

„Das ist aber eine sehr merkwürdige Hoffnung."

„Und den Computer von Schütz?"

„Da sind wir dran. Wird noch ausgewertet."

Am anderen Tag drückte Maurits auf die Klingel des Mehrfamilienhauses Schöne Heid in Duisburg. Cora hatte ihn, wie versprochen, begleitet. Ihr ging es nicht gut. Sie hatte Kopfschmerzen, und in ihrem Magen rumorte es ungut. Vielleicht war sie nur aufgeregt, besorgt über das, was sie nicht zu erfahren hoffte. Mein Gott, lass das nicht wahr sein, betete sie insgeheim.

Als Frau Rogalski im schmutzigen Kittel öffnete, war zu erkennen, dass sie stark verweinte Augen hatte. DeWitt fragte, ob man miteinander sprechen könne. Bibiane Rogalski nickte. Sie führte die beiden durch den schmalen Flur ins Wohnzimmer. Bettina Rentmeester saß in dem dunklen Raum mit ihrer Tochter auf der Couch vor dem Tisch. Anke trug ein buntes fröhliches Sommerkleid, das gar nicht so zur allgemeinen Stimmung passte. Sie sah nicht auf, als die drei das Zimmer betraten. Ihr Blick ging durch das leicht schmutzige Fenster nach draußen, wo eine Katze versuchte einen kleinen Vogel vom Baum zu holen. Aber Anke sah weder die Katze noch den Vogel. Ihre Augen waren leer. Auch Bettina sah nicht auf. Ihre Augen waren rot geweint und schreckgeweitet, so, als hätten sie soeben etwas ganz Furchtbares erlebt.

„Dürfen wir uns zu Ihnen setzten?", durchbrach DeWitt das Schweigen.

„Jaja. Tschuldigung. Natürlich", stammelte Bettina, sah aber nicht zu den ungebetenen Gästen rüber.

Cora und Maurits schoben die Sessel an den Tisch und setzten sich den beiden gegenüber. Bibiane nahm neben ihrer Schwester Platz und hielt ihre Hand.

Coras Mund war staubtrocken, und die Übelkeit wollte einfach nicht verschwinden. Gerne hätte sie ein Glas Wasser gehabt, wagte aber nicht darum zu bitten.

„Sie und Ihre Schwester, sie haben doch gar keine Ahnung von Schlangen, nicht wahr?", begann Maurits das Gespräch.

„Nein", sagte Bibiane heiser.

„Wissen Sie was ein Krait ist, ein indischer Krait? Nun, ich denke mir, Sie haben es nicht gewusst. Ist doch kein Thema. Sie kennen sich aber gut in der Zoohandlung von Gernreich aus, Frau…? Ach, ich darf doch Bibiane sagen? Ist es nicht so?"

Bibiane nickte gleichgültig.

DeWitt wiederholte. „Sie kennen sich in der Zoohandlung gut aus, oder?"

„Ja, ich bin so oft wie möglich mit Anke dort. Das Känguru macht sie etwas glücklich, wenn das überhaupt möglich ist", sagte Bibiane leise.

„Schlangen interessieren Sie eigentlich gar nicht, ist doch kein Thema?!"

„Was habe ich mit Schlangen zu tun?" Bibianes Stimme war leise und brüchig.

„Sie haben eine Schlange gegriffen, irgendeine. Nicht wahr? Es hätte eine Würgeschlange sein können, eine giftige oder eine ungiftige, *is het niet*?"

Bibiane schwieg.

„Schon gut, eine Würgeschlange wäre zu schwer für eine Frau."

„Lassen Sie sie in Ruhe. Sie haben gar kein Recht, meine Schwester so auszufragen." Bettina versuchte leicht zu protestieren.

Unbeirrt fuhr DeWitt fort. „Sie haben großes Glück gehabt, dass das Tier Sie nicht gebissen hat. Oder Sie müssen sehr, sehr gut aufgepasst haben. Ich habe mich gefragt, warum Sie Stalbach das Tier in den Schreibtisch gelegt haben. Haben Sie ihn töten wollen? Sie wussten ja nicht mal, ob die Schlange giftig war. Nein, Sie haben ihn nicht töten wollen. Sie haben ihn warnen wollen. Ist das so weit richtig?"

„Hören Sie auf!", forderte Bibiane ihn kaum hörbar auf.

Anke saß ungerührt daneben.

„Wollen wir Anke nicht hinausschicken?", fragte Cora.

„Sie versteht es nicht", sagte Bibiane.

„Mir ist aufgefallen, dass die Schreibtischschublade geöffnet war, als ich den toten Stalbach am Schreibtisch fand. Stalbach hat in die Schublade gegriffen, wo sich die Schachtel mit den Anhängern befand. Die Schlange, die dort hineingelegt wurde, sollte ihn warnen. Ich frage mich: Warum oder wovor wollten Sie Stalbach warnen?"

Maurits sah Bibiane traurig an. „Mir ist Ankes Bettelarmband eingefallen. Die Anhänger. Und ähnliche Anhänger befanden sich in Stalbachs Schreibtisch. Ich habe Ihrer Schwester eine Perle aus dem kleinen Geschenkkarton in Ihrer Wohnung hier gezeigt. Und sie hat mir bestätigt, dass solche Perlen zu Ankes Armband gehören. Später hat sie mich angerufen. Sie hat bestritten, dass die Perle zu Ankes Armband gehört, und wollten die Zuordnung ungeschehen machen."

Bibiane schwieg. Sie wich dem Blick des Mannes aus und sah aus dem Fenster.

„Was wollte Stalbach mit diesen wertlosen schönen bunten, blinkenden Anhängern? Er hat sie Anke geschenkt. Ist das ein Grund, dass Sie eine Schlange auf ihn hetzen? Sicherlich nicht. Sie haben gedacht, er hat Anke die Anhänger geschenkt, um sie zu belohnen. Wofür hat er sie belohnt? Sie konnten sich nicht vorstellen, dass er die Anhänger aus reiner Menschenfreundlichkeit verschenkte. Ich habe Stalbach nie kennengelernt. Aber aus Gesprächen mit Gernreich habe ich erfahren, dass er zwar ein Kleinkrimineller war, dass er aber die Menschen liebte. Stalbach war ein Menschengewinner, sagt Gernreich, empathisch, liebevoll sogar. Sie haben Stalbach anders eingeschätzt, nicht wahr?"

Bibiane hatte den Kopf zum Fenster gedreht und sagte nichts.

Maurits fuhr fort: „Ich frage mich, was hat Sie dazu veranlasst, ihn warnen zu wollen. Warum haben Sie die Schlange auf den Schmuck gelegt? Was ist geschehen, dass Sie Stalbach nicht offen angesprochen haben? Es muss etwas gewesen sein, das so schlimm war, dass Sie diesen bemerkenswerten Weg gegangen sind."

Maurits sah die beiden Schwestern an und schwieg. Eine große Stille lag im Wohnzimmer, die so schwer wog wie ein ganzes Gebirge.

Bibiane weinte. Sie antwortete tonlos: „Wir haben Bilder gefunden. Zeichnungen von Anke. Ankes Zeichnungen sind für uns auch immer eine Art der Kommunikation gewesen. Anke hat auf einmal ganz anders gemalt, schlimme Dinge. Sehr obszön. Verstehen Sie? So ein unschuldiges Kind, das plötzlich widerliche Szenen zeichnet."

„Bilder von Männern?"

„Bilder von ekelhaften Männern. Wir dachten, wir hätten Anke immer in unserer Nähe, und dennoch muss sich so einer an sie rangemacht haben."

„Anke hat Gelegenheiten gesucht, um Kontakt mit diesem Mann zu finden?" Cora sagte das in den Raum hinein und hatte nicht die Erwartung, dass ihr die Frauen antworten würden.

225

„Das heißt, das Mädchen hatte selber ein großes Interesse oder es war für sie wie ein innerer Zwang“, grübelte DeWitt.

„Wir haben es zuerst überhaupt nicht mitbekommen. Wir hätten doch nie vermutet, dass Anke auch nur einen Schritt ohne uns machen würde. Anke ist eine 15-jährige Autistin. Wie kann man sie missbrauchen?“, presste Bettina hervor.

„Und dann fangen Sie, Bibiane, an zu überlegen. Stalbach war immer so freundlich zu Anke. Beschenkt das Kind. Es war klar für Sie, dass dieser Mensch die Vorlage für Ankes obszöne Bilder war. Sie legen eine Schlange zu den Anhängern in den Schreibtisch. Sie warnen ihn auf diese Weise und machen deutlich, dass Sie wissen, was er für ein Spiel treibt. Ich komme kurz nach seinem Tod hinzu. Da sind Sie noch in der Nähe. Anke ist auch in der Nähe. Sie will wissen, was die Tante da so treibt.“

„Anke kann nicht so weit denken. Sie ist draußen geblieben, hat vielleicht das Licht auf dem Schreibtisch von Stalbach gesehen“, sagte Bibiane.

„Mag sein. Als sie durch die Scheibe guckt, sieht sie mich in dem Raum. Meine Begleiter sehen ihr Gesicht, das sofort wieder abtaucht, als sie auf das Fenster schauen. Noch ein anderer muss sie von draußen gesehen haben. Ich komme gleich darauf. War Ihre Schwester in dieser Nacht mit Ihnen auf dem Zoogelände?“

Die Frauen sahen sich an.

„Bibiane, Sie waren doch allein auf dem Gelände?“, hoffte DeWitt.

„Ja“, kam es leise von Bibiane.

„Aber Ihre Schwester wusste, was Sie vorhatten?“, fragte nun Cora.

„Bibiane hat gar nichts vorgehabt“, verteidigte Bettina heftig ihre Schwester. „Natürlich haben wir gemeinsam überlegt, wie wir diesem Kerl das Handwerk legen konnten, aber wir waren noch nicht zu einem Ergebnis gekommen. Wichtig war, dass wir Anke von diesem Menschen fernhalten mussten.“

Bibiane drehte sich zu DeWitt um. „Wir wussten bis dahin nicht, wie wir vorgehen sollten. Ich hatte das Gefühl etwas tun zu müssen. Ich überlegte, ob ich mit ihm reden sollte, ihm mit einer Anzeige drohen sollte. Aber ich hatte ja keine Beweise. Ein autistisches Mädchen redet nicht. Und die gemalten Bilder sind nicht aussagekräftig.“

„Ihre Nichte malt so perfekt, wenn ich an das Känguru denke. Es könnte glatt eine Fotografie sein“, sagte Cora. Ihre Stimme war jetzt heiser.

„Was soll das heißen?", fragte DeWitt ärgerlich. Er hatte gerade einen so guten Lauf und wollte nicht unterbrochen werden. Doch dann begriff er.

„Sie haben von ekelhaften Männern auf den Bildern gesprochen. Waren Gesichter zu erkennen? Taucht auch Stalbachs Gesicht auf? Darf ich mir die Bilder einmal angucken?", fragte DeWitt.

Die beiden Frauen sahen DeWitt entsetzt an.

„Die haben wir sofort vernichtet", sagte Bettina.

„Anke malt fotografisch. Sie müssen doch die Gesichter oder das Gesicht des Täters erkannt haben.", wandte Cora ein.

„Anke hat nur, hat ...", stotterte Bibiane.

„... keine Gesichter gemalt", half Bettina unbeholfen weiter.

„Und als Sie Stalbach nicht in seinem Büro angetroffen hatten, kam Ihnen die spontane Idee mit der Schlange", wechselte DeWitt das Thema.

„Ja, er sollte gewarnt werden, wissen, dass jemand in seinem Büro war und ihn jederzeit beobachten konnte." Bibianes Stimme wurde wieder kräftiger, wütender, bis sie leise weitersprach. „Aber es war der falsche Mann."

„Oh nein! Wann haben Sie bemerkt, dass Stalbach nicht der Mann von Ankes Bildern war?", wollte Cora wissen.

Bettina sah Cora an. Jetzt übernahm sie das Wort. Ihre Stimme war spröde wie Glas. „Als Bibiane einen Tag später mit Anke beim weißen Känguru war, kam Schütz auf mich zu. Er strahlte mich an und sagte mir auf den Kopf zu, dass Bibiane die Schlange entwendet und Stalbach getötet hätte. Er hätte Bibiane beobachtet, wie sie die Schlange aus dem Terrarium geholt hatte. Ich war wie vor den Kopf geschlagen. Ich wusste bis dahin nichts von dem Schlangenunglück. Und Bibiane ahnte wohl auch nicht, was sie mit der Schlange angerichtet hat, dass sie einen Menschen getötet hat." Bettina hatte den letzten Satz geflüstert.

„Nein, von Mord kann keine Rede sein. Ich kann Ihre Schwester sehr gut verstehen. Wer weiß, wie ich in solcher Extrem-Situation gehandelt hätte", verteidigte Cora die arme Bibiane. „Ich habe auch eine Tochter in Ankes Alter."

„Cora!", wurde sie sofort von DeWitt getadelt. Er ließ etwas Zeit in dem Raum verstreichen. Dann sagte er: „Wir haben noch einen weiteren Toten. Als wir gemeinsam in der Tierhandlung waren und das Känguru besucht haben, ist mir etwas aufgefallen. Schütz hatte den Arm auf die Schulter des Mädchens gelegt, und Anke hat es sich gefallen lassen. In diesem Augenblick hatte er noch nicht bemerkt, dass ich in der Nähe war. Und als er mich bemerkte, war ihm das unangenehm. Es war ihm sicherlich egal, dass ich immer noch in der Tierhandlung herumspionierte. Es war ihm aber ganz und gar nicht gleichgültig, dass ich gesehen habe, wie er Kontakt zu dem Mädchen aufgenommen hat und Anke diesen Kontakt zugelassen hat."

„Sie haben recht", presste Bettina zwischen den Zähnen hervor. „Bibiane, sag ihm, was Schütz weitererzählt hat!"

Bibiane war blind vor Tränen. „Schütz sagte, er könne uns verstehen. Und es gäbe sicher Möglichkeiten für eine gute Lösung ohne die Polizei. Er wollte uns in der Gruga treffen. Ich bin allein hingegangen. Bettina hat zu Hause auf ihr Kind aufgepasst. Außerdem wollte ich die Geschichte alleine ausbaden. Ich war ja auch an allem schuld. Ich habe Schütz nicht mehr getraut. Ich hatte Angst vor ihm bekommen und hatte ein Küchenmesser mitgenommen. Das war mein Fehler."

„Warum das Messer? Die Gruga ist doch sehr belebt. Was hätte Ihnen denn passieren können?" DeWitt verstand die übertriebene Angst der Frau nicht.

„An dem Tag hatte es geregnet. Und Schütz wollte mich an einem einsamen Ort treffen, da, wo nicht so viel los ist. Vielleicht habe ich aber auch geahnt, was er sagen würde."

„Und dann?"

„Wir haben uns an den Vogelvolieren getroffen. Schütz saß auf einer Bank. Ich wollte mich nicht setzen. Ich war misstrauisch und fragte ihn, was er wollte. …"

„Was hat er Ihnen erzählt?"

„Er erzählte von Anke. Was für ein wunderbarer Mensch sie sei. Und jetzt sei sie eine schöne Frau geworden. Er selbst fände sie … sehr reizvoll. Und wenn ich ein … Er formulierte wörtlich: Und wenn wir ein gelegentliches Treffen zwischen Anke und mir arrangieren könnten, dann bleibt das mit der Schlange natürlich unter uns. Anke will es doch auch so." Bibiane erstickte in Tränen.

„Können Sie weitererzählen?"

„Als Schütz das sagte, wusste ich, dass er es war, der Anke bisher belästigt hatte. Ich hatte eine solche große ohnmächtige Wut, einen solchen Zorn. Kein Bedauern, keine Einsicht. Was für eine Verachtung, die er dem Kind und uns entgegenbrachte. Dann habe ich das Messer gegriffen und auf ihn eingestochen. Ich wusste nicht mehr, was ich tat. Und ich würde es wieder tun." Ein einziges Mal blitzten ihre Augen, die Wut und die Verzweiflung waren für einen kurzen Augenblick zurückgekehrt. Dann sackte sie wieder in sich zusammen und stammelte.

„Aber mit Stalbach habe ich aus Versehen den Falschen getötet. Das wollte ich nicht. Ich wollte ihn nur erschrecken."

„Das wird nicht das Thema sein. Ist doch kein Thema. Mit Stalbach, das war kein geplanter Mord. Und den Schütz haben Sie nicht umgebracht, weil er ein Mitwisser ist, sondern im Affekt. Aber, dass Sie ein Messer mit zum Tatort gebracht haben, wird schwer zu erklären sein. Sie brauchen einen guten Anwalt."

Er schüttelte den Kopf, schaute auf den Boden und überlegte. „Wie kann das denn passieren? Anke interessiert sich doch *niet een beetje* für andere Menschen. Sie ist doch gar nicht empathisch. Reagiert auf niemanden", grübelte er.

„Das kam Schütz sehr gelegen. Sexualität ohne feste Bindung, besser konnte es für ihn nicht laufen", sagte Cora.

„Aber ich denke, Anke hat überhaupt keine Gefühle."

„Auch Menschen mit Autismus kommen mit 12 bis 17 Jahren in die Pubertät. Sie machen neue körperliche Erfahrungen. Sie haben die gleichen Bedürfnisse wie Gesunde. Sie können manchmal richtig triebhaft sein", erklärte Cora. „Verwechsele bitte nicht Sexualität und Liebe. Zur Liebe ist Anke vielleicht nicht in der Lage."

„Dann ist sie freiwillig zu Schütz gegangen. Und das Schwein hat ihre Krankheit ausgenutzt. Sie ist perfekt. Sie redet nicht. Sie ist kein verliebtes Anhängsel. Sie verlangt nichts, nur das, was Schütz auch wollte. Mehr nicht, keine Gefühle. Ohne zwischenmenschliche Beziehungen. Perfekt für beide." Maurits regte sich auf.

Dann stand er auf. „Ich werde jetzt mit dem zuständigen Kriminalkommissar reden. Kostelitz heißt er. Er wird sehr nett zu Ihnen sein und sehr einfühlsam. Er ist ein guter Kerl. Er wird Ihnen helfen, soweit es geht. Ich werde ihm sagen, dass Sie mich gebeten haben, ihn anzurufen."

Er war unbeholfen und wusste nicht, wie er sich von den weinenden Frauen verabschieden sollte. Dann sagte er „*godverdomme*" und ging aus der Wohnung. Cora folgte ihm wortlos.

Anke starrte reglos aus dem Fenster.

19

Es war eine Zeit der Veränderungen. Und eine Zeit der Entschlüsse. Die Dogwalker hatten einen nicht erwarteten Erfolg zu verzeichnen gehabt, wenn auch das traurige Ende sie nicht stolz machte. Die Funkes hatten ihre Pläne Wirklichkeit werden lassen und sich entschieden, das Burghotel zu kaufen. Cora wusste, dass die beiden genug Energie besaßen, um auch den letzten Schritt zu gehen und das Hotel in eine blühende Senioren-Oase zu verwandeln.

DeWitt genoss ersichtlich seinen Triumph. Er hatte mit den Dogwalkern das geschafft, was Kostelitz mit seinem gesamten Apparat nicht zuwege gebracht hatte. Und er konnte zufrieden sein, dass die Gehirnmasse unter dem schütteren Scheitel immer noch hervorragende Leistungen produzierte.

Cora erkannte, dass auch sie die Chance hätte, neue Entschlüsse für ihr Leben zu treffen und neue Wege zu gehen. Die Monotonie ihrer jetzigen Arbeit, die fehlende Herausforderung, die quälenden Nachtwachen. Sie dachte daran, wie die Ermittlungsarbeiten mit den Dogwalkern sie mehr herausgefordert hatten als ihre Arbeit im Krankenhaus. Ein halbes Jahr nur trennte sie von der Assistenzärztin. Ein ganzes halbes Jahr. Auf einmal war sie ganz aufgeregt. Was hinderte sie daran, das halbe Jahr nachzuholen? Sie würde das doch mit links schaffen. Das Vergessene hätte sie schnell aufgeholt. Wie schnell vergingen 6 Monate. Ihre Freunde würden sich um Gino kümmern. Keine Nachtwachen mehr. Als Ärztin wäre sie dem Burghotel nützlicher. Entschlossen und aufgewühlt ging sie zu Anna, die wieder am Wohnzimmertisch saß und whatsappte.

Sie hatte Anna schon von der Mordaufklärung erzählt. Dass die Tante aus Verzweiflung zur Mörderin geworden war, hatte auch Anna betroffen gemacht.

„Ich hätte den Schütz auch umgebracht", hatte Anna sachlich erklärt. „Die wird bestimmt nicht hart bestraft. Immer trifft es die Falschen.

Die anderen sind die schlimmeren Verbrecher. Die töten sogar Tiere."

„Hör mal, ich habe beschlossen, dass ich mich für das Praktische Jahr anmelde. Ich werde es zu Ende machen. Vielleicht geht das auch in Werden. Dein Papa muss mir helfen." Sie sah Anna mit leuchtenden Augen an. „Was sagst du?"

„Ach Mama! Wenn du dein Ding durchziehen willst, dann tu's doch."

Ein ziemlich trockener Spruch. Kam noch mehr?

„Mama, darf ich heute bei Elias schlafen?"

„Okay, geh zu Elias!" Verbieten konnte Cora es ja doch nicht.

„Ich ruf ihn dann mal eben an!" Oh, sie wusste ja doch, wie man in ein Handy reinsprechen konnte.

Anna ging mit dem Handy in den Flur, und da Cora etwas neugierig war und das Spionieren jetzt schon *een beetje* gewohnt war, konnte sie mit den Ohren an der Tür einige Wortfetzen aufschnappen.

„Meine Mum … Mörder gefasst … Ja, echt cool … Hat sie fast alleine gemacht … Ist auch bald Ärztin … Ja, war ja auch schon so gut wie fertig … Och, deine Mum ist doch auch ganz cool … doch … Bis gleich!"

Cora ging schnell in die Küche zurück und schnappte sich eine Kaffeetasse.

„Bis morgen!", sagte Anna, und weg war sie. In der Eile hatte sie nur ihre Handtasche mit dem elektronischen Kram mitgenommen. Oder waren die Nachtutensilien schon bei Elias gelagert? Cora konnte nur ahnen, das Anna schon ihr zweites Zuhause bei ihm hatte, wenn sie nachts arbeiten musste. Egal, Anna war fast 17. Und, wie es ihr jetzt schien, doch etwas vernünftig. Anna war stolz auf ihre Mama. Und ihre Mama stolz auf ihre Tochter.

Cora war glücklich. Und sie war voller Pläne.

Eine Stunde später standen Maurits und die Funkes mit ihren Hunden vor der Tür. Sie wirkten sehr bedrückt. Heute tranken alle nur einfachen Kaffee. Sogar Maurits hatte keinen Mut, um ein Glas Rotwein zu bitten.

„Wie wird es weiter gehen?", fragte Beate.

„Bibiane wird sich der Polizei stellen", sagte DeWitt. „Kostelitz bietet ihr die Chance. Und wahrscheinlich wird sie die Beteiligung von Bettina an Stalbachs Tod verschweigen. Da geht es sowieso nur um fahrlässige Tötung. Dann hat Anke weiterhin ihre Mutter, die auf sie aufpasst. Und ich denke, das Strafurteil wird gnädig ausgehen. Tötung im Affekt. Man nennt das heute einen minder schweren Fall des Totschlags. Dafür kann man auch Bewährung bekommen."

„Wenn bloß das blöde Messer nicht wäre", meinte Cora.

„Ich hätte mir den Mailänder als Mörder gewünscht. Den hätte ich gerne hinter Gittern gesehen", bedauerte Beate.

„Schade", sagte Cora, „und ich hätte mir gewünscht, dass unser Kriminalfall etwas weniger traurig enden würde"

Beate feixte. „Am besten ohne Tote."

„Kein Mord erweckt Frohsinn. Ohne Morde wäre unsere kriminalistische Arbeit überflüssig gewesen", sinnierte DeWitt. „Aber was das traurige Ende unseres Falles angeht, dann müssen wir uns eben einem neuen Fall zuwenden."

„Ja, ich wende mich einem neuen Fall zu. Ich werde mein Praktisches Jahr fertig machen", strahlte Cora in die Runde.

Alle blickten sie erstaunt und leicht befremdet an. Beate war die erste, die sich wieder gefasst hatte.

„Toll", freute sie sich mit Cora und umarmte sie spontan.

„Und wer begleitet uns dann auf unserem Dogwalk?", wollte DeWitt enttäuscht wissen.

„Gino", lachte Cora.

„Du wirst noch einigen Behördenkram zu erledigen haben, Cora. Das kann noch dauern", tröstete Robert den geschockten Maurits.

„Hat die Anna denn ihre Einwilligung dazugegeben?", fragte Beate.

„Sie findet ihre Mama cool", sagte Cora.

„Aber jetzt haben wir erst einmal alle Zeit der Welt, uns einem wirklich erfreulichen Thema zuzuwenden", strahlte Beate.

„Unserem Burghotel", strahlte auch Robert.

Maurits hatte sich schnell wieder erholt.

„Auf unser Burghotel! Cora, hol ne gute Flasche Wein raus, wir wollen *een beetje* anstoßen", sagte Maurits. „Die hab ich mir verdient. Ist doch kein Thema."

1) Die Zitate aus Kapitel 12 stammen von der Internetseite: http://arbeitspapiere.sprache-interaktion.de/arbeitspapiere/arbeitspapier52.pdf „Interaktion Sprache Arbeitspapierreihe - Arbeitspapier Nr. 52 (03/2015) – von Nils Bahlo / Sarah Torres Cajo

234

Danksagung

Das Buch ist geschrieben, gedruckt, angenommen. Und auf einmal stellt man fest, wie viele Menschen da waren, die mitgeholfen haben, das Buch der Öffentlichkeit vorzustellen und bekannt zu machen.

Danke zunächst einmal an die vielen, die mir Ermutigung waren, mich angesprochen haben und die ich zu erwähnen möglicherweise vergessen habe.

Danke an meinen Ehemann Klaus, der mich unterstützt und juristisch beraten hat, und der für mich als Ansprechpartner immer präsent war.

Danke an Arndt Decker, der mich ermutigt hat und mein Manuskript an den Verleger weitergeleitet hat. Ohne ihn würden das Manuskript immer noch in der Schublade liegen.

Danke an das Verlegerehepaar Julia und Peter Marx vom Hummelshain Verlag. Der Verlag hat mich mit großer Herzlichkeit in seine Reihen aufgenommen, mir so viel liebe Kontakte mit anderen Autoren ermöglicht und mir Spielraum zur Entfaltung gewährt.

Danke an Mona und Dierk Lamm, die mit ungeheurer Energie und unermüdlichem Einsatz meine ersten Schritte begleitet haben, Kontakte vermittelt, Lesungen organisiert und unglaublich viel in die Wege geleitet haben.

Danke an Birgit Dransfeld und Erich Schmidt-Dransfeld vom Förderkreis der Stadtteilbücherei Kettwig, die meine erste Lesung mitorganisiert haben und die mich in Gesprächen darauf aufmerksam gemacht haben, dass ihnen die Region um Kettwig ein Herzensanliegen ist.

Danke an Reiner Worm für die wunderschönen Umschlag- und Portraitfotos. Das Buch ist schon alleine wegen dieses Covers ein Hingucker.

Alphabet des Tierschutzes
(Stand 01.0.2021)

Alphabet des Tierschutzes

Im „Dogwalker" habe ich Begriffe aus Tierhaltung und Tierschutz verwendet, auf die ich jetzt in einem kleinen Alphabet noch eingehen werde. Die Aufstellung kann ein Nachschlagewerk natürlich nicht ersetzen. Wer aber eine allererste Erklärung für einige in dem Buch verwendete Begriffe sucht, kann sich hier ein vorläufiges Bild machen. Bitte beachten Sie, dass ich nur solche Stichworte aufnehme, die tatsächlich im „Dogwalker" thematisiert worden sind.

Artenschutz

Der Artenschutz hat viele Ansatzpunkte. Einer davon ist der Versuch, den internationalen Handel mit bedrohten Tier- und Pflanzenschutzarten zu regulieren, einzuschränken oder auszuschließen. Das Washingtoner Artenschutzabkommen CITES (Convention on International Trade in Endangered Species of Wild Flora and Fauna) gilt in 183 Vertragsstaaten, in Deutschland gilt es seit 1976. Der Handel mit Tieren aus dem Anhang I der CITES ist strikt verboten. Allerdings hat die CITES-Artenschutzkonferenz im Jahr 2019 nur Teilerfolge bei der Durchsetzung des Artenschutzabkommens festgestellt. Nachholbedarf sieht es noch bei der Tigerzucht in Vietnam, die dem Handel mit Tigerteilen und Tigerprodukten dient, sowie bei der Umsetzung der Handelsverbote für Elfenbein und Nashornhorn. Der Artenschutz ist nur so effektiv, wie das beteiligte Land ihn zulässt. Im Dogwalker habe ich beispielhaft einige „Ausreißer" aufgeführt, in denen mit unterschiedlich primitiven Mitteln der verbotene Handel mit Wildtieren ausgehebelt worden ist.

Artenschutz fängt bei der Arterhaltung in ihrem natürlichen Lebensraum an. Überdüngung, Rodung, Kultivierung, Umweltverschmutzung, Erosion und Verödung sind Erscheinungen, denen der Tierschutz entgegenwirken muss.

Künstliche Arterhaltung findet durch die Zuchtprogramme der Zoos statt. Sie bietet auch die Möglichkeit der Wiedereingliederung des gezüchteten Tiers an. Allerdings ist bei vielen Tierarten nicht möglich, sie auszuwildern, wenn sie in Gefangenschaft geboren und aufgewachsen sind. Dazu gehören Tiger, Löwen, Giraffen, Eisbären. Da ihre Instinkte in der Gefangenschaft verkümmern, fehlt ihnen der Überlebensmodus in der freien Natur.

Gassigeh-Verordnung

Der Name hat sich für eine Verordnung des Landwirtschaftsministeriums eingebürgert, die immer noch nicht in Kraft getreten ist (Verordnung zur Änderung der Tierschutz-Hundeverordnung und der Tierschutztransportverordnung). Dem Hundehalter wird ein mindestens 1-stündiger Auslauf mit dem Tier pro Tag, verteilt auf 2 Gänge, verordnet. Der echte Hundefreund hält eine solche Vorschrift für eine Beleidigung. Wer aber einmal mitbekommen hat, dass Hunde nur auf dem Balkon oder in einem Gatter gehalten werden oder dass die Tiere verfettet sind, weil Herrchen oder Frauchen selbst unbeweglich geworden sind, hält diese Vorschrift für akzeptabel. Sie hätte allerdings ohne Weiteres auch aus dem bisherigen Tierschutzrecht hergeleitet werden können. Die beabsichtigte Regelung hat Spott geerntet, weil sie kaum umsetzbar ist. Wie sollen die Veterinärämter feststellen, ob der Hundehalter sein Tier überhaupt ausführt und die vorgeschriebenen Zeiten einhält?

Spannend ist, dass es zukünftig keine Anbindehaltung für Hunde mehr gibt. Wer früher seinen Hund an der Kette gehalten hat und ihn stattdessen jetzt angebunden hält, muss sich endlich mit der neuen Regel vertraut machen: Kein Anbinden von Hunden mehr. Ebenso wenig darf der Hund in eine Scheune oder einen ähnlichen Raum eingesperrt werden, von dem aus er nicht ins Freie schauen kann.

Hundeausstellungen mit überzüchteten Tieren, die also Qualzuchtmerkmale aufweisen, werden verboten.

Gefahrtiere

Das sind alle Tiere, von denen für den Menschen eine Gefahr für Leib und Leben ausgeht. Es gibt keine bundeseinheitliche Regelung des Umgangs mit gefährlichen Tieren. Okay, man darf sie nicht frei herumlaufen lassen (§ 121 OWiG). Soweit es sich um Gifttiere wie bestimmte Schlangen, Skorpione und Spinnen handelt, hat NRW ein vollständiges Verbot für die Anschaffung und Haltung (Gifttiergesetz) erlassen. In einigen Bundesländern wie Bayern, Berlin oder Hessen hängt die Haltung eines Gefahrtieres von einer behördlichen Genehmigung unter ordnungs- oder polizeirechtlichen Gesichtspunkten ab. In allen anderen Bundesländern kann man also Wildtiere wie beispielsweise Großbären, Elefanten-, Nashorn- oder Flusspferdarten im Rahmen des Tierschutzes (§16a TierSchG) und des Artenabkommens erwerben und halten. Die Genehmigung hat nur den Schutz des Menschen, nicht den Tierschutz im Sinn.

Geschützter Kontakt

Der Europäische Zooverband (EAZA) gibt vor, dass ab 2030 nur noch der geschützte Kontakt zwischen Pflegern und Elefanten stattfindet. Das bedeutet (endlich) ein Ende der Ankettung und des Elefantenhakens, der dem Elefanten an besonders empfindlichen Stellen (Ohren, Rüssel, Beine) in die Haut gestochen wird, damit er zum Gehorsam gegenüber dem Menschen angeleitet wird. Erfährt ein junges Tier den Stich durch den Elefantenhaken, dann lernt es, die Rolle des Menschen als Leittier zu erkennen. Umgekehrt war der Elefantenhaken bisher der einzige Schutz des Pflegers, mit dem er sich das körperlich weit überlegene Tier vom Körper halten konnte. Der sog. geschützte Kontakt erlaubt dem Tier einen weitgehend freien Auslauf im Rahmen der Herdenstruktur und lässt den Kontakt zwischen Menschen und Tieren nur durch eine schützende Barriere – z.B. Trainingswand – zu. Die aufwändige Veränderung der Gehege bereitet vielen Zoos finanzielle Probleme. Einige Zoos geben deshalb ihre Elefantenhaltung auf, um ihre Betriebserlaubnis nicht zu gefährden.

Gifttiere

Nordrhein-Westfalen ist derzeit das einzige Bundesland, das ein Gifttiergesetz erlassen hat. Es gilt seit dem 01.01.2021. Tierschützer werden enttäuscht sein. Das Gesetz dient nicht dem Schutz der Tiere, sondern soll die Bevölkerung vor Übergriffen von Gifttieren schützen, die in einem privaten Haushalt gehalten werden. Wer bereits eine Giftschlange, einen Skorpion oder ein sonstiges „Gifttier" besitzt, darf das Tier weiterhalten, vorausgesetzt er kann seine „Zuverlässigkeit" mit einem polizeilichen Führungszeugnis und darüber hinaus eine Haftpflichtversicherung nachweisen. Für eine besondere Sachkunde im Umgang mit dem Tier bedarf es keines Nachweises.

In Zoos sowie in Hochschuleinrichtungen ist die Haltung weiterhin erlaubt, ebenso in Einrichtungen mit behördlicher Erlaubnis nach dem Tierschutzgesetz, wozu regelmäßig auch der gewerbliche Tierhandel gehört. Dass der Tierhandel, wenn er eine Erlaubnis nach dem Tierschutzgesetz hat, mit Gifttieren handeln darf, ist besonders spannend, weil privaten Halterinnen und Haltern die Anschaffung ja verboten ist.

Andere Bundesländer haben pauschale Regelungen in ihren ordnungs- und polizeirechtlichen Vorschriften. In Bundesländern wie Bayern, Berlin oder Hessen ist die Gefahrtier-Haltung lediglich genehmigungspflichtig. Die Voraussetzungen für die Genehmigung sind gering.

Kein Bundesland hat Regelungen über eine bedürfnisgerechte Haltung von Gifttieren. Eine artgerechte Haltung von exotischen Tieren ist wegen ihrer hohen Ansprüche, z.B. Luftfeuchtigkeit, Temperatur, Ernährung, im Privathaushalt, schwer durchzusetzen.

Hospitalismus

Der Begriff wird heute immer noch für Verhaltensauffälligkeiten von Zootieren verwendet. Wer in der Schule Rilkes Gedicht „Der Panther" auswendig lernen musste, hat auch die Symptome verinnerlicht, die das eingesperrte Tier erkennen lässt. Inzwischen wird die Symptomatik auch für den Menschen in Corona-Zeiten gerne verwendet. Als wissenschaftliche Bezeichnung hat sich für den Begriff des Hospitalismus inzwischen die Zoochose (zusammengesetzt aus den Wörtern „Zoo" und Psychose") etabliert. Erfasst werden damit die tierischen Verhaltensstörungen, die sich aus einer Zoohaltung ergeben können, wenn die Umgebung reizarm ist, das Tier aus der Gruppe ausgesondert ist, ohne Rückzugsmöglichkeit zur Schau gestellt wird, in eine artfremde Örtlichkeit versetzt wird. Häufige Symptome sind Stereotypien (z.B. immer wiederkehrende Bewegungsabläufe), Apathien, verkümmerte Instinkte, gestörtes Paarungsverhalten. Bei den Stereotypien kennen wir das ständige Rundendrehen der Großtiere oder das sog. „Weben" der Elefanten, die pausenlos mit Kopf und Rüssel hin- und herschaukeln. Die EU-Zoorichtlinie vom 29.03.1999 macht inzwischen Vorgaben für die bedürfnisgerechte Haltung von Zootieren. Der Deutsche Tierschutzbund sieht die Richtlinie als zu pauschal an und beanstandet, dass sie wesentliche Grundbedürfnisse der Funktionskreise „Nahrungserwerbsverhalten", „Ruheverhalten", „Eigenkörperpflege", „Sozialverhalten", „Mutter-Kind-Verhalten" und „Erkundung" nicht berücksichtigt. Die Zoos bemühen sich sicherlich um eine artgerechte Tierhaltung, beschränken ihr Konzept nach der Kritik des Tierschutzbundes aber minimalistisch auf das Fernhalten von Schmerzen, Leiden oder Schäden. Andere Verbände (PETA) kritisieren, dass die Kosten einer artgerechten Haltung im Zoo bei Weitem die Kosten übersteigen würden, die dazu nötig wären, um die Lebensräume der Wildtiere in ihren angestammten Reservaten zu erhalten oder zu erweitern.

Ein großes Problem stellt die private Haltung von Wildtieren dar. Hier werden die verbreiteten Hospitalismusschäden schon gar nicht mehr als vorrangiges Problem gesehen. Der Deutsche Tierschutzbund gibt als Minimalziel aus, dass nur solche Tiere von Privatleuten gehalten werden dürfen, gegen deren Haltung keine Bedenken aus Tier-, Natur- und Artenschutzsicht bestehen.

in situ (Artenschutz im Ursprungsland)

Artenschutz kann auf zweierlei Art betrieben werden. Tierschützer stellen den Schutz der Arten in ihrem natürlichen Lebensraum in den Vordergrund. Zu den Schutzmaßnahmen vor Ort („in situ") gehört der aktive Schutz des Ökosystems, denn die meisten Wildtierarten sind gefährdet, weil ihr Lebensraum immer weiter eingeengt wird (Brasilianischer Regenwald, Regenwälder auf Borneo und Sumatra). Aufgabe des Tierschutzes sind deshalb die Erhaltung des Lebensraums und der Schutz vor Eingriffen des Menschen in die Natur durch Wilderei und Raubbau. Unterstützende Arbeiten vor Ort können die Kooperation mit örtlichen Behörden, Wiederaufforstungen, Schaffung neuer Habitate und Aufklärung in der Bevölkerung sein. Auch außerhalb des natürlichen Lebensraums („Ex situ") kann Tierschutz helfend eingreifen. Das geschieht vor allem dadurch, dass die Zoos Zuchtprogramme für bedrohte Tierarten auflegen. Um gesunde Arten zu erhalten, bedarf es einer europäischen, manchmal auch weltweiten Kooperation. Denn um genetische Defekte bei den Tieren zu vermeiden (→ Inzucht), muss die Zucht darauf bedacht sein, dass keine verwandten Tiere zur Paarzucht ausgewählt werden. Es ist erst etwa 30 Jahre her, dass die Zoos sich darauf verständigt haben, sog. Zuchtbücher zu führen und über diese Zuchtbücher die Paarung geeigneter Tiere zum Zwecke einer gesunden Nachzucht zu koordinieren. Bekannte Zuchtbücher sind das Europäische Erhaltungszuchtprogramm (EEP) und das Europäische Zuchtbuch (ESB).

Inzucht

Das Bemühen des Tierschutzes, den Handel mit gefährdeten Arten freilebender Tiere zu beschränken, hat die Zoos bei ihren Nachzuchtprogrammen vor große Schwierigkeiten gestellt. Seitdem es das Washingtoner Artenabkommen von 1973 gibt – in Deutschland ist es seit 1976 gültig –, können die Zoos ihre Populationen nicht mehr uneingeschränkt durch die Hereinnahme gefangener Wildtiere vergrößern und vermehren. Umgekehrt ist es problematisch, die Nachzucht aus der Verpaarung im eigenen Tierbestand vorzunehmen, weil dann die Gefahr genetischer Defekte durch Inzucht besteht. So musste im Jahr 2019 eine junge Löwin im Frankfurter Zoo eingeschläfert werden, weil sie unter einer unter einer Veränderung an Schädel und Hirn, einer sogenannten Kleinhirnhernie, litt.

Die Zoos haben sich 1992 in der EAZA zu einer Vereinigung zusammengeschlossen, die an einem Europäischen Erhaltungszuchtprogramm (EEP) mitarbeitet. Im Rahmen dieses Programms legt ein EEP-Koordinator fest, welche Tiere aus welchen Zoos verpaart werden sollen. Ziel ist dabei die Erlangung eines gesunden und widerstandsfähigen Zootiernachwuchses, der frei von Inzuchtdefekten ist.

Dennoch wird das Nachzuchtprogramm von Tierschutzvereinigungen kritisiert. So beanstandet PETA anhand des Beispiels der Asiatischen Löwen, dass die herangezogenen „Gründertiere" oft selbst miteinander verwandt waren und es deshalb nicht gelingt, gesunden Nachwuchs mit hoher genetischer Variabilität zu erzeugen. Laut PETA führt die Inzucht „zu einer hohen Totgeburtenrate und einer sehr hohen Sterblichkeit bei Jungtieren." Vielleicht kommt der Tierschutz hier an seine Grenzen. Denn zur Erhaltung aussterbender Arten ist es manchmal unvermeidbar, wegen ihrer Seltenheit auf die Zuchtpaare aus solchen Populationen zurückzugreifen, die miteinander verwandt sind.

Verfüttern von Zootieren

Einen informativen Überblick gibt das Arbeitsblatt „Töten von Zootieren" des VZT (Verband der Zootierärzte) - Arbeitskreis Populationsmanagement in Zoos, Stand September 2019 (https://www.zootieraerzte.de/wp-content/uploads/2019/09/T%C3%B6ten-von-Tieren-VZT-2019-final.pdf).

Das Töten sowie Verfüttern von Tieren an Zootiere ist durch Verordnung (EU) 1069/2009 vom 04.03.2011 in Verbindung mit Verordnung (EU) Nr. 142/2011 vom 25.02.2011 erlaubt. Die Absicht des Zoos, ein Zootier zu töten, um es anschließend an andere Zootiere zu verfüttern, stellt einen sog. vernünftigen Grund für eine Tiertötung nach § 17 Tierschutzgesetz dar. Eine tierschutzgerechte Tötung besteht in der Betäubung mit anschließender Entblutung. Die zuständige Veterinärbehörde muss die Tötung zum Zwecke des Verfütterns erlauben.

Nach dem Arbeitsblatt des VZT hängt die Entscheidung, ob ein Nachzuchttier aus dem Zoo getötet und verfüttert werden darf, davon ab, ob es in seiner Gruppe verbleiben oder an andere Einrichtungen mit artgerechter Haltung vermittelt werden kann oder nicht. Ist das nicht möglich und kann dem Tier also kein adäquates, artgerechtes Weiterleben ermöglicht werden, so spricht der Zoo von einem „überzähligen Zootier" oder „Überschusstier". Weil kein Platz für das Tier vorhanden ist, darf es zum Verfüttern getötet werden. Bei der Entscheidung zur Schlachtung spielt es keine Rolle, ob das Tier einen Wild- oder Nutztierstatus hat oder ob das Tier unter das Artenschutzrecht fällt oder sogar einen Gefährdungs-Status hat. PETA spricht von 30.000 bis 40.000 Zootieren, die jedes Jahr in Deutschland als „Überschusstiere" geschlachtet werden. Der europäische Zooverband EAZA schätzt die Zahl der in Europa pro Jahr getöteten „Überschusstiere" auf 3.000 bis 5.000. Ich habe in meinem Buch darauf aufmerksam gemacht, dass ich die Problematik nicht in der Schlachtung, sondern vorverlagert in der Nachzucht sehe. PETA schlägt noch radikaler die Abschaffung der Zoos vor.

Eine Lebendfütterung stellt nur in seltenen Fällen einen vernünftigen Grund für eine Tiertötung dar. Sie ist gerechtfertigt, wenn das zu fütternde Zootier (Schlangen) kein Aas annimmt.

Zootiere werden nicht nur zum Zwecke des Verfütterns getötet, sondern auch aus anderen Gründen (Erhaltungszucht, artgerechte Tierhaltung und Tiergesundheit).

Zirkustiere

Die Politik tut sich mit einer Regelung zum Tierschutz im Zirkus sehr schwer. Anfang 2019 lag dem Gesetzgeber ein Antrag vor, der vorsah, dass die Haltung und Zurschaustellung wildlebender Tiere in Zirkusbetrieben endlich beendet wurde. Der Bundestag stimmte mehrheitlich gegen den Antrag. Inzwischen hat das Landwirtschaftsministerium den Entwurf einer Tierschutz-Zirkusverordnung vom 18.11.2020 vorgelegt, die von vielen Tierschützern und ihren Verbänden abgelehnt wird, weil sie nicht weit genug geht. Im Ergebnis wird nur die Haltung und Zurschaustellung von sog. Schautieren verboten. Schautiere sind solche Tiere, mit denen keine Dressuren eingeübt werden, sondern die lediglich im Rahmen der Vorstellungen dem Publikum vorgeführt werden. Dazu gehören „Giraffen, Elefanten, Nashörnern, Flusspferden sowie Primaten und Großbären", soweit sie nur zur Schau gestellt werden. Weiter erlaubt ist die Dressur jeglicher Wildtiere sowie das Zurschaustellen aller namentlich nicht genannten Wildtiere wie Tiger und Löwen. Tierschützer sind unzufrieden mit der Verordnung, die nur da ein

Verbot aufstellt, wo es kaum noch Regelungsbedarf gibt. Giraffen pp. sind kaum noch im Zirkus anzutreffen. Tierschützer verweisen darauf, dass die Lobby der Zirkusbetreiber, die der Bund ausgiebig bei der Erstellung des Entwurfs angehört hat, nur bei solchen Tieren ein Zugeständnis erbringen wollen, wo es längst keine Tiervorführung mehr gibt.

In 19 europäischen Staaten ist den Zirkussen schon längst verboten, Wildtiere zu halten und vorzuführen.

Die Tierschutz-Zirkusverordnung des Bundes scheitert schon dort, wo es um solche Wildtiere geht, die zum Bestand des jeweiligen Zirkus gehören. Sie fallen nicht in den mageren Schutz, sondern müssen bis zu ihrem Lebensende an verstörenden Aufenthalten in Transportwagen, unphysiologischer Körperhaltung und fehlender Beschäftigung (Zitat aus dem Referentenentwurf) leiden. Die Verordnung macht immerhin den Versuch, bestimmte Haltungsrichtlinien in den Zirkussen vorzuschreiben.

Teilweise haben Kommunen wie die Stadt Düsseldorf beschlossen, solche Zirkusse, die bestimmte Wildtiere halten, nicht mehr zu dulden. Sie stellen ihnen keine öffentlichen Plätze mehr zur Verfügung.

Zuchtbuch

Zuchtbücher sind das Parship- oder Tinder-Programm für Zootiere. Über die internationalen oder regionalen Zuchtbücher werden die Stammdaten (Geburtsdatum, Geschlecht, Standort, Transfers und Todesdatum) von etwa 1000 seltenen Tierarten erfasst. Anhand eines Abgleichs dieser Daten können die Zoos bestimmen, welche Tiere für eine Paarung geeignet sind. Da auch die Abstammungsdaten festliegen, ist (einigermaßen) gesichert, dass es nicht zu Inzestfällen (→ Inzucht) kommt. Es gibt keine zentrale Erfassung aller in den Zoos gehaltenen Wildtiere. Vielmehr sind die Zuchtbücher bei verschiedenen Zoos hinterlegt, die dann bei der Auswahl von Zuchttieren und ihrer Paarung als Koordinatoren auftreten. Der Koordinator gibt Empfehlungen, welche Tiere miteinander verpaart werden dürfen, und bestimmt darüber hinaus, welche Paarungen wegen Inzuchtgefahr nicht zustande kommen sollten. In ihrem Bemühen zur Erhaltung und zum Fortbestand seltener Tierarten arbeiten die Zoos regional und international zusammen.

Der Zoo in Leipzig führt beispielsweise die internationalen Zuchtbücher für Tiger, Mähnenwölfe und Sumatra-Nashörner sowie das Europäische Zuchtbuch für Stumpfkrokodile. Der Zoo Rostock verantwortet das Zuchtbuch für Eisbären. Der Zoo in Gelsenkirchen koordiniert die Zuchtbücher für den Großen Kudu und die Kleinfleck-Ginsterkatze.

Das Europäische Zuchtbuch (ESB) erfasst alle Individuen einer bestimmten Tierart. Die Zuchtbücher sind hilfreich, wenn es darum geht, die Zoos ohne den Zuerwerb von Wildfängen mit gesunden Jungtieren auszustatten. Eine intensivere Variante ist das Europäische Erhaltungszuchtprogramm EEP, mit dem die Mitglieder des europäischen Zooverbands EAZA die Zucht von gefährdeten Arten steuern und koordinieren (vgl. https://www.eaza.net/). Die EAZA nennt ihr ex-situ-Programm wenig schön ein Bevölkerungsmanagement.

Den Erfolg der Zuchtbücher kann man nicht bestreiten. Inzwischen sind in freier Wildbahn manche Tierarten ausgestorben, die es im Zoo dank erfolgreicher Zucht noch zu sehen gibt. Vielleicht stehen wir in der Zoom-Erlebniswelt des Gelsenkirchener Zoos demnächst etwas andächtiger vor dem Gehege mit den Edward-Fasanen, wenn wir daran denken, dass der Vogel auf der Roten Liste steht und wahrscheinlich in freier Wildbahn ausgestorben ist.

Zoochose siehe → **Hospitalismus**

Von B. E. Fischer ist im Hummelshain-Verlag
ebenfalls erschienen

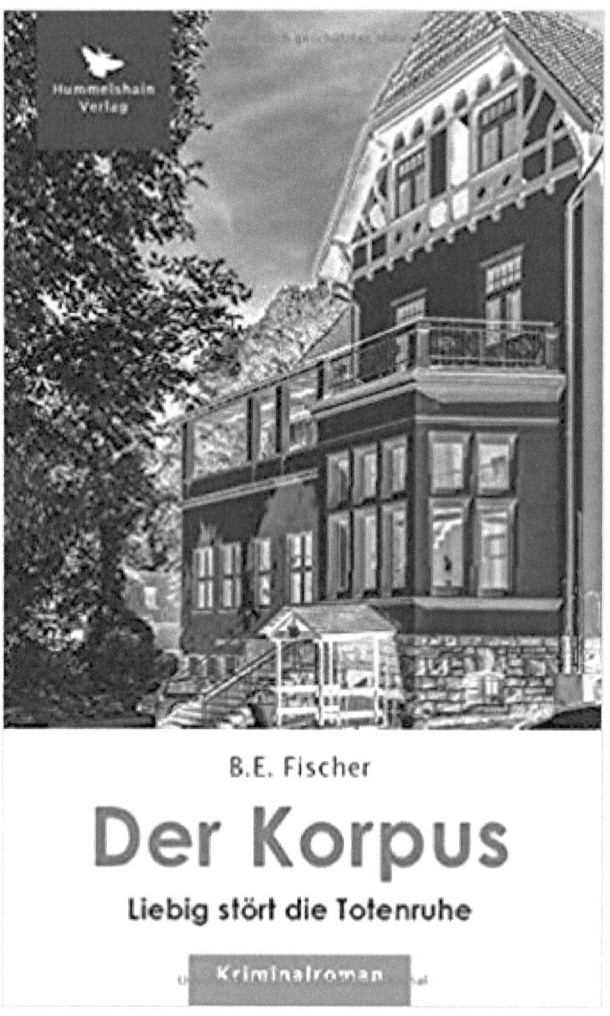

Taschenbuch: 300 Seiten
ISBN: 9783943322293
Paperback: 13,80 €   E-Book: 11,99 €

Dr. Westen ist der despotische Herrscher des kleinen Krankenhauses in Essen-Kettwig. Sein gewaltsamer Tod löst in St. Bonifatius schieres Entsetzen aus. Denn seine Leiche taucht in Abständen an ganz unterschiedlichen Orten auf. Können die Kommissare Liebig und Kosinski den merkwürdigen Fall aufklären? Große Zweifel im Krankenhaus, denn dort gelten sie als das größte Chaos-Paar seit den Blues-Brothers.

Die Kommissare wandern polternd der Leiche hinterher und können weitere Mordanschläge nicht verhindern. Als dann aber Kosinski im Zucker-Koma vom Täter entführt wird, läuft Liebig zur Hochform auf. Er verfolgt eine Spur aus der Vergangenheit, die im Krankenhaus ihren Ursprung hat, und löst in einem verzweifelten Kampf gegen die Zeit einen tragischen Fall.

Das Buch begleitet den dicken Kommissar mit dem stoischen Gemüt an unterschiedliche Schauplätze im Ruhrgebiet, vor allem in den Essener Stadtteilen Kettwig und Werden. Einfühlsam und kenntnisreich schildert die Autorin Ausnahmesituationen in einem Krankenhaus und lässt den Leser dabei vor allem an einer spannenden und rätselhaften Täter- und Opfersuche teilnehmen.

Leseprobe:

„Essen-Kettwig 15.4., 0.07 Uhr

Einige Minuten nach Mitternacht hielt sich Westen in seinem Chefarztzimmer auf. Er diktierte Entlassungs- und Befundberichte, wobei er seine eigenen Leistungen als Chirurg und die Schwierigkeiten der chirurgischen Arbeit herausstrich. Das eine forderte sein eitles Ego, das andere die Begründung des 3,5-fachen Gebührensatzes. Abflug nach München war für 8.10 Uhr morgens vom Düsseldorfer Flughafen vorgesehen. Der Flughafen liegt nur ein paar Kilometer von Kettwig entfernt. Westen musste sich trotzdem mit seiner Schreibtischarbeit beeilen, um noch etwas Schlaf zu bekommen.

Gegen 0.50 klopfte es an der Tür, kurz und energisch. Westen wollte den angefangenen Satz zu Ende bringen. Es war noch nie vorgekommen, dass ihn jemand um diese Uhrzeit zu stören wagte. Bei Notoperationen wäre er angerufen worden. Die ungewöhnliche Uhrzeit und die unverfrorene Heftigkeit, mit der sein Besucher gegen die Tür klopfte, machten ihn neugierig.

„Ja, wer ist da? Die Tür ist auf.“

Keine Antwort. Ein erneutes und heftigeres Klopfen. Dann wurde die Tür aufgedrückt.

„Du?“ Westen war erstaunt. „Was willst Du?“ Er schaltete das Diktiergerät aus.

Rezensionen:

- *Nina van Bevern - Kettwig-Intern*

„**KETTWIG: Neuer Kriminalroman „Der Korpus"**: Freunde von Kriminalromanen mit Lokalkolorit dürften beim Namen „Dogwalker" aufhorchen. Die Kettwiger Autorin Brigitte E. Fischer feierte damit im Herbst des vergangenen Jahres große Debüterfolge. Nun folgt mit dem Buch „Der Korpus", ebenfalls erschienen im Hummelshain Verlag, ihr nächster Streich."

- *Read and tweet vom 6. März 2021*

„**Scharfsinniger Krimi mit Augenzwinkern:** Die Autorin kennt ihr Metier. Sie schreibt lustig und ist dabei ziemlich hinterlistig. Man traut den beiden ermittelnden Kommissaren nach kurzem Lesen nichts zu und erwartet eine eher flache Auflösung des Falles. Dann gibt es auf einmal ein paar ziemlich komplizierte und überraschende Wendungen. Die letzten etwa 100 Seiten habe ich verschlungen. Ruhrgebietskrimi vom Besten."

- *E. Hoffmann vom 11. März 2021*

„**Spannend und humorvoll:** Die Kriminalkommissare Liebig und Kosinski aus B.E. Fischers "Korpus - Liebig stört die Totenruhe " führen einen Trupp von skurrilen Gestalten an, die den Kriminalroman aus dem südlichen Ruhrgebiet bevölkern. Skurril ist auch der Beginn. Welchen Sinn kann es haben, wenn der Mörder sein Opfer - den Korpus - im Kettwiger Krankenhaus immer wieder verschwinden lässt. Man denkt, dass es dafür keine wirklich plausible Erklärung gibt. Am Ende ist die Erklärung verblüffend. B.E. Fischer hat ihren eigenen Schreibstil. Sie konstruiert mit großer Sachkunde einen raffinierten Kriminalfall, gibt dem Leser die Chance anhand einer Reihe von Indizien nach dem Täter mitzuraten und bietet schließlich eine wirklich überzeugende Lösung. Mir gefällt der Humor, der das ganze Buch durchzieht, aber nie auf Kosten der Spannung geht."

- *Steffen Krause vom 4. April 2021*

„**Sehr Lesenswert!!!** B.E. Fischer ist eine sehr gute Erzählerin. Es lohnt sich immer, ihre Geschichten zu lesen. Der Korpus liest sich flott und wird nicht langweilig. Ganz im Gegenteil, man wird richtig neugierig! Lustig humorvoll und spannend geschrieben. Genau das Richtige in dieser Zeit!